"*आउशवित्ज़ : एक प्रेम कथा* –स्त्री के प्रेम और स्वाभिमान के तन्तुओं से बुने इस उपन्यास के पात्र और घटनाएँ सच्ची हैं, इतिहास इन घटनाओं का मूक गवाह रह चुका है। हिटलर की नात्सी सेना द्वारा यहूदियों के समूल ख़ात्मे के लिए बनाये गये यातना शिविरों में से एक है आउशवित्ज़–जो अब संग्रहालय में तब्दील कर दिया गया है। युद्ध के निशान ढूँढ़ने पहुँची प्रतीति सेन, अपने जीवन को फिर से देखने की दृष्टि आउशवित्ज़ में ही पाती है। प्रतीति कब रहमाना ख़ातून हो उठती है और कब रहमाना ख़ातून प्रतीति–पहचानना मुश्किल है। कथा शिल्प की दृष्टि से प्रोफ़ेसर गरिमा श्रीवास्तव की प्रस्तुति काफ़ी प्रभावशाली है।"

–प्रोफ़ेसर हेइंज वेर्नर वेस्लर
यूनिवर्सिटी ऑफ़ उप्पसला, स्वीडन

गरिमा श्रीवास्तव का यह उपन्यास *आउशवित्ज़ : एक प्रेम कथा* विश्व साहित्य में युद्ध विरोधी लेखन की एक मिसाल है। द्वितीय विश्व युद्ध और बांग्लादेश मुक्ति युद्ध की स्मृतियों के तनाव के बीच यह बहुस्तरीय उपन्यास लिखा गया है जो कभी–कभी आत्मकथा का भ्रम देने लगता है। यह स्मृतियों के आर्कटाइप जैसा कुछ है जो अपने संरचनात्मक रूप में बहुस्तरीय है। उपन्यासकार इतिहास और वर्तमान के बीच आवाजाही करता है। उपन्यास के भाषिक प्रयोग और भाषा की काव्यात्मकता का मैं क़ायल हूँ। मैं समझता हूँ, यह उपन्यास पाठकों को बेहद पसन्द आयेगा।

–शेख हफ़ीजुल इस्लाम
डिप्टी सेक्रेटरी टू द गवर्नमेंट ऑफ़
बांग्लादेश और भूतपूर्व कैम्प इंचार्ज,
कॉक्स बाज़ार, बांग्लादेश

आउशवित्ज़

एक प्रेम कथा

गरिमा श्रीवास्तव

वाणी प्रकाशन

वाणी प्रकाशन

4695, 21-ए, दरियागंज, नयी दिल्ली 110 002

फ़ोन : +91 11 23273167 फ़ैक्स : +91 11 23275710

शाखाएँ

अशोक राजपथ, पटना 800 004, बिहार

कॉफ़ी हाउस कैम्पस, महात्मा गांधी मार्ग, इलाहाबाद 211 001, उत्तर प्रदेश

महात्मा गांधी अन्तरराष्ट्रीय हिन्दी विश्वविद्यालय, वर्धा 442 001, महाराष्ट्र

www.vaniprakashan.com
marketing@vaniprakashan.in
sales@vaniprakashan.in

Aushwitz : Ek Prem Katha
by Garima Srivastava

ISBN : 978-93-5518-258-6
Novel

पेपरबैक प्रथम संस्करण : 2023

मूल्य : ₹ 399

आर. टेक ऑफ़सेट प्रिंटर्स, दिल्ली-110 032 में मुद्रित

वाणी प्रकाशन का लोगो मक़बूल फ़िदा हुसेन की कूची से

'अभिधा के लिए यह क़िताब
जिसने ज़िन्दगी वैसे पढ़ी
जैसी पढ़ता नहीं कोई'

आमारो परानो जाहा चाय तुमि ताई गो[1]

सबीना स्कोवित्ज़ से मिलना आकस्मिक नहीं था, उसका भारत आना और पोलैंड लौटना किसी भी अन्य सैलानी की तरह साधारण ही रहता, यदि मैंने उससे अपने शोध के बारे में बात नहीं की होती। सच कहूँ तो सबीना वह दरवाज़ा थी जिसकी दरार से मैंने उसके जीवन की ओर झाँका, और जीवन ही क्यों उसका देश भी तो। मेरे अध्यापक रहे शान्तनु पाल मित्रा कॉन्फ्लिक्ट क्षेत्रों में बरसों से काम करते रहे हैं, उनकी प्रेरणा से इंकार नहीं कर सकूँगी पर क्या सिर्फ़ उनका शोध ही खींच लाया मुझे? या कभी किसी की यूँ ही टूटी–विच्छिन्न अधूरे पन्नों में बिखरी ज़िन्दगी ही मेरी अपनी हो गयी। धार ही लिया उसे अपने भीतर। चल पड़ी हूँ उस यात्रा पर जो मेरी पैदाइश के कई बरस पहले शुरू हुई थी, कहाँ ख़त्म होगी मालूम नहीं। बहाना मेरे प्रोजेक्ट का है जो जादवपुर यूनिवर्सिटी से ड्यूटी लीव लेने का बायस बना है। बस चल ही तो दी हूँ मैं डॉक्टर प्रतीति सेन, सेमिनार में शिरकत करने के लिए, लेकिन क्या सच ही मुझे सेमिनार में बोलने का इतना मन था, इतनी लम्बी यात्रा क्या सिर्फ़ सेमिनार के लिए। और वो भी सेमिनार जैसा सेमिनार नहीं, समानान्तर चलते कई सत्र, कोई किसी की नहीं सुनता। भारत में दलितों की स्थिति या सेक्स ट्रैफिकिंग जैसे मुद्दों पर भरी पड़ी हैं नेट पर तमाम जानकारियाँ। उनके रूखे–सूखे ग्राफ देखने और आँकड़ों से भरे पर्चे को विदेश की भूमि पर प्रस्तुत करने को मैं इतनी इच्छुक थी?

हम खुद से कितना गाफ़िल रहते हैं अपने ही मन को समझ नहीं पाते। इतना पढ़–लिख लेने के बाद भी मेरे भीतर की स्त्री का मन क्या

---

1. मेरे प्राण जिसे चाहते हैं वो तुम्हीं हो।

उन्नत हो पाया? क्या झुठला सकती हूँ मैं, कि अभिरूप को पत्नी के साथ सुखी–सन्तुष्ट देखने के दिन से ही मेरा जी जैसे उखड़ नहीं गया था, कलकत्ता शहर से। क्या सोचा था मैंने, कि अभिरूप मुझे छोड़कर कभी सुखी नहीं रह पायेगा? उसकी निजी ज़िन्दगी के अन्तरंग कोनों को जानने की इच्छा पर कभी बासीपन का परदा पड़ा ही नहीं। कितना कठिन होता है ख़ुद को सँभालना, दूसरे को सँभालने से कई गुना कठिन। नदी के इस पार खड़ी हुई मैं उन सारे झंझावातों से अक्सर गुज़रा करती हूँ जिनके झोंके उस कम उम्र में झेलने शायद आसान थे, क्योंकि समझ कम थी। उम्र ने, ऊपरी तौर पर तो बहादुरी के साथ अपने आपको सँभालना सिखा ही दिया। जब तुम्हें मेरी कोई परवाह नहीं तो मुझे ही क्योंकर होने लगी। मेरे ख़ून में हसनगंज का नमक है, अम्मा ने बहुत क़ायदे से पाला है मुझे, सारी दुनिया का सामना करने के लिए तैयार किया है। क्या टूट ही जाऊँगी एक टुच्चे–से प्रेम के असफल होने पर, और वो प्रेम ही क्या जो प्रिय के मन को न समझे। शायद अभिरूप को मुझसे प्रेम नहीं था, था लेकिन साहस नहीं था, या मेरे दुःख को धारने की क्षमता नहीं थी, या कि उसने प्रेम करना कभी सीखा ही नहीं या फिर ये भी कि मैंने ही प्रेम को अपने जीवन से निकाल फेंका–ज्यों वह नासूर हो। नासूर–सा ही तो टीसता है आज भी, लेकिन यह सब सुनने वाला कोई है क्या?

दिल की गहराई से
हम कहते हैं–अलविदा,
उतनी ही गहराई से प्यार करना सीखने में
खप जाता है पूरा जीवन।
दर्द खदबदाते रहते हैं
गन्धक के सोते की तरह
और दिल खोलकर रख देने के लिए
कमबख़्त एक घोड़ा तक
नहीं मिलता।[2]

इतनी बातें, न जाने कैसी–कैसी बातें मन ने दिमाग के साथ सूत्र बैठा कर कर लीं। बाईस साल पहले का घटा सब मेरे भीतर घर जमाये

---

2. कात्यायनी की कविता में चेखव की कहानी 'दुःख' का सन्दर्भ।

बैठा है, मुझे मालूम ही कहाँ था। अचानक सब कुछ व्यर्थ नज़र नहीं आने लगा था। जिन हाथों की हथेलियों की छुअन मैं आँख मूँदकर भी पहचान सकती थी, जिन उँगलियों का एक–एक टापू जैसा नाख़ून मेरा इतना जाना–पहचाना था वही हथेली–उँगलियाँ इतनी परायी हो आयेंगी, क्या सोचा था? अभिरूप विवश था–उसने अपनी विवशता ओढ़ ली थी। 'विवाह होने से क्या हुआ, हम सम्पर्क में तो रह ही सकते हैं। मिलेंगे कम और चिट्ठियाँ लिखेंगे। और सुनो...तुम भी विवाह तो कर ही लेना, जो मन–माफ़िक मिले'...मुझे अपमान से रुँधा हुआ अपना स्वाभिमानी गला याद है, जिससे कुछ आवाज़ ही नहीं निकली। होस्टल के गेट से उसे जाते देखती रही। शाम की बत्तियाँ कब जलीं, कब रात हुई। बिस्तर पर लेटे–उठकर बैठते फ़िर लेटते दो–तीन दिन गुज़ार दिए, आँख सूखी की सूखी। क्या करूँगी अब, मेरी ज़िन्दगी का क्या होगा, क्योंकि अब तक तो प्रेम...नहीं नहीं अभिरूप तय करता चला आया था, योजनाएँ बनाता चला आया था भविष्य की। वह नौकरी करेगा, मैं घर करूँगी, वह वैज्ञानिक बनेगा मैं उसकी प्रेरणा रहूँगी–पथ की साथी बनूँगी। वह जानता था समाज–विज्ञान पढ़ कर भी तो मुझे गृहस्थी ही तो बाँधनी है। रही मैं, तो मैंने अभिरूप के दिखाये दृश्य के चौखटे में अपने आपको स्थापित कर लिया था। उसका घर ही मेरा घर होना था। 'माँ–बाबा, जेठी माँ तुम्हारे साथ मेरे रिश्ते के लिए तैयार नहीं हो रहे हैं'– सुनकर मैं भी तो अवाक् ही थी। अवाक् थी स्वाभिमान के आधिक्य से। अवाक् थी क्योंकि मेरे सारे शब्द चुक गए थे। कैसे हो सकता है ऐसा? उसे तो मालूम था न सब, जितना मेरा सच था जितना मुझे मालूम था मैंने तो सब कुछ बता दिया था निश्छल मन से। सभी कुछ भुला ही दिया क्या उसने? मेरी जन्मगाथा, मेरा वंश ही याद रहा। भूल गया मैदान के एकान्तिक कोने में पसीजी हथेलियों में लिए मेरा हाथ...मत जाओ न अभी, 'केनो जे तोमार हॉस्टल बिकाले बन्द होए जाए।' (क्यों जो तुम्हारा हॉस्टल शाम ढलते ही बंद हो जाता है?) मैं कहती, 'अब एक महीने बाद मिलेंगे अभि दा! कल सुबह तो मुझे जाना है अम्मा के पास हसनपुर। वैसे भी दुर्गापूजा के समय इधर रह कर ही क्या करूँगी।' सच ही कहती मैं। होस्टल में दुर्गा–पूजा के समय सारे कमरे बन्द रहते, सारी लड़कियाँ पूजा...पूजा कहकर पागल हुई रहतीं। ख़ूब–ख़ूब ख़रीदारी कर अपने–अपने घर जाने की फिराक में।

मुझे तो भूल ही जातीं मेरी सहेलियाँ। मुझे तो जाना होता हसनपुर, अम्मा के हसनपुर, जहाँ दुर्गा प्रतिमा बनती काली चिकटी मिट्टी की, कास वहाँ भी फूलता, ढाक बजाते अर्धनग्न, निर्धन, भूखे, गहरी साँवली त्वचा वाले लोग, वहाँ मेरी सहेलियाँ न होतीं, दीखता चारों ओर अभाव। मुझे झुँझलाहट होती। खाने को भात नहीं, पीने को साफ़ पानी नहीं, खूब छोटे–छोटे काम किया करते, कहें कि जो काम मिल जाए वही। मजूरी मिलते ही कल की चिन्ता भूल जाने वाले लोग, लेकिन उत्सवित होने के लिए न जाने कहाँ से चली आती ढेर सारी ऊर्जा। 'मायेर प्रोतिमा बानाइबो'[3]–खाली पेट, धँसी आँखों में चमक लिए पुआल और चिकटी माटी इकट्ठी करते कारीगर। वर्ष के शेष दिनों की चिन्ता भूल जाते, भूल जाते कि दुर्गा पूजा के बीत जाने के बाद भी जीवन, पेट की चिन्ताएँ बच रहेंगी। पूजा के बाद प्रतिमा के विसर्जन का इतना बड़ा आयोजन, नदी तट पर पड़े रहते दुर्गा प्रतिमाओं के अवशेष, मिट्टी गल जाती, गलती जाती लेकिन प्रतिमा की सजावट के निशान तट की मिट्टी को छोड़कर जाते नहीं, पता नहीं किसके इन्तज़ार में! प्रतिमा की पाँच दिवसीय पूजा के बाद उसका विसर्जन मुझे कभी नहीं भाया। मुझे सूर्यास्त के नदी तट पर आहिस्ते–आहिस्ते डूबती दुर्गा का बिम्ब दुःख से भर देता। लेकिन हसनपुर में रहते अम्मा कभी दुर्गापूजा छोड़ा नहीं करती। अम्मा के साथ मुझे भी जाना ही पड़ता, मैं भी रोज़ सुबह–शाम पुष्पांजलि दिया करती। पण्डाल में ख़ूब सजावट होती। जिस पाड़ा[4] की जैसी हैसियत। हमारे मुहल्ले की पूजा अभावग्रस्त ही रही हमेशा, पर खिचड़ी का प्रसाद सबको बँटता। अम्मा सुबह से पानी भी मुँह में न लेती। पुष्पांजलि के लिए पुरोहित लाल त्रिपुण्ड लगाये उच्चारता–'जयन्ती, मंगला, काली, भद्रकाली, कपालिनी, दुर्गा, शिव, क्षमा, धात्री, स्वाहा, स्वधा नमोस्तुते'–दुर्गा के तमाम नामों को सुनते–सुनते खड्ग खप्पर धारिणी, लाल जीभ वाली दुर्गा का स्वरूप मुझे सिहरा देता। लेकिन अम्मा पुष्पांजलि देते हुए ज्यों सुनती–'शरणागत दीनार्त परित्राण परायणे, सर्वस्यार्तिहरे देवि! नारायणि! नमोऽस्तुते' उसकी आँखें भर आतीं। मैंने उसे पूजा के दिनों में सबसे उदास और सबसे ज़्यादा उत्साहित भी देखा। अपनी नयी साड़ियों की सील वह पूजा में

3. माँ की प्रतिमा बनाऊँगा।
4. मुहल्ला।

ही खोलती, और मैं तो हसनपुर आने की मजबूरी में उदास रहती क्योंकि अभिरूप मेरे साथ न होता...मुझे हसनपुर में पूजा बिताना कभी अच्छा नहीं लगा। पूजा की छुट्टियों से ठीक पहली शाम 'अब मुझे जाने दो, भोर की ट्रेन है, छूट जाएगी' और अभिरूप की शर्त होती ठीक है मेरे लिए वही गीत गा दो। वही गीत फिर से गाऊँ, कितनी बार तो सुन चुके हो। तब पता नहीं था मेरे मुख से वह गीत अभिरूप को सुनना इतना भला क्यों लगता था। आँखें बन्द कर गाया वह गीत ही मेरे अपने जीवन में उतर आयेगा तब मालूम किसे था–

आमारो परानो जाहा चाय तुमि ताई गो
तोमारो छाड़ा एई जगते मोर केहू नाई, किछू नाई गो
तुमि शुख जोदि नाई पाओ जाओ शुखेर संधाने जाओ
आमि तोमाये पेयेछी ह्वदयेर माझे आर किछू नाई चाई गो
आमारो परानो जाहा चाय तुमि ताई गो...[5]

उस शाम के धुँधलके में, उसी पल मेरा चुलबुलापन हमेशा के लिए ख़त्म हो गया, वयस्क हो उठी अकस्मात्...न...न ज़बरदस्ती का विवाह मुझे नहीं चाहिए। जो मेरे साथ होना नहीं चाहता उसके साथ लटक जाऊँ ज़बरन। क्या सिर्फ़ इसलिए कि हम बहुत गहरे मित्र हैं। अच्छा ही हुआ जो अन्तरंग क्षणों में भी भीरु अभिरूप ने दोस्ती की सीमाएँ नहीं लाँघीं। जहाँ तक मेरी बात थी तो मैं ज्यों उत्ताल हवा थी, हर क्षण गाछ–वृक्ष, आसमान, नदी सबसे टकराने को तैयार। लेकिन अभिरूप का संयम ही था जिसने मुझे बचा लिया। शायद दूसरे को बचाने में हम ख़ुद बचते हैं। मेरे भीतर समुद्र की हहराती लहरों का शोर भर गया था जिसने मुझे वाक्–हीन कर दिया था। बहुत बरसों बाद लगता है कि वह अभिरूप ही था जिसने मुझे जीने का रास्ता दिखाया और मैंने भी तो...मुझे साथ लेने के लिए अभिरूप से आग्रह नहीं किया, कभी नहीं कहा 'तुम्हारे बिना जी नहीं पाऊँगी'। जी पायी क्या? अब पूछूँ भी तो किससे, मेरी आवाज़ लौट आती है मुझी तक। कभी लगता है अभिरूप ने मुझसे प्रेम ही नहीं किया था, तभी तो उसने बिना देरी किये परिवार की इच्छानुसार जीवन चुन लिया।

---

5. मेरे प्राण जिसे चाहते हैं, तुम वही हो, तुम्हारे अलावा इस संसार में मेरा कोई नहीं, कुछ नहीं है। तुम यदि सुख चाहते हो तो जाओ सुख की खोज में चले जाओ। लेकिन मैंने तुम्हें अपने ह्वदय के भीतर पा लिया है, मुझे और किसी की अभिलाषा नहीं।

बहुत मिलना–जुलना अब होना ही कहाँ था। वो अपनी नौकरी, परिवार में व्यस्त होगा। यह मैंने मान लिया। अब इस उम्र में आकर सोचती हूँ कि भावुकता भी क्या शै है। आप उसकी गिरफ़्त में यूँ चले जाते हैं ज्यों मकड़ी के जाले में फँसता शिकार। बड़े उदास दिन थे, जहाँ बस शाम का इन्तज़ार था, जिसके अँधेरे की परछाइयाँ मुझे आड़ देती थी। ये यूनिवर्सिटी की घनी शामें थीं जिन्हें मैंने चुपचाप अपना बना लिया था। अश्वत्थ वृक्ष के पत्तों की झनझनाहट, सूखी टहनी पर बड़ी चौड़ी आँखें लिए बैठा उल्लू, गहराती रात को अपनी कोटर से झाँकती गिलहरी सब मेरे दुःख के साक्षी अनायास ही बन उठे। होस्टल का गेट जब बन्द होने को होता तब मैं जाती चुपचाप और थके क़दमों से बिस्तर पर पड़ रहती। किसका सोग मना रही थी मैं? अभिरूप से बिछड़ने का, आत्मसम्मान पर लगी चोट का, रहमाना ख़ातून की नातिन होने का या जीवन की निरुद्देश्यता का?

अब वो दौर याद आता है तो हल्की–सी हँसी के साथ सिर झटक देती हूँ लेकिन वे दिन भी क्या थे, जीवन का रास्ता आगे क्या हो सूझता ही नहीं था। कुछ अतिरिक्त संवेदनशीलता ने मेरे स्वास्थ्य का ख़ूब नुक़सान किया, यहाँ तक कि मुझे हसनपुर लौटना पड़ा। जहाँ अम्मा थी, लेकिन मेरा मन था कि सूखी रेत। मेरी सहपाठिनें वहीं कलकत्ते में रह गयी थीं, मुझे लगता था मुझ–सा दुःख किसी का है नहीं, हो नहीं सकता। अब कभी वैसे ही ख़ुश रह नहीं पाऊँगी, जैसे रहा करती थी। मेरी चुप्पी दिनों–दिन बढ़ती जा रही थी। लगता था मन के आकाश पर बादलों का डेरा स्थायी हो चला है। कलकत्ता छोड़ने में भलाई थी। लौटी मैं–ख़ूब उमस, तेज़ धूप और अचानक आतुर हो कर बरस पड़ने वाले मौसम के देश में स्वप्नहीन, ख़ाली मन के साथ। मेरी सूनी आँखों को अब किसी का इन्तज़ार न था।

अम्मा को कुछ अन्दाज़ा था लेकिन उसने मुझे कुरेदा नहीं, बस कहा कि मुझे आगे और पढ़ना चाहिए। बाद के सालों में सोशल मीडिया पर कभी– कभार विदेश–यात्रा और नए घर–मकान की तस्वीरों से मुझे अभिरूप की ख़बर मिलती रहती। मन से कभी उम्मीद का सिरा छूटता नहीं। मैं उसे जितना भुलाना चाहती, वह प्रश्न की तरह हमेशा मेरे सामने आकर खड़ा हो जाता। मैंने ख़ुद को किताबों में गर्क़ कर लिया। फिर भी

हमेशा यह सवाल कि मेरा क्या दोष था? मैंने तो अभिरूप को सब सच बताया था, अपना सच, रहमाना ख़ातून का सच (जितना मुझे मालूम था तब तक), किताबों ने मुझे थाम लिया, दुनिया ने भी ढेर पाठ पढ़ाये फिर भी चित्त पर सदा एक बोझ–सा रहा करता–आख़िर मेरा अपराध क्या था? मैंने तो बिराजित सेन के बारे में भी बताया था अभिरूप को, बंगाल में अपनी जड़ों के बारे में भी, पर अभिरूप ने...नहीं मैंने ही धीरे–धीरे दूरी बना ली थी। उससे सम्बन्धित कोई सूचना आती तो सतह पर नदी का पानी आलोड़ित हो जाता लेकिन भीतर की बेचैनी को अपने भीतर छुपा लेना मैं अब अच्छी तरह सीख गयी थी। एक समय ऐसा आया कि जब लगा कि उससे सम्बन्धित सूचनाएँ मुझे बेचैन कर जाती हैं। नतीजतन 'अन्फ्रेंड' का बटन दबाकर विस्मृत ही तो कर दिया।

क्या सच में ही भूल गयी? तो मुझे वह भूला–सा प्रेम अब क्यों याद आता है...विक्टोरिया के पास पारमिता से मिलने की बात थी। बाहर से आने वालों को विक्टोरिया मेमोरियल अपनी तरफ़ खींचता है न, वह तो आयी नहीं बारिश ऊपर से शुरू हो गयी। गीली चप्पल से चलने की कोशिश में चमड़े का स्ट्रैप ही टूट गया और ठीक तभी...ठीक उसी समय बहुत दिनों की सुनी परिचित आवाज़ आयी 'प्रतीति'! गर्दन उठाकर देखा थोड़ा गोलमटोल प्रौढ़ बदन लिए श्रीमान अभिरूप अपनी सुमुखी दीर्घकाय स्त्री के साथ खड़े हैं। कैसे भूल सकती थी बहुत दिनों के परिचित चेहरे को, लेकिन न जाने क्यों मुझे असुविधा–सी हो आयी। और सवाल थे कि पति–पत्नी दोनों की ओर से बारिश की बौछार की तरह तड़ातड़।...याद नहीं कि किसका क्या जवाब दिया और कैसे जल्दी–जल्दी में पीछा छुड़ा कर रिक्शा में बैठी। बाद में अफ़सोस भी हुआ क्या सोचा होगा बेचारे ने! उसकी स्त्री के सामने ही...कोई तमीज़ नहीं बिल्कुल सामाजिकता नहीं। अब तो यह भी सोचती हूँ कि वे कौन–सी विवशताएँ होती हैं जिनकी शृंखला तोड़ना पुरुष के वश का नहीं होता। तब नहीं पर अब समझती हूँ अभिरूप की मजबूरी, उसने पत्र लिखा था जिसे फाड़ फेंकने में मुझे एक पल नहीं लगा था लेकिन एक पंक्ति का लिखा पत्र भूल पाने की क्षमता भी तो जुटा नहीं पायी–'आमार पुतुल भेंगे गेछे।'[6]

---

6. मेरा खिलौना टूट गया है।

मुझ जैसों में सामाजिकता रह भी कहाँ जाती है। किसी निमन्त्रण में जाते समय हाथ–पैर काँपते हैं। पचास–साठ छात्रों की कक्षा को पढ़ाने की अभ्यासरत आँख विवाह–जन्मदिन भोज और उत्सव में जाते ही किंकर्तव्यविमूढ़ हो जाती है। जैसे मैं उस समूह का अंग नहीं हूँ, हो भी नहीं सकती। मेरी सूती साड़ी ज्यों और साधारण होकर मेरे शरीर से चिपक जाती है। दोनों हाथ अभिवादन के लिए उठते ही नहीं, तरह–तरह के परोसे व्यंजनों में से मेरे लिए कुछ भी नहीं है, मन में बस यही कि लौट चलूँ, अपने फ़्लैट पर...ये उत्सव, ये समारोह मेरे लिए नहीं, मैं इनमें कभी अपनी जगह, अपनी भूमिका खोज नहीं पाती। लेकिन विक्टोरिया वाले दिन की घटना के बाद पता नहीं जी में क्या हुआ कि मैंने बहुत दिनों से इनबॉक्स में रखे क्राकोव (पोलैंड) के सेमिनार–आमन्त्रण को खोलकर देखा और जल्दबाज़ी में अपनी डेढ़ पंक्ति की सहमति भेज दी। आयोजक बहुत तत्पर निकले और लौटती मेल में वीज़ा इत्यादि की कार्यवाही सम्बन्धी जानकारी मिल गयी। सच कहूँ जब अपनी पढ़ाई–लिखाई को किसी मंच से मान्यता मिलती है, भीतर से तुष्टि मिलती है। जैसे बारम्बार मुझसे कोई कहता हो 'हाँ, हाँ यही है तुम्हारा रास्ता! तुमने कोई ग़लती नहीं की जीवन चुनने में, तुमने अपनी पहचान ठीक ही बनायी है, बिल्कुल अपने बूते पर। तुम्हारी सूची में कोई नहीं, तुम पर किसी का अहसान नहीं किसी का क़र्ज़ नहीं। इस रास्ते के काँटे, रोड़े, पत्थर सब तुमने अकेले दम पर साफ़ किये हैं और यदि कोई तुम्हारे साथ रहे हैं तो वे हैं ये धरती, ये आकाश, ये प्रकृति–यही तुम्हारे संघर्ष के साक्षी रहे हैं, जिन्होंने तुम्हारे अकेलेपन को एकान्त में तब्दील करने का हुनर सिखाया है, सुनी है वेदना की आवाज़ तुम्हारे इस अकेले तानपुरे ने, जिसका हरेक सुर तुम्हारी अपनी ही कथा कहता है। लेकिन फिर ख़याल आ जाता है अम्मा का। यहाँ रहती हूँ तो भले महीनों उससे मिलने न जा पाऊँ पर मन को तसल्ली रहती है कि जब चाहे कुछ घण्टों में पहुँच जाऊँगी, पर विदेश जाने पर उसके लिए जी कचोटता है...सोचती हूँ उसके संघर्ष का क्या, उसके अकेलेपन का क्या? उसके बारे में कौन जान पायेगा, और कहेगा कौन, सुनने के लिए बैठा ही है कौन, कौन जान पाता है मन के बदलते मौसमों का हाल। ऊपर से तो हम रहते हैं उसी अस्थि–मज्जा के पुतले लेकिन भीतर क्या कुछ दरक जाता है, दरार से उगने लगते हैं कुछ अनचीन्ही प्रजातियों के अंखुवे। इन्हीं में से एक ने मुस्कुराकर बारिश भीगी

हवा में सिर हिलाकर धीमे–से ज्यों मुझसे कहा अपनी रिसर्च को मत भूलो प्रतीति! जो छूट गया वो छूट गया वो कभी तुम्हारा था ही नहीं। और...मैं?

होलोकास्ट देखा नहीं मैंने, अनुभव भी नहीं किया। लेकिन इतिहास के सीने पर होलोकास्ट की घटनाओं के गहरे घाव हैं, ऐसे खुरण्ड जिनकी ऊपरी परत छीलते ही भीतर का घाव अपने नएपन और दर्द के साथ फिर–फिर उभर आता है। इतिहास की किताबों में लिखा है दूसरे विश्वयुद्ध के दौरान जो पोलैंड पर दोतरफ़ा आक्रमण हुए उनमें जर्मन नात्सी सेनाओं और सोवियत रूस का योगदान था, सत्तर के दशक में द्वितीय विश्वयुद्ध के कारणों–परिणामों की छानबीन और शोध के दौरान युद्ध के दौरान कैम्पों में क़ैदी रहे, मार डाले गए या तरह–तरह के रोगों के शिकार, विस्थापित टूटे–बिखरे लोगों की स्मृतियों को जब दर्ज करना शुरू किया गया तब ब्रिटेन से लेकर इज़रायल, पश्चिमी और पूर्वी यूरोप के भोक्ताओं का दर्द सामने आया। होलोकास्ट को जानना कठिन, दुखद और मन–मस्तिष्क को बेचैन कर देने वाला है, क्योंकि यूरोप के युद्ध कैम्पों में घटित दुर्दान्त घटनाएँ तब तक सिर्फ़ एक सूचना होती हैं जब तक मैं या आप इन युद्ध–कैम्पों की आन्तरिक परिघटनाओं के साक्षी नहीं बनते, उनके बारे में नहीं जानते।

मेरे लिए तो पोलैंड के क्राकोव और वारसा जाने के लिए यह आकर्षण कुछ कम था क्या कि वहाँ सबीना है? हम पहली बार मिलने के साथ ही परस्पर एक अनकहे भाव से बँध गए। धारासार बारिश की एक सुबह उसके कोलकाता आने पर हम रात भर जाग कर बातें करते रहे, तब तक, जब तक उसकी वापसी–उड़ान का समय नहीं हो गया। सबीना पोलैंड के एक नामचीन वैज्ञानिक की पत्नी है, उम्र होगी लगभग 40 साल, उसका भारत आना घूमने के लिए एक संयोग ही था, उसने सान्द्रा के परिचय से मुझे सम्पर्क किया, ये सान्द्रा वही है जिसने बंगाल के मोह में अपना नाम बनलता सेन[7] ही रख लिया है। मुझे मिली थी सबीना, सैलानी के वेश में–भूरे रंग की छह जेबिया ढीली पैंट, आधी बाँह वाली क़मीज़ और सर

7. जीवनानन्द दास की प्रसिद्ध कविता का शीर्षक है– बनलता सेन "हज़ारों साल से चल रहा हूँ पृथ्वी के पथ पर, सिंहल के समुद्र से रात के अँधेरे में मलय सागर तक/फिर बहुत मैं बिम्बिसार और अशोक के धूसर जगत में/रहा मैं वहाँ बहुत दूर अँधेरे विदर्भ नगर में/मैं एक क्लांत प्राण, जिसे घेरे है चारों ओर जीवन सागर का फेन, मुझे दो पल शांति जिसने दी वह–नाटोर की बनलता सेन..."

पर थोड़े हलके बालों को यूँ ही लापरवाही से पीछे बाँधे हुए, अपने बड़े से पिट्ठू बैग के साथ, बोहेमियन क़िस्म का विदेशी–विदेशी भाव लिए हुए। चौड़े माथे को बंगाल की आर्द्र बोझिल हवा ने और चौड़ा कर दिया था, जो थोड़े बहुत केश थे वे स्वेद से आपस में चिपक कर सर को गंजेपन का भ्रम देने में पर्याप्त सफल थे। मित्र की मित्र का जैसा स्वागत–सत्कार किया जा सकता है, मैंने किया। लेकिन उसके व्यक्तित्व के रूखे भूरेपन के भीतर एक ख़ास नमी छिपी हुई है इसका अहसास कुछ ही घण्टों के परिचय के बाद ही हो पाया था।

कोलकाता[8] से विदा के वक़्त उसका गहरा इसरार था, उसे मिलने वारसा ज़रूर आऊँ। क्राकोव जाना तो बस बहाना ही रह गया। सबीना के आमन्त्रण पर उसके घर जाना एक अलग अनुभव था। एक अनजानी–सी डोर ने मुझे सबीना की ओर आकर्षित किया, इतनी दूरी पर खड़ी विदेशिनी बिल्कुल अपनी लगने लगी। कासवन में दूर बजते ढाक की आवाज़ पुकारती हो ज्यों मुझे, अजानी–अनचीन्ही स्त्री से मेरी मित्रता होगी यह सोचा ही कहाँ था। हालाँकि उस आवाज़ के बारे में मैं कभी सबीना को बता पाऊँगी इसमें सन्देह है। और बताने के लिए शब्द ही कहाँ हैं? वह मुझे तब मिली जब मैं भाग रही थी अपने आप से। कितना अजीब था न, सबीना अपने देश से भागकर आया करती थी भारत। मन्दिर, गुरुद्वारे, मस्जिद, चर्च खँगाला करती। अपने भीतर क्या भरकर लौटती होगी, ठीक–ठीक कह नहीं सकती। लेकिन कुछ तो पाती होगी ज़रूर जो बार–बार भारत के लिए टूरिस्ट वीज़ा की लाइन में जा खड़ी होती होगी। इस तरफ़ मेरा आना अयाचित–सा ही था। नमी से भरे नमकीन मौसम की आदी मैं यहाँ क्यों आयी थी, क्या पाने, इसका पता तो मुझे भी कहाँ था। इस देश में बंगाल के पोखर–माठ भी कहाँ थे, थी तो चित्रलिखित स्तब्ध प्रकृति, ज्यों किसी ने तूली से आँक दिए हों गहरे हरे रंग के मैदान, स्वच्छ निर्मल जल में अपने ही प्रतिबिम्ब पर मुग्ध नीचे बिल्कुल नीचे झुकी पत्तों से बोझिल डाल। कहीं कोई आहट नहीं। चुप्पी...मौन सब जगह। कब ठण्डी हवा बेध देगी, कब धूप का एक नन्हा टुकड़ा सर पर आ खड़ा होगा, कब एक चुप बौछार भिगो जाएगी इसका अन्दाज़ा लगाना मुश्किल था।

---

8. पहले कोलकाता को कलकत्ता कहा जाता था। अभी हाल के वर्षों में इसे कोलकाता कहा जाने लगा है।

कोलकाता में भी मैं आधी बाँह का स्वेटर सर्दियों में तो पहन ही लेती हूँ, जबकि वहाँ पर अक्सर लोग एक हल्की सूती चादर में ही गुलाबी सर्दियाँ काट लेते हैं। मेरे भीतर की उदासी यूरोप की इस प्रकृति से मिलकर और गहरी हो उठी है।

क्राकोव में पर्चा पढ़ना दूसरे किसी भी सेमिनार की तरह एक औपचारिकता ही थी। वैसे भी जब आपकी प्रस्तुति से पहले ही पर्चे की प्रतियाँ सेमिनार में सबको बाँट दी जाएँ तो ऐसा लगता है आप अपना लिखा हुआ बस दोहरा रहे हैं, क्योंकि दर्शकों/श्रोताओं का ध्यान तो आपके पर्चे की लिखित प्रति पर होता है। ख़ैर सेमिनार की औपचारिकताएँ ख़त्म हुईं। प्रतिभागी अपना परिचय, पता, फ़ोन सब एक दूसरे से साझा करने लगे। सेमिनार कक्ष के बाहर एक लम्बी मेज़ पर खाने–पीने की चीज़ें रखी हुई थीं। रसवन्ती जीभों को आमन्त्रित करते बिस्कुट और मीठे–नमकीन बेक्ड व्यंजनों की लम्बी रंगीन कतार। अपने–अपने देशों के सेमिनार में शिरकत करने, आमन्त्रण के वायदे, आसन्न आमन्त्रण की अपेक्षा में आनन्दित मुख की छवियाँ निहारते मैंने रसीले स्ट्राबेरी केक की तरफ़ देखा, अचानक कौंधा अभिरूप! उसे स्ट्राबेरी ख़ूब पसन्द थी ना। तन कहीं भी जाए मन की यात्रा की कोई सीमा नहीं। एक पल के लिए ख़ुद के लिए बुरा लगा, क्या छोटी लड़की की तरह हमेशा प्रेम के लिए कुहुकती रहती हो। ज़रा देखो तो यहाँ की हलचल। कभी वर्तमान में भी तो रहा करो। जाओ, आगे बढ़ कर दोस्तियाँ करो, देखो इन्हें! अलग–अलग देशों से परचा पढ़ने आये प्रतिनिधि...कितना हँस–बोल रहे हैं आपस में मिल–जुल रहे हैं। किसी तरह एक विदेश यात्रा का अवसर जुट जाए, सब ओर यही कोशिश। ज़िन्दगी ऐसे ही चलती है टुकड़े–टुकड़ों में। पूरे जीवन का ख़ाका तय करके उसी रास्ते पर अनुशासित होकर नहीं चला जा सकता। जीवन में जो, जैसा जिस रूप में आये उसे ग्रहण करना ही गति है। ज्ञानार्जन के लिए एकाकीपन ज़रूरी है लेकिन वह समाज से, लोगों से कटकर, संवादहीन होकर सम्भव नहीं है। बातचीत करना ज़रूरी है। भावों, विचारों का आदान–प्रदान दृष्टि को साफ़ और प्रखर बनाता है। यह जानते हुए भी मेरा मन क्यों ठहर जाता है, देखने लगता है बार–बार मुड़कर पीछे, शायद कोई पुकार ले। सभा–स्थल के सामने एक बड़ी–सी झील, आईने की तरह साफ़ झक्क पानी। अपनी ओर आमन्त्रित करती सी।

कदम रख दूँ इसकी सतह पर, क्या डूब जाऊँगी, या होगा कोई जो बाँह थाम, कलेजे से लगा पार उतार लेगा? और बादलों की आवाज़ाही के मौसम में सबीना मुझे लिवा लाने को कार लिए हाज़िर। क्राकोव से वारसा के रास्ते में हम ख़ूब बातें करते आये, शान्त स्तब्ध प्रकृति की मनोरमता खिड़की के रास्ते अन्दर आने को व्याकुल थी और हम वारसा पहुँचने को। बेबी सिटर के भरोसे सबीना बच्चे को छोड़ कर आयी थी, सच कहूँ तो थोड़ी ग्लानि भी हो रही थी मुझे सबीना को 100 किलोमीटर प्रति घण्टे से ऊपर की गति से कार चलाते देखकर। अच्छा होता कि मैं टैक्सी ले कर चली आती। मन मोह से भर गया।

घर क्या था। घनी घास के मैदान के बीचोंबीच सफ़ेद, अकेला शान्त भवन। घास के लॉन में पोर्टेबल ग्रास ट्रिमर पड़ा हुआ है ज्यों कोई घास छीलने का काम बीच में अधूरा छोड़ यूँ ही चला गया हो। दो मंज़िला बड़ा मकान लगभग बीस–पच्चीस साल पुराना, सब कुछ क़रीने से रखा हुआ, अच्छे महँगे गद्देदार सोफ़े, ख़ूबसूरत पेंटिंग्स और पूरा घर केन्द्रीय वातानुकूलन की नर्म गर्माहट से भरा हुआ। पूरे मकान में एक गहरी चुप्पी, शायद बच्चा सो चुका है। सजा–सँवरा घर, सब कुछ क़रीने से लेकिन कहीं कुछ ऐसा ज्यों ज़िन्दगी धड़कना भूल–सी गयी हो। सन्नाटा बाहर है या मेरे भीतर का ख़ालीपन इस सन्नाटे से मिलकर और आस्फालित हो गया है। बच्चे के जागने पर स्थिति बदले शायद। रात का भोजन संक्षिप्त ही रहे यह मेरा ही इसरार था सबीना से। वह ख़ुद रात में कुछ खाती नहीं सिर्फ़ सूप पीती है, वज़न को लेकर सतर्क है।

सबीना ने पिछली बार ही अपने दादा के बारे में बताया था। इस सन्नाटे में मुझे सबीना के दादा की वही भूली–सी कहानी जानने की इच्छा हो आयी है। सबीना के दादा की लिखत पुरानी है, लेकिन डायरी के ऊपर के जर्जर गत्ते पर एक नया ताज़ा पन्ना चिपका कर जो लिख दिया गया है वह है–

जो कमज़ोर होते हैं वे लड़ते नहीं,
जो उनसे अधिक मज़बूत होते हैं वे लड़ सकते हैं घण्टे भर के लिए।
जो और अधिक मज़बूत होते हैं, वे लड़ सकते हैं कई वर्षों तक।
सबसे अधिक मज़बूत लोग लड़ते हैं अपनी पूरी ज़िन्दगी।
वही हैं जो अपरिहार्य होते हैं

–बर्तोल्त ब्रेख्त

सबीना के पास इतना समय एकमुश्त जुटता नहीं कि वह डायरी पढ़ कर मुझे लगातार सुना सके, क्योंकि उसका बच्चा नन्हा है, जिसके बारे में सबीना कहती है कि उसे भारत यात्रा के बाद ही पता चला कि वह माँ बनने वाली है। माँ बनने की इच्छा के बावजूद वह पिछले सत्रह सालों से वन्ध्या थी, बच्चे की खुशख़बरी ने जीवन को देखने का नज़रिया बदल दिया है, वह सबीना जो अपना समय पार्लर, योगा, डांस, क्लब जाकर गुज़ारा करती थी, अचानक ही घरघुस्सू हो गयी है। बच्चे की नींद जागती और सोती है। अब सहेलियों से हफ़्तों बात नहीं हो पाती, उनके बच्चे बड़े हो चुके हैं और सबीना है कि ताज़ा–ताज़ा माँ बनी है। मैंने देखा है बच्चे की नींद से बढ़कर उसकी कोई उपलब्धि नहीं, वह दिन के उजाले को मोटे, गहरे परदे खींचकर अँधेरे में तब्दील कर देती है कि बच्चा गहरी नींद के आगोश में चला जाए, फिर हौले–से तकिये को बच्चे से सटा देती है, उसके बाद इंटरनेट पर वह सब ज्ञान खँगालने लगती है, जो चाइल्ड केयर से सम्बन्धित है। पति की आमदनी अच्छी–ख़ासी है, लेकिन व्यक्तित्व अन्तर्मुखी है। सबीना कहती है विवाह के शुरुआती वर्षों में पति का उदास, सुस्त लटका हुआ चेहरा उसे अवसाद से भर देता था, धीरे–धीरे उसने समझ लिया कि कुछ चेहरे स्थायी उदासी का उपयुक्त आश्रय होते हैं। सबीना ने वारसा में रहते हुए सामाजिक कार्यों में हिस्सा लेना शुरू कर दिया, मन के ख़ालीपन को किंडरगार्डन की खिलखिलाहटों से भर लिया, समवयस औरतों का समूह बना लिया जो मिल–जुलकर दुनिया के देश घूमने–फिरने लगीं। अब वह उसी समूह की नेता है और ट्रैवल गाइड का काम करती है, लेकिन अब...अब तो उसे अपने नन्हे अंटोनी के अतिरिक्त कुछ और सोचने की फुर्सत नहीं। सबीना यहूदी पोलिश है–अंटोनी की आँखें गहरे नीले रंग की और बाल सुनहले रंग के हैं। सबीना कहती है बच्चे ने उसकी दुनिया में रंग भर दिए और वह अंटोनी के अलावा कुछ और सोचना नहीं चाहती। मुझ जैसे विदेशी को बताना नहीं चाहती अपने देश का इतिहास। कहती है जो बीत गया वह कुरेदने से क्या फ़ायदा, लेकिन साथ ही मेरी प्रश्नाकुल आँखों की भाषा भी समझती है। उसके ख़ानदान में लगभग हर पीढ़ी में लेखक हुए हैं, स्वयं भी वह कविताएँ लिखा करती थी। 'प्रैम' (बच्चा गाड़ी) में अंटोनी को टहलाते हुए हम झील के किनारे निकल आये हैं, वह कहती है–

जब आप प्रेम में होते हैं तो कोई भी यातना स्पर्श नहीं करती। बच्चा गोद में लेते ही एक अजीब–सा सन्तोष हृदय में उमड़ता है, अब जान पायी हूँ कि माँ और बच्चे के सम्बन्ध से गहरा और कोई सम्बन्ध नहीं हो सकता, लगता है कि आपका अपना कलेजा गोद के बच्चे में धड़क रहा है, नन्ही जान जो आप पर आश्रित है, टुकुर–टुकुर ताक़ती नीली आँखें। छोड़ो नीली आँखें...नहीं कहूँगी...बता नहीं सकूँगी नीली आँखों का सच।

''क्यों सबीना?''

''अरे प्रतीति तुम आ गयीं यहाँ मुझसे मिलने के लिए, भले ही अपनी रिसर्च और सेमिनार के बहाने यही काफ़ी है। जानती हो! बच्चा आने के पहले मैं सोचती थी कि ज़रूर मेरे ही पापों का फल है कि मुझे सन्तान–सुख मिला नहीं। मेरा बचपन तो अपनी माँ की मानसिक उठापटक को सँभालने में गर्क हो गया। होश सँम्भालते–न–सँभालते छोटा भाई मेरी गोद में था और माँ को दौरे पड़ते थे। बाद के दिनों में डॉक्टर उन्हें मार्फ़ीन का इंजेक्शन देकर सुला देते थे। मेरी माँ का जन्म सन् 1935 के आसपास हुआ था, अब वे नहीं हैं पर जब तक जीवित थीं अपने अतीत की क़ैदी होकर रहती रहीं, लेकिन यह तो उनके बुढ़ापे की बात है, उनकी अधेड़ावस्था और मेरी युवावस्था में तो हमारे सम्बन्ध बहुत ख़राब हो चुके थे। वे अजीब शै थीं, दुनिया छोड़ने के पहले तक वे मेरे लिए डरी ही रहतीं, पोलैंड की स्वतन्त्रता के बाद भी उन्हें लगता रहा कि बुरे दिन कभी भी लौट कर आ सकते हैं, वे बन जातीं 9 साल की बच्ची, जिसे अपने माँ–बाप से अलग करके खेतों में काम करने के लिए दूसरी कई लड़कियों के साथ ज़बरदस्ती पकड़कर ले जाया गया था...

''तो उन्होंने नात्सी कैम्प देखे थे?''

मेरे इस सवाल पर सबीना ने ऐसा मुँह बनाया ज्यों मेरी जानकारी पर तरस खा रही हो।

"दरअसल इंडिया किसी विश्वयुद्ध का हिस्सा नहीं रहा न–!"

"क्या बात करती हो–तुम्हारे देश से 20 लाख सैनिक द्वितीय विश्वयुद्ध में इंग्लैंड की ओर से लड़ने भेजे गए थे। दूसरे विश्वयुद्ध की भूमिका तो पहले विश्वयुद्ध के दौरान ही बन गयी थी जो 1939 से लेकर 1945 तक चला था। समूचे विश्व के दस करोड़ सैनिक इसमें शामिल थे, सैनिकों समेत 7 करोड़ नागरिक मारे गए थे इस युद्ध में। सभी महाशक्तियों ने

इस युद्ध में अपनी आर्थिक, राजनैतिक, वैज्ञानिक क्षमता दिखाई। युद्ध के प्रभाव बड़े दूरगामी हुए क्योंकि जर्मनी का उद्देश्य था एक बड़ा साम्राज्य स्थापित करना जिसमें शुद्ध रक्त वाले नागरिक हों, जिनकी आनुवांशिकी क़ाबिले–तारीफ़ हो। जर्मनी ने यूरोप महाद्वीप का एक बड़ा भाग सैन्य–बल से अपने अधीन कर लिया था, सन् 1939 में ही उसने पोलैंड के एक बड़े भाग पर विजय प्राप्त कर ली थी, इसके बाद फ्राँस ने जर्मनी के ख़िलाफ़ युद्ध की घोषणा की, जिसे इंग्लैंड समेत राष्ट्रमण्डल के देशों का साथ मिला। नात्सी सोवियत समझौते के तहत सोवियत रूस अपने छः पड़ोसी मुल्कों, जिसमें पोलैंड भी शामिल था, पर क़ाबिज़ हो गया। फ्राँस की हार के बाद यूनाइटेड किंगडम और अन्य राष्ट्रमण्डल देश ही धुरी राष्ट्रों से संघर्ष कर रहे थे, जिसमें उत्तरी अफ्रीका की लड़ाइयाँ तथा लम्बे चले अटलांटिक–युद्ध भी शामिल थे। जून 1941 में यूरोपीय धुरी राष्ट्रों ने सोवियत संघ पर हमला बोल दिया और इसने मानव इतिहास में ज़मीनी युद्ध की सबसे बड़ी युद्धभूमि को जन्म दिया। सन् 1943 में पूर्वी यूरोप में जर्मनी कई जगह हारा, इटली में मित्र राष्ट्रों ने आक्रमण कर दिया तथा अमेरिका ने प्रशान्त महासागर में जीत दर्ज करनी शुरू कर दी जिसके कारण जर्मनी को सारे मोर्चों पर सामरिक दृष्टि से पीछे हटने की रणनीति अपनाने को मजबूर होना पड़ा। सन् 1944 में जहाँ एक ओर पश्चिमी मित्र देशों ने जर्मनी द्वारा क़ब्ज़ा किए हुए फ्राँस पर आक्रमण किया वहीं दूसरी ओर से सोवियत संघ ने अपनी खोयी हुयी ज़मीन वापस छीनने के बाद जर्मनी तथा उसके सहयोगी राष्ट्रों पर हमला बोल दिया। सन् 1945 के अप्रैल–मई में सोवियत और पोलैंड की सेनाओं ने जर्मनी के बर्लिन पर क़ब्ज़ा कर लिया और यूरोप में दूसरे विश्वयुद्ध का अन्त 8 मई 1945 को तब हुआ जब जर्मनी ने बिना शर्त आत्मसमर्पण कर दिया।"

"मुझे मालूम है सबीना"–कहकर मैंने सबीना की बात को छोटा करने की कोशिश की है। यह सब तो इतिहास में दर्ज़ है।

सबीना रुकती नहीं, उसके बोलने के तरीक़े में मेरी दोस्त पारमिता की कौंध है। पारमिता जिसने कैंसर जैसे भयंकर रोग से लड़ने के लिए अकेलापन चुना है। मेरे मन में उसके साहस के लिए बहुत आदर है। लेकिन हमेशा सोचती हूँ और कितने साल वह रह पायेगी इस संसार में अपने रोग से मुक़ाबला करती हुई अकेली। मैं होती तो कर पाती ऐसा?

सोच कर ही सिहरन होती है। किससे अर्ज़ करूँ कि मेरी दोस्त की काया नीरोग कर दे, ताकि वह अपनी आगे की ज़िन्दगी हँसी–ख़ुशी भयहीन होकर जी सके। सुनता नहीं कोई मेरी आवाज़। किससे कहूँ। सबीना का चेहरा देखती हूँ तो पारमिता ही कौंध जाती है।

"कहो सबीना क्या कह रहीं थीं तुम? वर यू टेलिंग समथिंग?"

लेकिन अब उसके होंठों से कोई बोल नहीं फूट रहा बल्कि वह अचानक बहुत– बहुत दूर जा चुकती है। अँधेरे कुएँ से आने वाली रुलाई की तरह उसकी फुसफुसाहट है–"जो तुम नहीं जानतीं वह मैं जानती हूँ। जो तुम्हारे लिए अकल्पनीय है"–उसके शब्द फूटे होंठों से और आँखों से चुपचाप धार बहने लगी। मेरे दादा की डायरी पढ़ो जान जाओगी बहुत कुछ, लो डायरी का यह अंश तुम्हारे लिए–

आज जेमोन कोरे गाइछे आकाश[9]

वह एक बड़ी भारी गझिन काली रात थी, दिन में हरियाले मैदानों की कालिमा, जले हुए मांस के बदबू के साथ जैसे हवा में घुल–मिल गयी थी।

लगभग पाँच दिन और रात की थकान भरी यात्रा, जो हमने स्टेशन वैगन में की थी, उसके बाद अब ट्रेन रुक गयी थी, जिसके रुकने का इन्तज़ार करते हुए जैसे हमें सदियाँ हो गयी थीं। ट्रेन में बैठने की कोई जगह नहीं थी, भारी सामान और पशुओं को ले जाने के लिए इस ट्रेन का इस्तेमाल किया जाता होगा, भीतर घुटन और बदबू ही बदबू भरी हुई थी। भारी–भारी कपड़ों, बूटों की गन्ध, बीमार लोगों की उल्टी की गन्ध, और सबसे ज़्यादा पेशाब की गन्ध, उस ठिठुरती सर्दियों में स्टेशन वैगन में निवृत्त होने की कोई जगह नहीं थी, कई बूढ़े और बीमार लोग थे, और लोग बीमार हो रहे थे, हमें कहाँ ले जाया जा रहा है, कुछ पता नहीं था। रास्ते में दो बार बन्दगोभी का बास मारता सूप हमें पीने के लिए दिया गया था। भूख से अतड़ियाँ ऐंठ रही थीं। छोटे बच्चे अब रो भी नहीं पा रहे थे, रोने के लिए जो ताक़त चाहिए थी वह क्षीण बहुत क्षीण हो चुकी थी। हम ऐसे यात्री थे जिन्हें यात्रा के बारे में कोई जानकारी नहीं थी, हम ऐसे राही थे जिन्हें आगे–पीछे की राह मालूम नहीं थी। सब लोग भयभीत थे, हमारे साथ क्या होने वाला है हम में से किसी को कोई अन्दाज़ा नहीं था, या यों कहें कि हम सबको पूरी तरह अन्दाज़ा था, कि अब शायद हम अपनी धरती, आकाश देख नहीं पाएँगे। मुझे चिन्ता थी कि क्या मेरे दोस्तों को पता होगा कि मैं कहाँ हूँ, क्या मेरी खोज कोई करेगा, क्या मैं कभी

9. आज आकाश जिस तरह गा रहा है।

उनको देख पाऊँगा, क्या पहले सी साँस ले पाऊँगा। ख़ैर, इस समय तो ऐसा ही लग रहा था कि कोई सूखी रोटी का एक टुकड़ा, कच्चे मांस का भी एक टुकड़ा मिल जाए तो खा ही लूँ। पेट की आग सबसे पहले सोचने–समझने की क्षमता को सुन्न करती है।

ट्रेन पता नहीं कब से चलती आ रही है, भीतर डब्बे में अँधेरा है, हालाँकि घने जंगलों से जब ट्रेन बाहर आती है तो भीतर रोशनी की हल्की–सी गोलाई–सी फैल जाती है, कुछ साँसों की घरघराहट सुन पड़ती है बस, कोई बातचीत नहीं कर रहा। ट्रेन चलते ही कुछ बच्चों ने रोना शुरू कर दिया था, अब कमज़ोरी और भूख से वे चुप हैं, नवम्बर के महीने की ठण्ड में औरतों ने बच्चों को छाती से लगाकर गरम रहने का उपक्रम कर लिया है। एक तरफ़ पुरानी, टुटही लोहे की बाल्टी है, लोग उसी में पेशाब करते जा रहे हैं, इसलिए वह ट्रेन के धचके के साथ कुछ छलक जाती है, बदबू बहुत है लेकिन कोई इस बारे में बात नहीं कर रहा। मुझे लोगों से बात करने में हमेशा से परेशानी–सी महसूस होती है, लिख लेना मुझे बेहतर लगता है। लिखे बिना मैं रह नहीं सकता। जैसे कोई कलाकार चित्र बनाता है वैसे ही मैं ब्रश की जगह पेंसिल का इस्तेमाल करता हूँ। मेरी माँ हमेशा कहती थी क्या लिख–लिख कर कूड़ा इकट्ठा करते हो। लिखना जैसे मुझको, मुझसे परे ले जाता है, मुक्त करता है। पॉकेट में हमेशा छोटी डायरी और एक पेंसिल रखना मेरी आदत में शुमार है। लेकिन आजतक मैंने अपना लिखा हुआ किसी को दिखाया नहीं। इस ट्रेन–यात्रा को क़लमबन्द करना कोई ज़रूरी नहीं फिर भी लिखता जा रहा हूँ, किसके लिए, कौन पढ़ेगा इसे, बच गया तो माँ को दिखाऊँगा। वहाँ क्राकोव की हवा में दुश्वारियों और साज़िशों की गन्ध थी, हम सब कब मनुष्य के दर्ज़े से नीचे गिरकर सिर्फ़ यहूदी होकर रह गए थे मालूम नहीं। लोग आपस में बातें करते थे कि हमें जर्मन पकड़ कर मिल–मज़दूर या खेत मज़दूर बना देंगे। अब जब तक ये युद्ध ख़त्म नहीं होता तब तक हम मज़दूर रहेंगे, या कुछ दिन रखकर हमें छोड़ दिया जाएगा, कुछ अन्दाज़ा नहीं। ट्रेन कहाँ रुकी है कुछ अन्दाज़ा नहीं है जो लोग खिड़कियों से चिपके खड़े थे वे डब्बे के भीतर दुबक गए हैं, बाहर ढेर सारे कुत्तों के भौंकने की आवाज़ आ रही है। मेरे कोट का एक सिरा पीठ झुकी हुई बुढ़िया ने पकड़ रखा है, जिसे मैंने कहा है–डरो मत कुछ

नहीं होगा। अपनी आवाज़ के खोखलेपन से मैं ख़ुद ही सिहर उठा हूँ। मेरे कोट पर कपड़े का मढ़ा पीला सितारा है जो मेरे यहूदी होने की पहचान है। ऐसे सितारे लगभग सभी के ऊपर चस्पाँ हैं। पिछले कई वर्षों से हम यहूदियों को अपनी पहचान के लिए नए पहचान–पत्र और ये सितारा दिया गया, इससे पहले हम पोलैंड के नागरिक थे अब सिर्फ़ यहूदी हैं। क्या होता है यहूदी होना यह उस बच्चे से पूछा जाना चाहिए जो स्कूल जाता है और एक दिन उस पर दोस्त थूकने लगते हैं कि तुम 'ज्यू' हो, गन्दे हो–वह नासमझ बच्चा अभी धर्म और सियासत के समीकरण को नहीं जानता वह तो सिर्फ़ जानता है स्कूल, खेल और दोस्त...मैं वही खोया हुआ बच्चा हूँ, न...न...सिर्फ़ यहूदी हूँ। जिसे जीने, खाने, साँस लेने का अधिकार नहीं। मेरे परिवार के लोग तितर–बितर हो चुके हैं, मुझे मालूम ही नहीं कि मेरे पिता को कहाँ ले जाया गया। उनकी हालत क्या होगी, जिस रात वे पकड़े गए, वे हमारे लिए राशन का इन्तज़ाम करने गए थे। जब सब नावें डूब जाएँ तो भी कोई एक नाव बच रहती है क्या। एक अजीब–सी दार्शनिकता में डूबता चला जाता हूँ। जो कुछ भी मेरे साथ हो रहा है, उसका भोक्ता भी मैं हूँ, दर्शक भी मैं।

...लगता है मेरे व्यक्तित्व के दो हिस्से हो गए हैं–एक वह जो मार खाता है, गालियाँ सुनता है, ये जर्मन भी बड़े निर्मम हैं, बेवजह हमको पीट डालते हैं, यहाँ तक कि महिला अधिकारी भी बहुत क्रूर हैं, मेरा 'मैं' धारीदार मोटे कपड़े की क़ैदी पोशाक पहने लाशों को खींच–खींच कर दफ़न करता है, ख़ून सने फ़र्श पर पोंछा लगाता है, और दूसरा 'मैं' जो यहाँ से मुक्ति के सपने देखता है, ओलिविया को गले लगाकर दुनिया को नयी रोशनी में देखता है, मई महीने की धूप में नयी ताज़ा साँस लेती हुई कोंपलों को दुलारता है, अपने छोटे–से घर सजाता–सँवारता है। कल ही एस.एस. (Schutz Staffel श्चुट्ज़ स्टाफेल) के एक सैनिक ने मुझे ज़ोर का थप्पड़ मारा, ग़लती क्या थी याद नहीं, इतना याद है कि उस झन्नाटेदार थप्पड़ से पूरा ब्रह्माण्ड मेरी आँखों के आगे और नाच गयीं नीली–पीली रोशनियाँ।

यहाँ आने के पहले मुझे कहाँ मालूम था कि दूसरे विश्वयुद्ध का परिणाम हमें यूँ भुगतना पड़ेगा। नात्सी जर्मनी ने यह तय कर लिया था कि पूरा यूरोप यहूदियों से शुद्ध कर देना है। मुझे यह समझ नहीं आता

कि हममें गन्दा क्या है, क्या अशुद्ध है। दादी हमेशा कहती थी बहुत बुरे दिन आने वाले हैं। इससे बुरे दिन क्या हो सकते हैं। जानवरों की तरह हमें स्टेशन–वैगन में भरकर यहाँ इस अँधेरे, डरावने स्टेशन पर उतार दिया गया। अरे! हमसे काम ही कराना था तो जरा इज़्ज़त से तो बोलते। हम तो इनके सामने ऐसे थे जैसे भेड़ियों के समूह के सामने मासूम भेड़ें। हम सब निहत्थे और उनके पास राइफ़लें, पिस्तौल, कोड़े और जर्मन शिकारी कुत्ते। ट्रेन से उतारते ही औरतों, मर्दों की अलग–अलग कतारें बनवा दी गयीं, मेरे पीछे वाली बूढ़ी औरत तो कई बार गिर गयी, जर्मन शिकारी कुत्ते हम पर लगातार भौंक रहे थे, लगता था मौक़ा पाएँ तो यहीं चींथ डालें।

तब तो समझ नहीं आया था कि हम सबको ट्रेन से उतारकर पंक्तियों में क्यों खड़ा कर दिया गया था। गोद के बच्चों की रोने की समवेत आवाज़, बूढ़े–बूढ़ियों की कलप भरी आवाज़ और लगातार भौंकते कुत्ते, सर्द और निस्पृह आकाश, ट्रेन के इंजन से निकलती धुएँ की अन्तिम रहस्यभरी साँस, सुबकियाँ–इन सबने मिलकर यह अहसास करा दिया था कि यह वो जगह है जहाँ पहुँचना अन्तिम है, यहाँ आया जा सकता है, पहुँचा जा सकता है वापस नहीं जाया जा सकता। स्टेशन पर लम्बे कोट पहने फ़ौजी थे, हम सबके साथ सामान उतारने में जो लोग मदद कर रहे थे वे सभी गंजे, भूखे और बेजार दीख रहे थे, फ़ौजी वर्दी के लोग उन्हें जर्मन भाषा में आज्ञा दे रहे थे, धारीदार कपड़े पहने ये लोग हमारे जैसे ही थे हाथ पकड़–पकड़ कर औरतों, बच्चों, मर्दों को लाइन में खड़ा कर रहे थे। एक बुजुर्ग औरत चीख़–चीख़ कर रो रही थी, राइफ़ल के बट के बल पर उसे अपने पति से अलग किया जा रहा था, एक औरत अपने बेटे का हाथ छोड़ने के लिए राज़ी नहीं थी दरअसल उन दोनों को अलग–अलग लाइनों में जाना था। जब ट्रेन यात्रा के दौरान ही लोग बातें कर रहे थे कि हमें मज़दूरी के लिए ले जाया जा रहा है। तब भी मेरे मन में सवाल उठा था मज़दूरी के लिए छोटे दुधमुँहे बच्चों की क्या ज़रूरत। ट्रेन के डब्बों से बहुत सारी औरतें उतारी जा रही थीं। अच्छे–भले घर की, हर उम्र की औरतें, छोटी बच्चियाँ, किशोरियाँ सब क़तार में खड़ी की जा रही थीं। मेरे साथ खड़े एक कमज़ोर से आदमी को अलग क़तार में खड़ा रहने को कहा गया, देखते–ही–देखते उस क़तार में बहुत सारे और लोगों

को खड़ा कर दिया गया। क़तारें चलने लगीं, कहाँ जा रहे हैं हम लोग कुछ अन्दाज़ा नहीं, मैदान के भीतर कारख़ाने जैसे कमरे लाइन से बने हुए थे। ओह, तो हमें इन कारख़ानों में काम करना होगा, दूर चिमनियों से काला धुआँ निकल रहा था जो पूरे वातावरण को जले हुए मांस की गन्ध से भर रहा था, भूखे, ठण्ड से काँपते हुए लोग दाहिनी और बायीं क़तारों में चलते चले जा रहे थे...”

डायरी का इतना हिस्सा सुनकर ही मेरी रूह काँप उठी है। मेरी सारी जिज्ञासा गले के भीतर अटक गई है। शब्द कहाँ गए मालूम नहीं। शाम को सबीना ने टहलने के लिए चलने को कहा है। टहलना वैसे भी मुझे पसन्द है। भारत में मुझे हमेशा दीघा के तट पर टहलना अच्छा लगता है, शान्तिनिकेतन का खोवाई मुझे टहलने के लिए सबसे माकूल जगह लगती है। ऊँचे लम्बे खड़े बहुत–से पेड़ जो आपस में ही बतियाते रहते। आप वहाँ जाएँ तो लगता है बस ख़ुद भी पेड़ हो जाएँ, चुप, शान्त, सतर। हम लौट रहे हैं, ढलान के रास्ते जहाँ घास का मखमली लिबास पहने धरती का सौन्दर्य करवट ले रहा है, आसमान का रंग मुझे तांबई–सा दीख रहा है, पार्क में कुछ बच्चे खेल रहे हैं। हम दोनों चुप हैं और भीतर कई संवाद चल रहे हैं किसी एक बात पर जी ठहरता नहीं। सबीना को जीने का बहाना मिल गया, हम सब किसी–न–किसी बहाने से ही तो जीते हैं, जी जाते हैं। किसी के प्रेम की आकांक्षा न हो, किसी से मिलने की आस न हो तो आदमी जिये क्यों। तमाम विपरीत परिस्थितियों में कोई जी लेता है तो उसके पीछे सबसे बड़ा तत्त्व प्रेम का है। प्रेम क्या है सिर्फ़ एक–दूसरे के साथ हँसना और रोना, नहीं तो...तो फिर क्या एक व्यक्ति या किसी भाव के प्रति मधुर होना, उसके प्रति सद्–व्यवहार क्या यही प्रेम है, सबीना का कहना है प्रेम और घृणा का उत्स एक ही है–घृणा प्रेम की विकृत अवस्था है। प्रेम वह ऊर्जा देता है जिससे जीवन के दुखों का सामना हम कर पाते हैं। प्रेम व्यक्ति को मुक्त करता है–कि वह अपनी अनन्त सम्भावनाओं की तलाश कर सके। प्रेम व्यक्ति से कुछ भी करवा सकता है। सबीना की थियरी से पूरी तरह सहमत या असहमत होने का मन नहीं है, दरअसल, प्रेम बौद्धिक विश्लेषण से दूर रहकर ही बचा रह सकता है।

प्रेम की तलाश अनन्त होती है, यही तो समझा है अपना अब तक का जीवन जीने के बाद। मैंने झेले हैं विश्वासघात और फरेब और इतने

सालों में यदि किसी को परखा है तो अपने धैर्य को, ठोकरें खा–खा कर अपने जीवन में ग़लत और सही का भेद करना सीखा है। देखा है रोशनी के हर चमकते दायरे के पीछे छिपे गहन अन्धकार को। जीवन में जहाँ विश्वास किया, जहाँ भी उँगली पकड़कर अँधेरे गलियारे पार करने की कोशिश की वहाँ से चलकर रोशनी के मुहाने पर आते ही पता चला कि मैं उससे भी गहरे भीषण अँधेरे दायरों की गिरफ़्त में खड़ी हूँ अकेली और चुप्प! अपने बारे में लिखते हुए डर लगता है कि मेरा लिखा हुआ कहीं कोई शोकगीत न बन जाए। अतीत, जिससे जुड़ी है–अनदेखी माँ, अम्मा और अभिरूप–वह तो पीछा छोड़ता नहीं मेरा, किताबों के साथ स्मृतियों का क़ाफ़िला यूँ ही चलता रहता है अनवरत। बर्बर और हन्ता समय के गलियारों से गुज़रते हुए एक लम्बा सफ़र तय हो चला है।

सजनी सजनी राधिका लो देख अबहूँ चाहिया[10]

एक भ्रम ही जीवन काट देने के लिए पर्याप्त होता और मुझे मिलती आर्थिक–भौतिक सुरक्षा–कहा था यही रहमाना ख़ातून ने–'मैं चाहती तो बस सकती थी सियालदह या चन्दननगर में। पड़ोसी–रिश्तेदार मुझे बुलाते शादी–ब्याह, मुण्डन–जनेऊ में और पीठ पीछे बाँच देते मेरी पूरी जन्मकुण्डली–भर हाथ चूड़ी, सिन्दूर पहने मैं भी सुहागिन–दर्प से इठलाती या इठलाने का नाटक करती। बिराजित सेन की एक आहट पर मेरा पूरा शरीर कान हो जाता। समाज सब जानता पर बिराजित मुझे ठीक पहले की तरह वधू का दर्ज़ा देते क्या?

लड़ाई मेरी स्वयं से थी। इसलिए लड़ने के बाद, स्वयं को खो देने के बाद दुबारा मैंने ख़ुद से प्रेम करना सीखा–यह प्रेम पिछले प्रेम से अलहदा था–इसमें उम्मीद नहीं थी, अपेक्षा नहीं थी। हसनपुर की मिट्टी, पोखर, माछ, रोगी, दीन–वंचित क्षुधित–बुभुक्षित सब मेरे प्रेम के पात्र थे, संगीत के राग मन के भीतर फिर से जी उठे जिससे प्रकाशित हो उठा मेरे मन का कोना–कोना। अब प्रकाश के लिए मुझे कहीं बाहर जाने की ज़रूरत नहीं थी। रागों में जी उठे मेरे पूर्वज जिन्होंने न जाने किस देस से आकर अपनी मेहनत से बनायी थी झोपड़ी, जिनके पसीने की बूँदों से नम हो गयी थी धरती–अँखुवाये हुए बीजों ने ला दी थी उनके थके–भूखे चेहरों पर धवल मुस्कान। मैंने याद किया अपनी पूर्वजाओं को, जो जान ही नहीं पायीं कि पति और चूल्हे के परे भी कोई दुनिया होती है, ज्ञान का संस्कार क्या होता है, कैसे वह आत्मा को मुक्त करता है। जिन्होंने अपनी पूरी ज़िन्दगी रसोईघर के अँधेरे कोनों में गुज़ार दी ताकि अपने

---

10. सजनी राधिका इधर देखो–भानुसिंघेर पदावली–रबीन्द्रनाथ ठाकुर।

पुरुषों को सुखी–सन्तुष्ट रख सकें और चुपचाप मूक रुदन में चौरंगी जैसे रोगों के साथ इस दुनिया से विदा ले ली। वे चली गयीं इस दुनिया से बिना बताये कि वे कहाँ और कितनी बार कुचली, दबाई, नोची, खसोटी गयीं, असुरक्षित प्रसूतियों के बीच काल–कवलित हो गयी कितनी, अनगढ़ सन्तानों को कभी दूध नहीं पिला पायीं, बेटी–जिसके पैदा होते ही मुँह में नमक भर कर मिट्टी में गाड़ना अपनी भरी आँखों से देख निःश्वास छोड़ती रहीं। याद से कभी न जाएँ वे संघर्षरत औरतें जो तालिबानी सत्ता से टकरा रही हैं अपने अधिकारों के लिए, वे भी जो दिन–रात संगसार हो रही हैं जिनकी आँखें फोड़, नाक–कान काट दिए जा रहे हैं क्योंकि वे औरतें हैं। चूँकि उन्होंने स्त्री देह धरी है इसलिए उनका पुरुष मालिक होना ज़रूरी है जिसके लिए बन्दूक़ की नोक पर उनका विवाह करवा दिया जा रहा है। उन अनब्याही और विधवा पूर्वजाओं को भी कैसे विस्मृत कर दूँ जिन्हें मौक़ा नहीं मिला कभी अपनी कोख के बच्चे को जीवित देखने का, जो परित्यक्त की गयीं, अनजाने अँधेरों में धकेल दी गयीं, घर के सुरक्षित दायरे से दूर कोठों पर बेच दी गयीं कहलायीं तवायफें, जिनका इतिहास में कहीं/कभी नाम भी लिया नहीं जाएगा। अपने आँसुओं में उनकी स्मृति को जीवित रखना चाहती हूँ जिनकी आँखों के हज़ार–हजार सपनों ने धरती पर आये बिना दम तोड़ दिया। उनसे कभी उनकी इच्छा–अनिच्छा पूछी ही नहीं गयी। वे औरतें जो अपने केशों में बसे मसाले–प्याज़ की गन्ध के परिवृत्त से बाहर अपने पतियों के कपड़ों से आती परायी गन्ध को सूँघने के लिए नाक सिकोड़े हर छल–छद्म को झेलकर हरितालिका व्रत कथा सुनने में प्रवृत्त हो गयीं निरुपाय, वे भी जो ट्रेन, हवाई जहाज़ पर चढ़कर आकाश और धरती के अनन्त विस्तार को महसूसने से वंचित रहीं। वे भी जो दो रोटियों के लिए वृन्दावन के आश्रम में दिन–रात कीर्तन कर के स्वर्गगमन की भीख माँगा करती हैं और वे भी जो अशक्त होकर वृद्धाश्रम में पड़ी–पड़ी अपने कभी न आने वाले बेटे की बाट निरन्तर जोहा करती हैं। वे भी हैं मेरी स्मृति का अनिवार्य हिस्सा जो पिता, पति, भाई का दाय चुकाने बाज़ार का रुख कर लेती हैं, वे भी जिन्हें बाज़ार अपनी चकाचौंध की गिरफ़्त में ले लेता है उन औरतों को भी याद करती हूँ जो बन्द हैं जेलों में कि जिनके ख़िलाफ़ सालों–साल पुलिस चार्जशीट दाख़िल करने की ज़हमत नहीं उठाती, जेलर, वार्डन

और पुरुष क़ैदियों की ज़बरदस्ती का शिकार ये औरतें जेल में ही माँ बन जाती हैं, दो रूपये की चोरी के आरोप के लिए काटती हैं आजीवन सश्रम कारावास, वे बाहर नहीं जाना चाहतीं क्योंकि उन्हें मालूम है कि बाहर की दुनिया इससे भी ज़्यादा हृदयहीन है।'

मेरे भीतर राग की तरह बजती रहती हैं रहमाना ख़ातून। क्या इसके अलावा कोई राग नहीं जो मुझे अपने वेग में बहा सके, दे सके एक गहरी नींद एक ऐसी थपकी जिसकी चाह में जीवन के चार–पाँच दशक मैंने निकाल दिए यूँ ही।

सबीना से बात करते हुए भी भीतर ज्यों निरन्तर मेरा संवाद अम्मा से चलता है, लेकिन यह मैंने सबीना से कहा नहीं, कह सकती नहीं। क्योंकि कुछ बातें कही न जाकर भी कह दी जाती हैं। क्या रहमाना ख़ातून ने प्रेम किया होगा, क्या बिराजित सेन के बाद उनका जीवन...मैं क्यों सोचने लगती हूँ अम्मा के बारे में?

"और तुम सबीना... तुमने तो विवाह में प्रेम ढूँढ़ने की कोशिश की थी, मिला क्या?...

"मिलता कैसे, जो चीज़ थी ही नहीं उसका मिलना कैसे? मेरे पति ज्यू हैं...यहूदी वही जो ईसा मसीह थे, शादी के बाद देखा वे घंटों 'कादिश' (यहूदी प्रार्थना) पढ़ते, इतने बड़े साइंटिस्ट हैं रेनाटा लेकिन अपने पुराने शहर काज़ीमेर्ज़ (kazimierz) को रोज़ जीते हैं, पैदाइश उनकी ठीक 1960 के दो साल बाद की, जब सभी पोलिश यहूदियों को इज़रायल जाने के लिए एकतरफ़ा टिकट दिया गया। दूसरे विश्वयुद्ध में घायल, खँडहर इमारतों वाले उदास सोये हुए शहर में बच रहे कुछ बूढ़े और बेचारे लोग। मेरे पति ने अपने हताहत रिश्तेदारों की स्मृतियों और अन्धे पिता के साये में बचपन गुज़ारा, पढ़ाई–लिखाई की, परिवार की स्मृतियाँ सँभाल कर रखीं, लेकिन वर्तमान में जीना सीख नहीं पाये। काज़ीमेर्ज़ में हर साल गर्मी के मौसम में यहूदियों का सांस्कृतिक उत्सव होता है, ये भी जाते हैं वहाँ...सुबह–शाम कादिश पढ़ते हैं मैंने उन्हें कभी आनन्दित होते नहीं देखा। दिन–भर काम, प्रयोगशाला और रात में प्रार्थना के बाद नींद की गोली, कितना तो जी करता है कि कहूँ कि दिल खोलकर मुझसे बातें करो। पहले तो मुझे ऐसा लगता था कि शायद किसी और को पसन्द करते रहे हों, मुझ पर दिल न हो, लेकिन ऐसा था नहीं। शायद और कोई

लड़की होती तो तलाक़ ले लेती, लेकिन जब प्रेम ही नहीं तो उम्मीद कैसी। कहते हैं प्रेम में अपेक्षा नहीं करनी चाहिए लेकिन सच तो यह है कि हम जिससे प्रेम करते हैं, उससे अपेक्षा, उम्मीद भी उतनी ही होती है, कभी सोच नहीं पाते कि वह व्यक्ति स्वयं में एक पृथक इयत्ता है, जिसका अतीत है और है वर्तमान जिसके बीच की आवाज़ाही उसके व्यक्तित्व को निरन्तर दरेरा दिए रहती है, पीछा छोड़ता ही नहीं अतीत कभी। सिर्फ़ शरीर–धर्म निभाना मेरे लिए प्रेम नहीं है, शायद किसी के लिए हो भी नहीं सकता। रेनाटा कभी मेरे पास ख़ुद नहीं आये, रात के अँधेरे में उनकी कामना के उजालों से मैं कभी रू–ब–रू हुई होऊँ ऐसा कहना मुश्किल है। कभी पहल नहीं की। अगर मैं तैयार हूँ, थोड़ा चिपक–विपक रही हूँ तो बेचारे किसी धार्मिक कृत्य को निभाने की तर्ज़ पर मेरे साथ हो लेते। इसलिए मुझे बच्चे की उम्मीद भी नहीं थी। वैज्ञानिक महोदय ने मुझे जी–भर के कभी देखा होगा इसमें सन्देह है। वैसे भी आवेग के वे ज्वार मुझमें भी उम्र के साथ उतर गए। हम एक घर में एक साथ होकर भी अलग दुनिया में जीते रहे, रेनाटा ने मुझे कभी रोका–टोका नहीं। एक रात तो ऐसा हुआ कि हमारे साथ होते ही वे कादिश पढ़ने लगे, मुझे हिब्रू नहीं आती मगर लगा ज्यों मृतात्माओं से माफ़ी माँगते हों। मैं डर गयी, बत्ती जलाई तो वहाँ एक आवेगहीन डरा–सहमा, सिकुड़ा–सा कातर पुरुष पाया, समझ गयी मैं कि मुझे इसी रूप में ज़िन्दगी को लेकर चलना है। एक बच्चा जिस तरह की कहानियाँ सुनकर बड़ा होता है, उसके साये से निकलना शायद मुमकिन नहीं होता, बड़े होने पर भी नहीं।

रेनाटा के पास अपने परिवार का लहूलुहान इतिहास है, जिसके पन्ने उनके लिए कभी पुराने नहीं पड़े। अतीत को काँधे पर लादे हुए वर्तमान की राह पर हम झुकी पीठ और बोझिल कमर के साथ ही चल सकते हैं भविष्य की ओर दौड़ नहीं सकते। मैं जानती हूँ कि बचपन और अपने समुदाय का अतीत रेनाटा को कभी उच्छ्‌वसित होने नहीं देता। रेनाटा के दादा याकूब को जर्मनी से पोलैंड की ओर खदेड़ दिया गया था 1939 में। जर्मनी से निकलते वक़्त वे अपनी जमा–जथा छोड़ आए, छोड़ नहीं आए बल्कि छोड़नी पड़ी, कितना कठिन होता है बरसों की जमी–जमाई गृहस्थी को तोड़ना, हर सामान ज़रूरी लगता है, बीस साल पहले ख़रीदी घड़ी, उपहार में मिला फूलदान, शादी में ख़रीदे बर्तन न जाने कितना

कुछ लेकिन जीवन से बड़ा कुछ नहीं, जीते रहे तो फिर से गृहस्थी बना लेंगे, पत्नी सुबकती रही, कुछ गहने पोटली में रखकर स्कर्ट में सिल लिए, घर छूटा, बिस्तर–बर्तन सब कुछ छूट ही तो गया, अपने ही शहर में पराए, ज्यू लोगों की अब कोई पहचान नहीं बची। पत्नी और दो जुड़वाँ बच्चों के साथ काज़ीमेर्ज़ में उन्हें नए सिरे से जीवन शुरू करना था क्योंकि वे जन्मना यहूदी थे। पोलैंड में यहूदियों की संख्या अच्छी–ख़ासी थी। बच्चे स्कूल जाने लगे, ज़िन्दगी और मेहनत पर्याय बन गए, पत्नी घरेलू काम के साथ दर्जिन का काम करने लगीं, और वे ख़ुद कुली से लेकर दुकान–नौकर का काम किया करते पर इतनी तसल्ली थी कि वे अपने जैसे लोगों के बीच हैं, छोटे–छोटे उत्सव, मिलना–जुलना और जाड़ा–बरसात सहते हुए ज़िन्दगी ढर्रे पर आ ही चली थी कि जर्मनी ने पोलैंड पर हमला कर दिया। ये हमला मनुष्यता पर हमला था। वे और उन जैसे यहूदी समझते रहे कि युद्ध शुरू हुआ है तो ख़त्म भी हो जाएगा। लेकिन नात्सी सरकार के फरमान आने शुरू हुए तो ख़त्म होने का नाम ही नहीं। पहले बच्चों को सामान्य स्कूल से निकालने का हुक्म हुआ, अब यहूदी बच्चों के लिए बनाए विशेष स्कूल में ही वे पढ़ सकते थे, शाम के सात बजे के बाद सड़कों पर यहूदी नहीं निकल सकते थे, उन्हें पुराने पहचान–पत्र जमा कराकर नए पहचान–पत्र बनवाने पड़े, वे सिनेमा घरों में नहीं जा सकते थे, यहूदियों को शेष समाज से अलग–थलग करने के हिटलरी आदेशों से जीवन अस्त–व्यस्त होने लगा, युद्ध शुरू हुआ और यहूदियों की निशानदेही की जाने लगी, मार–पिटाई, डिटेंशन सेंटर, निर्धनता ने उन्हें और उन जैसों को डरा दिया, मनुष्य देह का अपमान हो रहा था, ग़ैर–यहूदियों को यहूदियों के छिपने के ठिकाने बताये जाने के लिए विवश किया जाने लगा। राशन–पानी सब यहूदियों की ज़द से बाहर।

याकूब के बड़े भाई जाकोव ने जर्मनी से सन् 1941 की मई में लिखा था– "दुख की बात है कि अब हम साथ नहीं हैं, अच्छा हुआ कि तुम पोलैंड चले गए। यहाँ के बच रहे यहूदियों के साथ बहुत बुरा बर्ताव किया जा रहा है, जिसके बारे में पत्र में लिखना मुमकिन नहीं है, जासूस चारों ओर फैले हुए हैं, मालूम नहीं कि यह चिट्ठी तुम्हें मिलेगी कि नहीं, या मिलेगी भी तो कब। मुझे कई लोगों के साथ कपड़ों की फैक्टरी में काम

पर लगाया गया है। ठण्ड अधिक है या काम–कहना मुश्किल है। मुझे मालूम नहीं कहाँ से...पर रोज़–ब–रोज़ पुराने, पहने हुए नए–पुराने हज़ारों कोट और स्वेटर यहाँ लाये जाते हैं, जिनकी उधड़ी सिलाई को दुबारा ठीक करना ही हमारा काम है, बच्चे, औरतों और मर्दों के कोट को इस सिलाई फैक्टरी में लाया जाता है, उनपर टँके सितारों से लगता है कि वे यहूदियों के होंगे। यहाँ से नया करके उन्हें बेचने ले जाया जाता है। तुम इतने बड़े संसार में दूर चले गए हो, यह सोचकर मन उदास होता है, पर पिता की बात याद रखना–'हो सकता है तुम्हें कष्ट उठाना पड़े फिर भी हर स्थिति को गरिमापूर्ण ढंग से स्वीकार करना, काम करने से मत डरना और बेसहारों की मदद से कभी पीछे न हटना। 'यह तूफ़ानी युद्ध बहुत कुछ बदल देगा, पर उम्मीद है हम फिर मिलेंगे।

इन्तज़ार करूँगा तुम्हारे पत्र का जिसमें अपने हाल–चाल लिखना और कोई ऐसी बात न लिखना जो जासूसों को नागवार गुज़रे।"

–तुम्हारा भाई जाकोव

इधर याकूब के लिए जीना और अपने छोटे परिवार को सुरक्षित रखना बहुत मुश्किल हो रहा था, स्वजातीय देखते–देखते ग़ायब होने लगे थे, नात्सी सैनिक यहूदियों के घेटो की तरफ़ आते। हमेशा यहूदियों की तलाश में रहते–देखते ही ज़बरन ट्रकों में चढ़ा लेते, बेगार करवाते, पिटाई करते और ग़ायब कर देते, तरह–तरह की अफ़वाहें सुनने में आतीं। जाकोव अपने पत्रों में भाई को दिलासा देता "यदि ज़िन्दा रहना है तो हमेशा काम करते रहो। अपने भीतर की चिंगारी को बुझने मत दो, अच्छा वक़्त ज़रूर आएगा और हम ज़रूर मिलेंगे।" भाई के पत्र याकूब को दिलासा तो देते पर वह क्षणिक होती। पूरे पोलैंड में हिंसा की घटनाएँ थीं आए दिन सेना की टुकड़ियाँ सड़कों पर मार्च करतीं, इन सैनिकों में औरतें और मर्द दोनों हुआ करते। स्त्री सैनिक अधिकारी भी पुरुषों जैसी ही क्रूर थीं, तने हुए, बड़े–बड़े चेहरे जिन पर कोमलता की कोई छाया नहीं, मनुष्यता से कोसों दूर, सेना की वर्दी उन्हें और डरावना बनाती, बाँह पर बँधी बेल्ट पर स्वस्तिक का लाल चिह्न उनके नात्सी होने की पहचान था। याकूब पढ़ा–लिखा था, अख़बारों और अफ़वाहों ने उसे देश का हाल बख़ूबी बता दिया था। कोने पर फल की दुकान वाले से उसकी दोस्ती थी, जो बाहर से आने वाले अख़बारों के टुकड़ों जिसमें फल लिपटे रहते,

उसे पढ़ने के लिए इस शर्त पर दे देता कि वह अख़बार जला देगा। अख़बारों ने उसे इतना तो बता ही दिया था कि पोलैंड पर नात्सी शासन क़ाबिज़ हो चुका है, सबसे ज़्यादा निशाने पर हैं यहूदी, पोलिश और जिप्सी। जासूस चप्पे–चप्पे पर हैं इसलिए वह अपनी जमा–जथा एक कपड़े की थैली में रखता, पता नहीं कब ज़रूरत पड़ जाए, दो–दो दिन पूरा परिवार सूखी पावरोटी पर गुज़ारा करता, जुड़वाँ बच्चे अब दस साल के हो रहे थे, लड़का–लड़की दोनों के चेहरे सुन्दर और आँखें नीली थीं। बच्चों का बाहर जाना बन्द था, पत्नी–बच्चों के साथ बत्ती बुझाकर किराये के उस छोटे मकान में चुपचाप पड़े रहते। भीतर से एक ही आवाज़ आती–बिएग्निज़! बिएग्निज़! स्ज्ब्को बिएग्निज़[11] लेकिन कहाँ जाते...

याकूब अपने जुड़वाँ बच्चों की बढ़त देखकर आश्चर्य करता, कभी सोचता कि ये दोनों सब दिन नन्हे–मुन्ने ही रहते तो अच्छा था। बाहर सड़क पर फ़ौजी टुकड़ियों की गश्तें आये दिन हुआ करतीं, बर्फ़ के पिघलने से कंक्रीट की रोड हमेशा गीली रहती जिसके गीलेपन को भयावह बनाती उस पर गुज़रने वाले फ़ौजियों के कड़क बूटों की आवाज़। तालबद्ध बड़े धमकदार बूटों का समवेत स्वर, कलेजे में भय फड़फड़ाता, बड़े–बड़े भारी काले ऊनी कोट पहने फौज़ियों का भय दिनों–दिन बढ़ता ही जाता और उसी परिमाण में आम नागरिकों में आपसी अविश्वास, कल तक जो अच्छे पड़ोसी थे आज सन्देहास्पद हो गए थे। सबको अपनी–अपनी पड़ी थी। किसको पकड़कर कहाँ ले जाया जा रहा था, कुछ को घेटो में रहने के लिए ले जाया जा रहा था। सुनने में आया कि नात्सी लोग जुड़वाँ बच्चों को ले जाते हैं, इसलिए बार–बार रात में जागकर अपने बच्चों की पहरेदारी किया करता। तरह–तरह के विचार मन में आते, कभी वे आ ही जाएँ, गोली–बन्दूक़ के बल पर ले ही जाएँ ज़बरदस्ती। फल वाले से उसने कहा था आर्सेनिक (संखिया) का इन्तज़ाम करने के लिए यदि आ ही जाए ऐसी स्थिति तो..."

नीली आँखें...आँखों का रंग भी काल का ग्रास बना सकता है, यह बताया सबीना ने वह भी बहुत पूछने पर, लेकिन तब तक तो मुझे कई सवालों

11. भागो! भागो! जल्दी भागो।

का जवाब आउशवित्ज़ दे चुका था और कई नए सवालों से मेरी नींद हराम कर चुका था।

कहा तो था सबीना ने–'क्यों जाओगी आउशवित्ज़, जब हमीं लोग इतिहास के उन पन्नों को पलटने में थरथराते हैं तो तुम? जहाँ तक आँकड़ों का सवाल है वो तुम्हें सरकारी और ग़ैर–सरकारी रिकार्ड्स में मिल जाएंगे। याकूब की कहानी सुनोगी नहीं, जानोगी नहीं कि वे यातना कैम्प में कैसे पत्नी के साथ झोंक दिए गए, बच्ची का कुछ पता नहीं चला पीछे बच रहा उनका दस साल का बेटा, कैम्प के प्रयोग में जिसकी नीली आँखें हमेशा के लिए चली गयीं, उन्हीं की एकमात्र जीवित सन्तान मेरे पति रेनाटा हैं।'

'मेरे साथ रहो न कुछ दिन'–बड़ी मनुहार से उसने टेरा था।

और मैं तो शुरू की मन टूट्टू–ज़्यादा देर कहीं भी रह जाती तो उस जगह, उस मिट्टी यानी कि वहाँ की हर चीज़ से मुझे इश्क़ हो जाता। वहाँ से हटना मेरे मन पर बोझ हो जाता। न जाने कितनी रातें उस छूटी जगह के सपने आते रहते मुझे। देखो न अब भी कहाँ भूल पायी हूँ हसनपुर के दिन, कलकत्ता के दिन–रात, चाँदनी, धूप, बरसात–कभी –कभी अचानक कोई पुरानी गन्ध आपादमस्तक अपनी ज़द में लेती हुई चौंका जाती है। कहाँ...किसकी गन्ध है यह? कीचड़ में घर बनाकर रहती मछली की गन्ध, चावल भुनने की गन्ध, किमाम की गन्ध–हरेक गन्ध न जाने कितनी स्मृतियों का हाइपर टेक्स्ट खोल देती है। बुलाने लगती है मुझे...पहचानो मुझे, नज़दीक आओ और नज़दीक...और मैं बावरी–सी। मुझे मालूम है ज़्यादा रही सबीना के पास तो उसका नन्हा अंटोनी मुझे बाँह फैलाये समेट लेगा और होगा सिर्फ़ यह कि हर रात मेरी खाली बाँहें कोलकाता के अकेले फ़्लैट में तरसा करेंगी किसी नन्हे चुनमुन स्पर्श के लिए। यहाँ रही ज़्यादा दिन तो सबीना की आँखों के खालीपन को भरने की जुगत में लग जाऊँगी। जीने लगूँगी दिन–रात ख़ुद सबीना होकर, उसकी हर बात गूँजने लगेगी मेरे हृदय में...और जानती हूँ कि हर दुःख का समाधान नहीं होता, जीकर ही ज़िन्दगी का अर्थ ढूँढ़ना पड़ता है। हँसकर ही टालना पड़ता है हर दुःख को। नाटक करना ही पड़ता है पीड़ामुक्त होने का। यहाँ सच सुनना और जानना कौन चाहता है। धीरे–धीरे ख़ुद से ही झूठ कहने की आदत पड़ जाती है। डर लगता है

अपने–आप से, कहीं किसी काँधे पर सर रखकर रो न दूँ। यही बेहतर है सबीना के पास से चलूँ अब। वायदा लिया है सबीना ने कि आउशवित्ज़ से लौटते हुए उससे मिलकर ही भारत लौटूँगी।

जूते की लेस बाँधते हुए खिड़की के पार दीखते ढलवाँ घास के मैदान से अजीब–सा मोह हो आया है, पासपोर्ट और यूरो सँभालते हैं हाथ और गले के भीतर हिचकी–सी फूट रही है, किसके लिए मालूम नहीं। शायद अपने लिए। क्यों घूमती हो प्रतीति सेन दर–दर दुःख की तलाश में... एक जगह रुक जाओ न! ठहर जाओ पैंतालिस वसन्त–पतझड़ बीत गए, कितनी तो बारिशें आयीं और गयीं, अनगिन काल–बैसाखियाँ, बहुत देख ली दुनिया ठहरो तो सही। किसी पेड़ के नीचे बैठ कर सुस्ताने का समय आ गया है, अब तो शरीर भी थकेगा, कौन देखभाल करेगा तुम्हारी। कोई नहीं कहीं नहीं। तुम्हारी सूची में कोई नहीं सिर्फ़ तुम, तुम्हारी रिसर्च और स्मृतियाँ...न जाने कौन–सी ज़िद है जो मुझे खींचे लिए चली जाती है। क्या खोजा और क्या पाया। पाने के नाम पर नौकरी और भीतर पसरी अथाह चुप्पी। न...न ये समय नहीं है आत्म–विवेचन का। जब तक पैरों में दम है, उँगलियाँ थिरकती हैं कम्प्यूटर पर, तब तक काम करते जाना है, जोदि तोर डाक शुने केउ ना आशे तबे एकला चलो रे[12] क्या मैंने बुलाया किसी को? वही तो बुलाया ही नहीं तो पीछे मुड़ देखता कौन और आता कौन?

फैब इंडिया का गाढ़े हरे रंग वाला कुरता आज पहना है, इसी में का चन्दन रंग वाला कुरता सबीना के लिए लायी थी मैं। ताज़ा हरा रंग ज्यों मेरी आत्मा पर छायी हुई उदासी की परत को ढँक देगा और मेरे भीतर कोई झाँक नहीं पायेगा। विदा में हाथ हिलते हैं...सबीना ने गहरी आँखों से मुझे देखा है...जिन आँखों में झाँक गयी है मानों अम्मा–आबार आश्बे![13]

आश्बो, आश्बो निश्चयई[14]

टैक्सी दूर होती जा रही है और होंठ बुदबुदा रहे हैं...ना राज़िये[15]

---

12. यदि कोई तुम्हारी पुकार सुन कर नहीं आता तो अकेले ही चल पड़ो।
13. फिर आना!
14. आऊँगी, जरूर।
15. अभी के लिए विदा या फिर मिलेंगे (पोलिश)।

प्रतीति ने कहाँ तो सोचा था कि अकेली ही आउशवित्ज़ की ठण्डी इमारतों और ज़मीन में दफ़न इतिहास के अवशेषों से बातचीत करेगी। लेकिन आज सुबह नाश्ते के बाद एक अजीब–सा वाक़या हुआ, गहरी लिपस्टिक और सनग्लास लगाये जो उन्नत लम्बी काया सामने नमूदार हुई वह सबीना थी।

सबीना! तुम यहाँ? और तुम्हारा बच्चा?

सबीना मेरा ठण्डा हाथ दबा कर हँस पड़ी।

अरे रेनाटा और बेबी सिटर सँभाल लेंगे। तुम्हारी याद आयी तो यहीं चली आयी।

तुम्हारी उदास गहरी आँखें याद आती रहीं और मुझे भी लगा इसी बहाने हम कुछ दिन साथ तो रहेंगे।

–एक बात कहूँ जब मैं मास्टर्स कर रही थी तभी रिसर्च पेपर लिखने के लिए पूरी क्लास के साथ आउशवित्ज़ आने के लिए मेरी अध्यापक ने कहा था, पर क्या सिर्फ़ आँकड़ों के लिए शायद नहीं। कहा तो था प्रोफ़ेसर वेरा ने कि दूसरे विश्वयुद्ध के बचे हुए निशानों को ढूँढ़ना ज़रूरी है जहाँ–जहाँ युद्ध ने विकास को, अर्थव्यवस्था को प्रभावित किया। वेरा का साथ छूटे मुझे लगभग बीस साल हो चुके हैं, लेकिन मुझे लगता है उनकी आँखें मेरे अन्तःस्तल को पहचानती थीं, तुम जब भारत से आ सकती हो इतनी दूर तो क्या मैं नहीं आ सकती यहाँ।

–ज़रूर...क्यों नहीं–कहा है मैंने।

सबीना का उत्साह भरा चेहरा, उसकी उत्फुल्लित बाँहें, भूरी छोटी आँखें और कुछ चौकोर–सा चेहरा पहले कभी इतना आत्मीय नहीं लगा। उसके पास सामान कम है और लैपटॉप पर तो उसकी उँगलियाँ बेआवाज़ थिरकती हैं।

–तो तुम्हें विश्वास नहीं था कि लौटते समय मैं तुमसे मिलने फिर आऊँगी?

–अरे! तुम भारतीय बड़ी जल्दी सच पकड़ लेते हो–उसकी हँसी में खनक है।

नवम्बर के इस मौसम में हमने एक–दूसरे का हाथ पकड़ा हुआ है, लोग हमारी तरफ़ मुड़–मुड़ कर देखते हैं। सबीना ख़ूब लम्बी है, बेपरवाह–सी। वारसा में देखी सबीना और यहाँ की सबीना में बहुत अन्तर है।

यहाँ पर उसमें अलमस्त फक्कड़ भाव है जो वारसा में मैं देख नहीं सकी थी, वहाँ तो वह ज़िम्मेदार माँ, गृहस्थिन की भूमिका में थी।

–तो क्या बस यूँ ही आ गयी मेरा फील्ड वर्क देखने, या और भी कुछ? मैंने ब्लैक कॉफ़ी में चीनी मिलाते हुए पूछा है?

–नहीं सेन! तुम्हारे जाने के बाद घर में एक सन्नाटा–सा पसर गया था। तुम्हारी रिसर्च के बारे में जानकर मुझे लगा कि मैं भी अपना छूटा हुआ काम फिर से शुरू करूँ। मैंने तो रिसर्च में एडमिशन लेकर यूँ ही छोड़ दिया, जीवन ने कभी ख़ास उत्साहित ही नहीं किया। रेनाटा की रिसर्च, उनकी लैब, उनके विद्यार्थी, उनका शोध, उनके पब्लिकेशंस, पुरस्कार–इन सबमें इकोनोमिक्स की मेरी रिसर्च के क्या मायने होंगे। सो मैंने बस यूँ ही ज़िन्दगी के दिन काटने शुरू कर दिए। तुमने मेरे दादा की डायरी में दिलचस्पी दिखाई साथ ही तुममें एक ख़ास तरह का खिंचाव है–एकाग्रता और संलग्नता। सोचा जी लूँ तुम्हारे साथ फिर से यूनिवर्सिटी स्टूडेंट की ज़िन्दगी।"

–'मैं समझती हूँ।'–एक छोटा वाक्य कहा है मैंने।

आज सबीना बहुत वाचाल है, पहले की मुलाक़ातें ज्यों एक कवच के भीतर थीं। अन्दर का जीव भीतर ही कुलबुलाता रह गया और शेष सतही? हम मनुष्य भी कितने परतदार होते हैं। सबीना बहुत–सी बातें कहने को आकुल है, इतनी कि कूकीज़ का टुकड़ा मुँह में भर कॉफ़ी के घूँट के साथ बोलना बन्द नहीं हो रहा उसका।

–प्रतीति सेन! मैं बहुत कुछ अपने सीने में दफ़न किये बैठी हूँ, तुम सुनोगी क्या?

–मैंने उसकी हड़ीली उँगलियों को ग़ौर से देखा, सफ़ेद, बिल्कुल सफ़ेद–हल्की भूरी गद्देदार उँगलियाँ, ज्यों वे बार–बार चटकाई जाने की अभ्यस्त हों। उभरी हुई नीली नसें–सर्दी–गर्मी झेली बेहद झीनी हस्तरेखाओं वाली चौड़ी हथेलियाँ, कुछ–कुछ मेहनतकश मज़दूरों जैसी। उसके बैग में याकूब की पुरानी डायरी है।

मेरा मन सुस्थिर नहीं है, हो भी नहीं सकता आउशवित्ज़ जैसी जगह में। अच्छा हुआ कि सबीना आ गयी। एक चेहरा तो आत्मीय है यहाँ।

मैंने आसमान की तरफ़ देखा है...एक चील बड़ी ऊँचाई से नीचे की ओर आ रही है हवा में तैरती हुई–सी।

"ओह प्रतीति! तुमने पूछा था न मेरे प्रेम के बारे में। अब सोचती हूँ तो अजीब–सा लगता है एक उम्र होती है जब आपको मुहब्बत के अलावा कुछ नहीं सूझता। जानती हो यूनिवर्सिटी में भी मैं प्रेम करने के लिए मशहूर थी। मुझे तो हर किसी से प्रेम हो जाता था। लायब्रेरी में रोज़ाना बैठने वाले लड़के से, सफ़ाई वाले से, कॉफ़ी वेंडर से...हमारे यहाँ बहुत–से सम्बन्ध बनते हैं और टूटते हैं। सेक्स तो इतना कोई पेचीदा मुद्दा है ही नहीं। स्कूल में पढ़ते हुए ही बच्चों को उन सारी बातों की अच्छी, बल्कि यों कहें कि व्यावहारिक जानकारी हो जाती जिस जानकारी के आहरण में तुम्हारे देश में वयस्कता को पैमाना बनाया जाता है।"

"वैसे सबीना अब तो हमारे यहाँ भी सेक्स एजुकेशन दी जा रही है, स्कूलों में...हाँ लेकिन अब भी यौन सम्बन्धों के मामले में हमारा समाज रूढ़िवादी ही है विशेषकर छोटे शहरों और क़स्बों में। इसलिए वहाँ छुप–छुपाकर चलता है सब कुछ।"

–"वैसे रिवाज़ से बिल्कुल अलग मेरी प्रोफ़ेसर वेरा ने अपने पास बैठाकर समझाया था जब उन्होंने मेरे और आन्द्रेई के बारे में जाना था। वे पहली थीं जो अपने विद्यार्थियों को उनसे ज़्यादा समझती थीं। लेकिन वे कैसे समझतीं कि एक सम्बन्ध कैसे कभी भी दमघोंटू सम्बन्ध में तब्दील हो सकता है और अपने पीछे एक अफ़ाट सन्नाटा छोड़ जाता है, मुझ जैसे कितनों को मुहब्बत का शौक़ होता है, उफ़्फ़ इस शौक़ ने मुझे कहाँ से कहाँ पहुँचा दिया। बचपन की हँसमुख खिलन्दड़ी लड़की ने मुझसे कब हाथ छुटा लिया, पता ही नहीं चला। दरअसल मुझे ख़ुद से प्यार करना ही नहीं आया इसलिए मैं अपने–आप को बाहर ढूँढ़ती रही। शादी भी ऐसे आदमी से हुई जिससे प्रेम नहीं था। प्रेम व्यक्ति से नहीं होता, अपने भीतर बैठे प्रेम के भाव से होता है। लेकिन ये बात समझ ही कहाँ आती है। अब तो अपना–आप खोकर खोखले हुए व्यक्तित्व में अबूझ सन्नाटा है, मेरे भीतर चले युद्ध के बाद एक भयानक ख़ालीपन है, मुझे लगता है आउशवित्ज़ के आँकड़े और इतिहास मुझे भीतर से भर देंगे। मैं अपने–आप से बाहर आना चाहती हूँ, सच में, रिसर्च में तुम्हारी लगन देखकर फिर से पढ़ाई में अपने को खो देना चाहती हूँ ताकि यह जीवन निरुद्देश्य न लगे, कई बार दूसरों में खोकर ख़ुद को पा लेना आसान होता है। हम जैसों के लिए पढ़ाई–लिखाई मुक्ति का ही द्वार है क्योंकि

किताबों की दुनिया हमेशा से एक सुरक्षित दुनिया लगती आयी है, बचपन में भी जहाँ और जब कहीं दिल घबराता पता नहीं किताबों को कैसे पता चल जाता। ताक पर रखी किताबों के आसरे, अपनी बाँहें फैलाकर अपने भीतर पुकार–पुकार लेते। आसान नहीं था उस पुकार को अनसुना करना। फिर भूख–प्यास, नींद, डर सब ग़ायब किताबों की जादुई दुनिया और मैं एकाकार। उम्र बढ़ती गयी, सुना करती थी प्रेम के बिना जीवन अधूरा है, वो आया भी ज़िन्दगी में, कई बार पूरा तो कई बार अधूरा, जितनी तेज़ी से आया उसी रफ़्तार से लौट भी गया हो ऐसा नहीं है। ज़िन्दगी जुड़ने में जितना समय लेती है उसका कई गुना टूटने में। टूटना सिर्फ़ सम्बन्ध का नहीं होता उसके साथ और कितना कुछ टूट जाता है। मीठे लगने वाले चेहरे कब गर्हित हो उठते हैं, उस पल को आँक पाना सम्भव है क्या। ज़रूरी यह नहीं है किसी सम्बन्ध में हमने क्या पाया क्या खोया क्योंकि टूट–फूट तो पुनर्निर्माण के लिए ही तो होती है, ज़रूरी यह है कि उस सम्बन्ध में हमने क्या अनुभव किया, दूसरे ने हमें क्या अनुभव करवाया साथ ही मैंने उसे कैसी अनुभूति दी।"

मूसे ओदपोनचंज-आई नीड अ ब्रेक[16]

"सुनो सबीना! एक इंटरनेशनल सेमिनार हो रहा है दिल्ली में, अब तुम्हें इंडिया जाने का अवसर मिलेगा''–कहा था प्रोफेसर वेरा ने।

"ज़रूर जाना चाहूँगी"–कहकर उत्साहित–सी अपने पेपर की तैयारी में जुट गयी थी, एक महीने के अन्दर एब्स्ट्रेक्ट भेजना था और स्वीकृत होते ही मैं अपने सपनों के देश इंडिया में।

''हाँ, इतना बता दूँ कि आन्द्रेई मेरा पहला प्रेम नहीं था। मास्टर्स साथ में करते–करते हम अच्छे दोस्त बन गए थे। साथ रहे भी हम लगभग दो साल।''

''तो तुमने जाना तय कर लिया''–आन्द्रेई ने पूछा था।

अपने भीतर के उत्साह को भरसक दबाते हुए मैंने कहा था–''जाना तो पड़ेगा–मेरी सुपरवाइजर ने कहा है।''

"उनकी हर बात मानना कोई ज़रूरी तो नहीं, हम शादी का सोच रहे हैं।"

"मैंने कब कहा कि शादी नहीं करूँगी, पर इंडिया घूमकर आने तो दो, फिर सोचते हैं।"

उसने अपने लम्बे–बेतरतीब बालों से भरे सिर को हिलाया, जिसे देख कर मुझे न जाने क्यों मगरमच्छ का जबड़ा याद आ गया। मैंने इतनी छूट इसे कब दे दी कि मेरे हर निर्णय में टाँग अड़ाये, पर खुद को ज़ब्त कर लिया।

"तुम नहीं चाहते मैं अपने मन का कुछ करूँ?"

---

16. मुझे थोड़ा अवकाश चाहिए।

"नहीं, तुम पर दबाव तो नहीं डाल रहा, लेकिन इंडिया के बारे में मुझे किसी तरह की पॉज़िटिव वाइब्रेशन नहीं आती, कोई लॉ–आर्डर नहीं है। लोग अब भी जाहिल और गँवार हैं। मैंने न्यूज़ में देखा था कि कैसे टूरिस्ट लड़की के साथ रेप कर दिया था।"

"अरे, तुम भी न, सब लोग यह सोचने लगें तो घर से निकलना, देश–दुनिया देखना मुश्किल हो जाए।"

"हम बाद में एक साथ चल सकते हैं...कभी!" 'कभी' कहने का अन्दाज़ इतना विलम्बित था कि मुझे कोफ़्त होने लगी। वैसे भी इन दो–तीन वर्षों के साथ ने मुझे इस आदमी के लिए एक ऊब पैदा कर दी थी। इसके साथ रहते ये हालत है तो विवाह कर लेने पर क्या होगा।

सोचती हूँ– कभी–कभी जगह बदलने से पुरानी चीज़ों को फिर से प्यार करना आसान हो जाता है।

"मूसे ओदपोनचंज–आई नीड अ ब्रेक–थोड़ा वक़्त चाहिए मुझे अपने लिए।"

आँखें झपकाकर मुझे देखा और एक हल्का–सा चुम्बन देकर रात की पाली की नौकरी करने चला गया वह। पत्रकारिता ने दिन–रात का फ़र्क़ धुँधला कर दिया था अब वह रात भर काम करके दिन में अच्छी खर्राटेदार नींद ले सकता था।

मुझे मालूम था उसके पास कहने को कुछ नहीं है, अगर पहले वाले दिन होते तो शायद मैं उसकी बात पर ग़ौर करती लेकिन अब इन वयस्क वर्षों ने मुझे अपनी इच्छा–अनिच्छा की अभिव्यक्ति के लिए पहले से ज़्यादा बोल्ड बना दिया था। इधर कुछ दिनों से मैं अपने में कुछ अन्तर महसूस कर रही थी, जाने यह उम्र का असर था या किताबें पढ़ लेने का कि उसका साथ मुझमें ऊब पैदा करने लगा था, साथ–सोना, खाना और छुट्टी के दिन घूमना–क्या यही जीवन है?

प्रतीति ने टोका है सबीना को–"तो तुम अपने कॉलेज के ज़माने के प्रेम से ऊब गयीं थीं?

"ठीक–ठीक ऐसा नहीं था अक्सर ऐसा होता है कि हम प्रेम में भी ग्रो कर जाते हैं। अधिकार जता कर कोई मुझे किसी काम से रोके इसको झेलने के लिए मैं परिपक्व नहीं थी। मैं अक़्सर चुप हो जाती और आन्द्रेई की आत्मश्लाघा सुनती रहती। पहले, उसकी हर बात बार–बार सुनी

जाने के बावजूद मुझमें ऊब नहीं पैदा करती थी। पर जबसे हम साथ रहने–सोने लगे थे, अब नयापन किसी बात में रह नहीं गया था। मैं दिन भर लाइब्रेरी या अपनी रिसर्च में उलझी रहती लेकिन शाम को हम एक साथ होते। हाथों में हाथ डालकर चलने का मौसम बीतते ही सूखे पत्ते रास्तों पर पसरे रहने लगे। हम दोनों के मानसिक दायरे दूर होते चले जा रहे थे। पहले उसके छूने की कल्पना से ही मुझे कुछ होने लगता। उसकी पुरानी मोटरसाइकिल पर उसे पीछे से थामे हुए मैं कल्पना करती नीले आकाश में उड़ती चिड़िया की जो अनथक उड़ती ही चली जाती है, मेरी आँखें ठण्डी हवा की गन्ध को सोखती रहतीं। लगा करता कि बस यही है जीवन अगर इस पल मैं मर भी जाऊँ तो किसी से कोई शिकवा नहीं।''

कह तो सबीना रही है पर मैं समझ सकती हूँ कि प्रेम जब एक रोज़मर्रा का अभ्यास बन जाए तो ऊब पैदा कर ही देता होगा। मैं अभिरूप के साथ जब थी तब उम्र ही कितनी थी तब तो मुझे दिन–रात अभिरूप ही दिखाई पड़ता, हो सकता है कई साल बीतने के बाद मैं भी ऐसा ही महसूस करती।

वही बोलती जा रही है– "प्रेम घुटन भी पैदा कर सकता है मैंने पहले कभी सोचा ही नहीं था। शुरू में, आन्द्रेई की हर बात मुझे मोह–मोह लेती थी। ख़ूब पढ़ा–लिखा, दुनिया के बारे में ढेर जानकारी रखने वाला आन्द्रेई मुझे बहुत अच्छा लगता, हम दिन भर एक–दूसरे के साथ रहते, रात को अपने–अपने घर लौटते। उधर घर की हालत अजीब थी। मॉम की सम्पत्ति के लालच से कई लोग क़रीब आये पर किसी ने उनसे विवाह नहीं किया था, कई सम्बन्ध बने–बिगड़े।

डैड के तौर पर जिसे जाना, वह भी मॉम से कागज़ पर विवाहित नहीं थे। उनके जाते ही मॉम की मानसिक तकलीफ़ फिर से बढ़ती गयी।

"तुम्हारी मॉम क्या सामान्य नहीं थीं?"

"दीखती तो सामान्य थीं पर घर में घुसते ही अपने आप से बातें करता देखना, बात–बात में रोते देखना बिल्कुल अच्छा नहीं था। एक शाम घर लौटी तो देखा एक अधेड़ वयसी शातिर दीखने वाला आदमी घर में है और मॉम–उफ़्फ़ कितने दिनों बाद मॉम को ख़ुश देखा मैंने, फिर उसने एक और आदमी घर लाना शुरू कर दिया, अब इस घर में आवाज़ें सिर्फ़ सुनी जा रही थीं। मैं जानबूझकर देरी से घर आती। घर

में अस्तव्यस्तता बढ़ती जा रही थी। रात को भी वह आदमी रुकने लगा। शयनकक्ष से तरह–तरह की समवेत हँसी की आवाज़ें सुनाई देतीं। मैंने मॉम की ज़िन्दगी में दख़ल न देकर धीरे–धीरे अपने को घर से काट लिया। पीएच. डी. में दाख़िला मिलना आसान नहीं था, मिला तो मैं आन्द्रेई के साथ किराये के कमरे में रहने लगी।

मॉम ने जाना तो न सुखी हुई न दुखी, मुझे उदास नज़रों से देखकर कहा–"मर्द के साथ रहना इतना आसान नहीं है, वो भी तुम्हारे जैसे किताबी कीड़े के लिए। फिर भी देख लो। सबको अपने मन की कर लेनी चाहिए।"

मैंने अपनी किताबें, कपड़े, कोट पैक कर लिए। बिस्तर यहीं रहने दिया, दीवारों पर लगे पोस्टर्स भी नहीं उखाड़े, पुराने जूते ऐसे रखे रहने दिए ज्यों मुझे यहीं लौट कर आना हो। हाँ शेल्फ पर रखा कॉफ़ी मग ज़रूर रख लिया, इसमें कॉफ़ी पिये बिना मुझे तसल्ली नहीं होती। ये मेरी मॉम का फ़्लैट था, यहाँ से कोई मुझे निकाल नहीं रहा था, पर न जाने क्यों मॉम के कमरे से आने वाली हँसी, सिसकारियाँ मुझे बर्दाश्त नहीं हो रही थीं।

मैंने भारत के बारे में बहुत कुछ पढ़ रखा था और वह देश हमेशा से मुझे आकर्षित करता था। मैंने एक योग–गुरु से ध्यान भी सीखा था और मुझे लगता था कि हमारे यहाँ की माँओं को भी भारतीय माँओं की तरह त्यागमयी, ममतामयी होना चाहिए। कई एशियन फ़िल्मों ने भी मुझे औरत के उदात्त त्यागमय स्वरूप की ओर आकर्षित किया, लेकिन ऐसा क्यों होता है कि हम सबसे ज़्यादा ख़ुद से ग़ाफ़िल रहते हैं, आज सोचती हूँ तो लगता है मॉम, मेरी जननी होने से पहले एक स्त्री थी, एक व्यक्ति, उसे अपना जीवन, अपना स्पेस चाहिए था। उसका बचपन आख़िर आतंक के साए में बीता था, उसे भी ख़ुश होने का अधिकार था। लेकिन मुझे उसकी मैत्री पर ऐतराज़ क्यों था, देर शाम कमरे का बन्द हो जाना, हँसी–चुहल के बाद एकान्तवासी आवाज़ें जिनके अर्थ सृष्टि के प्रारम्भ से ही खुलते आए हैं, ऊह–आह और थोड़ी देर बाद बाथरूम से आती नल की आवाज़, हौले क़दमों की आहट...विदा का लेना–देना, कल मिलने के वायदे के साथ मॉम का गुनगुनाते हुए दरवाज़े से लौट आना, कनखियों से मेरे बत्ती जले कमरे का जायज़ा लेना, मेरे सामने ख़ूब सामान्य दीखने

की कोशिश करना, जिससे ये जान ही नहीं पाऊँ कि जो औरत अभी थोड़ी देर पहले शरीर का खेल रच रही थी अपने से बाहर जाकर ख़ुद को तलाश रही थी अब इस क्षण भूमिका बदल कर मेरी मॉम हुई पड़ी है। मॉम को अब मैं उसके नाम से पुकारा करती, उसने मेरी निगाह में अपना सारा सम्मान खो दिया था। छोटा भाई तो पहले से ही अपनी मनमर्ज़ी किया करता, उसे परिवार से कुछ लेना–देना नहीं था, पर्वतारोहण और मोटरसाइकिल रैलियों में ही वह मशगूल था और महीनों से घर नहीं लौटा था। मॉम का पतझड़ के महीने में बाग़ीचे में यूँ ही टहलना, किचन में जाकर सूप बनाना। फूल के पौधों को सहलाना–दुलराना, सर्दियों की तैयारी में जैम, अचार बनाना, अखरोट कूटना, पुराने गीत गुनगुनाना सब कुछ मुझे अब बुरा लगा करता। उसका बार–बार थूकना, वाश बेसिन में कुल्ला करने की आवाज़, चिकन के बचे रेशों को दाँतों के बीच से निकालने की कोशिश में तरह–तरह की बनती भाव–भंगिमाएँ, बीच रात में फ्लश खींचने का शोर, होंठों के ऊपर के रोमों को प्लकर से उखाड़ना और सबसे ज़्यादा तो, सुबह के समय कमर को हल्की लोच देकर ड्रेसिंग गाउन में अलसायी मुद्रा में शयनकक्ष से बाहर आना, मुझे अब अखरता। पता नहीं क्या हुआ कि अपनी ही जन्मदात्री से घृणा होने लगी। उन दिनों वह मुझसे कुछ कहती भी तो सुनना भला नहीं लगता। वह अब मेरी सहानुभूति खो रही थी। मेरे बचपन का एक समय वो भी था जब मॉम मार्फ़ीन में बेसुध पड़ी रहती थी और मैं उसके चैतन्य होने के इन्तज़ार में उसके आस–पास मँडराया करती थी। लगातार इलाज ने उसे पहले से ख़ूब बेहतर कर दिया था। अब...लेकिन अब उसे साथी की ज़रूरत थी या शायद मेरे पास आन्द्रेई का विकल्प था इसलिए मैं मॉम को पूरी तरह उपेक्षित करती रही। अब मुझे वह विवश नहीं बल्कि अपने जीवन–रस की अन्तिम बूँद तक को पीने वाली अधेड़ स्त्री लगने लगी थी। उसे पुरुष–मित्रों में बहुत रूचि थी जिसे मैं तब स्वीकार नहीं कर सकी।

मॉम के कमरे में जाने की इच्छा बार–बार मुझे होती। ये इच्छा वैसी ही थी ज्यों किसी जासूस को अपराध–स्थल के लिए होती होगी। दिमाग़ का इस्तेमाल कर अपनी इच्छा पर नियन्त्रण किए रहती। जितनी देर तक मॉम किसी दोस्त के साथ कमरे में बन्द रहती, मेरा मन सुलगता रहता, आँख के सामने किताब खुली रहती और कल्पना में मॉम विपरीत रति

की मुद्रा में उस आदमी के साथ दीखती, मुझे उसकी ढलकी झुर्रीदार छातियों से वितृष्णा होती, जिन्हें वह अक्सर लाल रंग की पैडेड ब्रा में बाँधे रखती। मैंने उसके स्विमिंग कॉस्टयूम कूड़ेदान में डाल दिए ताकि वह समुद्र स्नान के लिए न जा सके। मैं उसकी हर हरकत पर नज़र रखती और मन–ही–मन घृणा करती, वासना का ऐसा भी क्या ज्वार जो अधेड़ावस्था में विवेक पर हावी हो जाए। क्यों वह सिर्फ़ मेरी नहीं होकर रह सकती, टी. वी., सिनेमा और किताबों में समय नहीं काट सकती, उसे मर्द ही क्यों चाहिए? लेकिन मैं जानती थी मॉम को टोकने का कोई फ़ायदा नहीं होगा, उल्टे स्थिति बिगड़ सकती है, अपने डैड याद आते लेकिन उन्होंने नयी औरत ढूँढ़ ली थी जो ज़्यादा अमीर थी, अब वे दोनों फ्राँस में रहते थे। मॉम का अकेलापन समझने के बावजूद मेरी जासूसियाँ बढ़ती गयीं, अब मैं दोपहर को भी बीच में अचानक घर लौट आती और परायी गन्ध सूँघती। ऐसे में ही एक दिन मॉम की अलमारी में, जिसे वह ताला लगाना भूल गयी थी मुझे अजीबोग़रीब चित्र मिले, किसी सस्ती क़िस्म की किताब के पन्ने, ओ! तो ये बात है, सभी चित्र पोर्नोग्राफी से सम्बन्धित थे। जिज्ञासा के साथ बड़ी वितृष्णा पैदा हुई। रति की विभिन्न मुद्राएँ, हस्तमैथुन की पद्धतियाँ बाकायदे ग्राफ़ के साथ, ठण्डे पुरुष को उत्तेजित करने के नुस्खे, काम क्रीड़ाओं के चित्र...कहाँ से लायी होगी मॉम ये सब, कोने में एक चायनीज डिल्डो रखा हुआ था, जिसमें बिजली से कम्पन होता था, तो क्या मॉम यौन सुख के लिए इतनी बेचैन हैं, या अवसाद की दवाओं का कोई असर!

आन्द्रेई को इशारों में बताया तो उसने घर छोड़ने की सलाह दी। ये मॉम का निजी जीवन था जिसमें दख़ल देना ठीक नहीं था, मुझे आन्द्रेई से सहमत होना था। हालाँकि हमारे यहाँ स्त्री से विधवा एकाकी जीवन जीने की अपेक्षा नहीं की जाती, फिर भी मेरा अधिकारभाव ही था जो मॉम को सिर्फ़ मॉम के रूप में ही स्वीकार करने को तैयार था, एक स्त्री के रूप में नहीं, एक पृथक् व्यक्तित्व के रूप में नहीं।

अब सोचती हूँ कि यदि मैंने तब अपनी मॉम को मित्र बनाया होता, उसे अधिक समय दिया होता, शायद स्थिति कुछ और होती, लेकिन मैंने तो तब तक उसकी दवाओं का इन्तज़ाम करना भी बन्द कर दिया, डॉक्टर से उसके अपॉइंटमेंट्स, उसकी मेडिकल हिस्ट्री में रुचि लेना कम बल्कि बहुत कम कर दिया।

तब, मेरे सामने अपने जीवन की प्रशस्त राह थी।

मॉम ने भी मुझसे घर से निकलने की वज़ह नहीं पूछी। ठीक भी था... हमारे यहाँ तो 17–18 वर्ष की उम्र से ही सब आत्मनिर्भर हैं, अपना–अपना जीवन, अपना–अपना पार्टनर। फिर घर छोड़ते हुए मुझे बुरा–सा क्यों लग रहा था। बहुत दिनों तक ख़ुद को ही नहीं समझ सकी मैं।

आन्द्रेई के साथ शुरुआती दिन!

तेज़ धूप का मौसम कैसे छाँव बन जाता है। यूनिवर्सिटी में अधिकांश लोग गरमियाँ मनाने चले जाते समुद्र की ओर, मेरे पास न तो इतना पैसा था न ही समय, निचाट दोपहरी में मैं रिसर्च का काम करती और मन में रहता आन्द्रेई का इन्तज़ार, उन दिनों उसके पसीने की चिपचिपी नमकीन गन्ध मुझे बेहद अच्छी लगती, हालाँकि उसे न नहाने की बुरी आदत थी, जिसके लिए मैं हमेशा उससे लड़ लिया करती, लेकिन आन्द्रेई इंटर्नशिप में नहाने–खाने का समय निकाल नहीं पाता, वह अक्सर लंच छोड़कर मुझे मिलने के लिए आ जाता, हम हवा में उड़ते सूखे पत्तों को पैरों तले रौंदते चलते, हाथों में हाथ डालकर, वह मुझे पत्रकारिता की चुनौतियाँ बताया करता, हम मिलकर भविष्य की योजनाएँ बनाते–"देख रही हो सामने वाली इमारत! कभी ऐसी कई इमारतें होंगी मेरे पास"–सुन कर मैं हँस–हँस जाती ये आन्द्रेई की कपोल–कल्पनाएँ थीं, उसके पास तो जूस पीने के भी पैसे नहीं होते। मैं ही अक्सर उसे खिला–पिला देती। मेरी भूमिका उसके जीवन में बड़ी बहन और माँ जैसी होती गयी, मुझे हर समय उसका ख़याल रहता, ज्यों वह उधियाता हुआ आकर मेरे निकट सुकून की साँस पाएगा, दिन भर की बातें बताते–बताते उसकी साँस फूल जाएगी–चलो! कुछ खिलाओ, सुबह का भूखा हूँ, मैं जल्दी से अपने बैग में से कुछ निकालती कोई फल या बिस्किट या फिर क्रोसों। फिर हम टहलते हुए बेकरी में जाते जहाँ सस्ता और ताज़ा सामान मिलता, किसी–किसी दिन कॉफ़ी भी पी लेते।

हम एक–दूसरे को समझते हैं, ऐसा मुझे लगता था। आन्द्रेई की हर इच्छा का सम्मान करना सुकून देता था, थोड़ा बहुत मन भी मारना पड़े तो भी आन्द्रेई के लम्बे, बिखरे बालों और उत्तेजित होकर बोलने का लहजा, थोड़ी तुनक मिज़ाजी, मुझ पर ढेर–सा अधिकार भाव–मुझे आत्मतुष्ट करते। मैं दिन को यूनिवर्सिटी जाती, फिर प्रोजेक्ट में काम करती, जिससे

मेरा ख़र्चा चल सके, रात को घर लौटती। थकान हो जाती, दिमाग़ में रिसर्च के मसले घूमते–टहलते रहते और आन्द्रेई शरीर चाहता, वो मुझे भी अच्छा लगता पर मेरी कामनाएँ उद्दाम नहीं थीं, आन्द्रेई प्रेम चाहता, शरीर से एकाकार होना रोज़ दो–तीन बार उसके लिए ज़रूरी होता, तभी वह ख़ुश रहता। लेकिन शुरुआती दिनों के बाद उसमें प्री–प्ले जैसी कोई चीज़ बची नहीं। उसे मेरी परवाह कम होती गयी और अपना स्वार्थ महत्त्वपूर्ण। क्या अजीब बात थी, मैं आन्द्रेई से क्या चाहती थी, मुझे ठीक–ठीक ये मालूम नहीं चल पाया कभी, लेकिन आन्द्रेई को क्या चाहिए था यह उसे बख़ूबी मालूम था। वरना सुबह–सुबह खीजता, रात भर बिस्तर पर करवटें बदलता। लगभग दो साल सम्भोग और समझौते हमने ख़ूब किए।"

मैंने याद दिलाया है सबीना को, कि अँधेरा हो चुका है। सबीना ने कोट पहन लिया है, मुझे तो वैसे ही ठण्ड थोड़ी ज़्यादा लगती है। इसलिए सबीना का मुझसे सट कर चलना ठीक–सा लग रहा है।

–तुम ये सब कुछ लिख क्यों नहीं डालतीं?

–क्या सब?

–यही तुम जो कुछ भी कह रही हो...जानती हो लिखने से अच्छी थेरेपी कुछ भी नहीं है।

–तुम्हें लगता है मैं भी अपनी मॉम की तरह...? सबीना की आवाज़ में हल्की–सी विरक्ति है।

–नहीं...बिल्कुल नहीं...चलो ऐसा करते हैं हम दोनों एक–दूसरे को लिखते हैं अपने बारे में!

व्हाट एन आइडिया–सबीना बुदबुदायी है। वैसे मुझे लगता नहीं वह मुझे कुछ लिखेगी।

वर्क इज़ लिबर्टी[17]

आउशवित्ज़–बिर्कानेयु की बस में मुझे खिड़की वाली सीट मिल गयी थी, जिसमें बैग और सामान ऊपर रख दिया। कंडक्टर एक औरत, जिसने माइक्रोफोन पर सभी यात्रियों का स्वागत किया और गंतव्य स्थल यानी आउशवित्ज़ के बारे में जानकारी दी। बहुत कम लोग थे उसकी बात को ध्यान से सुनने वाले, अधिकांश अपने मोबाइल और टैब पर व्यस्त। तकनीक ने सूचना का एक विस्तृत संसार पसार दिया है, जिसमें मानव– स्मृति की भूमिका कम होती जा रही है।

बस रुक गयी, अधिकांश पर्यटक हैं जो आउशवित्ज़–बिर्कानेयु घूमने आए हैं, तस्वीरें खींच रहे हैं, एक नवविवाहित जोड़ा भी है। गाइड ने हमें पैदल रास्ते की तरफ़ मोड़ दिया है। गाइड बता रहा है कि इन मृत्यु कैम्पों का निर्माण करने वाले मिस्त्रियों, मज़दूरों को भी ये पता नहीं था कि इन कैम्पों का इस्तेमाल क्या होगा, इसके निर्माण में लगे थे पोलिश, यहूदी और रूसी। यहाँ के मज़दूरों के मेठ ने बाद में चलकर जाँच समिति के सामने यह स्वीकार किया था कि इन इमारतों को बनाने वाले मज़दूरों की जीवन स्थितियाँ बेहद ख़राब थीं, सर्दियाँ उन पर बड़ी भारी पड़ती थीं। बिर्कानेयु की अधिकांश छतें लकड़ी की थीं, जो मनुष्यों के रहवास लायक नहीं थीं।

यह सिर्फ़ नवम्बर है और ठण्ड है अच्छी–ख़ासी तापमान लगभग 2 डिग्री सेल्सियस। आउशवित्ज़ के बारे में सुना है कुछ पढ़ा भी है पर इतिहास के

17. परिश्रम ही मुक्ति है–आउशवित्ज़–बिर्कानेऊ कैम्प के मुख्य द्वार पर लिखा है।

आमने–सामने खड़े होकर उससे आँखें मिलाने के लिए जिस साहस की ज़रूरत होती है, उसे पिछले कुछ महीनों में ही जुटा पायी हूँ। मन नहीं लगा तो लौट आऊँगी। क्राकोव से आउशवित्ज़ की दूरी महज़ दो घण्टे की है लगभग 67 किलोमीटर, पोलैंड का दक्षिण पश्चिमी इलाक़ा। बस यात्रा में यह दूरी खलने वाली नहीं। सबीना से विदा लेकर इधर ही आ गयी थी। आउशवित्ज़ मेरे लिए फ़िल्मों और पुस्तकों का प्रसंग ही रहा है, जिसका नाम ही रूह कँपा देने के लिए काफ़ी है– आउशवित्ज़–बिर्कानेयु उन भीषणतम यातना–गृहों में एक है जहाँ द्वितीय विश्वयुद्ध के दौरान नात्सियों ने श्रमदान के नाम पर लाखों पोलिश विशेषकर यहूदी नागरिकों को गैस चैम्बर में झोंक दिया। मैंने अतीत के जिन पन्नों को पलटने का फ़ैसला किया है वे काले–अँधियारे पन्ने हैं, यह यूरोप का काला अतीत है जिसके अन्धकार को भेदने की कोशिश करने का अर्थ है तकलीफ़ और यातना के समन्दर में गोते लगाना। अब तक की मेरी किताबी जानकारी में दर्ज है कि आउशवित्ज़ के यातना कैम्प में लगभग दस लाख से ज़्यादा लोग मार दिए गए जिसमें 960,000 यहूदी थे। 1940 में यहाँ एक ही कैम्प था, पोलिश सेनाओं के बैरक के तौर पर इस्तेमाल होने वाले बीस भवन थे, ईंटों से बने हुए। इनमें पोलैंड की सुरक्षा के लिए तैनात सिपाही–अधिकारी रहते थे, जिन्हें मालूम क्या था कि कुछ समय बाद वे इन्हीं बैरकों में क़ैद और दफ़न कर दिए जाएँगे। बाद में गैस चैम्बर की सुविधा से लैस इस जगह पर कई अन्य कैम्प बनाए गए। 1941 में पेट्रोकेमिकल कार्पोरेशन कम्पनी आई. जी. फारबेन ने यहाँ एक बड़ा कारख़ाना स्थापित करने का निर्णय लिया, जिसमें सिंथेटिक रबर और सस्ता ईंधन बनना था। कारख़ाने के लिए सस्ते मज़दूरों की ज़रूरत को एस. एस. ने पूरा करने का वायदा किया। जैसे–जैसे कारख़ाने का काम बढ़ता गया वैसे–वैसे मोनोविट्ज़ (Monowitz) नामक इस श्रमिक कैम्प में दास–श्रमिकों की संख्या बढ़ती गयी, जिसे बाद में आउशवित्ज़–3 का नाम दे दिया गया। सोवियत रूस पर जर्मन क़ब्ज़े के बाद इसके बगल में बन्दी कैम्प बनाया गया जहाँ युद्ध–बन्दियों को रखा जा सके और उनसे मुफ़्त श्रमदान लिया जा सके इसे आउशवित्ज़–बिर्कानेयु का नाम दिया गया। मेरे पास जो नक्शा है उसमें नात्सियों के बनाए यातना कैम्प संख्या और चित्र समेत दर्ज हैं। मन भारी हो रहा है लेकिन अपने सामने मुझे ख़ुद को साहसी साबित करना है।

मैं अपने भीतर के एकान्त को दिशा देना चाहती हूँ, रेनर मारिया रिल्के ने (सन् 1903, जर्मनी) युवा कवि को लिखे अपने पत्र में कहा था, "अपने एकान्त को सहेजना सीखो। तुम्हारा एकान्त हमेशा तुम्हारा सहयोगी और तुम्हारे लिए सबसे सुरक्षित जगह बना रहेगा...बेहद अपरिचित परिस्थितियों में भी, और इसी में तुम्हें सारे रास्ते मिल जाएगे।" मुझे रिल्के हमेशा से पसन्द रहा है, ख़ासकर यह कविता–

"आई एम् मच टू अलोन इन दिस वर्ल्ड,
एट नॉट अलोन एनफ टू ट्रूली कान्संट्रेट द आवर,
एट नाट स्माल एनफ टू बी टू यू जस्ट ऑब्जेक्ट एंड थिंग,
डार्क एंड स्मार्ट"

निज के दुःख को भुलाना ज़रूरी है जिसका तरीक़ा है प्रेम को अपने ऊपर हावी होने देना। सबीना की बात सुनकर लगा था, उसकी यह कहानी प्रेम की अनन्त खोज की कहानी है जो किसी भी देशकाल और स्थान में घट सकती है, घटती आयी है। लेकिन रुकना और सुस्ताना तो पड़ता ही है। ज़िन्दगी समझौतों पर अगर नहीं चलानी तो अपने जी को कड़ा कर चलना होगा। हर पेड़ की छाँव में ठण्डक हो ज़रूरी तो नहीं। सबीना ने ज़िन्दगी से अपना स्पेस लिया है, यह देखकर थोड़ा–सा अच्छा भी लग रहा है पर अपने प्राण प्रिय छोटे बच्चे को अंटोनी को छोड़कर, वो भी बेबी सिटर के भरोसे! पता नहीं ठीक हुआ कि नहीं लेकिन मेरी दोस्ती ने उसे आउशवित्ज़ की बस में बैठने का रास्ता दिखाया। वह कहती है, ऐसा लगा कि बस, चल ही दूँ एक बार अपने मन की कर लूँ।

और इधर मुझे लग रहा है यहाँ आकर मैंने ठीक नहीं किया, वैसे ही जीवन में अनुभवों की कमी नहीं है। हवा में कुछ जले की गन्ध है, या मेरा ही भ्रम है। यहाँ की शान्त, सुन्दर प्रकृति देखकर कौन कहेगा कि यह वो जगह है जहाँ पर लाखों निर्दोष लोगों के सपने दफ़न हैं। आसमान गहरा नीला, ज्यों उसका नीलापन आँखों की पुतलियाँ क़ैद कर लेंगी, कुछ–कुछ छितरे बादलों के नन्हे टुकड़े, ज्यों धूप में चलते राही को क्षणिक सुकून देने आये हों। निश्चिन्त, जीवन्त प्रकृति, हरे से भी हरे पेड़–लम्बे ऊँचे–बेपरवाह। ऐसे में कौन कह सकता है कि कभी यहाँ लाये गए लोगों–जिनके ख़ून–पसीने ने यहाँ पर जीवन रचा वही अपने लिए खोदते रहे खन्दकें–खाइयाँ, उन कभी रहे क़ैदियों के शोषण और

यातना की अनन्त दास्तानें यहाँ की दीवारों पर लिखी हैं, ज़रूरत है उन्हें पढ़ने की। उन्हीं क़ैदियों की स्मृति में सन् 1996 में पहला 'ध्यान शिविर' आयोजित किया गया जिसमें कनाडा, अमेरिका, यूरोप के विभिन्न देशों से वे लोग आए जो होलोकास्ट के शिकार लोगों को स्मृति–श्रद्धाँजलि देना चाहते थे। तब से हर साल यहाँ इसी महीने 'मेडिटेशन कैम्प' का आयोजन होता है। आउशवित्ज़–बिर्कानेयु कैम्प के मुख्य द्वार पर आज भी लिखा है–'वर्क इज़ लिबर्टी 'परिश्रम ही मुक्ति है।' सच ही है कि यदि जीवन में कोई काम न हो तो हम अपने से मुक्त हो भी कैसे सकते हैं। तो यह कैम्प मुक्ति का द्वार था, या रहा होगा। भारतीय अध्यात्म भी तो यही कहता है कर्म करते जाओ फल की इच्छा के बग़ैर। कर्म करने के लिए जिससे कहा जाता है उसे मालूम होता है कि उससे कितने घण्टे काम करवाया जाएगा, भूखे पेट, ज़मीन की कितनी गहरी ख़ुदाई करवाई जाएगी, कुदाल के फल के हर बार ज़मीन पर गड़ने पर उसे नर्म मिट्टी की जगह दिखाई देगी पावरोटी। ताज़ा और पुष्ट, जिसे अपने हाथों में लेकर पहले वह भरपूर निहारेगा, निहारता ही जाएगा, फिर भर साँस लेकर उसकी गर्म सुगन्ध को अपने भीतर उतार लेगा, रोटी को सहलाते हुए उसकी ऊपरी परत को हौले से तोड़कर अपने मुँह में रखेगा, देर तक उस टुकड़े को चूसेगा, निगले जाने के पहले पावरोटी का वह टुकड़ा सब कहीं यात्रा करेगा, जीभ के नीचे, बाएँ मसूढ़ों के पास, दाँतों के नीचे उसे हौले–हौले दबाया जाएगा, उसका रस धीरे–धीरे मुँह में भरा जाएगा, भरी–पूरी बालियों की लहलहाती फ़सल आँख के आगे साकार हो उठेगी, चक्की के दो पाटों के बीच पिसता अनाज का दाना किसी ख़ूबसूरत गीत की तरह मन में देर तक बजता रहेगा, स्पर्श, दृश्य के रास्ते वह छोटा टुकड़ा जितनी देरी हो सके उतनी देरी से निगला जाएगा। एक टुकड़े के ख़त्म होने के तुरन्त बाद पेट के ऊपरी हिस्से में आग...धधकभरी आग तेज़ हो जाएगी, लेकिन अगला ग्रास तोड़ने के ठीक पहले उस पावरोटी को मोड़ कर नेफे में छुपा लिया जाएगा, उसके लिए जो होगा यहीं आसपास... जिसकी नीली आँखें कोटरों में धँस गयी होंगी, रोटी की जगह धमकी और मार खाते जिसे पूरी रोटी की शक्ल भी भूल गयी होगी, जिसका पाजामा पीछे से फाड़ दिया गया होगा, जिससे जब चाहे सेक्स ऑब्जेक्ट बनाया जा सके, जो भूल गया होगा कि यहाँ क़ैदी बनने से पहले वह क्या था।

मनुष्यता की पहचान क्या है, यह पहचान हमें दूसरे देते हैं, हमारे मनुष्य होने के लिए उनका होना ज़रूरी है।

युद्ध अपराध हो जाने के बाद लोगों से बयान लेना एक क़ायदा और रवायत है। ये बात दीगर है कि आम कहे जाने वाले किसी भी नागरिक को इस तरह के ट्रिब्यूनल न्याय और खोयी हुई मर्यादा लौटाने में कहीं भी सफ़ल नहीं रहे हैं। द्वितीय विश्वयुद्ध और नात्सी कैम्पों में हुए अपराधों के लिए ज़िम्मेदारी तय करने के लिए सोवियत संघ, ब्रिटेन, संयुक्त राज्य अमेरिका ने भी आम सहमति से ट्रिब्यूनल बनाया, जिसमें फ्राँस को भी शामिल किया गया। मुक़दमों के लिए क़ानूनी आधार लन्दन चार्टर से लिया गया था। यह तो था सिद्धान्त लेकिन वास्तविकता यह थी इस ट्रिब्यूनल को यूरोपीय धुरी के प्रमुख युद्ध अपराधियों की सज़ा तक महदूद कर दिया गया था। औपचारिक रूप से नात्सी पार्टी के जन्मस्थान नरेम्बर्ग के पैलेस ऑफ़ जस्टिस में 19 नवम्बर 1945 को सुनवाई शुरू की गयी। मुझे आश्चर्य होता है कि अभियोजन पक्ष ने सिर्फ़ 24 लोगों को बतौर प्रमुख युद्ध अपराधी मानकर उन पर मुक़दमा चलाया। इसके अलावा सात संगठन जिसमें नात्सी पार्टी का नेतृत्व, शूत्ज़्स्टाफेल (एस. एस.), सिचेरहेइट्ज़ दिए नस्ट (एस. डी.), गेस्टापो, स्टूर्माबेटीलुंग (एस. ए.) और जनरल स्टाफ एंड हाई कमांड, जिसमें वरिष्ठ सैन्य अधिकारी आते थे–उन्हें शामिल किया गया। उधर बिर्कानेयु समेत अन्य कई कैम्पों में तैनात अधिकारी और कर्मचारियों की तस्वीरें दिखा कर बच रहे क़ैदियों के बयान लिए गए। क़ैदियों ने अपनी पहचान बताई। मेरे सामने उन दस्तावेज़ों की अविकल प्रतियाँ रखी हुई हैं–

क) आउशवित्ज़ कैम्प में अपनी उपस्थिति दर्ज करवाते हुए एक्सिबिट संख्या 75 में मिरियम वेइस (स्त्री) ने कैप्टेन अल्फ्रेड जेम्स फॉक्स, 86 स्पेशल इन्वेस्टिगेशन सेक्शन, मिलिट्री पुलिस कोर के सामने शपथ लेकर दर्ज़ करवाया–

1. मेरी उम्र 24 वर्ष है और मुझे 3 मई 1943 को हिरासत में इसलिए लिया गया क्योंकि मैं यहूदी थी, मुझे जाग्रेब की जेल में ले जाया गया जहाँ से 13 मई 1943 को मुझे आउशवित्ज़ लाया गया।
2. आउशवित्ज़ में रहते हुए मैंने नर्स के तौर पर काम किया और उस परेड का हिस्सा भी रही जहाँ गैस चैम्बर में ले जाने के

लिए चुनाव किये जाते थे। एस. एस. के तौईर (Taueer) उस परेड का नेतृत्व करते थे। मुझ जैसी नर्सों का काम था यह देखना कि कहीं कोई क़ैदी छुप न जाए या परेड से बच न जाए। तौईर तीन फ़ीट ऊँची जगह पर खड़ा होकर परेड की जाँच करता रहता था। एक औरत जिसमें परेड में शामिल होने की ताक़त नहीं थी और वह इतनी बीमार और कमज़ोर थी कि बिस्तर से उठ कर खड़ी भी नहीं हो पा रही थी। उसे भी ज़बरदस्ती उठाया गया, उस पर तौईर ने अपने फ़ौजी बूटों से इतना प्रहार किया कि वह मर ही गयी। मैंने उसे शवदाह गृह की ओर ले जाते देखा।

3. मैं फ़ोटो संख्या 6 में छठे नम्बर पर खड़ी वोल्केंराची को भी पहचान सकती हूँ, जो एस. एस. की महिला बटालियन में काम करती थी, मैंने एक दिन खुद देखा था कि वोल्केंराची ने एक लड़की को बूटों से कुचल दिया था, लड़की बेहोश हुई थी या मर गयी मालूम नहीं लेकिन क़ैदियों पर वोल्केंराची बहुत अत्याचार करती थी।

हस्ताक्षर–मिरियम वेइस, 28 मई 1945

आउशवित्ज़ का गैस चैम्बर–एक्सिबिट संख्या 77 में गेर्त्रुड

ख) मेज़र पौली ज्योफ्ररी, पी.ए., लीगल स्टाफ नम्बर 1, वॉर क्राइम इन्वेस्टिगेशन टीम के सामने कार्ल डोलिंसकी (67 ल्वोवास्का, पोलैंड) ने अपने बयान में दर्ज करवाया–

1. मेरी उम्र 54 वर्ष है और मुझे 5 अगस्त 1943 को हिरासत में लिया गया क्योंकि मैं यहूदी हूँ। मुझे आउशवित्ज़ ले जाया गया जहाँ से जनवरी 1945 में बेलसन में स्थानान्तरित कर दिया गया था।
2. मैं फ़ोटो संख्या 7 में सबसे आगे खड़े लादिस्लाव गुरा को पहचान सकता हूँ। यह एस. एस. का आदमी था और मैंने बेलसन के यातना शिविर में देखा था जहाँ पर मैं बतौर इंजीनियर काम करता था। मार्च 1945 के किसी एक दिन मुझे कैम्प में पानी की सप्लाई बन्द करने के आदेश दिए गए। उसी दिन मैंने देखा कि गुरा ने एक क़ैदी को कुदाल से मारा,

वह घायल हो गया और पानी की पाँच फ़ीट गहरी नहर में उसे फेंक दिया गया। मैंने उस क़ैदी को बचाने की कोशिश की लेकिन दो दिन बाद वह मर गया। मुझे पूरा विश्वास है कि गुरा के कारण ही उसकी मृत्यु हुई। मुझे उस क़ैदी का नाम नहीं मालूम क्योंकि वहाँ बहुत कम क़ैदियों को उनके नाम से जानने का मौक़ा हमें मिलता था।

हस्ताक्षर–कार्ल डोलिंसकी

25 मई 1945

ग) डोरा ज़फ़्रान (वारसा, पोलैंड) ने मेज़र पौली ज्योफ़री, पी.ए., लीगल स्टाफ नम्बर 1, वॉर क्राइम इन्वेस्टिगेशन टीम के सामने शपथ लेते हुए अपना बयान यूँ दर्ज करवाया–

1. मेरी उम्र 22 वर्ष है। मुझे 6 मई 1942 को स्तानिस्लावोव, पोलैंड से गिरफ़्तार किया गया क्योंकि मैं यहूदी हूँ। दूसरे क़रीब 20,000 यहूदियों के साथ मुझे लुब्लिन (पोलैंड) के पास मैडानेक कैम्प ले जाया गया, जहाँ मैं 7 सप्ताह रही।
2. मैं डॉक्टर फ़िशर को जानती हूँ। वह लगभग छह फ़ीट तीन इंच लम्बा, काले बालों, भूरी आँखों और पतले चेहरे वाला एस. एस. का आदमी है। यह आदमी उन चयनकर्ताओं में से एक था जो लोगों को गैस चैम्बर में भेजते थे। मैंने अपनी आँखों से देखा कि एक दिन में इस आदमी ने लगभग 120 लोगों को गैस चैम्बर में बन्द किया। जिस मकान में हमें रखा गया था उसके दो हिस्से थे। एक तरफ़ हमें रहने और नहाने के लिए जगह दी गयी थी। एक दिन जब मैं नहा रही थी दीवार के दूसरी ओर से लोगों के चीख़ने–रोने की आवाज़ों के साथ विषैली गैस की गन्ध मुझे आयी। वह 30 फ़ीट का वर्गाकार कमरा था जिसमें एक साथ 50 आदमी समा सकते थे।
3. 25 जून 1943 को मुझे आउशवित्ज़ ले जाया गया और वहाँ मैंने अपनी आँखों से सैकड़ों लोगों को गैस चैम्बर की ओर ले जाते देखा। मुझे जहाँ तक अन्दाज़ा है तक़रीबन एक लाख लोग उसी दौरान गैस चैम्बर में ले जाए गए। इस दौरान एस.एस.

के जो अधिकारी वहाँ मौजूद थे उन्हें मैं (फ़ोटो संख्या 19–3) में पहचान सकती हूँ। इस तस्वीर में डा. मेंगले, एलिज़ाबेथ वोल्कांरेची, हिटलर का नज़दीकी एस. एस. तौबर, डॉ. कोइंग और एस. एस. स्च्वार्त्ज़ हैं।

4. मैं इसी तस्वीर में जुअना बोर्मन को भी पहचान सकती हूँ, आपस में बातचीत करती लड़कियों की डण्डे से तब तक पिटाई उसने की जब तक वे बेहोश न हो गयीं।

5. मैंने अपनी खिड़की से गैस चैम्बर की ओर ले जाए जाते लोगों को कई बार देखा। वहाँ एक बड़ी चिमनी थी जिससे गहरा काला बदबूदार धुँआ निकलता था। मैंने गैस चैम्बर से आती चीखें सुनीं पर कभी भी किसी को वापस लौटते नहीं देखा। मेरे ब्लाक और गैस चैम्बर के बीच केवल एक तार की बाड़ थी, जिसमें करेंट दौड़ता था, इसके पार गैस चैम्बर को साफ़ देखा जा सकता था।

6. आउशवित्ज़ में सेलेक्शन के दौरान हमें दूसरी कई औरतों के साथ निर्वस्त्र खड़े रहना पड़ता था। डॉ. क्लेकिन, तौबर और क्रेमर आते थे हममें से हट्टी–कट्टी औरतों को चुनने। जो जितनी स्वस्थ दीखती थी उसे उतना ज़्यादा मेहनत का काम दिया जाता था, कमज़ोरों को अलग ले जाया जाता था, जिन्हें कभी वापस देखना मुमकिन नहीं हो पाता था।

हस्ताक्षर–डोरा ज़फ्रान

26 मई 1945

घ) कैप्टन अल्फ्रेड जेम्स फॉक्स, सामान्य सूची, 86 स्पेशल इन्वेस्टिगेशन सेक्शन के समक्ष पीटर लेओनार्ड मेकर (पुरुष) नामक युद्ध बन्दी ने बयान दर्ज करवाया–

1. मैं एक 37 वर्षीय चिकित्सक हूँ। मुझे जनवरी 1940 में पोलैंड से भागना पड़ा क्योंकि जर्मन मुझे ब्रिटेन के ख़िलाफ़ इस्तेमाल करना चाहते थे। मैं युगोस्लाविया चला गया, जहाँ मुझे इतालवियों द्वारा पकड़ लिया गया और जाग्रेब के अस्पताल में ज़बरदस्ती काम करवाया गया। जनवरी 1941 को मैं जाग्रेब से भाग गया। 1943 के जून या जुलाई में मुझे वापस पकड़ लिया गया।

जर्मन सेना ने मेलिंसकी पर क़ब्ज़ा किया और 11 जनवरी 1944 को मुझे कई दूसरे लोगों के साथ दचाऊ ले जाया गया।

2. मैं फ़ोटो संख्या 3–19 में जुआना बोरमन को पहचानता हूँ। यह एस.एस. की अधिकारी थी और बेलसन के यातना शिविर में तैनात थी। मैंने दो अलग–अलग अवसरों पर मार्च 1945 में उसे स्त्री क़ैदियों को बेरहमी से पीटते देखा। सब्ज़ी चुराती एक भूखी क़ैदी को उसने चेहरे पर ख़ूब मारा। लड़की मार खाकर ज़मीन पर गिर गयी। दूसरी बार फटा कपड़ा चुराती एक दूसरी लड़की को जुआना ने छड़ी से ख़ूब मारा। मुझे मार खाने वालियों के नाम नहीं मालूम।

3. मैं, फ़ोटो (1–37) में क्लारा ओप्तिज़ को पहचानता हूँ जो बेलसन कैम्प में स्त्री श्रमिकों की सुपरवाइज़र के तौर पर काम करती थी। मैंने उसे भी लड़कियों पर बेदर्दी से प्रहार करते देखा। कई क़ैदी कहते थे कि उसे औरतों को पीटने में ख़ास मज़ा आता है।

4. 13 अप्रैल, 1945 यानी ब्रिटिश आर्मी के कैम्प में आने से दो दिन पहले एस. एस. के कई अधिकारी जिनमें क्रॉस, हम्मर और मिज्हर थे–बेलसन कैम्प छोड़कर चले गए। मेरे पास टूटी हड्डियाँ लिए कई क़ैदी इलाज के लिए आया करते और बताते कि किस–किसने उन्हें बुरी तरह पीटा है। क्रॉस नामक अधिकारी क़ैदियों को मारने–पीटने के लिए बदनाम था। क्रॉस 26 साल का 5 फ़ीट छह इंच, काले बालों, लाल लम्बूतरे चेहरे, छोटे कान–नाक वाला मँझोला–सा पुरुष था।

5. 12 नवम्बर, 1944 की एक सुबह मैंने एस. एस. हम्मर को एक क़ैदी को छड़ी से बुरी तरह मारते देखा क्योंकि वह सिगरेट पी रहा था। हम्मर के बारे में सबको पता था कि वह एक प्रशिक्षित बॉक्सर है। बाद में वह क़ैदी मर गया। मैं पक्के तौर पर कह सकता हूँ कि वह पिटाई खाने से ही मरा। हम्मर 35 साल का, 5 फ़ीट 10 इंच, सफेद बालों, लाल गोल चेहरे और घनी भौंहों वाला बलिष्ठ व्यक्ति था।

6. मुलर भूतपूर्व गेस्टापो एजेंट था। वह गैस चैम्बर में जाने के पहले इकट्ठे क़ैदियों के कपड़े और सामान लेने के लिए तैनात

समूह का नेतृत्व करता था। मुलर क़ैदियों को चमड़े की बेल्ट से पीटा करता था, मैंने कई अवसरों पर अपनी आँखों से देखा। वह लगभग 36 साल का, लम्बाई में 5 फ़ीट 10 इंच, नीली आँखों, मोटे शरीर, सफ़ेद बाल और गोल मुँह वाला व्यक्ति था।

7. जून 1944 से अगस्त 1944 के बीच अकेले बेलसन कैम्प में 400 से 500 क़ैदी विषैले इंजेक्शन से मर गए। इनमें से अधिकांश राजनीतिक क़ैदी थे। दूफर्लेर नामक एक क़ैदी ये इंजेक्शन देने में मदद करता था।

हस्ताक्षर– पीटर लेओनार्ड मेकर, 28 मई 1945

उधर, दूसरी ओर जिन 24 वरिष्ठ अधिकारियों पर मामला–मुक़दमा चलाया गया उनमें हर्मन गोरिंग के साथ मार्टिन बोर्मन भी था। यह मार्टिन बोर्मन वही था जो नात्सी पार्टी में बतौर सचिव कार्यरत था जिसने युद्ध के अन्तिम दिनों में बर्लिन से भागने की चेष्टा की जिसमें असफल रहकर उसने आत्महत्या का रास्ता अपनाया। इसी तरह रुडोल्फ हैस ने जेल में रहने के बाद आत्महत्या कर ली। हैंस फैक जो जेनरल गवर्नमेंट में गवर्नर था उसने ट्रिब्यूनल के सामने अपने किये पर पश्चाताप किया और उसे फाँसी की सज़ा दी गयी। कितनी सुनवाइयाँ, कितने क़िस्से...परिणति सबकी एक...मृत्यु। क्या उच्चाधिकारियों के पश्चाताप या उन्हें मिले मृत्युदण्ड या आत्महत्या से उनके किसी कृत्य की अदायगी हो सकी। मँडरा रहा है मेरे सामने यह प्रश्न।

ये धूप खिला सोमवार है, हमें बिर्कानेयु बैरक दिखाई गयी है, सुविधाएँ बहुत कम। ये श्रमिक कैम्प थे अलग–अलग देशों के स्त्री–पुरुष, बूढ़े और बच्चों से भरे। हमें पूरे परिसर में घूमने की छूट है कहीं कोई रोकटोक नहीं। सुबह की प्रार्थना रैम्प पर होगी। उधर ही जा रही हूँ, सबके साथ हूँ लेकिन अकेली। ये क्या! ये तो रेलवे प्लेटफ़ॉर्म है, मीटर गेज़ की लाइन बिछी हुई है। पीछे ऊँचे लैम्प पोस्ट हैं। रेलवे स्टेशन के नाम से जो रोमाँच हो जाता था जिससे जुड़ी थीं बचपन की गर्मियों की लम्बी छुट्टियों की यादें वह यहाँ नदारद है। यह वो जगह है जहाँ पोलैंड, सोवियत रूस, चेकोस्लोवाकिया आदि देशों से लोगों को ले आया जाता था, ट्रेनों, स्टेशन वैगनों में भर कर आउशवित्ज़–बिर्कानेयु के यातना शिविरों में। इस रैंप पर आज विभिन्न

जातीय अस्मिताओं, रंग, नस्ल वाले स्त्री–पुरुष मौजूद हैं, हर साल आते हैं अपने पूर्वजों, रिश्तेदारों, आत्मीयों को श्रद्धांजलि देने, ढूँढ़ते हैं इन हवाओं में आठ दशक पहले की कोई खोयी हुई आवाज़, कोई घुटी हुई चीख़, ढूँढ़ते हैं इस सीमेंट के रैंप पर उन नन्हे क़दमों के निशान जिन्हें माँ की गोद से उतार दूसरी क़तार में अलग चलने पर मजबूर कर दिया गया। अपना बहुत अपना मिल जाए कोई, निशानी उसके हाथ की लिखी कोई पर्ची ही सही जो थमा दी हो किसी गार्ड को मरने के पहले। सम्भवतः डच भाषा में कोई सम्बोधित कर रहा है कि हम सब मृतकों की आत्मा की शान्ति के लिए सामूहिक प्रार्थना करें। सब बैठे हैं घुटनों के बल पर, कुछ सुबक रहे हैं और प्रार्थना बुदबुदा रहे हैं। किसी–न–किसी का कोई सगा–सम्बन्धी यहाँ मारा ही गया है, या वे दूसरों के अतीत का सोग मनाते हैं, ऐसी कोई ठोस जानकारी नहीं है मुझे। पर मालूम नहीं क्यों उस अनजानी भाषा की सारी सूचनाएँ कलेजे के भीतर उतर कर मेरा मन भारी कर रही हैं।

मन के भीतर एक ऐंठन–सी है, कोलेस्ट्राल की दवा नहीं खा रही इन दिनों शायद इसलिए पर एस्पिरिन तो लगातार ले रही हूँ, फिर भी कलेजे में बेचैनी है, ज्यों कुछ अटक–सा गया हो गले में। किसी जेन गुरु ने भाषण शुरू किया है अंग्रेज़ी में, कह रहे हैं कि इस जगह पर लाखों अतृप्त आत्माएँ भटक रही हैं, जिनकी शान्ति के लिए सामूहिक प्रार्थना की जानी चाहिए। आत्माएँ–जिनका शरीर नष्ट हो गया, या कर दिया गया, असमय ख़त्म कर दिया गया जिन्हें। किसलिए...एक ऐसी दुनिया बनायी जा सके जिसकी बादशाहत नात्सियों के पास हो, हों शुद्ध रक्त से परिपूर्ण पीढ़ियाँ जिनमें यहूदियों का नामो–निशान न हो। पूरे यूरोप के कई कैम्पों में आउशवित्ज़ को सबसे भीषण यातना–कैम्प के रूप में जाना गया। एस. एस. सेनाओं के बड़े–बड़े अधिकारी यहाँ तैनात हुआ करते थे, जितना अच्छा काम उतनी बड़ी ओहदेदारी, हिटलर की नज़र में उतना ऊँचा चढ़ना। नात्सियों की एक पूरी क़ौम, जिसका एक ही उद्देश्य था समुदाय और नस्ल विशेष को जड़ से ख़त्म कर देना। उसी के लिए तो इतनी क्रूरता, इतना सरंजाम–पूरे विश्व पर अपना अधिकार, क्या हुआ ऐसे अधिकार का, अन्ततः हिटलर ने आत्महत्या का रास्ता चुना, उसके कई नज़दीकी अधिकारियों ने भी जाँच से बचने के लिए आत्महत्या ही की।

जो दूसरों को सता सकता है, वह ख़ुद को भी सज़ा दे सकता है, दूसरों के प्रति क्रूर होने के पहले हम स्वयं के प्रति क्रूर होते हैं।

दोपहर का वक़्त हो चला है, रैंप पर कुछेक लोग ही बैठे हैं, बाक़ी तितर–बितर हो गए हैं, कुछ लोग खा–पी रहे हैं, कुछ संग्रहालय की ओर चले गए हैं।

लम्बी काँटेदार बाड़ के समानान्तर पथरीले समतल रास्ते बने हैं, जो पहले बैरकें थीं अब इन्हें आउशवित्ज़ संग्रहालय में तब्दील कर दिया गया है। सामने बोर्ड पर लिखा हुआ है–

In the years 1940-1945 Nazi Germany deported approx 1,300,000 People from the European Countries occupied by the third Reich :

1,100,000–Jews

140–150,000–Poles

23,000–Roma (Gypsies)

15,000–Soviet Prisoners of War

25,000 Prisoners of other Nationalist

अन्दर जाने का साहस नहीं हो रहा, काले बोर्ड पर लिखी सफ़ेद इबारत आगे की कहानी बयान करती है। भीतर के बड़े से हाल में बिखरा है इतिहास–पोलैंड, युगोस्लाविया, जर्मनी, सोवियत संघ समेत कई देशों से इकट्ठा कर ले आए लाखों नागरिकों का। यह आउशवित्ज़–1 है जिसके बारे में श्यामपट्ट की इबारत कहती है–

आउशवित्ज़ नात्सियों द्वारा बनाया गया सबसे बड़ा मृत्यु–गृह था, जिसकी स्थापना पोलिश लोगों में भय पैदा करने के उद्देश्य से की गयी थी। लगभग 150,000 पोलिश स्त्री, पुरुष और बच्चों को आउशवित्ज़ के यातना–गृहों में रखा गया, जिनमें लगभग 75,000 मर गए। पोलिश नागरिकों को यहाँ लाकर मार दिया जाता था।

दरअसल पूरे आउशवित्ज़ को तीन भागों में बाँटा गया, जो यातना–गृह, गैस चैम्बर, शवदाह गृह के साथ जैविक–रासायनिक अध्ययन प्रयोगशालाओं और विभिन्न कारख़ानों का एक समूह था। आउशवित्ज़–2 को आउशवित्ज़–बिर्कानेयु और आउशवित्ज़–3 को मोनोविट्ज़ का नाम दिया गया। आउशवित्ज़ के इन तीनों खण्डों में आपस में 3–4 किलोमीटर की दूरी है। सन् 1941 से 1945 के बीच इन कैम्पों में जो कुछ भी हुआ

उनकी प्रामाणिक जानकारी तभी मिल पायी जब यह सबकुछ घट चुका था। यानि 20 अक्तूबर 1945 को जब जर्मनी के नरेम्बर्ग (Nuremberg) में नात्सी युद्ध अपराधों की सुनवाई के लिए पहला ट्रायल बेंच बैठा। 1945 की मई में अमेरिकी सेनाओं के धावा बोलने से पहले ही इन कैम्पों के क़ैदियों को निहायत अमानवीय परिस्थितियों में जर्मनी के अन्य भागों में धकेल दिया गया, हज़ारों लोगों को ज़ंगल के रास्ते भूखे–प्यासे पैदल चलने पर विवश किया गया जिसे इतिहास में 'डेथ मार्च' के नाम से दर्ज़ किया गया। दूसरी ओर गैस–चैम्बर, शवदाह गृहों समेत मोनोविट्ज़ के निशान डायनामाइट से उड़ा दिए गए।

लिख लो। लिखो इसे। आम स्याही से

ये सारी सूचनाएँ मेरे लिए सिर्फ़ सूचनाएँ नहीं हैं–कहा था डॉक्टर प्रतीति सेन ने। आउशवित्ज़–बिर्कानेयु को पहली बार किसी एशियाई की नज़र से देख रही हूँ। जैसी वह कोलकाता में थी वैसी यहाँ नहीं दीखती। मैं यहाँ आयी उसकी दोस्ती के मोह में और वह ज्यों मौन रहकर भी मेरे अन्तरतम को पढ़ लेती है। ज्यों बिना बोले ही मुझे अपने बारे में कहने को मजबूर कर देती है। उसका एक–एक चीज़ को बहुत ग़ौर से देखना मैंने देखा, अन्य लोगों की तरह उसमें पर्यटन भाव बिल्कुल नहीं है।

हम अंग्रेज़ी में बात करते हैं। प्रतीति सेन की गहरी काली आँखों की गम्भीरता ने मुझे अपनी गिरफ़्त में लेना शुरू कर दिया है।

– तुम क्या पहली बार आयी हो यहाँ?
– नहीं दूसरी बार, पहली बार आना तो बस यूँ ही आकर चले जाना था।
– "सुनो प्रतीति, यहाँ से सुन्दर क्राकोव है, तुम वहाँ ठहरतीं, घूमतीं, देखतीं तो हमारे देश के प्रकृति सौन्दर्य की दीवानी हो जातीं?
– हाँ पिछली बार देखा था क्राकोव है तो ख़ूबसूरत, बशर्ते कोई मनमाफ़िक साथ हो।
– "क्राकोव जेजोड़, स्लास्क, कील्से और चेक रिपब्लिक से घिरा है, फूलों का शहर, ख़ूब सारे विश्वविद्यालय। पोलैंड की राजधानी अब तो वारसा है लेकिन 1596 तक क्राकोव ही थी–मैंने एक साँस में जानकारी दे दी है।
– वैसे आर्थिक स्थिति कैसी है–क्राकोव की?
– कुछ ख़ास नहीं, पर्यटन और होटल उद्योग काफ़ी विकसित है, जनसंख्या ज़्यादा नहीं।

– और वारसा? मन लगता है वारसा में? यह कैसा सवाल, जिसके लिए मैं तैयार नहीं। आ...हाँ... क्यों नहीं।

– असल में पर्यटक शहरों में दिल नहीं लगता कुछ भी अपना नहीं, लोग आते हैं, देखते हैं, चले जाते हैं। शायद सभी पर्यटक शहरों का क़िस्सा यही होगा। पर्यटक आने से ख़ूब रौनक, नाच–गाना, ख़रीद–फरोख़्त, शोर–शराबा, दुकानों की रोशनियाँ, जीवनोत्सव की थिरकन, लास्य और उनके चले जाने के बाद के सन्नाटे गिनने के लिए बच रहे रहवासी।

होटल बुक करवाया था प्रतीति ने ही, होटल का नाम इम्पीरियल है। आरामदेह बिस्तर है, बाथरूम में गर्म–ठण्डा पानी है, खिड़कियों पर मोटे परदे लगे हैं। अँधेरा घुप्प है और नींद में हूँ या शायद जाग पड़ी हुई है। नींद के वलय दिमाग़ में चक्कर काटते हैं। अंटोनी के दूधिया गन्ध से भरे चेहरे को नज़दीक बिल्कुल नज़दीक महसूस रही हूँ। तकिये और अंटोनी के बीच का फ़र्क़ ख़त्म हो गया है। उसका चेहरा मेरे सीने में धँसा हुआ है, मैं अब होटल में नहीं आउशवित्ज़ की बैरक में लेटी हूँ।

मैंने अपने बंक–बेड पर करवट लेने की कोशिश की है, कोहनी लकड़ी के फट्टे से टकरा गयी है, लेटे–लेटे ही उठा जा सकता है, उठकर बैठने का कोई जुगाड़ नहीं।

– सामने ही प्रतीति सेन के लैपटॉप की रोशनी दीख रही है, शायद वह कुछ लिख रही है। नीचे के बेड पर लोग हैं अलग–भाषा, अलग धर्म, अलग देश, अलग नस्ल के। वह बोलते हुए लिख रही है। उसकी लिपि, उसकी, भाषा सब मुझे ख़ूब पहचानी लग रही है–

कितना लोमहर्षक था
सुने हुए को देखना
प्रकृति कितनी निर्लज्ज थी

मानों यहाँ कुछ हुआ ही न हो
हवाओं की अठखेलियाँ,
आकाश का नीलापन
पत्तियों की चिरमिराहट

माना कि पंछियों की कई पीढ़ियाँ मर–खप चुकी थीं
लेकिन उनके विकल गीतों में कहीं नहीं सुनाई पड़ा
पीड़ा या कातरता का स्वर
प्रकृति का शायद यही नियम है :
विस्मरण, विस्मरण, विस्मरण!!!

मुझे थकान–सी है, नींद भी आ रही है और सोना भी सम्भव नहीं हो पा रहा। नींद में सीटियाँ बज रही हैं, अभी आधी रात बाक़ी है, बादल घिरी ठण्डी रात, मैदानों में हू...हू करके हवा चल रही है। दुबली–पतली, लम्बी हड़ीली औरतें बेहद फटे–पुराने कपड़ों में शरीर को ढँके खुले मैदान में इकट्ठी हैं, पंक्तिबद्ध, भोर के चार बजे एस.एस.[18] के अफ़सरान उनकी गिनती करेंगे, वे सब एक–दूसरे का हाथ पकड़े हुए हैं, चिपक कर खड़ी हैं आपस, में बर्फ़ीली ठण्ड से बचने के लिए। उनके पास पाखाने जाने, निवृत्त होने का अवकाश नहीं है, पानी की आपूर्ति पर्याप्त नहीं है, मौक़ा मिल जाए और शौचालय में नम्बर आ भी जाए तो एक–दूसरी के ऊपर गिरती–पड़तीं सामूहिक शौचालय में जाती हैं, जहाँ हाथ धोने के लिए भी पानी नहीं, एक मग पानी के लिए चिरौरी करती हैं ये औरतें। समय नहीं है... जल्दी करो जल्दी! सुबह–सुबह ही मज़दूरी में लग जाना है, जो बीमार पड़ी उसकी ख़ैर नहीं, अकल्पनीय पिटाई, निर्ममता की सीमा लाँघती, सीधे सिर में गोली या और कुछ नहीं तो लात–घूँसे और मुक्के, शरीर के कोमल अंगों पर धातु की राडों से प्रहार, सर्कस के जानवरों को पालतू बनाने के लिए जिसका प्रयोग होता है, वैसे कई विद्युतचालित चाबुकों का प्रयोग आम बात है। निशाने पर हैं औरतें, समलैंगिक, बूढ़े, बीमार, अपाहिज। लेकिन ये तो जवान और ताक़तवर औरतों की बैरक है जिनकी शक्ति का उपयोग नात्सियों को करना अच्छी तरह आता है।

ये औरतें मनुष्य नहीं हैं, रही होंगी कभी इन्हें याद नहीं, दन्तमंजन से भी महरूम ये औरतें अब बन्दी मज़दूर हैं। कौन कहेगा कि इनमें कई पढ़ी–लिखी, कलाकार, मेहनती, सुन्दर, कभी सुखी–समृद्ध रह आयीं

---

18. वाफेना एस. एस. नात्सी पार्टी का विशिष्ट हथियारबन्द सैन्य दल था जो हिटलर के अंगरक्षक और विशिष्ट पुलिस बल के तौर पर काम करता था। ये अधिकारी काली सैन्य वर्दी में होते थे, द्वितीय विश्वयुद्ध के बाद अन्तर्राष्ट्रीय सैन्य ट्रिब्यूनल ने इसे एक अपराधी संगठन घोषित कर दिया।

यहूदी औरतें हैं जो अपनी नफ़ासत और तहज़ीब के लिए जानी जाती थीं। अब ये यहाँ सिर्फ़ गुलाम हैं, जिन्हें भोजन के नाम पर दिन में दो बार ठण्डा सूप दिया जाता है, एक ही बड़े बर्तन से बारी–बारी सूप सुड़कती औरतें, इनमें और जानवर में क्या फ़र्क़ है, फ़र्क़ है–जानवर अपनी गन्दगी जीभ से चाटकर, ज़मीन में लोटकर साफ़ कर लेता है जबकि ये औरतें अपने शरीर की सफ़ाई के लिए तरस जाती हैं। क्योंकि इन्हें जीना है इसलिए ये रोज़ मर रही हैं–अनिश्चित अपमानित–प्रताड़ित जीवन, पशुवत–क्यों जीती हैं ये, रोज़ थप्पड़, लात–घूँसे खा कर, अपने सामने रोज़ होने वाले भीषण रक्तपात के बावजूद। आपस में प्रतिद्वन्द्विता करती हैं पाखाना साफ़ करने की ड्यूटी के लिए–मिल जाए कहीं तो कम से कम समय और ज़रूरत के हिसाब से निवृत्त तो हो पाएँगी। दिन–रात भूखे पेट खटकर काम करती हैं, खेत–मिट्टी, गुड़ाई–निराई। कपड़ा–सिलाई कारख़ाने में... क्यों आख़िर क्यों... एक दिन और साँस ले लें, हर सप्ताह नए क़ैदियों के लिए जगह बनाने के लिए पुराने क़ैदी जो भूख और बीमारी के कारण ज़्यादा काम नहीं कर पाते, उन्हें सार्वजनिक तौर पर गोली से उड़ा दिया जाता है। इन्हें मनुष्य कहेगा कौन?

"तुम लोग कैसे पहुँचीं यहाँ...माने आयीं क्यों? छुप क्यों नहीं गयीं "...पूछ बैठी हूँ मैं।

पिशाच जैसा गढ़हीला चेहरा, कोटरों में दो बुझी आँखें, पूरे शरीर पर चकत्ते और खुजली, बढ़े मैले नाख़ूनों वाली को देख कर कौन कह सकेगा कि यह औरत बहुत सम्भ्रान्त परिवार की बहू है, भित्तिचित्र बनाने में जिसका नाम पूरे पोलैंड में था।

"तुमने बताया नहीं उन्हें कि तुम कौन हो!"

"वहाँ किसको पड़ी होती है किसी के बारे में जानने की, वे तो दर्ज़ी, बढ़ई, नर्स, डॉक्टर का काम जानने वालों को अलग छाँट लेते हैं। और हाँ स्वस्थ–लम्बे–चौड़े, हृष्ट–पुष्ट जवान लोग ही उनके काम के होते हैं। बाक़ी तो..."

"बाक़ी माने ! बाक़ी कौन?"

"ख़ुद देख लो ना जब आ ही गयी हो, यहाँ आया ही जा सकता है, जाना सम्भव नहीं है, देखना तुम्हारे साथ क्या होता है!"

"क्या होगा मेरे साथ, मैंने कुछ नहीं किया!" कहते हुए मैंने अपने अंटोनी को ज़ोर से अपने सीने से चिपटा लिया है। मेरी धड़कनें काबू से

बाहर हो रही हैं, दिल अजीब तरीके से असन्तुलित गति से भीतर हिल रहा है जैसे कलेजा मुँह को आ जाएगा, सर चकरा रहा है।

"देखना जब तुम्हारे जवान शरीर पर खुजली वाले कीड़े रेंगेंगे, रोज़ पिटाई खाओगी, सर्दियों की बर्फ़ीली हवा में सारा शरीर फट जाएगा, नहाना कभी नसीब होगा ही नहीं। सारी सुन्दरता हवा हो जाती है यहाँ, माहवारी का ख़ून पोंछने के लिए तुम्हें गन्दे कपड़े की लीरें भी नसीब नहीं होंगी, रोटी के टुकड़े के लिए तरस जाओगी क्योंकि तुम हो तो ज्यू... हम जैसे गन्दी नस्ल वाली, सड़–सड़ कर मरोगी यहाँ..."

उसके मुँह से थूक निकल रहा है, उसने मेरे कपड़े नोचने शुरू कर दिए हैं, उसके मैले नाख़ून हर जगह मुझे खरोंच रहे हैं, घसीट रही है मुझे ज़मीन पर, बैरक के हर बंक–बेड पर एक भूखी–नंगी औरत–कोई मदद के लिए आगे नहीं आती, मेरी चीख़ गले में घुट रही है, कोई नहीं मेरा यहाँ, कैसे बचूँ... पेट में अपने ही घुटने डाल कर मुड़ी–तुड़ी हूँ, गले से घिघियाहट के अलावा कुछ नहीं...अँधेरा...नीम अँधेरा

दिन चढ़े की हलचल से नींद टूटी है, मैंने प्रतीति सेन के बिस्तर की तरफ़ देखा है, सफ़ेद कम्बल क़ायदे से तह कर रखा हुआ है, ज्यों वहाँ कोई सोया ही न हो। मुझे कमज़ोरी महसूस हो रही है।

होटल से आउशवित्ज़ के प्रांगण की दूरी मैंने तेज़ क़दमों से तय की है। गाइड को घेरे हुए वे लोग दीखे हैं, जो कल बस में थे कुछ पर्यटक ज़मीन पर बैठ सिर ढँके प्रार्थना गा रहीं हैं, धूप है पर हवा ठण्डी और तेज़ है। चलती जाती हूँ पगडंडी पर अकेले, रात के दुःस्वप्न की झुरझुरी अभी बाक़ी है :

लिख लो। लिखो इसे। आम स्याही से
आम कागज़ पे, उन्हें खाना नहीं दिया गया था,
वे सब भूख से मर गए। सब। कितने थे?
घास का मैदान काफ़ी बड़ा है। कितनी घास
हिस्से आई होगी हरेक के? लिख लो : मैं नहीं जानता।
इतिहास गोल कर देता है कंकालों का हिसाब।
एक हज़ार एक भी हज़ार ही गिने जाते हैं।
वह एक तो जैसे कभी था ही नहीं :
एक फ़र्जी भ्रूण, एक ख़ाली पलना,

एक कायदा जो खुला नहीं किसी के लिए,
हवा जो हँसती, रोती, और बढ़ती है,
शून्य को जाती सीढ़ियाँ जो पहुँच जाती हैं बगीचे में
क़तार में वह स्थान जो किसी का भी नहीं है।

ठीक यहीं वह बना एक देह, इस घास के मैदान में।
मगर ख़रीदे हुए गवाहों की तरह, मौन है मैदान।
धूप में नहाया। हरा। पास ही में ज़ंगल है
जिसमें थी चबाने के लिए लकड़ी,
पीने के लिए थीं छाल के नीचे एकत्रित पानी की बूँदें—
एक सुन्दर दृश्य हाथ बाँधे खड़ा रहता था हर समय
जब तक कि आप अन्धे न हो जाएँ। ऊपर, एक पंछी
जिसकी छाया फिराती थी अपने पौष्टिक पंख
उनके होंठों पर। जबड़े खुल जाते थे,
दाँत किटकिटाते थे।

और रात को एक हँसिया चमकती थी आकाश में
और काटती थी अँधेरा, सपनों में देखी रोटियों के लिए।
ईश्वर के झुलसे हुए प्रतिरूपों से निकल–निकल आते थे हाथ
पकड़े हुए एक रीता चषक।
एक आदमी लड़खड़ा गया
कँटीली तार पर।
कुछ ने मुँह में मिट्टी लिए, गीत गाया। वह प्यारा–सा गीत
जो कहता है कि युद्ध करता है प्रहार सीधे दिल पर।
लिखो सब कितना शान्त है।
हाँ।

—विस्वाव शिम्बोर्स्का (अनुवाद—रीनू तलवाड़)

बर्च के हरे–भरे पेड़ दोमंज़िला इमारतों के बीच खड़े हैं। ओक, चेस्टनट और लोम्बार्डी, पोपलर के पेड़ भी हैं। इन पेड़ों की उम्र बहुत लम्बी होती है, तो क्या लगभग अस्सी वर्षों से ये यहीं खड़े हैं, ज़िन्दा गवाहों जैसे... पानी की गढ़ही के पास उकडू बैठी प्रतीति को देख मेरी जान में जान आई है,

उस तक पहुँचने में मुझे हँफनी हो गयी है, दम साधकर मैंने कहा है–"तुम यहाँ... मैं तो तुम्हें बैरक की तरफ़ देख रही थी"।

मेरी ओर बिना देखे प्रतीति सेन ने कहा–"दिल में ज़ोर नहीं था तो यहाँ आयी क्यों! वहीं रहती अपनी घर–गृहस्थी में।"

इसे कैसे पता चला कि मुझे यहाँ डर लग रहा है–मैंने सोचा।

"रात को तुम नींद में रो रही थीं, इसलिए कहा।"

"ये जितनी हरियाली यहाँ देख रही हो, पिछले पन्द्रह–बीस वर्षों में रोपी हुई वनस्पति है, दूसरे विश्वयुद्ध के दौरान और कुछ सालों के बाद यहाँ की वनस्पति जल गयी थी, कैसा लगता होगा जले हुए वृक्ष और पौधों से भरा अहाता। बर्च के कुछ पेड़ बचे भी हुए थे तो आठवें दशक तक आते–आते उनकी उम्र भी शेष हो चली, वे भी गिर गए तेज़ बारिश और तूफ़ान से।"

प्रकृति का काम कहाँ रुकता है। छह–सात दशक बीत गए। कितने नात्सी मर–खप गए, कितने पहचान बदल कर, भूमिगत होकर रहे। मर गया उनका मुखिया हिटलर जिसकी कसम खा कर ये वैश्विक इतिहास के सबसे बड़े खून–खराबे को उद्धत हुए थे। कहते हैं हिटलर क़रीब छह महीने बंकर में छुपा रहा अन्त समय में उसके काँधे झुक गए, चाल लड़खड़ाने लगी, वह चाहता था उसका मृत शरीर भी किसी के हाथ न लगे, इसलिए लगभग 180 लीटर पेट्रोल डालकर उसके नज़दीकियों ने उसके मृत शरीर को आग के हवाले कर दिया था। मित्र सेनाओं को हिटलर की हड्डियाँ भी नहीं मिलीं। यहूदियों के प्रति उसकी घृणा ने क्या हश्र किया। दर्ज है इतिहास में सब कुछ। हिटलर की जीवनी लिखने वाले राबर्ट पेन ने 'द लाइफ एंड डेथ ऑफ़ हिटलर' में दर्ज किया था–"अन्तिम दिनों में हिटलर का चेहरा सूज गया था और चेहरे पर असंख्य झुर्रियाँ पड़ गयी थीं, उनकी आँखों में जीवन जाता रहा था। कभी–कभी उनका दायाँ हाथ बुरी तरह काँपने लगता था और उस कँपकँपाहट को रोकने के लिए वो उसे अपने बाएँ हाथ से पकड़ते थे।"

हिटलर के बारे में पढ़ती सुनती हूँ तो लगता है ज्यों अपने ही शिकंजे में क़ैद कोई अभिशप्त रूह हो। बहुत उद्वेलित और दौड़ते–भागते जीवन की सन्ध्या कैसी होती होगी? जवानी और उपलब्धियों का उत्साह अपने उफ़ान पर अमावस्या की त्रिसन्ध्या के कालिमामय समुद्र की तरह अपने ही

तट पर पछाड़ें नहीं खाता होगा, कोई नहीं, दूर–दूर तक कोई कश्ती नहीं, जिसपर जलती, अन्तिम प्रकाश स्रोत की किरण हाथ बढ़ा अतल गहराई में डूबने से बचा ले। अन्तिम दिनों में हिटलर की चाल जब लड़खड़ाने लगी होगी, अपना साया भी धोखा देने लगा होगा, कान की झिल्ली फट गयी होगी, बंकर में छिपकर रहते–रहते उकताहट हो गयी होगी, हर पल सोवियत और ब्रितानी सेनाओं के क़ब्ज़े का डर सताता होगा तब क्या कभी उन लाखों लोगों की कराहों का क़तरा भी उसके मन को व्यथित कर पाया होगा। कभी उसे अपने निर्णयों पर पश्चात्ताप हुआ होगा। या वह अपनी साम्राज्यवादी नीतियों की जकड़ को ही नैतिक मानता रहा होगा। उसके अनुयायियों की संख्या कम न थी, क्या उनमें से किसी की आत्मा जगी होगी, किसी अँधियारी काली रात में, क्या उसने 'सुप्रीमो' से कहने की हिम्मत जुटाई होगी कभी–मत मारो बेगुनाहों को! यहूदी, पोलिश, रोमानियाई, बच्चे–बूढ़े, अपाहिज, समलिंगी, औरतें–ये सब निर्दोष हैं, इनका ख़ात्मा करने से मानवता शर्मसार होगी, क्या मिल जाएगा एक नस्ल को ख़त्म करके, क्यों धरती पर रहने का अधिकार तथाकथित विशुद्ध नस्ल वालों को ही होना चाहिए? पता नहीं जगी हुई आत्माएँ हिटलर के भय से सो गयी होंगी, या उन्होंने अपने मुँह बन्द कर लिए होंगे।

देखो! इन हरे–भरे पेड़ों को देखो, मखमली घास को देखो! क्या सब पेड़ पौधे रोपे हुए हैं? कितने तो ख़ुद–ब–ख़ुद उग आए होंगे। सुना है भूखे क़ैदियों ने पेट की आग बुझाने के लिए पेड़ के पत्ते, छालें, घास सब नोच कर खा ली थीं, डाल में पत्ता लगा कि नहीं कि बस नुच ही तो गया, उन दिनों ये गहरी दलदली ज़मीन हुआ करती थी, जगह–जगह गन्दे पानी के गड्ढे–आदमी को कितनी प्यास लगती है ना! एक चुल्लू साफ़ पानी पीने को तरसता क़ैदी, हाँ क़ैदी ही क्योंकि उसकी मनुष्यता की पहचान तो हाथ पर गुदे गोदने के नम्बर में तिरोहित हो गयी कब की। अब वह एक नम्बर है। जिसे जब नहाने का अवसर मिलेगा वह दिन उसकी साँस का अन्तिम दिन होगा। कैसा लगता होगा न, स्नानागार के बहाने गैस चैम्बर में धकेल देना, जहाँ की छत पर लगे फव्वारों को देखा होगा कितनी आस से सैकड़ों आँखों ने एक साथ कि अब शुरू होंगी गुनगुने पानी की फुहारें। निर्वस्त्र, बिल्कुल वस्त्रहीन देहों पर पड़ेगा पानी, न जाने कितने दिनों बाद जी भर के मल–मल कर नहाया जाएगा,

बहा दी जाएगी सारी मैल, गन्दगी–फिर एक बार मनुष्य के चोले में लौटने जैसा अनुभव होगा, भले थोड़ी देर के लिए ही सही। लेकिन यह क्या, फव्वारे के छेदों से पानी की जगह गैस की भाप जैसी आ रही है, पानी कहाँ है...पानी...पानी... नग्न देहों पर पड़ने के पहले वह गैस नाक में घुसी जा रही है, पानी नहीं, पानी नहीं यह धोखा है, यह नहान घर नहीं, मृत्यु घर है। नंगी औरतों ने बच्चे सीने में भींच लिए, मर्दों ने नाक मुँह बन्द कर लिए, पर नहीं, खाँसी है कि बन्द ही नहीं हो रही। लोग एक–दूसरे पर गिर रहे हैं, कुछ लोग लोहे का विशाल वज़नी मोटा दरवाज़ा पीट रहे हैं, कुछ दीवार पर चढ़ने की कोशिश कर रहे हैं। कुछ के नाक, मुँह, गुदा से रक्त आ रहा है, नीले होते शरीर एक–दूसरे के ऊपर गिर रहे हैं। मरने के पहले की ज़हरीली उल्टियाँ, पेशाब, रक्त के कीचड़ में लिथड़ गए हैं नग्न शरीर। गन्दगी की फिसलन...कहाँ कुछ तो नहीं कोई सुनवाई नहीं, कुछेक मिनटों में सब शान्त, सब चुप। कोई नहीं आता इन आवाज़ों को सुनकर दरवाज़ा खोलने। आवाज़ों के मौन होते ही एस. एस. के उच्चाधिकारी डोर–आई से झाँकते हैं, आँख में विजय गर्व इठलाता है, तो ये पारी भी सफलतापूर्वक सम्पन्न हुई! आँख के इशारे के बाद सीटी बजती है। धारीदार वस्त्र पहने क़ैदियों का एक समूह फावड़े, झाड़ू लेकर तैयार है। लाशें...कुछ ही देर पहले नहाने गए लोगों की नंगी लाशों का ढेर हटाया जाना है, सब काम पर लग जाओ, जल्दी से। खूँटियों पर टँगे रह गए हैं मृतकों...नहीं नहीं गन्दे यहूदियों के वस्त्र, बच्चों के नन्हे जूते, बुजुर्गों के चश्मे, पता नहीं किसके इन्तज़ार में।

यहाँ के घास–पत्तों ने कितना कुछ देखा होगा न।

मैं अपने देश को ही कितना कम जानती आई हूँ–कहा है मैंने डॉक्टर सेन से।

..."हाँ, जानना तो चाहिए, पर अतीत का सामना करना इतना सहज भी तो नहीं होता। इंटरनेट, बाज़ार के इस समय में हम सब अपने आप के बारे में सोचते हैं कि कैसे ज़्यादा से ज़्यादा खा लें, ख़रीद लें, पहन लें, उपभोग कर लें, हमें जल्दी है हर बात की। हम सब असुरक्षित हैं जिसे हम भौतिक उपलब्धियों में विस्मृत कर देना चाहते हैं"–प्रतीति ठीक ही तो कह रही है।

"आई मस्ट कन्फेस–कि तुम्हारे यहाँ होने से मैं इन सबको देखने और इन पर बात करने का साहस जुटा पाई हूँ।"

मैं कहना चाहती हूँ कि मुझे उदासी से डर लगता है। उदासी मुझे अपने साथ कभी सूखे पत्ते की तरह उड़ाए लिए जाती है तो कभी बारिश में भीग चुके बदन पर गीले कपड़े–सी चिपक जाती है...रखने ही नहीं देती अगला क़दम। पर कहीं पढ़ा था मैंने कि उदासी से डरना नहीं चाहिए, वह स्वागत योग्य होती है क्योंकि उसके गर्भ से निःसृत होती है गहरी सर्जनात्मकता। द्वन्द्ववाद तो कहता है कि हर चीज़ एक सीमा तक पहुँच कर अपने विपरीत में बदल जाती है। पर सच ही ऐसा होता है क्या मेरी उदासी भी चरम पर पहुँच कर किसी सकारात्मकता को जन्म देगी। मालूम नहीं पर अभी तो यही कि मैं उदास हूँ...गहरे तक उदास।

प्रतीति की एक फीकी मुस्कान ने मेरा ध्यान खींचा है।

मुझे मालूम नहीं चल रहा कि प्रतीति की उम्र कितनी है, शायद पैंतीस या पैंतालीस? इन एशियाइयों की उम्र का पता भी तो नहीं चलता। काले घने बाल, बड़ी–बड़ी गहरी आँखें, झुर्रीरहित चेहरा जिसे देख कर बैक वाटर फिश की जिल्द याद आ जाती है, चिकनी, फिसलन से भरी त्वचा, पीठ पर एक काला बैग है और कपड़े का एक झोला काँधे पर, हाथ की नोटबुक पर बीच–बीच में वह कुछ लिखती जाती है।

आमि के? चोखे आमार तृष्णा[19]

आउशवित्ज़ केनो जे ऐशेछि शेटा निजेकेई ठीक मतन बोझाते पारी नी।[20] लगता है, अपने–आप से भागते–भागते एक अर्सा हो गया है। सच कहूँ कि यहाँ आई थी युद्ध के आँकड़ों में ख़ुद को खो देने। मुझे याद ही न रहे कि मैं कौन हूँ और कहाँ से आई हूँ। वल्दियत का पता नहीं मुझे। जिसने जन्म दिया वह दूर देश बैठी है, नया परिवार, नए घर में। वैसे भी यदि कभी मैं उसके सामने पहुँच ही जाऊँ...पुकार ही तो दूँ "माँ"!! तो क्या वह पहचान लेगी अपने अतीत के काले पृष्ठ को। अम्मा कहती हैं टिया को कुछ पता ही नहीं चलता था। भोली थी, मासूम, मूर्खता की हद तक बुद्धू–सी चौदह साल की लड़की।

कभी–कभी उसी अनदेखी टिया के लिए मन कैसा तो करने लगता है। अम्मा कहती है वह दूधिया गोराई लिए हुए थी, काले बाल और बड़ी आँखें, कल्पना में अम्मा की टिया पाखी सुन्दर फ्रॉक पहने दो चोटियों में अम्मा से लाड़ लड़ाती दीखती है। मैंने देखा है उसे अम्मा की आँखों से। उसके प्रति माँ, माँ का भाव कभी पैदा नहीं हुआ मेरे भीतर। बल्कि उससे कभी सखी भाव तो कभी बराबर की लड़की का भाव ही महसूस किया है मैंने। जिसे कभी देखा नहीं और उसी टिया को मेरी माँ कहलाना था। मेरी साँवली त्वचा, नैन–नक्श टिया से मेल नहीं खाते। अम्मा कहती है हमारे क़सबे के पानी से रंग ताम्बई हो जाता है, क्या सच ही मेरे साँवले रंग का राज़ यही है। टिया थी ही कितनी बड़ी मुझसे मात्र चौदह–पन्द्रह साल। कभी उसने मुझ पर ममता भरी नज़र डाली होगी या यूँ ही मुझे

19. कौन हूँ मैं? मेरी आँखों में तृष्णा है।

20. आउशवित्ज़ क्यों आई हूँ यह मैं खुद को ही ठीक से समझा नहीं सकी।

किसी पेड़, झाड़ी के नीचे छोड़ गयी होगी। कितनी बार पूछा अम्मा से। हर बार बस यही जवाब अपना काम करो, पढ़ो, लिखो मैं हूँ ना तुम्हारी अम्मा। लेकिन टिया...टिया को क्यों छोड़ा होगा अम्मा ने, कोई अपनी बेटी को छोड़ता है भला?

देख रही हूँ, आशवित्ज़ जैसी जगहें कैसे धीरे–धीरे पर्यटन का केन्द्र बन जाती हैं। कितने सारे लोग इस मेडिटेशन कैम्प में हिस्सा लेने आए हैं, कुछ पूर्वजों के दाय से मुक्त होने आए हैं, ज्यों हम पद्मा नदी के किनारे जा कर सब कुछ बहा आते हैं–मृतक के कपड़े, देह की राख बहाकर, नदी स्नान करके लौट आते हैं घाट से। मुझे ये रैम्प भी एक घाट जैसा ही लगता है। सब आए हैं पितरों को श्रद्धांजलि देने। सोचती हूँ क्या श्रद्धांजलि देने से ही सारे दाय पूरे किए जा सकते हैं, फिर सबीना या मुझ जैसे लोग यहाँ के पेड़–पौधों, हवा–ज़मीन में क्या ढूँढ़ते हैं। जानी ना, किन्तु मन टा केमोन जे कोरे, काके बोलबो[21] जो मर गए होंगे, जीना चाहते हुए भी। जो सारी घृणा, इच्छा, क्लेश, अभिलाषा से दूर चले गए होंगे उन्होंने क्या सोचा होगा अन्तिम समय में। सुना है यहाँ रखे गए कैदी एक–एक दिन की मोहलत पर जीते थे, हर व्यक्ति चाहता था कि मरने की बारी किसी और की आये, उसकी नहीं। टाईफ़स से मरते रोगी के कपड़े, जूते उतार कर खुद पहन लेने वाले को दोषी ठहराया जा सकता है। मनुष्य का सबसे बड़ा सत्य है जीना, जीने की कोशिश करते जाना, किसी भी परिस्थिति में...

यहाँ के कैम्प नाम को श्रमिक कैम्प थे, थे ये यातना कैम्प ही–इतना तय है, जिसमें यहूदी धर्म को मानने वालों की संख्या सबसे अधिक थी–डच, जर्मन और पोलिश यहूदी। स्त्री–पुरुष और बच्चे। अपाहिज, समलिंगी, बूढ़े और बीमारों को तो पहले ही मार दिया जाता था, मारने के तरीके अलग–अलग थे। कभी चाय में ब्रोमाइड मिला दिया जाता, कभी सीधे गोली और गैस चैम्बर तो थे ही। इस तरह के होलोकास्ट में स्त्री और पुरुष के अनुभव अलग–अलग रहे होंगे, जैसे हमारे बांग्लादेश में हुआ था। लेकिन सच तो यह है कि होलोकास्ट पर चुप्पी का एक लम्बा इतिहास रहा है, जो मर गए उनकी संख्या 60 लाख से ज़्यादा थी लेकिन जो बच गए, बच पाये–उन्हें समाज ने स्वीकार किया क्या?

कितनी जिज्ञासाएँ, अभिरूप कहा करता था–"ज़्यादा सोचा मत करो।"

---

21. पता नहीं, पर मन कैसा तो करता है। किससे कहूँ?

सच ही तो 45 वर्ष की उम्र पार होने पर भी मेरे सवाल ख़त्म ही नहीं होते, ज़िन्दगी को ज़्यादा जानना भी अच्छा नहीं होता–यहाँ से जो बच गए होंगे उनके बयान क्या रहे होंगे। अच्छा है कि इन यूरोपीय लोगों ने स्मृतियाँ बहुत सँभाल कर रखी हैं–जिनमें पत्र और बयान भी हैं, लेकिन उधर जाना फिर...

जहाँ गयी थी कल। यहाँ पर कभी रह आए लोगों के नाम–पते की पूरी बड़ी किताब रखी हुई है। उनके आने पर उनका सारा सामान रखवा लिया जाता होगा तभी तो लाखों की संख्या में जूते–नन्हे जूते, फ़ैशनेबल, साधारण, गमबूट–सूखे ऐंठे हुए जूतों का बेजार–सा ढेर, औरत–मर्द के विभिन्न नाप के जूते, सैंडल, फ्लीट, हील के खुले–बन्द जूतों का ढेर पड़ा हुआ है, काँच के कमरे में लगभग दो टन स्त्री–पुरुष बच्चों के केश रखे गए हैं। भूरे, काले, ब्लोंड, सफ़ेद, सुनहरे केश क़ैदियों के हैं जिनको केशविहीन करके मार दिया गया। देखो इसे ! अगली पीढ़ी उससे अगली पीढ़ी की सनद के लिए। देखो! देख लो अन्ध राष्ट्रवाद कहाँ ले जाता है। विवेक बुद्धि पर पर्दा पड़ जाता है, मेरी नस्ल सबसे ऊँची, जीने का हक सिर्फ़ मेरा, जिसकी नस्ल अलग रूप–रंग अलग उसे मार दो, जला दो। उसे जीने का हक़ ही क्योंकर हो? इतना सब हुआ राष्ट्रवाद के नाम पर और उधर की तो कथा ही अनोखी! अमेरिका में नात्सियों के पक्षधर समूह का मानना था कि 'होलोकास्ट' जैसी घटना कल्पना मात्र है, उस समूह को दिखाने का मन है जूतों का ये ढ़ेर। कपड़ों का ये ढेर–कई तरह के कपड़े–मफ़लर, ऊनी स्वेटर, टोपियाँ, हैट, दस्ताने, फ्रॉक, स्कर्ट, पैंट से लेकर कई प्रकार के छोटे–लम्बे कोट का ढेर है। इतना विशाल ढेर कि गिनना सम्भव नहीं। एक हाल में छाते, चश्मे, घड़ियों का ये ढेर है। जिन्हें इस्तेमाल करने वाले चले गए। अब से 75–80 साल पहले जबरन लाए गए यहूदियों, जिप्सियों, समलैंगिकों, तृतीय लिंगी व्यक्तियों के व्यवहार में आने वाली ये सब चीज़ें यहाँ शीशे के ताखों में रखी हुई हैं। एक बड़ा–सा ढेर है कृत्रिम अंगों और बैसाखियों का, अपंग, विकलांग, बूढ़े कमज़ोर जिन्हें निर्वस्त्र करके सीधे गैस के हवाले कर दिया गया होगा। क्या मनुष्यता को अपने अतीत को लेकर कोई शर्मिन्दगी नहीं, शर्मिन्दगी होगी ज़रूर तभी तो बहुत–से लोग जो बच पाये थे तमाम यातना के बावजूद और वे भी जो यन्त्रणा का शिकार होकर इस दुनिया से चले गए–उनके

पत्रों और साक्षात्कारों के टुकड़े बहुत सँभाल कर प्रदर्शित किए गए हैं। शर्म करो अपने अतीत पर, चट्टानी दीवारों के अँधेरे सायों में दफ़न मासूम आत्माओं का रुदन सुनने के लिए अपने मन को पक्का करो, मज़बूत करो। ये जीते–जागते साधारण दस्तावेज़ नहीं हैं, न ही सालारज़ंग या विक्टोरिया मेमोरियल में रखे मृत सिक्के, बादशाहों की पहनी पोशाकें, उनके बनाए चित्रों सरीखे हैं ये दस्तावेज़, ये मानव इतिहास के सबसे बड़े धोखे और फ़रेब की जीती–जागती दास्तानें हैं। ये आने वाली नस्लों को युद्ध, यातना, हिंसा, लिंगभेद और नस्लभेद का अमानवीय, घिनौना चेहरा दिखाते रहेंगे। जब भी कोई मनुष्य स्वयं को सर्वशक्तिमान समझ प्रकृति के सबसे क़ीमती उपहार 'मानुष' के साथ छेड़छाड़ करेगा, इस जीवन को अन्तिम सत्य मानकर चलेगा तब–तब युद्ध होंगे और संसार को असन्तुलित बनाने के लिए कोशिशें होंगी। अन्ततः क्या चाहिए मनुष्य को, कितनी सत्ता और कितनी भौतिक सुख–सुविधाएँ और चाहिए कितना नाम। कहते हैं हिटलर स्वयं जन्मना यहूदी था, लेकिन कोई यह बात खुलकर नहीं कहता, उसने यहूदियों से, उनकी पूरी नस्ल से नफ़रत की, नफ़रत की पराकाष्ठा ही तो थी–पूरे संसार से यहूदी बच्चे, मर्द–औरत का ख़ात्मा करने का उसका जुनून। इस काम को अंजाम तक पहुँचाने में उसने अपनी समूची ताक़त झोंक दी। उसकी कल्पना में थी–शुद्ध आर्य रक्त से भरी शक्तिशाली, लम्बी–ऊँची कदकाठी वाली जर्मन नस्ल। इस कल्पना की परिणति कार्यरूप में करने के लिए उसे मिले उस जैसे ही डॉक्टर और वैज्ञानिक। जिस जगह मैं खड़ी हूँ वहाँ की ज़मीन में दबी चीख़ें मेरी रूह को कँपकँपा रही हैं।

दस्तावेज़ एकबारगी पढ़ना मुमकिन नहीं, उसके लिए धैर्य और समय के साथ बहुत साहस की ज़रूरत है।

मुझसे जर्मन नामों का उच्चारण ठीक से नहीं होता, बतौर मनुष्य भी वे निहायत औपचारिक ही लगते हैं मुझे, जल्दी दोस्ती करना मुझ जैसे के लिए सम्भव नहीं है। इन दस्तावेज़ों में दर्ज हैं न जाने कितनी दास्तानें और आउशवित्ज़–बिर्कानेयु के कई कोणीय मानचित्र। पीटर नामक एक क़ैदी का बयान मेरे सामने है, जिसे 1942 की जुलाई में यहाँ लाया गया था, वह लिखता है–ख़ुद को आउशवित्ज़ कैम्प में पाना वैसा ही था...शायद सबसे डरावना, जिसकी कल्पना आप नहीं कर सकते, यह अन्य सभी युद्ध

कैम्पों की अपेक्षा बुरा और बदतर था, सबसे अन्धकारमय जिसमें एक बार जाने का मतलब था मौत। यहाँ सुन्दर औरतों के साथ खुलेआम बलात्कार होता था, और बार–बार होता था। यूक्रेन की एक सुन्दर औरत जिसके बाल घने–काले थे उसे वे लोग बार–बार उठवा लेते थे, कैम्प के जर्मन सुपरवाइजर से लेकर साधारण सिपाही उसे इस्तेमाल करके लहूलुहान कर देते थे। पता नहीं कैसे उस सुन्दर गुड़िया–सी दीखने वाली औरत के केश उन्होंने नहीं मूँडे थे, वरना तो कैम्प में घुसते ही सभी औरतों के बाल काटने का रिवाज़ था, यह काम भी वहाँ के क़ैदियों से ही करवाया जाता था जो लोहे की वज़नी कैंचियाँ लिए हुए तैयार रहते थे। ज्यों ही यहूदियों और अन्य क़ैदियों की कोई नयी खेप आती, नाइयों को मालूम रहता कि उन्हें क्या करना है–कुछ ही देर में घने काले, भूरे, सीधे, रेशमी, घुँघराले, ख़ूब जतन से पाले गए ख़ूबसूरत केश भू–लुंठित हो जाते। इन बालों को इकट्ठा करके जर्मनी के कारख़ानों में विग और ऊनी धागे बनाने के काम में लाया जाता। गंजी औरतें नंगी कर दी जातीं। अब शुरू होती उनकी परेड, नितान्त निर्वस्त्र स्त्री–पुरुष एस.एस. के अधिकारियों के सामने लाये जाते तब उनकी ड्यूटी का निर्धारण होता। जर्मन सोचते थे कि हम जानवरों की किसी प्रजाति के हैं, एक ऐसी प्रजाति जिसे उन्होंने पहले कभी देखा ही नहीं था, इसमें आश्चर्य नहीं जिसने भी किसी औरत को निर्वस्त्र और केशविहीन देखा है वह ऐसा ही सोचेगा।

सिर्फ़ यौन–शोषण के काम में सुन्दर औरतें, कम उम्र की लड़कियाँ आयी हों ऐसा नहीं था। यह कहना बिल्कुल मुश्किल है कि इन यातना कैम्पों में कितनी औरतों के साथ शोषण की कैसी और कितनी घटनाएँ घटी होंगी, क्योंकि सन् 2022 तक उन भुक्तभोगियों में से किसी का भौतिक अस्तित्व खोज पाना लगभग असम्भव है। या तो वे जीवित नहीं हैं अब या वृद्धावस्था के कारण स्मृति दोष के शिकार हैं, जिन्हें थोड़ा–बहुत याद है वे उस समय शिशु रहे होंगे। ऐसे में विश्व के विभिन्न भागों में होलोकास्ट पर हुए शोध और आख्यान ही दस्तावेज़ बन सकते हैं।

इज़ाबेला लेटनेर थी आउशवित्ज़ कैम्प में बच गयी कई लड़कियों में से एक–जिसने स्त्री के केशों को 'स्त्री' की पहचान से जोड़कर देखने की सिफ़ारिश करते हुए लिखा था–"आउशवित्ज़ आते ही हमारे बाल मूँड दिये गए, न हम लड़की जैसे दीखते थे न ही लड़कों जैसे।

संयुक्त सेनाओं ने जब हमें कैम्प से मुक्त करवा कर ट्रेन में बिठाया तब हम भिखारियों से भी बदतर हालात में थे, तब तक हमारे बाल एक–दो इंच बढ़ गए थे, आउशवित्ज़ के एक साल में हमने कंघी–शीशा नहीं देखा था। मुक्ति के साथ–साथ दन्तमंजन और कंघी जैसी चीज़ें भी मिलीं। जिन्हें हाथ में पाकर लगा कि स्त्रीत्व को कितना बड़ा सम्मान मिल गया है, लेकिन जल्दी ही हम ये समझ गए कि निरन्तर निगले केमिकल, यातना और देह के साथ हुए प्रयोगों के कारण अब हमें माहवारी कभी नहीं होगी, वैसे भी हम में से अधिकांश रक्त की कमी का शिकार थीं और कैम्प में आने के महीने–दो महीने के भीतर मासिक–चक्र बन्द हो गया था। एक ओर तो यह डरावना था कि अब हम लड़कियाँ कभी गर्भवती नहीं हो पाएँगी तो दूसरी तरफ़ लगता था कि माहवारी के लिए जो सुविधाएँ चाहिए होती हैं, वो तो हमारे पास हैं नहीं, मसलन साबुन–पानी, पैड इत्यादि ऐसे में खून बन्द हो जाना ही ठीक था। वैसे वे लोग सुन्दर लड़कियों के साथ थोड़ा बेहतर ढंग से पेश आते थे क्योंकि गैस चैम्बर से बचने के लिए उनमें से कई वेश्यावृत्ति अपना लेती थीं, मोनोविट्ज कैम्प में ले जायी जाती थीं और एकाध साल तक इनके शरीर का इस्तेमाल वे लोग करते थे, ऐसी स्त्रियों में यहूदी औरतें शामिल नहीं थीं क्योंकि नात्सी, यहूदियों के साथ किसी तरह का शारीरिक सम्पर्क नहीं रखते थे। ये थीं–पोलिश, चेकी और अन्य देशों की युद्ध–बन्दिनियाँ। ऐसी स्त्रियों की बैरक में दो चीज़ें थीं–गार्ड और कीटनाशक। मोनोविट्ज़ में हमेशा कीटनाशकों की गन्ध आती रहती। यहाँ रखी गयी औरतों को अक्सर कीटनाशक से लगातार नहलाया जाता ताकि उनके शरीर का इस्तेमाल करने वाले नात्सियों को किसी प्रकार का संक्रमण न होने पाए। बहुत दिनों तक ये लड़कियाँ भी सोडियम हाइपोक्लोराइड को झेल नहीं पातीं और औरतों की नयी खेप उनका स्थानापन्न बन जाती। "औरतों की खेप आते ही एस.एस. के सैनिक कुछ को चुन लिया करते, उन्हें नहला–धुला कर कपड़े दिए जाते, इसमें कुछ भी आश्चर्यजनक नहीं था कि शरीर–भोग के लिए चुनी हुई औरतों को अच्छी तरह रहने का पुरस्कार मिलता क्योंकि उनके स्तन उन्नत, कमर पतली और चेहरा कोमल होता, यानि आकर्षण की परिभाषा में आने वाले सभी गुण। स्पष्ट है कि अफ़सर 'स्त्री' दीखने वाली औरतों से ही देह–भोग की अपेक्षा रखते। इन औरतों के साथ क्या होने वाला है ये सभी को मालूम रहता, कई बार मैदान में सजी–सँवरी

सुन्दर औरत का कटा–फटा शव पाया जाता, जिसे देख कर मरी हुई छिपकली की याद आती। खेतों में काम करते हुए देख कर भी हम अनदेखा करते, कोई भाव व्यक्त करने का अर्थ था पिटाई और पिटाई।"

कुछ अलग अनुभव थे हैरी कोटुर के, उम्र में सोलह की होने के बावजूद वह इतनी दुबली थी कि बारह साल से अधिक की नहीं लगती थी जब एस. एस. के लोगों ने आकर सभी लड़कियों को उठ कर खड़े हो जाने का हुक्म दिया–"हम सबके कपड़े ले लिए गए थे, यह कहकर कि हमें नहान–घर से आने के बाद कपड़े वापिस मिल जाएँगे। अपने हाथों से छातियों को छुपाये हुए हममें से हरेक की हालत शर्म और अपमान से ख़राब थी। हम डर से काँप रही थीं। हमें हाथ नीचे करने को कहा गया। एस. एस. के लोगों ने भरी छातियों और सुन्दर कटावदार शरीर वाली औरतों को डंडे से कोंचकर अलग लाइन में खड़ा कर दिया... इन औरतों को यातना किसी और ढंग से दी जानी थी। बाद में गेस्टापो के कुछ लोग इन लड़कियों को जंगल में बनी सुरक्षा मचानों पर लेकर गए। उन्होंने उनके साथ वही किया जो करना चाहते थे, यौन–शोषण और बलात्कार के बाद इन्हें मार दिया गया, उनमें से कोई भी फिर कभी दिखाई नहीं दी... वे लड़कियाँ बेहद सुन्दर थीं। मुझे कपड़े के कारखाने में काम करने वाली लाइन में रखा गया, मैं भयभीत, नंगी और अकेली थी।

कारख़ाने में काम करने के लिए मुझ जैसी लड़कियाँ और औरतें क़तार में ले जायी गईं, कारख़ाना क्या था समझ नहीं आया। वहाँ थीं क़तार से रखी ढेरों सिलाई मशीनों पर झुकी औरतें, सबकी आँखें बुझी और थकी, रोशनी पर्याप्त नहीं, काम था पुराने कोटों की सीवन उधेड़ना और उन्हें जाँच के बाद फिर से सिल कर थाक के थाक गट्ठर बनाना। यहाँ सैन्य वर्दी वाली एस. एस. की मोटी–ताज़ी औरतें हमारे निरीक्षण के लिए तैनात थीं। वे नाम भर को ही औरतें थीं, जर्मन और पोलिश में आदेश देतीं वे, क़ैदियों के साथ इतनी क्रूरता बरततीं, जिसकी कोई सीमा नहीं थी। यहाँ लाये, स्त्री–पुरुषों के कपड़े थे ये। जिन्हें यहाँ आने के पहले मालूम ही नहीं था कि ट्रेन में भरकर उन्हें कहाँ ले जाया जा रहा है। वे मासूम और अनजान थे। वे उतरते थे ट्रेन से अपना बक्सा–बुगचा लेकर, जिसे ARBEIT MACHT FREI- लिखे मुख्य द्वार से अन्दर आते ही एक पर्ची थमाकर उनसे ले लिया जाता। कैम्प में आने वाले सोचते यह

रसीद है जिसे दिखाकर, बाद में ये सामान उन्हें मिल जाना है। नात्सियों के अलावा कोई नहीं जानता था कि इन यहूदी, जिप्सी, पोलिश नागरिकों का अब कोई भविष्य नहीं। उनको अपनी अटैचियाँ, बक्से, गठरियाँ खोलने की कभी कोई ज़रूरत नहीं पड़ने वाली। ये रसीदें, जिन पर जर्मन में घिचिर–मिचिर कुछ लिखा है–जाली हैं, अर्थहीन, मूल्यहीन। उनके बक्सों में बन्द सामान अब नात्सी संगठन को आर्थिक रूप से सुदृढ़ करने के काम में आएगा। अब उन बक्सों को कभी किसी चाभी की ज़रूरत नहीं होगी, उन्हें तोड़कर सारी जिन्स निकाल ली जाएँगी, बक्सों के ऊपर लिखे नाम धूल खा जाएँगे, जिनके नाम के बक्से हैं वे राख–धुआँ कुछ भी हो जाएँगे, पता नहीं लेकिन अब वे फिर कभी अपने माल–असबाब को एक नज़र देख भी नहीं पायेंगे।

कारख़ाने का काम सुबह 6 बजे से शुरू हो जाता, तेज़ सीटियों की आवाज़ें डरावनी लगतीं। हम सब गिनती के बाद उस बड़े से हाल में जाते, नए–पुराने कपड़ों के ढेर में से हमें अच्छे कपड़े छाँटने होते, फिर कोटों के अस्तर की सीवनें उधेड़नी होतीं। हम पर निरीक्षक की पैनी दृष्टि रहती, मेरे वाले खण्ड में मोटी–थुलथुली जाँघों वाली भारी गमबूट पहनी एक तोंदियल सुपरवाइज़र थी, जिसकी ज़ुबान से गालियों के अलावा कुछ निकलता ही नहीं था। पता नहीं उसे प्रकृति ने स्त्री का शरीर क्यों दिया था, एस.एस. के वरिष्ठ अफ़सरों के दौरों के दौरान इस औरत की मुस्तैदी देखते बनती। वह धातु की नोक वाले डंडे से क़ैदियों को बेवजह कोंचती रहती। हमें सख़्त आदेश था कि कपड़ों के अस्तर के भीतर छुपा कर रखा क़ीमती सामान ईमानदारी से ट्रे में रखती जाए। कोट की सीवन उधड़ते ही अक्सर हीरे के टुकड़े, कोई आभूषण या सोना और करेंसी नोट मिला करते। जिनसे यहूदियों की समृद्धि का पता चलता। दरअसल युद्धपूर्व यूरोप में यहूदी व्यापार और हस्तकलाओं में माहिर थे। यूरोप की अर्थव्यवस्था की उन्नति में उनके सक्रिय योगदान को नकारना मूर्खता होगी।"

द फ़ाइनल सोल्यूशन

मैं किससे क्या कहूँ? कई दिनों से अम्मा को चिट्ठी नहीं लिखी। सोचती हूँ कैसी होगी वह। दूर चले जाने पर दूर रहने वालों की याद बहुत आती है। ई–मेल खोला है तो khatoonr@gmail.com से एक मेल है, जिसमें मेरे नाम के अलावा कुछ नहीं। मैंने उत्तर दिया है–

"अम्मा!

पिछली बार तुमने अधूरी चिट्ठी ही भेज दी थी अम्मा! मुझे लगा जल्दी में 'सेंड' का बटन दब गया होगा तुमसे।

मुझे बहुत अच्छा लगता है कि तुम नयी तकनीकों को सीखने में रुचि दिखाती हो। पता नहीं तुम इतनी मेधावी होकर भी हसनपुर में ही क्यों रही, क्यों नहीं कोई नौकरी कर ली तुमने। वैसे अब इस मोड़ पर आकर कुछ कहना बेमानी ही है। समय बीतता है या हम बीतते हैं लेकिन बीतता तो बहुत कुछ है। पता नहीं क्यों मुझे लगता है कि तुम मुझसे ख़ुश नहीं हो। शायद जो सपने तुमने मेरे लिए देखे थे उनके लिए मैं नहीं बनी थी। वैसे मैं यहाँ अपना काम ठीक से कर रही हूँ और एक अच्छी–सी दोस्त भी आ गयी है सबीना!

उसके बारे में बताया था ना मैंने, वो पिछले साल कोलकाता भी आई थी। वह पोलिश है सीधी–सरल लेकिन भीतर से जाग्रत, मुझे ऐसी लड़कियाँ अच्छी लगती हैं अपनी ज़िम्मेदारी अपने कन्धों पर उठाये हुए बेपरवाह–सी। अतीत को धूल में उड़ा कर आगे बढ़ जाने वाली। यहाँ पर वही मेरी अपनी है। हम यहाँ के दस्तावेज़ साथ–साथ पढ़ते हैं। पढ़ते ही नहीं गुनते भी हैं। कैसे बताऊँ तुम्हें कि यह कैसी जगह है–यहाँ पर लगभग ग्यारह लाख लोग बतौर क़ैदी सन् 41–42 में लाये गए जिनमें से बचे सिर्फ़ छह हज़ार जिनको मुक्ति मिली सोवियत सेनाओं के आने के बाद।

भूख, भूख और भूख झेलते इन क़ैदियों की दशा का अन्दाज़ा बाहर रहकर लगाना असम्भव–सा ही है। होलोकास्ट के सबसे बड़े कैम्प में चार गैस चैम्बर और चार शवदाह–गृह बनाए गए थे, जो दिन के चौबीसों घण्टे काम किया करते। दैहिक शोषण के जितने प्रयोग आउशवित्ज़ में किए गए उतने कहीं नहीं। फिर भी कालान्तर में जर्मनी में एक समूह ऐसा भी सतह पर आया जिसके लिए आउशवित्ज़, होलोकास्ट सब एक कपोल–कल्पना थी। जानती हो कई लोग ऐसे भी हैं जो होलोकास्ट की घटनाओं को झूठा मानते हैं।

होलोकास्ट–सामूहिक जातीय नरसंहार के निशान यूरोप, इज़रायल और अन्य कई देशों के संग्रहालयों, वैयक्तिक आख्यानों में बिखरे पड़े हैं लेकिन आज भी लगभग 45% अमरीकियों को इसके बारे में कोई विशेष जानकारी नहीं हैं, लोग हिटलर को जानते हैं, नात्सी संगठन के बारे में कहते सुनते हैं लेकिन लोक की स्मृति में दर्ज इतिहास उनकी चेतना का अंग नहीं बन सका। 'द फाइनल सोल्यूशन'–अन्तिम समाधान निकाला था नस्लीय समस्या का हिटलर ने, जो शुद्ध आर्य नहीं है उसे पृथ्वी भोगने का अधिकार भी क्यों कर हो, वे जीए ही क्यों, वे जीएँगे तो अगली और अगली फिर उससे अगली नस्लें आएँगी, इसका अन्तिम बर्बर और क्रूरतम समाधान था–वही अन्तिम समाधान–द फाइनल सोल्यूशन बहुत–से जर्मन विचारकों ने यह तो स्वीकार किया कि हिटलर ने बतौर 'फाइनल सोल्यूशन' यहूदियों को अन्य नागरिकों के रिहायशी इलाक़ों से दूर 'घेटो' में रखा लेकिन इन घेटोवासियों को यातना शिविरों में ले जाकर लाखों की संख्या में तरह–तरह की यातना देकर मार डाला गया, यह नहीं माना। इसे स्वीकार करने का अर्थ था स्वयं को समूचे विश्व के सामने मानवता विरोधी बताना। आज भी ईरान और सीरिया में आउशवित्ज़ सरीखे यातना–कैम्पों को कपोल–कल्पना माना जाता है। उधर सोवियत रूस के विखण्डन के बाद स्वतन्त्र हुए देश यहूदियों के सामूहिक क़त्लेआम से इन्कार नहीं करते लेकिन उनके अपने देश के लोग भी इसमें शामिल थे, इसे स्वीकार नहीं करते। वे मानते हैं कि द्वितीय विश्वयुद्ध के दौरान जो भी घटा उसमें शेष विश्व की सहानुभूति लेने के लिए यहूदियों ने होलोकास्ट के बारे में कहा, पूरे विश्व को गैस चैम्बर्स की कहानियाँ सुनाईं। उन्हें गैस चैम्बर के अनुभव काल्पनिक और षड्यन्त्रकारी लगते हैं।

सामूहिक नरसंहार के निशान, डायनामाइट से उड़ा देने के बाद टूटी बची चिमनियाँ, मैली गाद और दलदल वाली ज़मीन में दफ़न हज़ारों मासूम लोग और जलने से बच रह गए कई दस्तावेज़ आउशवित्ज़–बिर्कानेयु में घटी घटनाओं के जीवन्त प्रमाण हैं। बस इन्हें देखने के लिए जिस संवेदनशील नज़र की ज़रूरत है वो वाद–विवाद और प्रमाणों की खोज में धुँधला जाती है। हम उन दरवाज़ों पर दस्तक दिए बिना चले आते हैं, जो बरसों से ज़ंग लगी साँकल से जकड़े सिर्फ़ प्रतीक्षा कर रहे होते हैं हमारे खटखटाने की। कोई तो आँख हो जो टूटे फ़र्श की दरार में काई जैसी परतों में बदल चुके ख़ून के थक्के देखे, टटोले वे मकड़ी के जाले लगी खिड़कियाँ, जिनसे निकली बन्दूक़ की नली खेत में दूर काम कर रहे बन्दी मज़दूरों पर दगने को तैयार रहती थी। कोई तो हो जो क़ैदियों के आर्केस्ट्रा समूह में इस्तेमाल हुए पुराने पड़ चुके वाद्ययन्त्रों की तरफ़ नज़र फेरे, कोई तो हो जो सन् 42 में पहने गए एक नन्हे गरम कोट पर गिरे लार और दूध की नरम–कुनकुनी गन्ध को सूँघे और उस कोट की छाती को बेधती गोली के सूराख़ को रफ़ू करने के लिए सूई–धागा ढूँढ़े।

पर ये दुनिया मानती कहाँ है? इतिहास लिखते हैं जीवित–विजयी। पराजितों का इतिहास होता भी है क्या? शायद नहीं। उनके दुख, शोषण, जीवट की गाथाएँ रह जाती हैं पुरानी डायरियों, ज़ंग लगे टूटे बक्से के तले में रखकर भुला दिए गए पत्रों में, जिनको पलटना भी चाहें तो उसके लिए चाहिए असीम धैर्य, यजदी भाषा का कुछ ज्ञान, उँगलियों की हौली नामालूम–सी थिरकन जो 76–77 साल पहले के मुड़े, कई तहों में बँधे कागज़ों को पता चले बग़ैर खोल ले। चाहिए वो आँख जो अपने भीतर के आँसुओं को जज़्ब कर धुँधली हो चली स्याह–इबारत को आत्मीयता से पढ़ बीच के आठ दशकों का अन्तराल पार कर सके आठ क़दमों में। चाहिए वो राग जो रात के सन्नाटे को बेधती लोरी न हो, हो उस अन्तिम गीत का पहला छन्द जिसे मारे जाने के ठीक पहले किसी माँ की धड़कन ने बुदबुदाते होंठों से छाती लगे बच्चे के लिए गाया था।

तुम्हें लिखकर मेरा मन हल्का हो जाता है अम्मा, इसलिए यह सब लिख भेजती हूँ। अपना ध्यान रखना। लौट कर आऊँगी तो हम दोनों कहीं दूर घूमने चलेंगे, शायद पाण्डिचेरी।

तुम्हारी खुकु"

पत्र मिलता है प्रतीति का तो रहमाना ख़ातून की रगों में ज़िन्दा होने का–सा अहसास दौड़ने लगता है। कितनी बड़ी हो गयी मेरी बच्ची। अजीब है यह खुकु भी। बचपन में आँचल छोड़ती ही नहीं थी, बड़ी मुश्किल से उसे अलग होकर जीना सिखाया। कब चाहा उन्होंने कि प्रतीति उनसे दूर जाए पर जानती थीं, बांग्लादेश में रही तो उसका कोई भविष्य नहीं है। उसे तो अपनी जड़ों के पास लौटना ही होगा, पहचाननी ही होगी अपनी धरती, चीन्हना होगा अपना आकाश। हसनपुर में रही तो यहाँ का संकुचित जीवन उसे और छोटा कर देगा। बस यही सोचा, टिया की जगह खुकु–बस यही तो किया। टिया से जो चाहती थीं, या यों कहें कि ख़ुद के लिए जो उनके सपने थे उनको प्रतीति में देखा, चाहा कि ख़ूब पढ़े प्रतीति, नाम करे। उसके ऊँचा उठने में ज्यों वह ख़ुद ऊपर उठ जाएगी। जानती हैं उन्होंने अपनी खुकु के साथ बचपन में बहुत कड़ाई की। शायद जो कड़ाई वे टिया के साथ नहीं कर पायीं वह भी खुकु के हिस्से आन पड़ी। टिया कड़ाई के लायक भी कहाँ थी? उस रोज़ बेटी के लाड़ में न पड़कर उसे सास–ससुर के पास कलकत्ता ही छोड़ आतीं तो? कुछ होता ही नहीं, कम–से–कम टिया के साथ वह सब नहीं गुज़रता जो गुज़रना नहीं चाहिए था।

हँसती हैं अपने आप में, 71 में आयीं थीं तो बांगलादेशी जुबान कैसी तो लगती थी, 'कोईरा' 'ज़ायिबा'–कलकतिया बांगला बोलने–सुनने की आदत जाने में वक़्त लगा। वक़्त लगता कहाँ है वो तो बीत जाता है, कभी जल्दी तो कभी धीमे।

लकड़ी की ढेंकी पर ही टिक कर बैठ गयी हैं, पीछे पलट कर देखने को जी नहीं चाहता है ही क्या वहाँ...पलट कर देखने से ही क्या देखा जा सकता है सब कुछ। देखने के भी तो कोण होते हैं आगे–पीछे दायें बाएँ। याद आता है अपना तानपुरा बजाना, माँ कहती थी सरोद मत बजाना वह पुरुष का यन्त्र है। पुरुष का जीवन व्यवस्थित और श्रृंखलाबद्ध होता है और स्त्री का? एक बार श्रृंखला टूटी तो बस दोबारा उसे वैसे ही पाना...आँगन में लगा केले का पेड़ ढह कर ज़मीन पर आ गिरा है, आह! ख़ूब फल लगे थे। मूसलाधार बारिश और क्या क्या उखाड़–पखाड़ डालेगी किसे मालूम।

यही पीछे वाला पोखर था न बदहवास दौड़ती हुई इसी में छुप गयीं थीं वे। निर्वस्त्र काँपता शरीर लिए, तैरना जानती थीं तो साँस रोकना भी आता था, इसलिए घण्टों डुबकी लगाये रहीं।

कैसे निकलीं याद है क्या अब? किसने तो चादर डालकर उनकी लज्जा ढँकी थी...

न, अब नहीं याद करना चाहतीं वह सब। याद करते ही बदन तपने लगता है।

प्रतीति का नन्हा मुख आँखों के आगे तैरता है, वही चेहरा देख कर तो इतने साल निकाल लिए। उसे बड़े होने तक जानने नहीं दिया कि वे उसकी नानी हैं, माँ नहीं। वो नहीं होती तो... कहीं नदी–पोखर में...! आपकी राह कोई तकता है, तोतली ज़बान में पुकारता है बस जीने के लिए वही सहारा काफ़ी है। कभी की सुनी बातें कैसे जीने और रोज़गार का बायस बन जाती हैं। कलकत्ते वाले घर में साड़ियों की बातचीत सब समय–किस तरह साड़ी की बुनाई होगी, उसमें इस्तेमाल होने वाले सूत के हिसाब से उसकी क़ीमत कैसे तय होगी, कौन–से सूत से कैसी साड़ी तैयार होती है, कारीगर उसे बुनने में कितना समय लेते हैं–ये सब सूचनाएँ कानों में पड़ती रहती थीं। अब वे ढाका की जामदानी साड़ी की क़ीमत अच्छे से पहचानती हैं, नक़ल–असल का फ़र्क़ भी जामदानी कढ़ाई देख कर ही बता देती हैं, साड़ी का पल्लू हाथ में लेते ही उलटी हथेली पर देख लेती हैं–उसके सूत और रेशम की कढ़ाई यदि अन्त में घूमी हुई है तो यह हाथ की कढ़ाई है, वरना अब तो ऐसी मशीनी कढ़ाई आ गयी है जो आँखों को भ्रम में डाल देती है। रहमाना ख़ातून के अपने कुछ ख़ास कारीगर हैं, प्रतिदिन क हिसाब से मजूरी पर साड़ी बनाते हैं, जिसे बड़ी दुकानों को दे देती हैं वे।

कितना बदल गया है समय...लोग सस्ती साड़ियाँ चाहते हैं, कारीगरों की मेहनत के बारे में कोई सोचने को तैयार नहीं, सस्ती चाहिए तो उसके लिए फुलिया शान्तिपुर तो है ही। मज़ाक़ में उसे साड़ी वाले चाइना कहते हैं, हर तरह की साड़ी की नक़ल, रेशमी सूती धागों में सिंथेटिक धागे मिला दिए जाते हैं तो साड़ी सस्ती–इंडिया से वे साड़ियाँ इधर भी आती हैं। लेकिन असल–नक़ल की पहचान तो पुराने पहनने वाले ही कर सकते हैं।

रहमाना ख़ातून आँख बन्द कर, साड़ी छूकर उसका रूप–रंग–प्रकार बता देती हैं। इधर सूती खेस साड़ी ख़ूब चलती है, डोंगरिया, हवसपुरी, डोलाबेदी की सूती रेशमी साड़ियों के कारीगर भी अपना काम इन्हें ज़रूर भेजते हैं।

"एई जे माँ आमार काज देखून, पोरे दाम लागाबेन"[22]

इंडिया की नोटबन्दी के समय ही चालीस–पचास कारीगर रहमाना ख़ातून के पास अपना तैयार माल गिरवी रखवा गए बस भात की क़ीमत पर। भात...भात...भरपेट भात से बड़ी नियामत कुछ भी नहीं। कारीगर सूत का ख़र्च नहीं सिर्फ़ मेहनताना चाहते थे, शुद्ध घी की लूची नहीं, माछ–माँस नहीं, काजू–किशमिश नहीं बस भात चाहिए था, घर पर भूख से बिलबिलाते बच्चों को क्या मालूम कि रोज़ कुआँ खोदकर पानी पीने वालों की श्रेणी के इन लोगों का धन्धा चौपट हो गया रातों–रात। क्योंकि ये कारीगर ज़बान से सौदा करते थे, कोई कागज़ पत्तर, बैंक लोन, बैंक खाता इनके लिए नहीं, दूसरों का तन छह गज़ी साड़ी से ढँकने वालों के अपने तन आधे ही ढँकते हैं। रातों–रात पुरानी नक़दी बेकार होने से इनका मेहनताना देने वाला कोई रहा ही नहीं। रहमाना का कलेजा कैसा तो होने लगा, कितने तो बाद में गिरवी साड़ियाँ छुड़वाने भी नहीं आये बस कह गए–आपने हमें भूखों मरने से बचा लिया अब आप इन साड़ियों का जो चाहे करें।

रहमाना ख़ातून को मालूम है कि करघे पर साड़ी बनाने वालों की हालत क्या है, वे कुछ और कर नहीं सकते इसलिए साड़ी बुनते हैं, हाथ के काम की क़ीमत दिनोंदिन गिरती गयी है। इंडिया बॉर्डर से आना–जाना अब बहुत आसान है, इसलिए कोलकाता, सियालदह, नदिया, बर्धमान से साड़ियों के गट्ठर आते देर नहीं लगती। बाईलूम, तंतुज और फैबइंडिया वाले साड़ियों को ले लेते हैं कई गुना दाम पर बेचने को।

कतो लाभ होलो?[23]

–जो साड़ी 12000 की क़ीमत में ग्राहक को बिकती है, उस पर कारीगर पाता है 1200, सूत का दाम दो– ढाई हज़ार।

---

22. आप मेरा काम पहले देखिए, बाद में कीमत लगाइएगा।

23. कितना लाभ हुआ?

रहमाना ख़ातून अपना मार्जिन कम ही रखती हैं। त्योहारों में तो साड़ियाँ आती हैं और निकलती जाती हैं, लेकिन बरसात, दंगे, देश–बन्द, रेल बन्द जैसी कई तरह की स्थितियों में साड़ियों के गट्ठर इकट्ठे होते रहते हैं, रहमाना ख़ातून कारीगरों को ख़ाली हाथ नहीं लौटातीं, इसीलिए कारीगरों में उनकी साख है पर कोई नहीं जानता कि वे कलकतिया साड़ियों को ख़ूब सहेज कर क्यों ख़रीदती हैं, साड़ी पर उकेरे फूल–पत्ती के डिजायनों को हाथ से सहलाती हैं, ज्यों अपनी रोपी बगिया छूती हों। कलकत्ते के आढ़तियों की कहानियाँ इन्हीं कारीगरों के मुख से सुनती रहती हैं, जान लेती हैं सारा टटका हाल। इंडिया में नोटबन्दी का असर साड़ी व्यवसाय पर भी ख़ूब पड़ा, नुक़्सान सबको हुआ, इधर इंडिया की करेंसी भी चलती थी, रातों–रात पुराने नोट कागज़ के टुकड़े रह गए। उस दौर में भी रहमाना ने कारीगरों की ख़ूब मदद की।

उन्हें मालूम है कि गुरबत क्या होती है, भूख क्या होती है...भूखी रही थीं ना कई दिन। सात दिन बाद हलक से नीचे उतारा गया था ज़बरदस्ती मछली–भात का कौर। अब धर्म बदल दिया गया था उनका, मौलवी साहब ने उन्हें अपने निकाह में ले लिया था, सुना ही था उन्होंने कि मौलवी साहब बड़े दयालु हैं, आठ बीवियाँ पहले से थीं, रहमाना नौवीं बनीं। वितृष्णा होती ख़ुद से। ऐसा भी क्या जीना, तीन बच्चों की माँ, हिन्दुआनी, गोबिन्दो! गोबिन्दो सुनते बड़ी हुईं, ब्राह्मो जाना, ठाकुर को जाना शादी हुई तो सास मन्दिरजी ले जातीं पर नहीं जान पायी थीं तो अपना भविष्यत। ससुराल पढ़ा–लिखा था सो धर्मग्रन्थ से लेकर उपन्यास तक सहज–सुलभ, कोई रोकटोक नहीं। लेकिन किसी अन्य धर्म और उसके क़ायदों के बारे में किसी ने बताया ही नहीं था, सोलह की अवस्था में पहली बार माँ बनीं, और वही माँ ही तो होकर रह गयीं। पत्नी, बहू और होना ही नहीं हुआ।

जी करता था डूब जाएँ उसी पोखर में, पर माँ का जी था जो दिन–रात कहता उनकी बेटी टिया कहीं पुकार रही है, उसे खोजना है, सारी दुनिया भूल जाए उन्हें तो ढूँढ़ना है उसे जिसने पुकारा था पहली बार–माँ!

बारिश थम गयी है, टिटिहरी चिल्ला रही है, छत पर अण्डे दे आती है फिर मँडरा–मँडरा कर उसकी देखभाल करती और चीखती है। भोर का तारा उग रहा है, अज़ान अब शुरू होगी, गीली साड़ी बदन में सूख

चली है, अब झपकी आ रही है, घुटने पर हाथ रख कर उठती हैं–चलूँ सो लूँ थोड़ा।

पड़ोस में बाउल अपनी झोंपड़ी में मुँह अँधेरे इक़तारा साध रहा है–

आमार हाथ बाँधिबी, पा बाँधिबी
मन बाँधिबी केमोने?
आमार चोख बाँधिबी, मुख बाँधिबी
पोरान बाँधिबी केमोने?
आमी ना गेलाम जमुनार घाटे
ना तुलिलाम जल
ना हेरिलाम तोरे सखी
ना होयिलाम चंचल
आमार घर बाँधिबी, पथ बाँधिबी
कपाल बाँधिबी केमोने?[24]

---

24. मेरे हाथ बाँध दोगे, पैर बाँध दोगे पर मन को कैसे बाँध पाओगे/मेरी आँख बाँध दोगे, मुख बाँध दोगे पर प्राण को कैसे बाँध पाओगे/मैं यमुना घाट नहीं गयी, कभी जल नहीं भरा, कभी खोई नहीं, न ही कभी चंचल हुई। मेरा घर बाँध सकते हो, पथ भी बाँध सकते हो, किन्तु भाग्य कैसे बाँध सकोगे?

एबार आमाय डाकले दूरे[25]

"कल मैंने देखा तुम रात भर लिखती रहीं—सोयी नहीं क्या" मैंने प्रतीति से कहा है।

"हाँ, भोर में चार बजे जाकर सो पायी, और तुम?"

"मुझे यहाँ अजीब लगता है प्रतीति, कल तो तुम म्यूज़ियम में किस ओर चली गईं कि फिर दिखाई ही नहीं दीं, मैंने दोपहर को बैरक का भी एक चक्कर लगाया, लंच के बाद क्योंकि गैस चैम्बर की तरफ़ निकल गयी थी और वहाँ इतना मन ख़राब हुआ कि लौट आई। मुझे नहीं चाहिए यहाँ से कुछ भी। जानती हो, यहाँ से लौटने के बाद मैं वही नहीं रह पाऊँगी जैसी थी।

अपनी गीली—भूरी बरौनियों से भरी आँख से मैंने प्रतीति को देखा। जानती थी मेरे गीलेपन की भाषा को समझना उसके लिए कठिन नहीं था।

"दरअसल कल मैं वहीं बैठ कर दस्तावेज़ पढ़ती रही। तुम मुझे यहूदियों का इतिहास बताओ। मुझे कल अच्छा लगा था कि तुम्हारे पास यहूदियों के बारे में तथ्यात्मक जानकारी है। हालाँकि ढाका के सिनेगाग में मैंने यहूदियों को जाते देखा है, भारत में भी यहूदी अल्पसंख्यक का दर्ज़ा पाया हुआ समुदाय है लेकिन मुझे यह नहीं मालूम था कि यहूदियों के प्रति घृणा का एक लम्बा यूरोपीय इतिहास है।"

कई बार बौद्धिक क्रियाशीलता संचारी मनोवेगों पर हावी हो जाती है, यही सोचकर मैंने अपने लैपटॉप का एक पूरा पन्ना सामने खोल दिया जो यहूदियों के संघर्ष के वैश्विक इतिहास को बताता है मैं बोलकर पढ़ रही हूँ और हमारी आँखों के आगे धधकता हुआ जेरूशलम है—

25. इस बार तुमने मुझे दूर बुलाया।

"दुनिया के सबसे पुराने धर्मों में से एक धर्म है यहूदी धर्म। इस धर्म का इतिहास क़रीब 3,000 साल पुराना माना जाता है। इस धर्म की शुरुआत होती है येरूशलम से। वही येरूशलम जो यहूदी, ईसाई और इस्लाम धर्म की पवित्र जगहों में से एक है। इस धर्म की शुरुआत पैगम्बर अब्राहम ने की थी। अब्राहम को ईसाई और मुस्लिम भी ईश्वर का दूत कहते हैं। अब्राहम के बेटे का नाम आईजैक और एक पोते का नाम याकूब (जैकब) था। याकूब का दूसरा नाम इस्राएल था। याकूब के 12 बेटे और एक बेटी थी। इन 12 बेटों ने 12 यहूदी क़बीले बनाए। याकूब ने इन यहूदियों को इकट्ठा कर इस्राएल नाम का एक राज्य बनाया। याकूब के एक बेटे का नाम यहूदा था। उनके वंशजों को यहूदी कहा गया। इनकी भाषा हिब्रू थी और धर्मग्रन्थ तनख है। ये लोग येरूशलम और यूदा के इलाक़े में रहते थे। क़रीब 2200 साल पहले पहला यहूदी राज्य अस्तित्व में आया। जिसमें साउल, इशबाल, डेविड और सोलोमन जैसे प्रसिद्ध राजा हुए। 931 ईसा पूर्व में सोलोमन के बाद इस राज्य का धीरे–धीरे पतन होने लगा। संयुक्त इस्राएल दो हिस्सों में बँटकर इस्राएल और यूदा के बीच में बँट गया।

700 ईसा पूर्व में असीरियाई साम्राज्य ने येरूशलम पर हमला किया। इस हमले के बाद यहूदियों के 10 क़बीले तितर–बितर हो गए। 72 ईसा पूर्व रोमन साम्राज्य के हमले के बाद सारे यहूदी दुनियाभर में इधर–उधर जाकर बस गए। इस हमले में किंग डेविड के मन्दिर को भी तोड़ दिया गया। इस मन्दिर की एक दीवार बची थी जो आज भी यहूदियों के लिए पवित्र तीर्थ मानी जाती है। इसे वेस्टर्न वॉल भी कहा जाता है। इस घटना को 'एक्जोड्स' कहा जाता है। कुछ विद्वान इस घटना को मिथ्या भी कहते हैं। लेकिन यह घटना यहूदियों के लिए बेहद अहम है। वेस्टर्न वॉल के साथ मुसलमानों की पवित्र अल अक्सा मस्जिद और हरमअस हारम शरीफ़ के साथ ईसाइयों की पवित्र जगह, जहाँ ईसा मसीह को सूली पर टाँगा गया था, मौजूद है।

एक्जोडस के बाद यहूदी पूरी दुनिया में फैल गए। इसके बाद दुनिया में एक शब्द अस्तित्व में आया जिसे 'एंटी सेमिटिज़्म' कहा जाता है। इसका मतलब है हिब्रू भाषा बोलने वाले लोगों यानी यहूदियों के प्रति दुर्भावना।

दुनिया में यहूदियों को लेकर एक वहम फैला कि यहूदी दुनिया की सबसे चालाक क़ौम है और ये किसी को भी धोखा दे सकते हैं। एक्जोडस के बाद अधिकांश यहूदी यूरोप और अमेरिका में बस गए। एंटी सेमिटिज़्म के चलते कई देशों में यहूदियों को अपनी पहचान सार्वजनिक कर रखनी होती थी। कई यूरोपीय देशों की सेनाओं में लड़ने वाले यहूदियों को अपनी वर्दी पर एक सितारा लगाकर रखना होता था। इस सितारे को डेविड का सितारा कहा जाता है। इस सितारे से यहूदियों की पहचान की जाती थी। यहूदियों को अपनी पहचान छिपाने या ग़लत बताने पर सज़ा का भी प्रावधान था।

ये सिलसिला चलता रहा थियोडोर हर्जल के ज़माने तक। थियोडोर हर्जल की इस्राएल में वही मान्यता है जो भारत में महात्मा गाँधी की है। वो 2 मई 1860 को पैदा हुए थे। वो वियना में एक सामाजिक कार्यकर्ता थे। लेकिन एंटी सेमिटिज़्म के चलते इन्हें वियना छोड़ना पड़ा। इसके बाद ये फ्राँस आ गए और पत्रकारिता करने लगे। 1890 के दशक में फ्रांस रूस से एक युद्ध हार गया था। फ्रांस में इस हार की जाँच रिपोर्ट में हार की ज़िम्मेदारी एक यहूदी अफ़सर एल्फर्ड ड्रेफस पर डाल दी गयी। हर्जल ने यह स्टोरी कवर की। एंटी सेमिटिज़्म के इस बहुत बड़े उदाहरण के बाद हर्जल ने तय किया कि वो सारे यहूदियों को इकट्ठा करेंगे और एक नया देश या राज्य बनाएँगे। इसके लिए उन्होंने 1897 में स्विटज़रलैंड में वर्ल्ड जायनिस्ट काँग्रेस नाम से एक संस्था बनायी। जायनिस्ट हिब्रू भाषा में स्वर्ग को कहा जाता है।

वर्ल्ड जायनिस्ट काँग्रेस को दुनियाभर के यहूदी चन्दा देने लगे। इस संस्था के बैनर तले यहूदी इकट्ठा होने लगे। हर साल इसका वैश्विक सम्मेलन होता था। 1904 में हर्जल की दिल की बीमारी के चलते मौत हो गयी। लेकिन तब तक जायनिस्ट काँग्रेस का प्रभाव दुनियाभर के यहूदियों के बीच हो गया था। तुर्की और उसके आसपास के बड़े इलाक़े में ऑटोमन साम्राज्य का क़ब्ज़ा था। 1914 में प्रथम विश्वयुद्ध शुरू हुआ। विश्वयुद्ध के बीच 2 नवम्बर 1917 को ब्रिटेन और यहूदियों के बीच 'बालफोर समझौता' हुआ। इस समझौते के मुताबिक़ अगर ब्रिटेन युद्ध में ऑटोमन साम्राज्य को हरा देगा तो फिलिस्तीन के इलाक़े में यहूदियों के लिए एक स्वतन्त्र देश दिया जाएगा। इसके बाद 'आलिया' में तेज़ी आ गयी।

आलिया यहूदियों का दूसरे देशों से येरूशलम की तरफ़ पलायन करने को कहा जाता है। जायनिस्ट कॉंग्रेस को लगा कि अगर ब्रिटेन अपना वादा पूरा करेगा तो फिलिस्तीन में उस समय यहूदियों की एक बड़ी आबादी होनी चाहिए। दुनियाभर के यहूदी अपने देशों को छोड़कर फिलिस्तीनी इलाक़ों में बसने लगे। लेकिन ऐसा नहीं हुआ।

ब्रितानी सरकार ने अपना वादा पूरा नहीं किया। वो अलग–अलग वजह गिनाकर बालफोर समझौते को लागू करने से बचते रहे। प्रथम विश्वयुद्ध ख़त्म होने के अगले 20 साल तक यह समझौता लागू नहीं हो सका और द्वितीय विश्वयुद्ध शुरू हो गया। द्वितीय विश्वयुद्ध ने यहूदी इतिहास को हमेशा के लिए बदलकर रख दिया। उस समय जर्मनी के मुखिया अडोल्फ हिटलर ने एंटी सेमिटिज़्म का सबसे क्रूर रूप दिखाया। क़रीब 60 लाख यहूदियों की योजनाबद्ध तरीक़े से हत्या कर दी गई। जर्मनी और आसपास के देशों में कैम्प लगाकर यहूदियों को मारा गया। विश्वयुद्ध ख़त्म होने पर जब दुनियाभर में ये बात फैली तो पूरी दुनिया की संवेदना यहूदियों के साथ हो गई। 1947 में संयुक्त राष्ट्र संघ ने यहूदियों की वर्षों पुरानी माँग को पूरा किया।

संयुक्त राष्ट्र ने कहा कि फिलिस्तीन के दो हिस्से किए जाएँ। एक हिस्सा यहूदियों को दिया जाए और दूसरा हिस्सा मुसलमानों को। येरूशलम को एक अन्तरराष्ट्रीय शहर रखा जाए क्योंकि यहाँ यहूदी, मुस्लिम और ईसाई तीनों धर्मों के धर्मस्थल हैं। यहूदियों को यह योजना पसन्द आ गई। लेकिन मुस्लिम इसके लिए तैयार नहीं हुए। फिलिस्तीन चारों तरफ़ से अरब देशों जॉर्डन, सीरिया, मिस्र से घिरा हुआ था। इन देशों ने इस बँटवारे को फिलिस्तीन के मुस्लिमों के साथ अन्याय बताया। अरब देशों ने कहा कि मुस्लिमों ने यहूदियों पर कभी अत्याचार नहीं किया है। यहूदियों पर हुए अत्याचारों के लिए यूरोपीय देश और ईसाई ज़िम्मेदार हैं। ऐसे में अगर यहूदियों को अलग देश देना है तो यूरोप में दिया जाना चाहिए।

इसी बँटवारे के साथ शुरू हुआ इस्राएल–फिलिस्तीन विवाद जो आज तक जारी है। इस्राएल 1947 में देश बना। 1948 में भारत ने भी इस्राएल देश को मान्यता दे दी। फिलिस्तीन आज तक कोई देश नहीं बन सका है। इस्राएल ने फिलिस्तीन संगठनों और अरब देशों के साथ कई लड़ाईयाँ लड़ीं।

इस्राएल सैन्य युद्ध में अरब देशों से अब तक हारा नहीं है। इस्राएल और अरब देशों के बीच में हुई लड़ाइयों में इस्राएल ने और भी ज़मीन हथिया ली। फ़िलहाल येरूशलम के एक बड़े हिस्से पर इस्राएल का क़ब्ज़ा हो चुका है। येरूशलम में इस्राएल ने एक दीवार बना ली है। ये दीवार येरूशलम को फलीस्तीन से अलग करती है। इस्राएल ने येरूशलम को अपनी राजधानी घोषित कर दिया। इसे अमेरिका ने मान्यता भी दे दी है। अमेरिका अपना दूतावास भी येरूशलम में खोल लिया है। फ़िलहाल गाज़ा पट्टी और पश्चिमी घाट के कुछ हिस्सों को छोड़कर फिलिस्तीन के अधिकांश हिस्से पर भी इस्राएल का क़ब्ज़ा है।[26]

"हाँ मैंने सुना था थोड़ा–बहुत कि यहूदी बहुत अच्छे और मेहनती व्यापारी होते हैं, लेकिन उनका इतिहास मुझे मालूम नहीं था। यह तो हम एशियाइयों से बहुत मिलता–जुलता है।"

"जानती हो संयुक्त राष्ट्र संघ की रिपोर्ट कहती है कि आज भी यूरोप में यहूदियों के लिए हालात ठीक नहीं हैं। मसलन अकेले फ्रांस में ही 2018 के दौरान यहूदियों के ख़िलाफ़ हमलों में 74 प्रतिशत की वृद्धि हुई। इस 3000 वर्ष पुराने धार्मिक समुदाय को नस्लवादी राजनीति का निशाना आज भी बनाया जाता है।"

जानकारी में इस अयाचित वृद्धि के लिए प्रतीति की आँखों में कृतज्ञता के भाव को समझ रही हूँ। लेकिन ऐसा लगता है जैसे वह यहाँ होकर भी नहीं है, ज्यों भीतर ही भीतर ख़ुद से बातें करती हो।

"कितनी सारी सूचनाओं से वंचित रहते हम, इतिहास की जानकारी हमें भविष्य के निर्माण की दिशा देती है। तुमने मेरे बारे में तो जान लिया और तुम?"

"अपने बारे में क्या बताऊँ। बस यही कि मेरा समय तो हसनपुर (बांग्लादेश) और कलकत्ते के बीच गुज़रा किया है। 17–18 की उम्र तक तो मुझे हसनपुर छोड़ कर कलकत्ते ही बस जाना पड़ा। अम्मा का सपना था पढ़ूँ तो कलकत्ते में ही। बचपन की स्मृतियाँ तो वहीं बांग्लादेश के हसनपुर की गलियों में ही भटकती रह गयी थीं।

26. htts://www.dw.com/hi/ढाई–हजार–साल–की–लड़ाई–के–बाद–बन–पाया–है–आज–का–इस्राइल / a-49628568

प्रतीति बोल रही है, मैं सुनकर समझने की कोशिश कर रही हूँ उस जगह को जहाँ मैं कभी गयी नहीं शायद जा भी न पाऊँ कभी क्योंकि मुझे तो बांग्लादेश बहुत ही पिछड़ा और धर्मोन्मादी देश लगता है, जिसमें होने वाली झड़पों और भुखमरी, आन्दोलन, विस्थापन और घुसपैठ की ख़बरों को आये दिन बीबीसी अपनी डाक्युमेंटरी का विषय बनाता है। जबकि प्रतीति कहीं और किसी और समय में चली गयी है

"मेरा हसनपुर–मेरे बचपन का हसनपुर, पुकुर में भेट्‌की, पाब्दा, कातला माछ से भरा हसनपुर। मैंने हसनपुर को पिछड़े गाँव से क़सबे और फिर शहर में तब्दील होते हुए देखा है। मैंने देखा है उन दिनों को जब बारिश का पानी सारे गड्ढों को पुकुर (पोखर) बना देता। छोटे–छोटे लड़के पुराने छाते की तीलियों को घिसकर 'खाँचोईन' बनाते मछलियों के शिकार के लिए खाँचोईन को डाल देते पोखर में खच्च–खच्च...नुकीली तीलियाँ बेध देतीं मछलियों के शरीर को, नदी और बड़े तालाबों के उफनने से वे हो जातीं दिशाहारा। बच्चे उन्हें पकड़ कर आग के ढेर में भून देते। हर घर में मुफ़्त की मछलियाँ ही मछलियाँ। बारिश का मौसम ग़रीब आदमी को भरपूर प्रोटीन देता। हसनपुर में हर मौसम का अलग रंग। दुर्गा पूजा के आने का पता कास के फूल, दूर तक खेतों में खड़ी धान की फ़सल की ख़ुशबू देती, चारों ओर शस्य श्यामला धरती, नदी पोखर, रास्ता घाट सब पर दुर्गापूजा का रंग। पूजा का पता कान्शोर (काँसे का बाजा) की आवाज़ें देतीं, नदी में छोई वाली नावों के साथ बिना छोई वाली नावें तैरती दीखतीं। मन में गज़ब की कल्पना–जैसे ये नावें, ये डोंगियाँ मुझे पुकारती हुई आएँगी–केउ आछे, जाबे की?[27] कोई होगा जो मेरी बाँह पकड़ कर बुला लेगा...आओ तो सही मेरी नाव में बैठो। मैं यूँ ही मन्त्रमुग्ध–सी, सप्तपर्णी की मादक गंध के मोह में लिपटी–सी डग धर ही तो दूँगी उस बांस की डोंगी पर। जो अपने में बैठा कर ले जाएगी, कहीं दूर कांस वन में, जहाँ मेरा माधव मेरे लिए बाँसुरी बजाता प्रतीक्षा कर रहा होगा। मैं उतरूँगी नाव से धीरे–धीरे, बरगद की डालें पकड़कर झूला–झूलते पींगें मारुँगी उस अनन्त आकाश की ओर। किसी की चिन्ता नहीं, कोई भय नहीं, कोई बाधा नहीं सिर्फ़ होगी मुक्ति...मैं और मेरा माधव...बस और कोई नहीं।

27. कोई है, चलेगा क्या?

मुझे ताकने–घूरने वाले लोग नहीं, स्कूल की लड़कियाँ नहीं, मेरे नाम के साथ जुड़ा कोई नाम नहीं न हिन्दू ना मुसलमान, अम्मा के दुर्गापूजा में शामिल होने पर कोई सवाल नहीं, मेरे हिन्दू नाम का कोई उपहास नहीं। पीठ पीछे की फुसफुसाहटें नहीं। गाँव के मदरसे के छैलों के द्वि अर्थी संवाद नहीं, स्कूल के बाहर खड़ी मेरी साइकिल का टायर अक्सर पंक्चर कर दूर खड़े होकर मुस्कुराने वाले लड़के नहीं, मेहँदी रँगी दाढ़ी वाले बनिए के हाथ का लिजलिजा स्पर्श भी नहीं।

मासूम थी तब मैं, हसनपुर के उन इशारों और अश्लील बातों के अर्थ तो बहुत बाद में समझ आये।

मेरी अम्मा अनोखी! बाहर के सब लोगों से मिल कर रहती, कभी कभी तो मुझे गुस्सा भी आता कि वो बर्गा चासियों (धान रोपने वाले) से भी दबती है और घाड़ामियों (घर छाने वाले मज़दूर) से भी। निंझूम दोपहर में जब गाँव के कुत्ते भी छाया में आराम करते, आलस्य के मारे भौंकते तक नहीं, अम्मा घाड़ामियों की ख़ुशामद करके घर की छत छवाती आने वाली बरसात से सुरक्षा का इन्तज़ाम करती। घाड़ामी काम तो करते लेकिन अकेली औरत को देख कर उनका मन बढ़ा रहता, मनचाही मज़दूरी माँगते शायद जानते थे अम्मा की विवशता। जब तक हमारे पुराने–धुराने घर की छत की मरम्मत चलती, घाड़ामी ख़ूब द्विअर्थी गन्दे–गन्दे गीत गाते। बार–बार पानी माँगते, अम्मा मुझे कभी खदीजा के घर भेज देती कभी आँगन में लगे शिउली (पारिजात) वृक्ष के नीचे मेरे लिए चटाई बिछा देती। पुरुष की तृषित आँखों का पैनापन मैंने तभी पहचान लिया था लेकिन अम्मा थी कि पोखर में काम करने वाले मजूर से लेकर पड़ोसी तक से दब कर अदब से बात करती, ज्यों उसका यहाँ रहना ही अनाधिकार हो। उसी अम्मा की विनम्रता मेरे वक़्त उड़नछू हो जाती, मेरी पढ़ाई–लिखाई, संगीत ज्ञान को लेकर वह ख़ूब चौकस रहा करती, मेरे लिए बहुत कड़ा था उसका अनुशासन, पुकारती मुझे खुकु कहकर लेकिन स्कूल में उपनाम उसने 'सेन' ही लिखवाया।

गाँव में मेरे न जाने कितने दोस्त थे, सहेलियाँ थीं, पड़ोस की ख़दीजा से तो सखी–धराई भी हुई थी, अम्मा ने पाँच टका दिए थे सखी धराई के लिए, रोहू माछ, सन्देश का बड़ा दोना, मोती की माला सब सखी–

धराई की औपचारिकता थी। उसी ख़दीजा का ब्याह हो गया बारह–तेरह की उम्र में, दो साल बाद वापस आई थी हसनपुर, गोद में बेटी और पेट में दूसरा गर्भ लिए। अब उसकी प्राथमिकताएँ बदल गयी थीं, इसी उम्र में वह माँ बन गयी जबकि मैं दसवीं में पढ़ रही थी। मैं उससे उसके ससुराल के बारे में पूछती और वो स्कूल के बारे में, मेरी उस्तानियों के बारे में और किसी बात में उसका मन नहीं लगता, मुझे लगता वो फिर से स्कूली जीवन जीना चाहती है। और मैं थी कि उसके वैवाहिक जीवन के रहस्यों को जान लेना चाहती, मैंने ख़ूब खोद–खोदकर उसके शौहर के बारे में पूछा, लेकिन उसके पास बताने को कुछ था ही नहीं, सिर्फ़ इतना कि उम्रदराज शौहर की दो बीवियाँ और भी हैं। उसकी बच्ची के रोने की चिंचियाहट भरी आवाज़ मुझे डरावनी लगती, जैसे स्टील की कटोरी से कोई चाकू रगड़ खा रहा हो, बच्ची बीमार रहा करती, मैंने गोद उठाने की कोशिश की थी एक बार, उसने मेरे दुपट्टे पर दूध की उबकाई कर दी। मुझे चाहिए थी पहले वाली मेरी सखी ख़दीजा। और ख़दीजा थी कि... जो एक बार ससुराल से हसनपुर आई तो फिर गयी नहीं। अम्मा के पास बीच–बीच में आती स्वेटर बुनना सीखने, वह क्रोशिये से टोपियाँ भी बिनती जिनकी बाज़ार में अच्छी माँग थी। मैं आगे की क्लासें पढ़ती गयी और वह पीछे छूटती गयी। छूटते चले गए सब समय के साथ। लेकिन उस समय की खायी चीज़ों का स्वाद धरा है ज्यों ज़ुबान पर–रसगुल्ला, चमचम, पातक्षीर, माखा, सन्देश–कितनी मिठाइयाँ–किसी के घर जाओ हाथ में नारकेल नाड़ू के साथ बड़ के पत्ते पर रखी मूढ़ी खाने को मिलती। कितना अल्पकालिक था वो बचपन और स्मृतियाँ दीर्घकालिक। छठी क्लास तक आते–आते सलवार–दुपट्टा हावी हो गया मुझ पर, फिर बचपन की चुलबुलाहट पर हज़ार पहरे। लेकिन ये तो पहरे लगने से पहले मुक्ति के दिनों की बात है। मनसा मन्दिर में आरती का शंख बजता, अम्मा बिना कोर की सादी साड़ी को सर पर सँवार कर अभ्यासवश दोनों हाथ जोड़ लेती। उसके कमरे में बिछी जानमाज़ और पिछवाड़े के तुलसी तले ज़लते सन्ध्या–दीप में कभी कुछ मुझे अस्वाभाविक नज़र नहीं आया, बाद में जाना वह हिन्दू भी थी मुसलमान भी, या यों कहूँ न वह हिन्दू थी न मुसलमान–वह थी सिर्फ़ औरत।

किछू शब्द उड़े जाय
किछू शब्द डाना मुड़े थाके
तरल पारार मतो किछू शब्द पड़े जाय
एमन से कोन शब्द नक्खेत्रेर मतो फूटे
थाके, तुमि कि देखेछो ताके
हृदयेर आयनाय?[28]

---

28. कुछ शब्द उड़ जाते हैं, कुछ शब्द अपने डैने मोड़ कर यहीं रह जाते हैं, कुछ तरल पारे की तरह गिर जाते हैं, इनमें से कौन सा शब्द नक्षत्र की तरह उग जाता है, क्या तुमने हृदय के आईने में उसे देखा है? सैय्यद शमसुल हक़–बांग्लादेशी कवि।

भेशे जेते चाय मन[29]

कह रही है प्रतीति अपने हसनपुर के बारे में...और मैं?

ज्यों अपने खोये अनदेखे, अजन्मे बच्चे की याद में गुम हूँ। याद है मुझे वह धूप–छाँव से भरी रविवार की सुबह थी। चेरी के पेड़ नए पत्तों के वस्त्र पहन चुके थे।

पड़ोस में बच्चे स्कूल के शोर की कमी गली में पूरी कर रहे थे। यह शहर का पिछड़ा हिस्सा था–पकड़ो, पकड़ो!

गेंद के पीछे भागते बच्चों की उत्तेजित आवाज़ें–छुट्टी के दिन की सूचना दे रही थीं, इस गली से होकर मुझे ट्राम स्टेशन जाने का छोटा रास्ता मिलता था। ट्राम से जाने पर मॉम के घर बीस मिनट में पहुँचा जा सकता था। इधर दो–तीन महीनों से मैं छुट्टी का दिन मॉम के साथ बिताती। हालाँकि आन्द्रेई आजकल काम पर नहीं जाता, पर अब हम पुराने हो गए थे, परस्पर आन्तरिकता की नमी भी समय के साथ सूख जाया करती है शायद। आज भी छुट्टी का दिन था।

मुझे मॉम के पास जाना था, पर न जाने क्यों जी कुछ उचटा हुआ था। सुबह की चाय के बाद मैंने ट्राम पकड़ी। ट्राम स्टेशन से थोड़ा पैदल और फिर मेरे बचपन का घर। पेड़ों की ताज़ा पत्तियाँ ख़ूबसूरत मौसम के आगमन की सूचना दे रही थीं। लोहे का गेट खोलने पर ऐसा लगा ज्यों मैं यहाँ से कभी बाहर गयी ही नहीं थी। गेट के दोनों ओर डैड के लगाये पौधे जो अब पेड़ बन चुके थे, झूम रहे थे। बचपन में कभी थाईलैंड का बना 'लॉफ़िंग बुद्धा' ख़रीदा था–बड़ा सा–उसे पेड़ के नीचे स्थायी जगह मिली हुई थी।

29. बह जाना चाहता है मेरा मन।

क्यारी की घास में छोटे–छोटे ख़ूबसूरत फूल खिल उठे थे, उनकी देखभाल सिर्फ़ प्रकृति करती थी। मॉम को जब कभी सनक चढ़ती थी तब वह कई दिनों तक लगातार पौधों की कटाई–छँटाई–निराई करती थी। वरना तो अहाते से पुराने सूखे पत्ते बुहारने का ख़याल भी उसे नहीं रहता था। छत की टंकी से निरन्तर गिरते पानी ने दीवार के कोने में गहरे हरे रंग की समुद्री फंगी के उपजने के लिए माकूल मौसम और स्थान दे दिया था। सामने वाले कमरे की खिड़की की जाली थोड़ी फट गयी थी जिसमें सफ़ेद रंग की झबरीली बिल्ली घुसने की कोशिश कर रही थी। लोहे के गेट की आवाज़ ने उसे धप्प से कूदकर भागने पर मजबूर कर दिया, मुझे उसकी हड़बड़ी पर हँसी आ गयी। फिर मॉम के लिए शिकायत–कैसी बेपरवाह हैं घर की मरम्मत और देखभाल पर ध्यान तो देना ही चाहिए। दरवाज़ा बन्द था। घंटी बजाई तो मॉम अलसाई–सी आयी, मॉम की सुबह देर से होती थी, मैंने देखा वह मेरे आने से उत्साहित है, लेकिन आँखें उनींदी–सी और रात का गाउन अस्त–व्यस्त और मुचड़ा है। डैड कौंधे अचानक जो कहा करते–सुबह–सुबह फ्रेश दीखना चाहिए, केश सँवारने के लिए कितनी बार ताकीद करते मॉम को। तो क्या घर की धुरी पुरुष होता है न रहे तो सब कुछ अनुशासनहीन...

"तुमने कुछ खाया"–मैंने पूछा

"नहीं"–उसकी आवाज़ कमज़ोर थी।

"जाओ जाकर फ्रेश हो जाओ।"

किचन में देखा तो अंडे और सब्ज़ियाँ थीं। कटी सब्ज़ियाँ फ्रिज में रहती हैं तो समय की बचत होती है। मैंने अंडे तोड़े और प्याज़ के साथ सब्ज़ियाँ मिलाकर फेंट दिया। गर्म पैन में डालते ही अंडे की सुस्ती दूर हो गयी वह फूलने लगा। कॉफ़ी–मेकर में मैंने दूध डाला, फिर मन किया कि ढेर सारा चॉकलेट पाउडर हो तो मज़ा आ जाए। पता नहीं इस घर में आते ही मेरी ज़ुबाँ पर बचपन के सभी स्वाद क्यों तारी हो जाते थे। तो अब नाश्ता, सबसे तुरन्त–फुरन्त पकने वाला नाश्ता तैयार था जिसे खाकर चार–पाँच घण्टे निश्चिन्त रहा जा सकता था।

नाश्ते की मेज़ सजाने तक वह मुँह–हाथ धोकर आ गयी–एक आज्ञाकारी बूढ़ी लड़की की तरह।

"कैसा चल रहा है?" यह उसका सवाल था।

"ठीक–ठाक, जल्दी रिसर्च पूरी हो जाए चाहती हूँ, पर सुपरवाइजर को कोई जल्दी नहीं।"

मुझसे कॉफ़ी पी नहीं जा रही थी...दो घूँट पीकर रख दी।

"क्या बात है, कोई दिक्कत है क्या?"

नहीं, पर खाना देखते ही दिल कच्चा–सा होने लग रहा है।

"तुम्हारे पीरियड्स ठीक हैं?" मॉम ने पूछा।

सुनते ही मेरा माथा ठनका, यह बात तो मेरे दिमाग़ में आई ही नहीं। अनुभवी स्त्री ने भाँप ली चेहरे की रंगत।

"वही ग़लती कर रही हो, जिसके कारण मैंने जीवन भर भुगता। काश कि मैंने तुम्हारे डैड पर विश्वास न किया होता।"

मुझे लग गया कि अब मॉम के कोसने सिसकने का पुराना रिकॉर्ड बजने वाला है।

कुछ ही देर पहले की मासूम औरत, जो बच्ची की तरह ऑमलेट कुतर रही थी, अब तेज़ दिमाग़, परिपक्व, अनुभवी बन बेटी को सीख दे रही थी। मेरे भीतर ख़तरे की घण्टी बज गयी थी।

"तो चलती हूँ!"

"जाओ, जाने वाले को कौन रोक सका है, पर टेस्ट ज़रूर करवा लो"

मन किया मॉम नामधारी बुढ़िया को हड़का दूँ, अपना ठिकाना नहीं और मुझे उपदेश...

''ठीक है! चलती हूँ''–कहा तो पर मन पर चिन्ता के बादल थे।

जाने चिन्ता से या डर से योनि के भीतर एक धुकपुकाहट–सी महसूस होने लगी, ज्यों कुछ रेंग रहा हो मेरे भीतर, अवचेतन में ही अपने पेट पर हाथ फेरा, ट्राम स्टेशन पर सीढ़ियाँ दौड़ कर नहीं चढ़ीं, हौले–हौले ज्यों कोई ज़िन्दा फूल मेरे भीतर खिल रहा हो।

आज रविवार था...

लेटने का मन किया, कमरे को वैसा ही रहने दिया, खिड़की के बाहर रखे फूल के गमले को पानी और धूप की ज़रूरत थी, पस्त और मुरझाया दीख रहा था, उसे देखते–देखते आँख झपक गयी।

नींद में यूनिवर्सिटी थी, वहाँ प्रोफ़ेसर वेरा का कमरा था, जिसे रिसर्च असिस्टेंट इस्तेमाल करते थे अपना समझ कर। तीन डेस्कटॉप, प्रिंटर एक तरफ़,

किताबों का लम्बा रैक, दरवाज़े के पीछे रखा छोटा काला फ्रिज, कोने की मेज़ पर रखा कॉफ़ी मेकर, करीने से रखे तीन सफ़ेद डिब्बे जिनमें हम सब अपनी पसन्द की कॉफ़ी लाकर रख दिया करते। प्लास्टिक का एक चपटा लंच बॉक्स, जिसमें कुकीज रहा करतीं, कभी–कभी केक भी। दीवार पर विश्व का बड़ा–सा नक्शा, जिसके बायीं तरफ़ प्रोजेक्टर लगा था। कमरे की बत्तियाँ बुझते ही प्रो. वेरा का यह कमरा प्रोजेक्टर की मन्द रोशनी में रहस्यमय बन जाया करता। वेरोनिका कोवाल्स्की यह पूरा नाम है मेरी प्रोफ़ेसर का। वे बहुत कम बोलतीं और सप्ताह में एकाध दिन ही विभाग आतीं अक्सर सेमिनार या भाषण के सिलसिले में दौरे पर रहतीं। इसलिए मुझ जैसी रिसर्च स्कॉलर के लिए यह मेरा अपना कमरा था, द्वितीय विश्वयुद्ध पर मेरे जमा किए आँकड़े थे, अन्य कई देशों के साथ पोलैंड की अर्थव्यवस्था को चूर–चूर करता युद्ध था और यहूदियों पर पड़े प्रभाव पर मेरी रिसर्च थी और था एक बच्चा जो मेरे कमरे के सामने फर्श पर उकड़ूँ बैठा किसी का इन्तज़ार कर रहा था–

–तुम कौन हो? यह बच्चों का स्कूल नहीं है। क्यों बैठे हो यहाँ?

–कोई जवाब नहीं।

–उठो! भागो यहाँ से, गार्ड आता ही होगा, जाओ यहाँ से?

–मटमैले रंग की जैकेट पहने बच्चा हिलने को तैयार नहीं।

–जाओ! यहाँ से जाओ।

– पर नहीं, वह घुटनों में सिर डाले धरती पर आड़ी–तिरछी लकीरें खींचने लगा है।

– उसका हाथ पकड़ उठाने के लिए मैंने अपनी बाँह आगे की है

– मेरे हाथ आया है उसकी जैकेट का सिरा, जिसके भीतर से उसकी बाँह अन्दर सरक गयी है, ये क्या...

– मेरे हाथ में पानी का गिलास है–बच्चा दोनों हथेलियों में थामे है गिलास–गट...गट...गट लगता है वह बहुत प्यासा है।

न जाने क्यों मेरा गला सूख रहा है, काँटे से गड़ रहे हैं, अपना हाथ गले पर चला गया है...माँगना चाहती हूँ पानी पीने के लिए, हलक़ से कोई आवाज़ ही नहीं निकल रही, छटपटाहट, बेचैनी, पसीना।

कमज़ोरी बहुत, ज़ोर लगा कर भी उठना सम्भव नहीं। दिमाग़ के अन्दर वलय, कुछ घूम रहा है, गोल–गोल, अतल गहराइयों में जाती जा

रही हूँ, कहाँ हूँ, कुछ पता नहीं, गहरी नींद, मुँदी पलकें, ग्राइंडर में मसाला पिसता है वैसे ही दिमाग़ में कुछ पिस रहा है।... ठण्ड, बेहद ठण्ड, काँप रही हूँ, कानों में दूर की कोई आवाज़ पड़ती है, उठो...उठो...पहचान रही हो, मेरा हाथ छुओ, छू लो, बर्फ़ीला–सा एक स्पर्श, पलकें भारी, खुल ही नहीं पाएँगी आँखें मेरी...

"बेचारी का पहला था यह!" किसी अनजानी आवाज़ ने कहा है।

मुक्ति इतनी आसान नहीं थी, नहीं होती होगी किसी के लिए भी, एक धड़कन का सुना जाना हमेशा के लिए स्मृति का हिस्सा बन गया था, जिससे बाहर आना यक–ब–यक मुमकिन नहीं था, लेकिन अब मैं अतिरिक्त सावधान हो गयी थी। कमज़ोरी और थकान के साथ–साथ रिसर्च का बोझ मेरे लिए औक़ात से ज़्यादा था। ये भी कि ये रिसर्च–विसर्च सब मुझे बेकार लगने लगी थी। मुझे लगता ज्यों मैंने किसी की हत्या की है। आन्द्रेई को मेरी परवाह तो रहती पर अब वह भी डर–सा गया था। इस प्रसंग ने मुझे अपने–आप से दूर कर दिया था, ऊपर से सन्तुलित दीखते व्यक्तित्व के दो हिस्से हो गए थे। मैं पहले से ज़्यादा चुप रहने लगी, अब कोई भी बात अचम्भित नहीं करती, देह के खेल मैंने खेल लिए थे, अब वापस लौटने की बारी थी। नींद न आना दिनचर्या का हिस्सा बन गया, कभी–कभी यूँ ही रुलाई के दौरे पड़ते मुझे, बीच रात में नींद टूट जाती, सब कुछ अर्थहीन–सा लगने लगता, किताब पढ़ने का जी नहीं करता, यूँ ही खिड़की के पार रात के पहर का भोर के राग में तब्दील होना देखा करती। प्रेम कभी–कभी बोझ बन जाता है जब मन से मन के संवाद का अभाव हो जाए, शायद वहीं से हमें रास्ते बदल लेने होते हैं। दरअसल पूरा जीवन हम प्रेम के लिए जी नहीं सकते, क्योंकि जीवन की प्रकृति है बदलना। वह रोज़ बदलता है। दो व्यक्तित्वों का एक–दूसरे से एकमेव हो जाना...ये भाव ही किताबी–सा है। दो लोग जो भिन्न परिवेश से आते हैं, भिन्न स्वभाव और रुचियों के होते हैं वे समझौता करके या पूरी तरह समर्पित होकर ही साथ रह सकते हैं, अन्यथा दरार तो आ ही जाती है। जब हम प्रेम में होते हैं, दूसरे को प्रेम और समर्पण का अहसास और भरोसा दिलाने में ही रोज़ कुछ–न–कुछ छीजता जाता है। प्रेम एक अभ्यास है, एक तरह की सुरक्षा–बशर्ते आपको चुनौतियाँ लेने से डर लगता हो। आन्द्रेई का साथ अब पहले जितनी गर्माहट नहीं देता,

मुझे कर्तव्य निभाने के अन्दाज़ में उसे सन्तुष्ट करना होता, थका रहता, तुरन्त सो जाता। मेरे पास उसके ऊब भरे सवालों का ज़वाब नहीं था, या था तो देने का मन नहीं था।

"तुमने दवा ली, रिसर्च कैसी चल रही है, मॉम के घर गईं थीं।"... वग़ैरह।

दिल के मौसम कब बदल जाते हैं, पता कहाँ चलता है।

"तुम ठण्डी हो, बिल्कुल बर्फ़ की मानिन्द!"

सुना मैंने एक बार, दो बार फिर सच में ठण्डा हो जाना आसान हो गया। धीरे–धीरे मैं कब ठण्डी पड़ गयी पता ही नहीं चला। अतीत की उष्णता की स्मृति ही हमें संग–संग रखे हुए थी, वरना अब हम दो द्वीप थे–अलग–अलग, हमारे बीच की उमगन अब अतीत की चीज़ बन चुकी थी।

आन्द्रेई को घर का सुकून भाता, बिस्तर, कपड़े, खाना सब व्यवस्थित, समय पर उसे सब कुछ मिलता शायद पुरुष को स्त्री से भी ज़्यादा घर की सुरक्षा चाहिए होती है, वह छुट्टी के दिन घर की सफ़ाई–धुलाई, बिस्तर–गद्दे सब उलटना–पुलटना पसन्द करता था। पहले मैं, फ्रिज साफ़ करके उसमें सप्ताह भर का सामान जमा दिया करती, मेरे अस्पताल से लौटने के बाद वह पहले से ज़्यादा ही ज़िम्मेदार बनने की कोशिश करता। लेकिन अधिकांश कामों की असल ज़िम्मेदारी मेरी ही रहती। उसे एक अदद गृहस्थी की तलाश थी और मुझे...खुद ही मालूम नहीं था कि मुझे क्या चाहिए, अपने जीने की वज़ह ही अभी मालूम चलनी बाक़ी थी। छुट्टी के दिन उसका उल्टा लेट कर लैपटॉप पर काम करना, लगातार सिगरेट पीते जाना, कभी–कभी बिना नहाये हफ़्तों रह जाना, हर बात के लिए मुझे ज़िम्मेदार ठहराना–सब मुझमें थकन भर दिया करते, दो–दो दिनों तक हमारे बीच सन्नाटा पसरा रहता। उसे भी मूड स्विंग होते जिसे वह सिगरेट और वाइन में भुलाता। कई बार हमारे बीच छोटे–छोटे मुद्दों पर हाथापाई की नौबत भी आ जाती। सहानुभूति मुझे उससे अब भी होती लेकिन प्रेम ख़त्म हो गया था, या हो सकता है कभी रहा ही न हो। उधर आन्द्रेई की दिलचस्पी भी उतार पर थी। मेरी चुप्पी का या तो वह सम्मान करना सीख गया था या मुझसे कुछ पूछने में उसकी कोई रुचि नहीं रही थी। मुझे लगने लगा कि उसके कपड़ों से किसी लड़की

के साथ–संग की गन्ध आ रही है। उसने अपनी सिगरेट का ब्रांड बदल लिया था इस नई सिगरेट की गन्ध मुझे असह्य थी। वह देर रात आता, या पौ फटने के समय। उसकी दिनचर्या मुझसे अलग, बहुत अलग होती जा रही थी। मैंने उससे उसकी नई मित्र के बारे में पूछा, जिसके बारे में उसने गोलमोल जवाब दिया। अब मुझे उसकी जासूसी करने की कोई इच्छा न थी। मेरी रूचि उसमें बहुत कम हो गई थी शायद ही कोई काम अब हम मिलजुलकर करते। मेरे स्वभाव में भी चिड़चिड़ाहट आ गयी थी। मेरे करियर का कुछ हो नहीं रहा था, छोटे–मोटे कामों से घर का ख़र्च अब चलता नहीं था। आन्द्रेई मेरे सामने न आये ऐसी कोशिश करता था। मेरा स्वास्थ्य बहुत कमज़ोर हो गया था मेरे भीतर की बेचैनी मुझे परेशान करती। मेरी इच्छाएँ–अभिलाषाएँ सुस्त और निरर्थक–सी हो रही थीं। अपनी आदर्श प्रोफ़ेसर वेरा का सामना करने की हिम्मत नहीं होती, वे पूछेंगी कि काम कितना आगे बढ़ा तो क्या जवाब दूँगी?

उन दिनों मुझे अकेले बैठना भाता, समय पर एब्स्ट्रेक्ट इंडिया नहीं भेज पायी, रिसर्च से भी जी उचट गया, क्या देखूँ और क्या लिखूँ। पहले तो नदी के किनारे जाने का समय ही नहीं निकाल पाती थी, सच है इसी जीवन में हम कितने दृश्य, कितने मौसम जी ही नहीं पाते। प्रकृति से जुड़ना जैसे ख़ुद के और नज़दीक हो जाना है, वेग से बहती, नदी। मेरे बचपन की तमाम स्मृतियों से लदी हुई इसकी लहरें, इतने दिनों तक याद क्यों नहीं आयी, नदी का यह पुल–सवारियाँ चलती जाती हैं, वहाँ से उन्हें नदी कैसी दीखती होगी–नदी अपने विस्तार में हमें कितने छोटेपन का बोध कराती है। इसका बहता जल मुझे अपने से बाहर निकलने के लिए बुला रहा है, क्या कहते हो जाऊँ? बुला रही है मुझे न जाने कब से... किसी के रोकने–टोकने का स्वर नहीं...आदतवश ही पूछ लिया। कितने ही काम तो हम आदतवश करते जाते हैं, तब भी जब उनकी युक्ति संगतता ख़त्म हो चुकती है। शाम घिरने वाली है, सूरज का लाल अक्स नदी के पानी के क़रीब है, थोड़ी देर में वह लाल गोला नदी में डूब सुस्ताने चला जाएगा। मैं बढ़ रही हूँ उस डूबते सूरज की तरफ़, धीरे–धीरे एक क़दम और मुझमें और नदी में, फासला थोड़ा है, रेत में पैर धँसते जा रहे हैं, ठण्डी नदी का ठण्डा स्पर्श, तलवों को भिगो रहा है, अब मुझे चलना नहीं है, न ही पहुँचना है कहीं, जलधार ही घुटनों को जकड़ रही है...कोई

नहीं कहीं, अथाह जल का सौन्दर्य चारों ओर बिखरा है...यह अनुभूति पथ प्रकाशित कर रही है...इस सौन्दर्य को दोनों हाथों से समेट लेना चाहती हूँ, मेरा मन भरा हुआ है, अन्तःस्तल परितृप्त, मुझे कुछ नहीं चाहिए, सुनते हो न कुछ भी नहीं...किसी से भी नहीं...पानी गले तक आ गया है, मैंने छोड़ दी है देह...नदी का अंश बनने को व्याकुल देह आगे की यात्रा को सुगम बना देगी। भूल गयी हूँ कि मेरे हाथ–पैर हैं, जिन्हें हिला–डुला सकती हूँ, पर यह देह तो मेरी नहीं, उस पर मेरा क्या ही तो नियन्त्रण निरन्तर, हर पल हल्की होती जा रही देह... कोई है जो मेरा हाथ थामे हल्के–हल्के लिए जाता है, मुझे स्वयं कोई प्रयास नहीं करना, नाक–आँख सब पानी में, शरीर हल्का...नितान्त अबोझिल...मुक्ति...सबसे मुक्ति, मुक्ति का आनन्द...अनन्त यात्रा...अबाधित...प्रशान्ति!

आसपास मिली–जुली आवाज़ें हैं। आँख खोलने का मन नहीं, किसी ने हल्के से मेरा हाथ छू कर नाम पुकारा है, देखा है मैंने। ओह! तो अभी इसी संसार में हूँ, जबकि नदी का ठण्डा स्पर्श अभी तक मेरी रीढ़ में पैबस्त है... मॉम सुबकती हुई बता रही है कि मुझे तो लाइट हाउस वालों ने बचा कर अस्पताल पहुँचाया। उन्हें लगता है इस सबके पीछे आन्द्रेई है, वह नहीं जानती इन सबके पीछे है नदी का अप्रतिम सौन्दर्य...जहाँ बार–बार जाकर खो जाने की व्याकुलता मुझे मथती रहती है। पुलिस से कहा गया है कि नदी में मेरा पैर फिसल गया, और मैं डूबती चली गयी, उनसे छुपा लिया गया कि मुझे तैरना अच्छी तरह आता है। नदी में तैरना और जीवन में तैरना एक ही है क्या, दोनों के प्रवाह में अपने को छोड़ देना हो तो कौन–सा प्रवाह चुनूँगी?

लौटना मॉम के घर में ही हुआ, आन्द्रेई विदा की मुद्रा में है उसे वाशिंगटन पोस्ट में डेस्क जॉब मिल गयी, मेरा सामान वापस उसी कमरे में जहाँ बचपन से रहती आई हूँ। हम अच्छे दोस्तों की तरह अपने–अपने रास्तों पर चलेंगे। मुझे मालूम था वो अब कभी लौटेगा नहीं, इस मालूम होने से मैं परेशान रहती चली आयी हूँ, अन्दाज़ा लगाया हुआ, सब कुछ सच होता जाए तो जिज्ञासा ही क्या रह जाती है। कभी–कभी कुछ न जानना भी सुकूनदेह होता है। हमारा प्रेम यहीं तक था।

फूल मरै पै मरै न बासू

मैं, रहमाना ख़ातून अक्सर, आजकल अतीत जीती हूँ। प्रतीति–मेरी खुकु ख़ूब दुनिया देखे यही तो चाहा था मैंने। पर अब अकेलापन तकलीफ़देह होता जा रहा है। डॉक्टर कहता है मेरे दिल की हालत ठीक नहीं। दो वाल्व में से ख़ून रिसता रहता है। अब थक जाती हूँ जल्दी–जल्दी। आँखों के आगे कभी–कभी तारे–से नाचते हैं। मैंने अपने इसी जीवन में बहुत कुछ देख लिया, झेल लिया। कभी शिकायत नहीं की, सात दशक बीत चले अब तो सारे अंग जवाब देंगे ही। मैं जानती हूँ कि किसी दिन यूँ ही मेरा दिल साथ छोड़ देने वाला है, होमियोपैथी ने इतना तो सिखा ही दिया है। ऐसा लगता है बहुत जी ली मैंने उम्र। इस बार प्रतीति यहाँ आये तो उसे सब कुछ बता कर मन हल्का करूँ। मेरे पास ही पली–बढ़ी है, नन्ही थी, पास रह गयी, जाना ही नहीं उसने कि माँ क्या होती है, टिया तो चली गयी थी, टिया को मैंने अपने पास रखना भी कहाँ चाहा। मेरे जीवन के संघर्ष उसे क्यों व्यापें? अपनी सन्तान के लिए कोई भी माँ यही सोचती होगी। टिया ने मुझसे फिर कोई सम्पर्क नहीं रखा। रखती भी तो क्या बता सकी होती कि उसकी माँ अब द्रौपदी देवी नहीं रहमाना ख़ातून कहलाती है, बताने से भी वह समझती क्या। मुझे कोई समझ ही कहाँ पाया जब बिराजित सेन ही नहीं...पर फिर भी न जाने क्यों बड़ी इच्छा होती है कि बिराजित सेन को एक बार आँख भर देखूँ, अब तो उन पर भी उम्र तारी हो गयी होगी, कैसे दीखते होंगे? छोड़ो क्या सोचना इन बातों पर जो अपना कभी था ही नहीं, उसे देखने की आशा ही क्यों।

प्रेम और अधिकार में हम अक्सर अन्तर करना भूल जाते हैं। मैंने भी बड़ी मुश्किल से अपने को साधा है इन वर्षों में। सच ही तो है कि हम जीवन जी ही कहाँ पाते हैं बस राग साधने की तैयारी ही करते रह जाते हैं।

कभी खुद पर ही आश्चर्य होता है ज़िन्दगी के बहुत से साल मैंने यूँ ही अकेले निकाल दिए। पर मन के भीतर कोई कहता है कुछ साध पायी क्या? बिराजित सेन के जाने के बाद कई सालों तक प्रेम मुझे पुकारा करता था। काश कोई हो और उँगली थाम कर जीवन की राह आसान कर दे। अकेलापन तरह–तरह के डर लाता है अपने साथ, जब तक प्रतीति की ज़िम्मेदारी रही मैंने उन सालों में डर महसूस नहीं किया, बच्ची को पालने का जुनून था न। वैसे भी स्त्री का शरीर एक बार रौंदे जाने के बाद हो जाते हैं उसके मन के हज़ारों टुकड़े। फिर बच ही क्या रहता है? इसी हसनपुर में गुज़र गयी ज़िन्दगी। कहानियाँ तरह–तरह की, औरत–बच्चों की सुनती रही। हर जीवन एक कहानी है, जीवन कटता गया इन परायी कहानियों में ही। वैसे, पराए को अपना बनाना इतना मुश्किल भी नहीं होता जितना अपने को पराए में तब्दील होते देखना।

प्रेम और लगाव एक अभ्यास ही तो होते हैं जो जब होते हैं हमारे आसपास तो अपना आदी बना देते हैं। विवाह जब हुआ था तो मुझसे इच्छा–अनिच्छा पूछी ही कहाँ गयी, धनबाद कोइलरी की घनी बस्तियाँ, रेलवे फाटक पर अपनी बारी के इन्तज़ार में, दूर तक खड़े कोयला–पत्थर से भरे ट्रकों की क़तार ही दर्ज है स्मृति में। कोइलरी के क्वार्टरों की लम्बी क़तार, हवा में घुले–मिले कोयले के बारीक कण, हरेक क्वार्टर की अपनी कहानी, अपनी दुनिया–तीन भाइयों में एक बहन होना ही जैसे मेरी ख़ता। नज़रबन्दी की हद तक मेरी देखभाल। बमुश्किल सातवीं की परीक्षा दी। पढ़ाई–लिखाई भी खेल जैसी ही तो थी। तब लड़कियों के लिए गृहविज्ञान पाँचवी से ही शुरू हो जाता, अंग्रेज़ी छठी क्लास से। हिन्दी, बांग्ला, गृहविज्ञान और हिसाब पढ़ती थी कि ब्याहने की बात शुरू हो गयी। साड़ी–गहने ख़रीदे जाने लगे। बारह–तेरह साल भी कोई उम्र होती है! सबने यही कहा अपने घर जाकर आगे पढ़ना। शरीर की बढ़त अच्छी थी, साड़ी गहने में लिपट कर ससुराल आयी पर यहाँ कौन स्कूल भेजता। ख़ूब पढ़ूँ... ख़ूब पढ़ूँ लेकिन प्यास अतृप्त ही रही। संगीत गाती, सास–ससुर सब चैतन्य भक्त, मुझसे भजन सुनते–सुनते तल्लीन हो जाते, यूँ ही राँधते–गाते कब तीन बच्चों की तोतली रागिनियाँ उनमें मिल गयीं पता ही कहाँ चला। पता कहाँ चलने दिया बिराजित सेन ने। नौकर–चाकर की क्या कमी कलकत्ते में, हर तीसरा आदमी भूखा और लाचार।

छोटे–मोटे रोज़गार के चक्कर में–उन्हीं लोगों ने तो गृहस्थी और बच्चे सँभाल लिए। वर्ना मेरे वश का था क्या।

औरत होना अपने आप में चुनौती से कम नहीं ये तो हसनपुर की ज़िन्दगी ने सिखाया। वर्ना तो जीती रहती ज़िन्दगी की ऊपरी सतह पर। छिछले पानी को ही मान बैठती गहराई तब अतल से क्या चुन पाती असल ज़िन्दगी के नन्हें अनगढ़ टुकड़े। ज़िन्दगी मुझे छुए बिना ही सरक जाती हाथ से। लेकिन इन अनुभवों की क़ीमत क्या कुछ ज़्यादा नहीं चुकानी पड़ी? पूरा जीवन ही तो जी लिया पर अब भी एक अजीब–सा ख़ालीपन तारी है। यहाँ नहीं आयी होती तो सद्गृहिणी बन गोद में नाती–पोतों को खिला रही होती। माँग में सिन्दूर लगाये हुए बहुओं को असीस रही होती। ईश्वर से प्रार्थना कर रही होतीं। लेकिन ज़िन्दगी का कोई एक फॉर्मूला होता तो क्या बात थी, जितनी ज़िन्दगियाँ उतनी विविधता, उतनी कहानियाँ। बहुत दिन बाद की बात है, कलकत्ते में ही बस गयीं छोटी मौसी से वे मासूमियत से पूछ ही तो बैठी थीं–

'तुमने कभी प्रेम किया था?'–ये सवाल पूछते ही छोटी मौसी की त्योरियाँ चढ़ गयीं थी, मुझे छछून्दर की उपाधि से विभूषित करके वह ख़ुद जाने कहाँ अतीत में खो गयी थी। वैसे उन दिनों प्रेम की बात ज़ुबान पर लाना मुसीबत को न्योता देना था, क्लास में लड़के भी थे, पर आपस में बातचीत पर प्रतिबन्ध था, फिजिक्स प्रैक्टिकल की क्लास में एक लड़के से नोट्स का शाकाहारी क़िस्म का आदान–प्रदान हुआ था, आगे बात बढ़ी नहीं। मौसी की शादी में उस लड़के ने ख़ूब खटकर काम किया, आँसू आए, बहकर सूख गए। सिर नवाए पूड़ी–बुन्दिया बाँटता रहा और सुबह तो विदाई हो ही गयी। फिर मिला कि नहीं वो? मिला था पटना में छठ–घाट पर। पहले से मुटा गया था, लेकिन संकोच अब भी वैसा ही, जल में सूर्य को अर्घ्य देने के लिए लोटे में दूध लेकर वो भी हाज़िर, मेरा सिन्दूर लगा चेहरा–माथा ग़ौर से देख रहा था, मेरी साड़ी भीगी थी, भारी कलसूप से हाथ दुख रहे थे लेकिन वह चेहरा देखते ही, तो सच कहूँ तेरे मौसा का चेहरा आँख से ओझल ही तो हो गया...उगऽ हो सुरूज देव अरघ के बेरिया...और जी मचलने लगा, अद्भुत अनुभव, रोमाँच–सा, आँख से आँसू की धार बहती थी, भीगी साड़ी में कँपकँपी–सी, भरे घाट पर ससुराल के लोग, मेरे बच्चे सबके भले की कामना से छठ करती मैं और उस अनकहे प्रेम की सुगन्ध से महकता मेरा मन...हे छठी मइया मेरा

मन क़ाबू में नहीं, भले घर की बहू होकर क्यों मन में आता है कि बस उस मुख को बार–बार देखूँ जिससे कभी ढंग से बात तक नहीं हुई, दो चोटियाँ लटकाए, चूड़ीदार–दुपट्टा पहने लड़कियों के झुण्ड, मुझे बिना कहे मालूम था कि मेरी ही एक झलक देखने के लिए वह यहाँ इन्तज़ार करता था रगड़गंज के पुल पर, यहाँ से चौड़ी सड़क महाराजगंज की ओर, और पतली–सी ऊबड़–खाबड़ सड़क मेरे गाँव की ओर चली जाती थी, पर शक है कि आँख ऊपर करके उसने देखा होगा हेडमास्टर साहब की बेटी को ! आँचल में रखे सूप पर दूध का अर्घ्य गिरता है–वह दीखता है और जो जल आँखों में ही सूख जाता है वो? उसी मौसी से वैधव्य के चार साल बाद मैंने पूछा था–क्या महसूस करती हो मौसी?

जवाब की शुरुआत बड़ी नपी–तुली थी–"सोचा था रिटायरमेंट के बाद तेरे मौसा के साथ सब धाम घूमूँगी, पूरा जीवन तो बच्चों को पढ़ाने–लिखाने, सेटल करने में बीत गया, सोचती रही कि अपना घर बन जाए, बेटी की शादी हो जाए, बहू को बच्चा हो जाए, घर की ऊपरी मंज़िल बन जाए। इसी में जाने कब तो तेरे मौसा को हार्ट अटैक आया, सपने अधूरे, दुनियावी काम पूरे–सबका घर बस गया और मैं अकेली रह गयी, इस बड़े से तीन तल्ले के मकान में जहाँ अपनी ही आवाज़ गूँज–गूँज कर मुझी तक लौट आती है। कभी–कभी डर भी लगता था, मौसा के जीते–जी जो अड़ोसी–पड़ोसी आते–जाते हाल–चाल लेते थे वे अब अकेली विधवा से क्या बात करें और क्यों...अकेली औरत से बात करना अब भी इस समाज में ख़तरे से ख़ाली नहीं, देखने वाली आँख बदलनी बाक़ी है, लोग कोई भी अफ़वाह उड़ा देंगे। पिछड़ा समाज है, कुण्ठाएँ तरह–तरह के रूप बदलती हैं। जो भी हो अब छोटे बेटे–बहू को यहीं बुला लिया ताकि बेटे की सरपरस्ती में रहती औरत को चरित्र–अपवाद तो नहीं ही व्यापेगा।"

और वह प्रेम?

"जा रे, तुझे और कुछ काम नहीं कि इन सफ़ेद बालों से झाँकती उम्र में तुझे मेरी वही कहानी दीखती है।"

कहा मौसी ने यही, पर आँखों की पुतलियों की थिरकन और गालों की सिहरन ने चुगली कर दी, कह ही दिया कि–'फूल मरै पै मरै न बासू।'

मौसी कहाँ होंगी अब! उनका पता रख नहीं पाई, अब तो भूले–बिसरे लोग ऐसे भासते हैं ज्यों कल की ही बात हो।

जखुन पोड़बे ना मोर पाएर चिह्न एई बाटे[30]

मैं हूँ अपनी अम्मा के घर राजाबाज़ार में। दोतल्ला घर, पुराना लेकिन अब ये घर अम्मा का कहाँ रहा, मेन गेट पर तख़्ती लगी है किन्हीं पूर्णा देवी की, घर बड़ा रहा होगा पर ज़मीन पर अब कई फ़्लैट बन चुके हैं, पुँछ चुके हैं तबकी द्रौपदी देवी उर्फ़ रहमाना ख़ातून के सारे निशान। जो बचा है कुछ वो है उस कोने में खड़े बरगद के पेड़ की जड़ों के भीतर, जिसने इतने बड़े मकान की नींव के भीतर फैलकर अपनी जगह बना ली है, सो भी कितने दिन...कभी–न–कभी वन विभाग को दिया गया आवेदन काम करेगा और ये पेड़ जड़ समेत उखाड़ दिया जाएगा।

कौन है?... किमाम डले कलकतिया पान गुलगुलाते मुँह को देखते जी नहीं भरता। भाँति–भाँति के पान और उनकी क़िस्मों के बारे में बताती अम्मा, उसके गुणधर्म और वैविध्य गन्ध आदि और जातिनाम–जगन्नाथी, बँगाली, साँची, मगही, सौंफिया, कपुरी (कपूरी) कशकाठी, महोबाई आदि के बारे में बताती, कभी सुनाती कलकत्ता छूटने की, वहाँ से सन् इकहत्तर में बांग्लादेश जाने की कहानी, कहती जाती और सादी साड़ी के आँचल की खूँट से आँख का पानी पोंछती जाती और आँख थी कभी पद्मा हो जाती कभी निरंजना–जो कभी नदी थी, सूख गयी कबकी पर उसकी स्मृति में बहती है आज भी।

यह रहमाना ख़ातून की ही ज़िद थी कि मैं पढ़ूँ, ख़ूब पढ़ूँ।

हुआ भी यही, इंटर पास करते–न–करते मुझे भेज दिया गया इंडिया–जो था नहीं मेरा देश पर बचपन से अम्मा के मुँह से इतना सुन रखा था कि यहाँ आना कभी पहली बार आना लगा ही नहीं। रामकृष्ण मिशन के हॉस्टल में रहती, पढ़ती।

---

30. जब मेरे पैरों के चिह्न इस राह पर नहीं पड़ेंगे।

छुट्टियों में हर बार अम्मा पूछती–कि रे, राजाबाज़ार गिये छिलिस? केमोन लाग्लो? ओई से सोजा रास्ता दिए बाँदीके जे पुकुर आछे तार परेई तो आमादेर बाड़ी, गोलाबी रंग, दोतल्ला बाड़ी। (क्यों रे, राजाबाज़ार गयी थी, कैसा लगा, वहीं से सीधे रास्ते पर जो पोखर है उसके बाद ही तो हमारा मकान है, गुलाबी, दोमंजिला मकान)

पता नहीं वह किस युग की बात करती जब भी मैं गयी राजाबाज़ार तो मुझे वो गुलाबी घर दीखा ही नहीं।

कि बोलछेन अम्मा, आमी देखते पाई नी गोलाबी दोतल्ला बाड़ी। (क्या बोलती हो अम्मा मुझे तो दिखाई नहीं दिया गुलाबी दोमंज़िला घर)

–एई बोका मेये, जाबी आबार, जिगेश कोरबी, ओईखाने शब प्रतिबेशी रा बिराजित सेन के चेने। (अरे बुद्धू लड़की फिर जाना वहाँ, पूछना, वहाँ सभी पड़ोसी बिराजित सेन को पहचानते हैं)

उसके दिए विवरण के अनुरूप बाड़ी कभी दीखी नहीं, इसलिए मैं कलकत्ता से ढाका होते हुए जब हसनपुर जाती तो उसके इस तरह के सवालों के जवाब गोल–मोल कर जाती। यूनिवर्सिटी में आते ही अभिरूप के साथ मुलाक़ात हुई, मुलाक़ात दोस्ती में कब बदली पता नहीं चला, उसके बाद कोलकाता के दिन बड़े और हसनपुर के छोटे होने लगे थे। पढ़ाई–ट्यूशन, पिकनिक, नौका–विहार, बस–ट्राम, हँसी–ख़ुशी सब अभिरूप।

ये उम्र भी क्या चीज़ है, जब से अभिरूप ने पूछा था, भले ही मेरे सपने में–तुमि आमाय भालोबाशो? (मुझे प्रेम करती हो क्या) मेरी दुनिया बदल गयी थी, अब तो छुट्टियों में भी हसनपुर जाने का मन नहीं करता, अम्मा से फ़ोन पर ही बात हो जाती, उसकी बातें पुरानी लगतीं जिनमें अब ज़्यादा देर मन नहीं लगता। मोबाइल तो तब प्रचलन में आया नहीं था। कलकत्ता की बारिश, आर्द्र–सा मौसम, हावड़ा स्टेशन की भीड़भाड़, बड़ा बाज़ार की धक्कामुक्की, न्यू मार्केट का फूचका (गोलगप्पे) सब मेरे भीतर समा गए थे। अभिरूप के साथ जहाँ जाना हो मैं हरदम तैयार। मेरी कल्पना का माधव मुझे मिल गया था, उसकी बाँसुरी की धुन के आगे फिर किसी और धुन की क्या बिसात।

अम्मा पूछती–आमादेर बाड़ी टा खुजे पेली (वो हमारा मकान मिला तुम्हें)–तो मैं कहती–एई अम्मा, आर बिरक्तो कोरो ना। (ऐ अम्मा! उसके बारे में और मत पूछो)

धीरे–धीरे अम्मा चुप और मैं बड़ी होती चली गयी। ये तो बहुत बाद में जान पायी कि अम्मा मुझे मुझसे ज़्यादा जानती थी। लेकिन वह एक अलग दौर था। जी चाहता अभिरूप मेरे साथ भविष्य के सपने देखे मुझे बाँहों में ले ख़ूब दुलारे, मैं जब नींद से आँखें खोलूँ वो मेरे सामने हो, मैं तानपुरे पर राग छेड़ूँ और वह सुने, सुनता चला जाए। जी चाहता कहूँ अगले जन्म में हम 16 के होते–होते ब्याह कर लेंगे, तुम हर शाम कविता कहना हम साथ में देखेंगे डूबता हुआ सूरज, उगता हुआ तृतीया का धूमिल हँसिया–सा चाँद, तुम पूरी रात थामे रहना मेरा हाथ, हम गुनगुनाएँगे प्यार का गीत, एक पल भी दूर न होना मुझसे। इस जनम में तो बहुत देर से मिले हम। मेरा मन वासन्ती रंग में रंग गया था और अभिरूप...उसके लिए डॉक्टरेट पाना सबसे ज़्यादा महत्त्वपूर्ण था, पुनर्जन्म जैसी बातों पर तो वह भरोसा ही नहीं करता, हमेशा कहता "तुम सोशल साइन्स में कहाँ से आ गयी, वहीं ढाका में साहित्य वग़ैरह पढ़ कर प्रेम करतीं न" मुझे थोड़ी देर के लिए बुरा लगता फिर उसके प्यार में खो जाती। जो आपका प्रिय है वह आपके लिए कुछ करे न करे उसका होना ही कभी–कभी आपके लिए सब कुछ हो जाता है, याद ही नहीं आते दुख, याद ही नहीं आता अकेलापन, अशरण होना...कल क्या होगा इसकी चिन्ता थी क्या मुझे...कलकत्ता के दिन जैसे स्वप्नों के दिन थे।

स्त्री जब तक पुरुष की छत्रछाया में रहती है, उस पर कोई अपवाद जल्दी नहीं व्यापता। समाज डरता है पुरुष सत्ता से, लेकिन अकेली स्त्री. ..उसके बारे में तो कोई भी कभी भी कुछ भी कह सकता है कानों–कान अफ़वाहें। क्या मैं तब जान पायी कि रहमाना ख़ातून को इसका अहसास हसनपुर में न जाने कितनी बार हुआ। कैसे–कैसे अनुभव। स्वतन्त्रता के खोल के भीतर परतन्त्रता का रुदन छिपा होता है, यह बात वे कहतीं भी तो किससे। उनके अवचेतन में यह गहरे समा गया था कि ऐसे माहौल में प्रतीति का व्यक्तित्व कुण्ठित हो जाएगा...इसलिए कलकत्ते भेज दिया। वे जानती थीं कलकत्ते का माहौल, जहाँ कामकाजी और श्रमिक स्त्रियों की संख्या पुरुषों से कहीं ज़्यादा है। बहुत–सी एकाकी स्त्रियाँ ख़ूब ठस्से से अपना खा–कमा लेती हैं, उन्हें चरित्र की शिक्षा लेने और देने की फुर्सत ही नहीं। अगर देखा जाए तो औपनिवेशिक शासन और

समाजसुधार आन्दोलनों के प्रभावस्वरूप बंगाल का समाज स्त्रियों को लेकर अपेक्षाकृत बहुत उदार है। उसकी तुलना में देश का कोई अन्य प्रान्त है तो वह महाराष्ट्र है और यहाँ की तो बात ही क्या! होमियोपैथी की दवा लेने आया हुआ रोगी भी घर के भीतर झाँककर एक ही नज़र में उनके पूरे रहन–सहन का जायज़ा ले लेना चाहता है। कई तो निहायत ही निर्लज्जता से पूछ बैठते हैं–कि वह अकेली क्यों रहती हैं। क़स्बे की औरतें तरह–तरह की कहानियाँ बनाया करती थीं शुरू में तो और उन्हीं में से कोई तो आकर सबकी चुगली भी कर जाती। मन खिन्न हो जाता... क्या करे औरत जात कहाँ जाए, किसका आसरा ले? शायद इसीलिए तो फ़ातमा ने मौलवी साहब के जाने के बाद उनके भतीजे से ही शादी कर ली, अब कुवैत में है सुख से दो बच्चों के साथ। अकेली स्त्री अनन्त सम्भावनाओं का द्वार होती है–पुरुष के लिए–ये बात उन्होंने अच्छी तरह समझ ली है। कितने पैग़ाम उन तक आये...सिहर जातीं वे फिर किसी पुरुष के अपने पास होने की कल्पना से ही। स्त्री का आवेग तभी तक जब तक उसकी कोमल संवेदनाओं का तन्तु मुरझाता नहीं, उसके बाद तो सब नाटक। न जाने कितनी स्त्रियाँ जीवन भर इस नाटक के उन्हीं अंकों को बार–बार खेलती हैं। बड़ी उस्तानी कहती हैं न–जानती हो, विवाह के इतने बरस बीत जाने पर भी प्रेम नहीं मिला वे आत्मीयता से हाथ थाम लेती हैं। यह उस्तानी जी ही तो हैं जिनकी इज्जत वो दिल से करती हैं, सहेली बन गयी हैं दोनों। ''आपा, आपके तो बड़े–बड़े लड़के हैं न''–'हाँ लड़के–बच्चे होने से क्या होता है। गल्प–कहानी पढ़ कर बड़ी हुई, माँ–बाप ने पढ़ाने में कोई कोर कसर नहीं छोड़ी देखभाल कर ब्याह दिया। वो दिन और आज का दिन मन तरसता ही रह गया कि मेरा पति मुझे प्रेमी की तरह चाहेगा, प्रेम करेगा। मेरे नज़दीक आते हैं ज़रूर लेकिन...क्या कहूँ कि ऊपरवाले ने पुरुष देह को बनाया भी कैसा है, मुझे अंकवार में लेते ही उनका शरीर हावी हो जाता है फिर वे तृप्त और मैं वैसी की वैसी। अब तो उम्मीद ही नहीं कि कभी मेरा पुरुष मन का पुरुष बन पायेगा। घर के कामकाज और नौकरी में ज़िन्दगी एक ढर्रे पर चलती जाती है। अब क्या सोचना इस पर।'

क्या नहीं झेला रहमाना ख़ातून ने–सच ही तो क्या सोचना इसपर अब। हसनपुरवाले कई तोहमतें लगाते रहे, मौलवी साहब के बेटे रंगदारी

वसूलने आते पर रहमाना ने कभी दुर्व्यवहार नहीं किया, उदास होती गयीं भीतर ही भीतर। लेकिन उन्हें ये भी मालूम था कि चलते रहना होगा, चलने से ज़िन्दगी की गर्मी बनी रहती है। इस चलने के रास्ते में मिले अत्याचार, अपमान और अनिश्चितताओं के ढूह, दुर्घटनाएँ और ज़िन्दगी ख़त्म होने के जोखिम। हसनपुर के सभ्य समाज में अपने को स्वीकार्य बनाने के पहले उन्होंने क्या नहीं झेला, कितनी यातना, त्रासदी और ग्लानि के घूँट को चुपचाप गले में उतार लिया। भूल गयीं मायका–ससुराल, या भुला देने की कोशिश करती रहीं। लड़ाई बाहर और भीतर दोनों जगहों पर थी। अपने को बचा ले जाना भी एक बड़ी चुनौती ही थी जो रोज़ मुँह बाये खड़ी हो जाती। पोखर का मसला हो, प्रतीति की पहचान या उनके एकाकी जीवन का मसला हो, ये उनसे ज़्यादा पड़ोसियों की चिन्ता का विषय था। जिस चिन्ता का निवारण तभी होता जब सारी अफ़वाहें ख़ातून के कान में डाल दी जातीं, अब पड़ोसी चिन्तामुक्त और रहमाना के हिस्से आती निद्राहीन रात। सीखा इसका भी तोड़ रहमाना ने, मगर सीखने में वक़्त लगा। पहले–पहल अपने ही बारे में नित–नूतन जानकारियाँ पाकर वे दुखद आश्चर्य से भर उठतीं पर पिछले कई सालों से उन्होंने बातों को मोड़ देना सीख लिया। वे दूत की भूमिका निभाने आये पड़ोसियों की कुशल–क्षेम लेने लगीं, उनकी समस्याओं के बारे में बात करने लगीं। कुछ बच्चों को घर पर यूँ ही पढ़ा देतीं। उनकी दवा जिसे लग जाती वह भी अहसानमन्द रहता। स्त्री का दीन–हीन सेवामय स्वरूप आतंकित तो निश्चित ही नहीं करता। साल बीते पर रहमाना ने अपनी जगह बना ली।

टिया के बारे में वे प्रतीति को बता देंगी पर...दरअसल उनका मन ही नहीं किया कि वह प्रतीति को अन्यमनस्क करें। पहले लगा प्रतीति अपने पैरों खड़ी तो हो जाए, फिर अपना घर बसाये, अपने मन का जीवन जिए। औरत का अपनी ज़िम्मेदारी आप सँभालना सीखना ज़रूरी है, इसीलिए तो प्रतीति को कलकत्ते भेजा था। उसे भारतीय नागरिकता दिलवाने के लिए कहाँ नहीं दौड़ीं वे। उसी समय सवाल उठा उसके माँ–बाप का। टिया यानी तितली सेन का नाम भी प्रतीति नहीं जानती थी। अभिभावक तो थीं हसनपुर, बांग्लादेश की निवासी रहमाना ख़ातून। जादवपुर यूनिवर्सिटी में जब नौकरी के लिए विज्ञापन आया तो साफ़ हुआ–विदेशी नागरिक नहीं भर सकेंगे फॉर्म। जब तक कलकत्ते में स्टूडेंट थी प्रतीति सेन तब तक ये ख़्याल ही नहीं आया था कि वह अपनी नागरिकता जाँच ले।

अम्मा से कहा—मुझे जादवपुर में नौकरी नहीं मिलेगी, मैं इंडियन नहीं ना।

प्रतीति को भारतीय नागरिकता दिलाने के लिए अम्मा को एड़ी—चोटी का ज़ोर लगाना पड़ा। भला हो संशोधन क़ानून का जिसके नए स्वरूप के अमल में आ जाने के बाद अफ़ग़ानिस्तान, बांग्लादेश या पाकिस्तान के अल्पसंख्यक बिना किसी क़ानूनी दस्तावेज़ के भारत में रहने के हक़दार हो गए। यहाँ की नागरिकता के लिए प्रतीति ने अर्ज़ी दी। उसने अपनी पढ़ाई और रिसर्च के दस्तावेज़ दिखाए, कलकत्ते में रहने के प्रमाण दिखाए और उसे सुफल मिला। रहमाना ख़ातून को बेहद सुकून भरी नींद आयी, जिस दिन प्रतीति ने बताया कि उसे भारतीय नागरिकता मिल गयी है। अब वह भारत में नौकरियों के लिए आवेदन दे सकती थी, ख़ातून को अब लम्बी भरी हुई साँसें आया करतीं, लगता प्रतीति के रूप में वे ही पहुँच रही हैं भारत—वैध नागरिक के तौर पर। यह बीसवीं सदी के अन्तिम उच्छ्वास के साल थे, जब प्रतीति को विश्व के कॉनफ्लिक्ट वाले क्षेत्रों पर काम करने के लिए आई.सी.एस.एस.आर. की फ़ेलोशिप मिली। प्रतीति ने आई.एस.डी. काल करके रहमाना ख़ातून को बताया था—कलकत्ते से। फ़ोन पर उन्हें कुछ ख़ास समझ नहीं आया था बस इतना ही कि उनकी खुकु को अपना रास्ता मिल गया है और वह ख़ुश है।

ओ गो बिदेशिनी आमार रात पोहालो[31]

शाम हो चली है, आज सबीना ने बहुत–सी फ़ोटो खींच कर मुझे मेल की हैं। बादल छाए हुए हैं और बहुत ठण्डी हवा चल रही है। सबीना ने अपना बड़ा–सा रंगीन ऊनी मफलर मेरे गले में प्यार से लपेट दिया है–यहाँ की हवा से बुखार हो जाएगा, इसे पहनो। ये विदेशिनी परसों तक नितान्त अपरिचित थी मेरी, अब यूँ चिन्ता करती है ज्यों हम बिछुड़ी बहनें हों या बचपन की सहेलियाँ। सबीना मुझसे बहुत लम्बी है, दुबला शरीर, लम्बी टाँगें, भूरे रोयेंदार गोरे हाथ, दाहिने हाथ की उँगली में पहना चाँदी में जड़ा बड़ा–सा एमेराल्ड, हाथों में कई ब्रेसलेट–रंगीन–मुझे सुन्दर लगते हैं, बेपरवाह चौंका–चौंका सा जिस्म, नाक में एक छोटी नथ भी है, जींस और जूते जिसकी धज हैं, अपना बैग खोलती है तो चॉकलेट और कॉफ़ी बीन्स की मिली–जुली गन्ध झट बाहर आ जाती है, सारे काम नन्हे से दुबले लैपटॉप पर। लैपटॉप पर उसकी उँगलियाँ वैसे ही थिरकती हैं जैसे मंच पर किसी नृत्यांगना की पदचाप, लास्य और तरंग...ऋजु, सुलभ और आत्मीय।

मेरी प्यारी खुकु,

हसनपुर
बांग्लादेश

तुम दुनिया को देख सुन–समझ रही हो, ऐसा लगता है तुम्हारी आँखों से मैं ही देखती–समझती हूँ। तुम दुनिया घूमो, तुम्हारी यात्राओं में मेरा 'मैं' भी चलता रहता है साथ–साथ। मेरी चिन्ता न करना और अपना काम अच्छी तरह से करना।

---

31. ओ रे विदेशिनी मेरी रात बीत चली!

आउशवित्ज़ के सब दृश्य! तुमने जो लिखा वह पढ़कर रूह काँप जाती है। लेकिन यहाँ का इतिहास भी तो कुछ कम रक्तरंजित नहीं...जिस समय घट रहा था आउशवित्ज़ ठीक उसी समय इतिहास का सबसे बड़ा मानव निर्मित दुर्भिक्ष बंगाल को लील रहा था।

चर्चिल की नस्लभेदी सोच और एशियाई समाज के प्रति कठोरता ने लगभग तीस लाख मनुष्यों को भूखे मरने पर विवश कर दिया। अकाल आया, महामारी लाया और पट गया मरे हुए मवेशी और मनुष्यों के कंकालों से पूरा बंगाल। बाद में पता चला कि सुरक्षित रखे गए खाद्यान्न ब्रिटेन की फौजों के लिए रवाना कर दिए गए थे। अकाल की वजह 'सूखा' नहीं थी बल्कि औपनिवेशिक शासन की मक्कारी और चालाकी थी क्योंकि उस साल बारिश अच्छी हुई थी, नम थी ज़मीन जिसमें किसानों के खून–पसीने ने उगाये थे सब्जा, उगाई थीं फ़सलें तरह–तरह की–धान, गेहूँ, मक्का, तिलहन, गन्ना। फ़सलें इतनी ढेर सारी... शस्य श्यामला धरती का सबसे प्यारा उपहार। लेकिन इस जीवनदायी अन्न के भंडार का मुँह उन्हीं के लिए बन्द था, जिनके परिश्रम के स्वेद बिन्दुओं ने फ़सलें पैदा की थीं...भात के एक–एक कण के लिए तरसते ग़रीब विवश लोग, गन्दे और विषाक्त पानी से भरी गड़हियों से प्यास बुझाते, भूख से ऐंठी आँतों के साथ अमानुष बनते लोग! मेरे पिता को सन् तैंतालीस का अकाल अच्छी तरह याद था, बच गए किसी तरह तो धनबाद चले गए।

तुमने मुझे इस उम्र में कम्प्यूटर सिखा दिया और सच कहूँ कि इससे बड़ा फ़ायदा हुआ मुझे। अब अकेलापन नहीं लगता और बहुत कुछ पढ़ना–लिखना भी इसी पर हो जाता है, यों लगता है कि दुनिया मेरे बहुत क़रीब है।

हसनपुर में भी कितना कुछ बदल गया है, लगता है यह ढाका ही है, कपड़े–लत्ते, बातचीत, रहन–सहन सब कुछ।

तुम्हें यहाँ आये हुए भी कितने दिन हो गए इस बार अपना काम ख़त्म कर लो तो ज़रूर यहाँ आओ।

तुम्हें जानकर ख़ुशी होगी कि मैंने बच्चों को रवीन्द्र संगीत, नजरुल की गीत आवृत्ति भी सिखाना शुरू कर दिया है। इससे मेरा रियाज भी हो जाता है और सन्ध्या का समय भारी नहीं लगता। वैसे कुछ दिनों से मेरी चेतना ज्यों पिछला भूला–भाला दोहराया करती है, अब जाल समेटने का

वक़्त आ गया है। अगला–पिछला सब आँखों के आगे झलमलाता रहता है, थोड़ा असर याददाश्त पर भी पड़ा है। कोई नयी ज़िम्मेदारी लेने का मन नहीं करता। हाँ इतना ज़रूर है कि इस लम्बे जीवन में मैंने धन भले न कमाया हो, मनुष्यता कमाई है। सच पूछो तो जीवन का उद्देश्य यही होना भी चाहिए।

अपने बारे में लिखने का समय मिलता है तुम्हें?

असीम आशीष

तुम्हारी अम्मा

अम्मा का मेल मिलते ही जी करता है, दौड़ जाऊँ और उसके गले से लटक जाऊँ बिल्कुल वैसे जैसे बचपन में। मैं अम्मा की साड़ी पकड़े रहती थी, उसके बिना अलग बिस्तर पर सोती तक नहीं थी। वो तो दसवीं क्लास में अम्मा ने मेरे सोने–पढ़ने के लिए अलग कमरा तय कर दिया, नारिकेल पत्तों की छत वाला कमरा जिसके दरवाज़े की जगह बंसखट लगा दी गयी थी, पानी बरसता तो छत के पत्ते भीग कर भारी हो जाते, पर आँवले के पेड़ के नीचे की वह कोठरी मुझे अब भी बहुत याद आती है, तब नहीं अब समझती हूँ कि वो मुझे आने वाले दिनों के लिए तैयार कर रही थी। लेकिन कैसे कहूँ कि अम्मा की सुगन्ध कभी भूल ही नहीं पायी हूँ। उम्र के इस मोड़ पर आकर उसका अनुशासन, उसकी कड़ाई, उसका प्यार, उसका दुलार सब और भी प्यारा लगने लगा है। तो क्या मैं भीतर से वही छोटी लड़की रह गयी हूँ। ज़िन्दगी ने भी कहाँ बख्शा। टुकड़ों में तितर–बितर अतीत मेरा पीछा नहीं करता कैसे कहूँ? कई बार सोचती हूँ अम्मा ने अपने शरीर का अपमान सहकर, हरेक बड़े–छोटे के सामने सिर झुकाकर मुझे कैसे बड़ा किया होगा। मुझे कलकत्ता भेजने के पीछे क्या उसकी प्रच्छन्न इच्छा नहीं रही होगी कि मुझे उसके अतीत की सज़ा मैं न भोगूँ...क्या हम जानते हैं कि हमें इस जीवन में कितना कुछ देखना है, अन्दर और बाहर की कितनी यात्राएँ करनी हैं। यदि मैं बिराजित सेन के घर ही पली होती, नानी की दुलारी नातिन की तरह, टिया की ख़ूब चाही हुई बेटी की तरह तब क्या मेरी नियति अलग होती? शायद नहीं और शायद हाँ! नियति बदल पाना सम्भव नहीं होता, जीवन में यही तो सीख पायी हूँ। रह जाती राजाबाज़ार की उसी दोतल्ला बाड़ी में। क्या तब इतनी यात्राएँ करती, इतने अच्छे–बुरे लोगों से मेरा साबक़ा

पड़ता, शायद नहीं, मेरी समझ कहीं कच्ची रह जाती, जीवन को देखने के नज़रिए में कहीं कोई अधूरापन। पाब्लो नेरुदा ने लिखा है न–

मर जाता है वह धीरे–धीरे
करता नहीं जो कोई यात्रा
पढ़ता नहीं जो कुछ भी
सुनता नहीं जो कोई संगीत
हँस नहीं सकता जो ख़ुद पर
मर जाता है वह धीरे–धीरे
नष्ट कर देता है जो ख़ुद अपना प्यार
छोड़ देता है जो मदद करना
मर जाता है वह धीरे–धीरे
बदलता नहीं जो अपनी दिनचर्या
नहीं उठाता जोख़िम जो पहनने का नया रंग
नहीं करता जो बात अजनबियों से
मर जाता है वह धीरे–धीरे
करता है जो नफ़रत जुनून से और उसके चक्रवाती जज़्बातों से
उनसे जो लौटाते हैं चमक आँखों में
और बचाते हैं अभागे ह्रदय को / मर जाता है वह धीरे–धीरे
बदलता नहीं जो जीवन का रास्ता भागता नहीं जो ख़्वाबों के पीछे
नहीं है अनुमति जिसे भागने की
लौकिक यन्त्रणा से ज़िन्दगी में कम–से–कम एक बार
मर जाता है वह धीरे–धीरे
जियो आज जीवन! रचो आज!
उठाओ जोख़िम
मत दो मरने ख़ुद को आज धीरे–धीरे
मत भूलो ख़ुश रहना!!

(अनुवाद–प्रतिभा उपाध्याय)

मेरे लैपटॉप पर नयी सूचनाएँ कौंध रही हैं। तो ये मेरी छात्रा बिहुला का मेल है! उसने कुछ पत्र भेजे हैं, जो होलोकास्ट पर काम करने में मदद करेंगे। उन्हें पढ़ रही हूँ। हंगरी की इलेना रोसेन, जो होलोकास्ट

में बच रहे लोगों के जीवन को खोजती रही कैम्पों और कठिन जीवन स्थितियों में– ने लिखा था युद्ध थमने के बाद एक गहरे अविश्वास के बादलों का ठण्डा मौसम शुरू हुआ था जिसका मूल वाक्य था–किसी पर विश्वास मत करो। विश्वास न हो तो कोई जी पायेगा क्या। दूसरों को उपदेश देना कितना आसान होता है सावधान रहो–ठोंक–बजा कर सम्बन्ध बनाओ। अविश्वस्त रहना ही आज के आदमी की नियति है, जहाँ विश्वास किया वहीं ठगे गए। युद्ध के बाद बच रहे लोग, ख़ासकर जो यातना और श्रम शिविरों से बचा ही लिए गए उनमें किसी के प्रति आस्था या विश्वास बचा होगा? लौटे होंगे जब वे अपने पुराने घर की ओर...क्या किसी आत्मीय–परिजन ने स्वागत किया होगा उनका बाँहें फैलाकर। जिस घर से उठाकर उन्हें ले जाया गया क्या वे दर–ओ–दीवार उन्हें पहचान गए होंगे फिर से? मालूम नहीं। लेकिन अभी तो ये ख़त मेरे सामने हैं जो लिखे गए दशकों पहले का दृश्य आँख के आगे साकार कर डालते हैं। शोआ SHOAH (होलोकास्ट) में क़ैदियों ने अपने सगे–सम्बन्धियों को लिखे थे पत्र–जिनमें पहला है माँ के नाम बेटी का पत्र–

नवम्बर 23, 1941

मार्जन फुर्स्तेन्बेर्ग
सबाच, ब्रूकली न्यूयॉर्क

मेरी प्यारी माँ,

तुम लोग कैसे हो? मैं तुम्हारे साथ नहीं गयी माँ, ज़रूर तुम नाराज़ होओगी। जानती हो मैंने शादी कर ली है। शादी हमने मार्च के महीने में की और ख़ूब ख़ुश हैं, जब तुम अपने दामाद से मिलोगी तो सन्तुष्ट होओगी, ऐसा मुझे लगता है। हम साथ में बहुत ख़ुश हैं वह मुझे बहुत प्यार करता है, लगता है हम एक–दूसरे के लिए ही बने हैं जल्द ही हमारे घर एक नन्हा मेहमान आयेगा।

बहुत प्यार के साथ–

तुम्हारी बेटी मारिया

नोट : मारिया ने जनवरी 1941 से लेकर नवम्बर 1941 तक अपनी माँ को पत्र भेजे। ये पत्र उसने पोलैंड से लिखे। वह अपने माँ–बाप के

साथ न्यूयॉर्क नहीं गयी, जबकि सन् 1939 में उसके परिवार ने अमेरिका में बसने की अनुमति सरकार से ले ली थी, माँ के बहुत समझाने पर भी मारिया ने परिवार के साथ जाना नहीं चाहा होगा। 1941 के अक्तूबर में मारिया के पति समेत घेटो के सभी पुरुषों को मज़दूरी के लिए नात्सियों द्वारा ले जाया गया, जिसके बाद उसकी कोई ख़बर नहीं मिली। नवम्बर 1941 को उसका अन्तिम पत्र मिला जिसमें अपनी माँ को बिर्कानेयु कैम्प में पहुँचने के बारे में सूचना दी थी।

जनवरी 1942 में कैम्प के सभी क़ैदियों को मार दिया गया, मारिया का नम्बर था 50123।

स्क्रीन पर अगला पत्र मटमैले अक्षरों में चमकता है जिसे बावेल नामक औरत ने अपनी पड़ोसन को भेजा पोलैंड के एक घेटो से, जहाँ से उसे आउशवित्ज़ भेजा जाना था। आउशवित्ज़ के लिए ट्रेन पर चढ़ने के पहले उसने अपना चार साल का लड़का पड़ोसन के हवाले कर दिया। पत्र पर 27 सितम्बर, 1943 की तिथि है–

प्यारी मिस ब्रोंजा,

आपको लिख पाने की मेरी परिस्थिति नहीं है, न ही हिम्मत, लेकिन हम बहुत दिनों तक पड़ोसी रहे हैं, आपमें मैंने एक दयालु इन्सान पाया है।

मैं बहुत ही दुःख के साथ आपसे अनुनय कर रही हूँ कि आप मेरे बेटे को माँ की तरह पालिएगा। वो बहुत छोटा और मासूम है। मैंने उसके कपड़ों में अपने गहने और रुपए सिल दिए हैं आप उन्हें बेचकर उसे भरपेट खाना खिलाइयेगा। उसे आप हमेशा से पसन्द करती थीं, आप उसे प्यार से रखियेगा तो वह आपकी आज्ञा मानेगा। उसे तन्दुरुस्त बना दीजियेगा, कौन जाने भविष्य के गर्भ में क्या है। उसे मज़बूत बनाना ताकि वह आने वाले दिनों को झेल सके। देखना कि वह गरम कपड़े और मोज़े ज़रूर पहने। इससे ज़्यादा नहीं लिख सकती मेरे आँसू सूख चुके हैं। वायदा कीजिए कि आप मेरे बेटे की सच्चाई किसी को नहीं बतायेंगी, उसे अपना नाम देंगी। ये एक असहाय माँ की विनती है आपसे। ईश्वर आप दोनों की रक्षा करे।

–आपकी बावेल

अगला पत्र सन् 1943, अगस्त के महीने में लिखा पत्र जीनिया का है जिसने वियना के बाल–अनाथालय में अपने बेटे को रख दिया था ताकि वह सुरक्षित रहे। उसने अनाथालय के प्रशासक को पत्र लिखकर अपना बेटा वापस माँगा–

"महोदय,

मेरा बेटा मिशेल आपके अनाथालय में पिछले 1 वर्ष से है।

मैं 25 अगस्त को आकर उसे अपने साथ ले जाना चाहूँगी। ईश्वर आपका भला करे।"

जीनिया वही थी, जिसके पति को यातना कैम्प में बीमारी की हालत में मार दिया गया था। पेट भरने के लिए जीनिया जाली पोलिश पहचान–पत्र बनवाकर एक जर्मन डॉक्टर के यहाँ घरेलू काम करने लगी, जर्मन डॉक्टर वियना जाते समय जीनिया और उसके बेटे को भी ले गया, बाद में जीनिया का भेद खुल जाने पर उसे जेल हो गयी और बेटे को अनाथालय भेज दिया गया। जेल की सज़ा ख़त्म होते समय गेस्टापो ने जीनिया और अन्य कई क़ैदियों को वियना से तड़ीपार करने की योजना के बारे में बताया। अब जीनिया को लगा कि वियना के अनाथालय में उसका बच्चा सुरक्षित नहीं। इसलिए उसने वियना से निकलते वक़्त अनाथालय से अपने बेटे को निकाल लिया। जल्द ही माँ–बेटा आउशवित्ज़ पहुँचा दिए गए, जहाँ गैस चैम्बर में 30190 नं. की जीनिया को बेटे समेत घोंट दिया गया।

वियना के उस अनाथालय के बाक़ी बच्चे सुरक्षित बच गए जिन्हें युद्ध के बाद सरकार ने अपने संरक्षण में ले लिया।

'सन् 1944 के मार्च में बतौर डॉक्टर आउशवित्ज़ में तैनात लिज़ा ने अपने हालात के बारे में अपनी अध्यापिका को चिट्ठी लिखी–

प्रिय मैडम ब्रेवेंस्की,

आपको मेरी याद ज़रूर होगी। अनाटोमी के पेपर में आपने मुझे सबसे अच्छे ग्रेड दिए थे, मैं आपकी सबसे प्यारी छात्रा रही हूँ।

इस समय आपके अलावा कोई नहीं जिसे मैं पत्र लिख कर अपने हालात बता सकूँ। आप जीवित और सुरक्षित होंगी इस उम्मीद में आपको

कुछ लिखने का साहस कर पा रही हूँ। आपकी कक्षाओं में कभी अपने अलग नस्लीय होने का अहसास नहीं हुआ था मुझे। आपका पढ़ाने का तरीक़ा और छात्रों के साथ सद्व्यवहार मुझे आज भी कृतज्ञता से भर देता है।

मैंने सपने देखे थे आप जैसा बनने के, इंटर्नशिप के दौरान ही आपने कहा था–'पीएच. डी. करना' लेकिन मेरे साथ जो हुआ वह आप तक शायद कभी न पहुँचे, आप जान ही न पायें कि आपकी प्रिय लिज़ा को आउशवित्ज़ में आये हुए एक साल से ज़्यादा हो गया है। मुझे पता नहीं मेरे माता–पिता और छोटा भाई कहाँ हैं।

मैं अपनी पढ़ाई–लिखाई और समय का ज्ञान भूल चुकी हूँ। यहाँ हमें रोज़ रौंदा जाता है, हम जर्मन डॉक्टरों के साथ काम करते हैं पर फ़र्श साफ़ करने से लेकर एस. एस. के अधिकारियों के कपड़े धोना भी हमारी ड्यूटी है। यहाँ अक्सर टाइफ़स से रोगियों की मौत हो जाती है, पेनिसिलिन का स्टॉक पर्याप्त होने पर भी रोगियों को मरने के लिए छोड़ दिया जाता है। रविवार को सबकी छुट्टी रहती है पर डॉक्टर मेंगले समेत कइयों की बैरक में नर्सों और डॉक्टरों को ज़बरदस्ती भेजा जाता है। ये लोग यहूदी औरतों को नोचते–खसोटते तो हैं पर यौन–संसर्ग नहीं करते, क्योंकि हिटलर के आदेश ही ऐसे हैं। हम पोलिश होने के कारण भुगतते हैं, मुझे गर्भ ठहर गया था वो तो कहिए कि मुझे ऑक्सीटोसिन मिल गयी और समय पर खा ली, वरना मेरा अन्त तो पक्का ही था। कैसे बताऊँ कि कैसे मैंने छिपकर स्टोर से दवा निकाली, अब ठीक हूँ। मेरी छातियों पर काले चकत्ते पड़ गए हैं, शायद यह इंफैक्शन है। यहाँ से जीते–जी बाहर निकल पाने का कोई रास्ता नहीं नज़र आता। अगर यह पत्र आपको मिले तो बस औपचारिक–सा जवाब दीजियेगा, शायद आपका होना मुझे कुछ और दिन जीने की ताक़त दे दे।

–आपकी लिज़ा

आगे और पढ़ा नहीं जा रहा मुझसे, लैपटॉप बन्द कर दिया है। ये क्या भेज दिया है मुझे। जानती नहीं कि मैं वो हूँ जो राग तिलक कामोद भी सुनकर रो दूँ। मेरे दुख मेरे भीतर हैं जिन्हें बाहर लाने का कोई अर्थ नहीं, सारे दुख सार्वजनिक किए जा सकते हैं क्या? पर ये चिट्ठियाँ,

ये लिखावटें...मुझे ख़ाली किए दे रही हैं भीतर से। ना आर पोढ़ते पारबो ना, एटा केमोन जीबोन। (नहीं और आगे पढ़ नहीं पाऊँगी, यह क्या जीवन है)

शाम घिर रही है, कई तरह के पंछी लौट रहे हैं समूहों में, अकेले भी अपने–अपने घोंसले की ओर।

कहाँ है मेरा घर, कहाँ से आयी हूँ कहाँ जाऊँगी, कौन है मेरा, क्या बाहर कोई इन्तज़ार करता होगा मेरा, ऐसा लगता है मैं सालों से इन्हीं बैरकों में हूँ, दोहरी झुकी कमर, दुबले गाल, खोखली नज़र से मुक्ति की आस देखती जिप्सी, पोलिश या चेकोस्लोवाकी–कोई भी होऊँ क्या फ़र्क़ पड़ता है, मेरे शरीर पर हैं सोवियत सैनिकों की बदबूदार गन्धाती पुरानी वर्दी, कई महीनों से बिना नहाई, जूँएँ खुजाती हुई, रोटी के निवाले की चोरी करती हुई, भूखी अंतड़ियों की मरोड़ को दोनों हाथों से थामे हुए, गोद में अपना मरा बच्चा लिए हुए, केशहीन, वस्त्रहीन बिजली की तारों के पार फलाँग जीवन के असम्भव स्वप्न देखने की ज़द्दोजहद करती मैं ही हूँ...

आमि कोतो सुखे थाकी रे तुमि एक बार आसिया ना देखिले[32]

मेरा 'मैं' मुझसे छिटका हुआ पड़ा है। कह नहीं सकती कब से! जैसे मेरे भीतर की प्रतीति सेन के दो हिस्से हैं या शायद इससे भी ज़्यादा। मैं अपने–आपको एक साथ कितनी जगहों पर पाती हूँ। अम्मा को लिखती हूँ तो खुद ही रहमाना ख़ातून हो जाती हूँ, सबीना से मिलती हूँ तो उसकी आँख का आँसू मेरे गले की हिचकी बनकर अटक जाता है। आउशवित्ज़ के दस्तावेज़ पढ़ती हूँ तो उन्हीं की तरह गैस चैम्बर में ठूँसे जाने की पीड़ा से मन थर्रा जाता है। अपनी माँ टिया के बारे में सोचती हूँ तो मुझे अनाथ होने की पीड़ा इतना सालती है कि गहरी नींद की सुबकियों में गला रुन्ध जाता है। मेरा 'मैं' है ही नहीं, कभी रहा ही नहीं मेरे अपने साथ। मेरे मन में एक अजीब–सी उद्विग्नता, बेचैनी हर समय तारी है जो अकेलेपन को और भी मारक और भी पैना बनाती है। काश कि ये उद्वेग न होते मैं भी साधारण अति साधारण स्त्री की तरह भात–दाल, चौका–बासन, साड़ी–दुपट्टे की दुनिया में छोटे–छोटे सुख खोज लेती। लेकिन कहाँ...ऐसा हुआ कहाँ मुझे तो दुःख बटोरने की आदत–सी है। ख़ूब उजास भरी सुबहें, रहस्यमयी धुन्ध भरी पहाड़ी शाम, लैम्प के वृत्त में झलमलाता अपने चेहरे का अक्स सब उधार का ही दीखता है, मेरा अपना कुछ नहीं। दूर–दूर तक मेरा अपना कोई नहीं। फिर भी भरी काली रात में आकाश को अकस्मात् आच्छादित कर देने वाले मेघों की गन्ध का पता मेरी नींद को कैसे लग जाता है। जब सभी अपने जीवनोत्सव में आमोद कर रहे होते हैं दूर कहीं दूर किसी अनजान धीमी सिसकी की आवाज़

---

32. मैं कितने सुख से हूँ तुमने एक बार आकर देखा नहीं।

कैसे मेरे मन में सब कुछ उलट–पलट कर देती है। अम्मा कहती थी हर आहट पर जग बैठने वाली ऐसी लड़की मैंने कभी नहीं देखी। ये महसूस करना और जो आप महसूस कर रहे हैं उसे दूसरे को बताना बड़ा कठिन, लगभग असम्भव काम है।

ये आहटें मेरे भीतर ख़ालीपन जगाती हैं। सोचती हूँ ऐसे तो मनुष्य अपने लिए कभी कुछ कर ही नहीं पायेगा, मैं भी कहाँ कुछ कर पायी। धोखे और फ़रेब झेलने के बाद भी फ़रेबी ही मेरा मुवक्किल बन जाया करता है। हाँ तब एक अच्छी बात होती है कि अपने दुःख से स्वतः ही एक दूरी बन जाती है और ख़ालीपन की बेचैन अनुभूति एक शान्त सकारात्मकता में तब्दील हो जाती है। जीवन में बहुत से दुःख और अभाव रह गए, अफ़सोस भी। उन्हीं में से एक काश...यह कि काश कभी सरोद बजाना सीख पाती, जान पाती कि पुरुष का दुख क्या होता है, चूड़ी भरा हाथ खनकता है और दो बूँद जल तैर जाता है जिस आँख में, वह पुरुष की आँख है। पुरुष को रोना शोभा नहीं देता, उसकी आँख के आँसू ढुलकने के पहले सूख जाते हैं। सिन्दूर भरे माथे और शाखा–चूड़ी भरे हाथ को भरे आँगन में पति–बच्ची के सामने घसीटा गया होगा तब क्या बिराजित सेन रोये होंगे। बिराजित सेन की कहानी मेरी अपनी कहानी होगी मुझे ही कहाँ पता था। बिराजित की अर्धांगिनी, ब्याह लाये थे जिसे तेरह साल की उम्र में धनबाद से। कपड़े के व्यापारी थे बिराजित, विरासत का व्यापार। विरासत का धन।

''एई जे कोतो सुन्दरी बोउ पेयेछो'' (अरे तुम्हें कितनी सुन्दरी पत्नी मिली है।)–पड़ोस की दीदी कहती। सोलह साल के बिराजित लजाते–सकुचाते, कुछ कहते नहीं। व्यापारी परिवार में साज–सज्जा के साथ–साथ किताबें भी इफ़रात में थीं, बहू ने ससुराल आकर ख़ूब किताबें पढ़ीं, गुनीं। द्रौपदी देवी किशोर पति के साथ 'गीत–वितान' (रवि ठाकुर) का खेल खेलती। तब बिराजित बाबू थे ही कितने बड़े। दसवीं पास कर गद्दी का काम सीखते बिराजित को रुक्का मिलता–घर की माशी कहती–"ओ बाबू! नोतून बोउ दिए छे।'' (बाबू यह लो, नयी बहू ने दिया है)

रुक्के पर लिखा रहता–पृष्ठ 284,35 नम्बर गान–पढ़ते ही किशोर बिराजित का जी उचट जाता कैसे तो घर जाए और 'गीत–वितान' खोलें। बाबा जाने देंगे तब तो। दुकान से लौट सबसे पहले 'गीत वितान',

लालटेन की लौ के सामने खुल जाता गीत। बिराजित सेन ढूँढ़ते फिर ऐसा गीत जो इसका सटीक उत्तर हो, लो मिल गया–पृष्ठ 299 गीत संख्या 68 'ओगो कंगाल आमाय कंगाल कोरे छो, आरो कि तोमाय चाई।" (अरे ओ कंगाल, तुमने मुझे कंगाल कर दिया, और क्या चाहते हो तुम)

पर्ची चुपचाप सिंगारदान के ऊपर रख दी जाती, बहू अभी सास के साथ ही सोया करती। बिराजित सेन जानते थे कि भोर में ही रुक्का पढ़ लिया जाएगा। दोपहर में फिर रुक्का मिलता '293–52', शाम ढले गीत–वितान के पन्नों पर मुस्कुराते टैगोर लिख दिया करते–आमार निशीथ राते बादल धारा, एशो हे गोपने (मेरी इस गहन बादल भरी रात में चुपचाप चले आओ) रात में सिहर जाते बिराजित, जी करता कि अभी जाए इस बहू नामक लड़की के पास, बाँह पकड़ कर कहें–

"बहुत हुआ गीत–वितान! काछे एशो, दूरे थेको ना'' (पास आओ दूर मत रहो)

ख़ूब गृहस्थी की बिराजित सेन ने, बेटियाँ–बेटे सब हुए। कहते हैं, बिराजित सेन यानि मेरे नाना ढाका से मलमल की साड़ी मँगवाया करते, उनकी दुकान मलमल की प्रामाणिक साड़ियों के लिए मशहूर थी। व्यापार अच्छा चलता, बदलते ज़माने में बिराजित सेन की व्यावसायिक चतुराई ने व्यापार में कभी नुक़सान का सामना करने नहीं दिया। हालाँकि नक्सल आन्दोलन शुरू हो गया था, आए दिन बाज़ार बन्द, पुलिस की रेड, किशोर और युवाओं की धरपकड़, पर बिराजित सेन व्यापारी की सहज बुद्धि से जानते थे कि कुछ दिनों में सब शान्त हो जाएगा, बस–ट्राम सब पटरी पर। कलकत्ता तो वैसे भी उत्सवों का शहर है–बड़ा बाज़ार मे दो दुकानें चलतीं, पुराने कर्मचारियों का ख़ूब ख़याल रखते। शाम ढले घर–परिवार, एकदम से सदगृहस्थ। इस बार पहला बैशाख की ख़रीदारी ढाका से होनी तय। सोचा गया पत्नी भी संग चलेगी। बहुत दिन हुए गए नहीं कलकत्ते से बाहर, माँ की चचेरी बहन के भी घर रुकना है हसनपुर में।

कलकत्ते से रेलगाड़ी और स्टीमर का सफ़र, मार्च का महीना, अभी–अभी दोलोत्सव (होली) ख़त्म हुआ था। पत्नी, बेटी, सुराही, चटाई, मूढ़ी, भाजा, मिठाई के साथ पूरे बारह घण्टे की यात्रा का सरंजाम लेकर चले बिराजित सेन। अपनी स्त्री के मुखमण्डल को देखा तो ख़ूब तसल्ली हुई। तीस पार की होकर भी कितनी ताज़ादम दीखती है–एकदम शिउली (पारिजात) फूल।

बेटी तो अब चौदह की होने को आयी पर अभी ब्याह थोड़े करेंगे, ख़ूब पढ़–लिख ले, ख़ूब हँस–खेल ले माँ–बाप के घर, न न...ब्याहेंगे तो, पर दूल्हे को घर–जमाई रख लेंगे। इतनी भोली बच्ची है हमारी ये कहाँ ससुराल जाएगी। बिराजित सेन कुर्ते की जेब में हाथ डालकर पुर्जा निकालते हैं। ढाका से क्या–क्या ख़रीदना है, किन आढ़तियों से बात करनी है, माल कितना उठवाना है–इसी सब को दोहराते रहे। क्या सच ही सिर्फ़ व्यापार? इतने दिनों बाद पत्नी के साथ सफ़र करने का सुख नहीं था क्या उससे जुड़ा? रेल की खिड़की से बाहर का संसार देखती स्त्री–आँखें बार–बार मलती है।

"रो रही हो क्या?"

"अरे नहीं! कोयले की छाई उड़ कर पड़ती है न।"

"तो खिड़की से हट कर तो बैठो।"

इतना होने पर भी खिड़की से झाँकना नहीं छोड़ती। लगता है भूल गयी है अपना बहुत्व। टिया की तरफ़ भी नहीं देखती, बाक़ी दोनों बच्चों को तो कलकत्ते ही छोड़कर आये हैं। संग सिर्फ़ टिया ही आयी।

कहाँ तो सोचा था स्त्री के अगल–बगल बैठ कर यात्रा का आनन्द लेंगे। लेकिन रेल के इस सफ़र में यह स्त्री अचानक इतनी दूर–सी क्यों भासने लगी है। चेहरे और केश में राख की छाई जम गयी है, सिर का आँचल कब का ढुलक कर कन्धे पर आ गया है, खिड़की के सींखचे से नाक सटाए वह पूरा समय छूटते जाते रास्ता–घाट, पशु–पक्षी, नदी–नाले, पुल, रेलवे क्रॉसिंग की बत्तियों में मगन है, ज्यों दौड़ती रेल के पीछे छूटता जाता एक–एक दृश्य दर्ज कर लेना चाहती हो अपनी स्मृति में।

वो यात्रा कभी न भूल जाने वाली यात्रा थी, या ये भी कि इस यात्रा को अगर अपने खाते से निकाल पाते बिराजित सेन तो शायद सबसे पहला काम वही करते। चले जाते हुए रास्तों पर ठीक उसी ढंग से लौटना होता है क्या, पार कर लिए गए पुल लौटते वक़्त टूट जाते हैं। शायद बीता हुआ समय, बीती हुई यात्राएँ दोहराई नहीं जा सकतीं, स्मृतियाँ ही उनका लेखा रखती हैं।

मैं इस कहानी को आज क्यों कह रही हूँ, आउशवित्ज़ कैम्प के दस्तावेज़ मुझे हाथ थामे लिए चले जाते हैं, बचपन के हरियाले देश में, ऐसा क्यूँ हो रहा है दूसरे की दुखी आँख का पानी मेरी आँख से छलकने लगता है।

ऐसा नहीं कि आउशवित्ज़ बिर्कानेयु में ही मुझे रह जाना है हमेशा के लिए, आई हूँ आँकड़ों के लिए, तो वही करूँ न। औरतें, मर्द, बच्चे सब दस्तावेज़ों से निकल–निकल कर अपनी ही सुनाने का इसरार करने लगते हैं, ठिठक जाते हैं मेरे पैर, थम जाती हैं मेरी उँगलियाँ इन पन्नों को पलटते हुए। कैमरे में क़ैद एक–एक छवि की गिरफ़्त में हूँ मैं। ऐसे में, मशीनवत काम करना, तटस्थ रहना सम्भव नहीं हो पा रहा है। जैसे जिस रूप में आई थी आउशवित्ज़ वैसी ही ठीक, ठीक वैसी ही लौट पाऊँगी क्या कोलकाता?

बिराजित सेन भी तो लौटे थे कलकत्ता–लेकिन जो आदमी गया था स्त्री और सन्तान का हाथ थामे, लौटा था अकेला, बिल्कुल अकेला हारे हुए जुआरी जैसा, फटी धोती की खूँट से कीच से सनी सूखी आँखें पोंछता, विमूढ़–सा। कभी भी लौटना पहले वाला लौटना नहीं हो पाता। विश्वास...क्या क़ीमत होती है विश्वास की, कोई स्त्री इसी विश्वास के बल पर ही तो थाम लेती है हाथ जीवन भर के लिए...इस बात को जिसने बेहतर और सबसे विश्वसनीय ढंग से महसूस किया था वो थी श्रीमती द्रौपदी देवी। बिराजित सेन से विवाह हुआ, प्रेम तो विवाह के बाद ही हुआ, बिराजित के कैशोर्य में जिसने लालसा के दीप जलाए। वो तो द्रौपदी देवी ही थीं न। जन्म से बंगालिन पर परवरिश पूरी बिहार में। लेकिन उससे क्या विवाह तो 13 की उम्र में हो ही गया सो परवरिश के नाम पर ससुराल की परवरिश ही कहिए। सास ने खाना पकाने से लेकर गृह–सज्जा में पारंगत कर दिया बावजूद इसके द्रौपदी देवी का मन कभी लगा ही नहीं चादर पर फूल काढ़ने और कच्चे आम को नमक–हल्दी में सुखा, मिर्च–अजवायन के मिश्रण में डालकर 'कूचा' बनाने में। लेकिन विद्रोह भी नहीं किया, गृह कार्य में असावधानी भी नहीं ज़ाहिर होने दी पर...। पर क्या? देखा नहीं तकिये पर लेट घण्टों उपन्यास–कहानी पढ़ते। बिराजित सेन ने युवा होकर पिता की गद्दी सँभाल ली, रम गए उसमें, जैसे उनका जन्म ही कपड़े की आढ़त सँभालने को हुआ है। घर–परिवार सब ख़ुशहाल, बहनें ससुराल से मैके आतीं तरह–तरह की साड़ियाँ उपहार में ले जातीं, बोउदी (भाभी) को दुआएँ मिलतीं और वे सब ख़ुश–ख़ुश लौटतीं। आढ़त पर जब भी किसी नए स्टाइल की साड़ी आती बिराजित सेन अपनी स्त्री के लिए एक ले जाते ज़रूर। उधर भारत को आज़ादी

मिले दस साल गुज़र चुके थे। आज़ाद हुआ देश अपने पैरों पर खड़ा होने की कोशिश में मुब्तिला था और बिराजित सेन अपने व्यवसाय में।

बिराजित की स्त्री यानि द्रौपदी देवी को तभी अपना नाम याद आता जब वे अपने मायके यानि धनबाद जातीं। मायके में बची थीं जेठी माँ और उनके बेटे। अपने भाई–बहन अलग–अलग शहरों के बाशिन्दे थे, सब लोग साल भर पर आते गाँव–दुर्गा पूजा के अवसर पर। द्रौपदी देवी के लिए दुर्गापूजा पर कलकत्ता छोड़ना सम्भव नहीं था, बड़ी और इकलौती बहू जो थीं। इसलिए बचपन का गाँव जो अब क़स्बे में तब्दील होते–होते जंक्शन का दर्ज़ा पा गया था। उसकी स्मृति में आह भरने के अलावा कविता–कहानी वाली द्रौपदी देवी के लिए चारा नहीं था। स्त्रियों का जीवन ऐसा ही होता है–कहा था द्रौपदी देवी से शरतचन्द्र की नायिका ने। ज़िद करने का स्वभाव था नहीं, हाँ इतना ज़रूर है कि अच्छी शिक्षा के प्रति रुझान के आगे वे किसी को कुछ लगाती नहीं थीं। पूजा घर में देवी–देवता लोगों की फ़ोटो के साथ रखी रहती रवि ठाकुर की ब्लैक एंड व्हाइट फ्रेम मढ़ी तस्वीर।

हँसतीं, ख़ुशी–ख़ुशी गृहस्थी करतीं पर कभी रेशमी साड़ी पहने उन्हें देखा नहीं गया, लाते तो ख़ूब बिराजित सेन। इसरार करने पर कहतीं रेशम कैसा तो सल–सल करता है, खिसकती है साड़ी, सूती साड़ी में जो आराम है वो रेशम में कहाँ? बिराजित सेन ने थक हार कर रेशम पहनाने का शौक़ विस्मृत कर दिया। रेशमी साड़ियाँ बेटी के नाम इकट्ठी होने लगीं वैसे ही घर पर बहनों, सम्बन्धियों का आना–जाना लगा रहता तो उन्हीं के भाग्य में जुटतीं ये रेशमी साड़ियाँ। बिराजित सेन को साड़ियों का अद्भुत ज्ञान था, वे आँखें बन्द करके कपड़ा हाथ में लेकर साड़ी के बारे में बता सकते थे, धीरे–धीरे मशीनें हथकरघों की जगह ले रही थीं लेकिन बिराजित सेन ठीक जानते थे कि उन्हें सबसे अच्छा कपड़ा और डिज़ायन किस बुनकर के पास मिलेगा। अपने पिता से सीखा यह गुण बिराजित के ख़ूब काम आता। उनकी गद्दी पर आन्ध्र से गदवाल साड़ी आती जो हल्की और आरामदेह होती। कांजीवरम साड़ी बनवाने के लिए वे ख़ुद दक्षिण भारत जाते और एक से एक अनूठी साड़ी जिसकी क़ीमत सिर्फ़ अमीर घराने ही चुका सकते थे, लाया करते। जामदानी साड़ी चाहने वालों के लिए उनका अलग से बड़ा स्टॉक होता, जिसके बहुत से रंग और

पैटर्न होते जिसे ढकईया भी बोलते। दाम की भी बड़ी रेंज होती, जामदानी दिखाते समय बिराजित सेन यह बताना न भूलते कि चाणक्य ने ईसा की तीसरी शताब्दी में ही जाम यानि फूल–यानि गुलदस्ता साड़ी का ज़िक्र कर दिया था, जिस साड़ी पर कढ़े हों फूल–पत्ते। सोने–चाँदी के तारों से जड़ी साड़ी का फैशन कभी पुराना नहीं होता, बिराजित सेन शादी–ब्याह के मौसम में बनारसी साड़ी का भी अच्छा कारोबार करते, और भी न जाने कितनी तरह की सस्ती–महँगी साड़ियाँ। सबके बारे में बिराजित सेन को सब कुछ याद रहता, पर उनकी स्त्री ताँत या मलमल के अलावा कोई साड़ी नहीं पहनती। पहले–पहल बिराजित को अजीब–सा लगा करता फिर बाद में कुछ लगना बन्द हो गया। स्त्री को समझना क्या आसान बात है? कहा करते थे बाबा। उन्होंने ही सिखाया था बहू–बेटियों से नज़र झुकाकर बात करना, बिराजित की दुकान पर जो भी औरत आती उनके धैर्य और तमीज़ की कायल हो जाती। तो बिराजित सेन दुकान पर आने वाली स्त्रियों की वस्त्राभिरुचि को बड़े अच्छे से जान पाये पर अपनी ही स्त्री को जान पाये क्या? जान पाते तो अब जैसे हैं बिराजित सेन वैसे होते क्या?

जिस शाम वह घटना घटी उसी रात भागे बिराजित सेन गोलौन्टो। उन दिनों तो हसनपुर से आने–जाने की वैसी सुविधा नहीं थी, जैसी कि आज है। बिराजित को वहीं से कलकत्ते के लिए रेल मिलनी थी, स्टीमर का सफ़र, रेल का सफ़र उन्होंने कैसे तय किया अब याद है क्या, बस जान बचानी है, किसी तरह कलकत्ते पहुँच जाना है, दिमाग़ ही कहाँ काम कर रहा था, इस बीच पूरा कलकत्ता एक महीने में शरणार्थी शिविर में तब्दील हो गया था, बच्चे–कच्चे, गठरी–मोटरी लादे लोग बस अड्डों पर, फुटपाथों पर, रेल प्लेटफ़ॉर्म पर पड़े हुए थे। रेडक्रास वाले, सरकारी और स्वयंसेवी संस्थाएँ बांग्लादेश से आने वालों के लिए ठीक–ठिकाना तलाश रही थीं। कलकत्ते के रहवासी, भद्रलोक कहे जाने वाले दरअसल इन्हें स्वीकार करने को तैयार नहीं थे। अब जाना बिराजित सेन ने कि ख़ुद से प्यारा कोई नहीं होता, हर जगह भूखे लोग, कुछ–न–कुछ माँगते लोग मिल रहे थे, बमुश्किल बिराजित वापस पहुँचे। माँ–बाबा के साथ ही बेटा भी चिन्तित और परेशान था, सब ओर अव्यवस्था, अपराजिता की बेल सूख कर एक ओर लटक गयी थी, दोतल्ला गुलाबी मकान अचानक बूढ़ा और

बीमार दीख रहा था। मौलश्री का पेड़ दूसरी ओर चुप खड़ा था, ज्यों सब कुछ जानता हो, शायद काल–बैसाखी आयी थी, सब ओर टूटी डालियाँ और पत्ते बिखरे हुए। इतने ही दिनों में लगता था मकान की देखभाल हुए सदियाँ बीत गयी हैं। अपने मकान का लकड़ी का चिरपरिचित गेट खोलते बिराजित का हाथ थरथराया, काठ का डाक–डिब्बा मुँह खोले किसी न आनेवाली चिट्ठी का इन्तज़ार कर रहा था। बिराजित को देख कर बूढ़ा–बूढ़ी की जान में जान आयी। माँ बिस्तर के कोने पर बैठ आँचल के खूँट से आँखें पोंछने लगी, दस साल का बेटा बिराजित से धधा कर मिला–"बाबा! बाबा कोथाय गियेछिले।" (पिता तुम कहाँ चले गए थे?)

और बिराजित की आँखें! वो तो सूनी की सूनी।

बेटा पूछ रहा था–माँ कोथाय? दीदी कोथाय? (माँ कहाँ है? दीदी कहाँ है)

बिराजित चुप!

क्या कहें इस बच्चे से?

बोउमा कोथाय? ओयिखाने छेड़े चोले एली? (बहू कहाँ है, वहीं छोड़ आया क्या)

बिराजित निरुत्तर।

उत्तर था क्या बिराजित के पास। रात–दिन लेटे उस घड़ी को कोसते जब ढाकाई साड़ी के कारीगरों से मिलने की योजना बनायी थी, गए थे आनन्द करने लौटे सब कुछ गँवा कर। याद आता पत्नी और टिया का मासूम चेहरा और आँसू चुपचाप बहते।

अख़बार तरह–तरह की ख़बरों से पटे रहते– मुक्ति योद्धाओं की शहादतें, टिक्का खाँ के नेतृत्व में ऑपरेशन सर्च लाइट, पूर्वी और पश्चिमी बांग्लादेश का बँटवारा और पाकिस्तानी सेना का पूर्वी बंगाल के मुसलमान बिहारियों विशेषकर जो उर्दू भाषी थे, उनके पाकिस्तानी आर्मी के साथ मिलकर बंगालियों को मारने की ख़बरें, बंगालियों का वहाँ से पलायन, चल–अचल सम्पत्ति पर क़ब्ज़ा जमा रहे पूर्वी बंगाली, नामी–गिरामी लोगों को इस–उस बहाने से क़त्ल करने की ख़बरें। पाकिस्तानी सेना के कैम्प तबाह कर भी रहे थे और तबाह हो भी रहे थे। हर ख़बर पर बंगाल का ख़ून उबलता था। पढ़ते थे सब बिराजित, पर यहाँ तो ख़ून तो सर्द हो चुका था, व्यापार–दुकान करते–करते क्या सच ही वे पौरुषहीन हो गए हैं,

कभी लगता बन्दूक ख़रीदकर पाकिस्तानी सेना को दाग दें और अन्तिम गोली ख़ुद को मार लें।

रात को सब सोने चले जाते, माँ 'चैतन्य चरितामृत' पढ़ते–पढ़ते मच्छरदानी लगे पलँग पर छोटी पोती के साथ लेट रहती। बाबा के कमरे से गहरे खर्राटे सन्नाटे को बेधते। गली के नुक्कड़ पर पार्टी क्लब के लड़कों के कैरम खेलने की आवाज़ मन्द और मन्द हो जाया करती। ख़ाली रिक्शे और ठेला गाड़ी घसीटने की आवाज़ गली के कुत्तों के भौंकने से और तीखी होकर रात के गहरे होने की सूचना देती। वे सोने की कोशिश करते, हरसम्भव!

तकिये को दोहरा करके पेट के नीचे दबाते, कभी लम्बी साँस लेकर शवासन का अभ्यास करते, कभी उल्टी गिनती करने लगते। पर क्या मजाल जो नींद आ जाए? ज्यों–ज्यों गहराती जाती रात, एक–एक पत्ते का खड़कना, हल्की बारिश की आवाज़, मेघ के फटने का शोर, आँगन में इकट्ठे जूठे बर्तनों में मछली के उच्छिष्ट की खोज में लगी बिल्ली की ज़ुबान की चप–चप, पिछवाड़े की बिहारी बस्ती में गीत गाते मद्यप की अनगढ़ धुन सब मिलकर उनकी नींद का सत्यानाश करने के लिए रोज़ कमर कसे आते।

होमियोपैथ के पास पल्सिफोरा जैसा इलाज तो था, उसे लेते तो ऊँघ आ ही जाती पर वह रहती कितनी देर? अजीबोग़रीब सपने आया करते, गहरी अँधियारी रात किसी अतल कुएँ में गिरते जाते, घिग्घी बँध जाती, सारी देह पसीने से भीगी हुई, हाथ छाती पर पड़ गया होगा, सोचते, नींद फिर आती नहीं। अकेले जाने से कहीं भी डरते, लगता कोई पीछा कर रहा है, हौले–हौले दबे पाँव। दुकान जाने से डरने लगे। अकेले निकलने की हिम्मत न होती। अब पहले जैसा उत्साह कहाँ, ढकाई साड़ी रखना उन्होंने बन्द कर दिया। ढकाई साड़ी का गट्ठर देख लेते तो कलेजा मुँह को आने लगता, धड़कन बढ़ जाती, हथेलियाँ पसीने से तर। ऊपर से ऐसा हुआ कि दुकान में ऊपर टाँड से साड़ी का गट्ठर उतारते नौकर का ध्यान कहीं भटका और गट्ठर बिराजित की छाती पर चोट करता नीचे आ रहा। चोट से कई दिन उबरे नहीं, उबरना चाहते भी नहीं थे। डॉक्टर दवा और काढ़ा दिया करता लेकिन उनके मुख की हँसी जो गयी सो नहीं ही लौटी।

सपरिवार ढाका जाना ही ग़लत था, बिराजित अब पराजित थे, अकेले में ख़ुद से बातें करते। भारत की तरफ़ से मुक्तिवाहिनी को बहुत मदद थी, यह बांग्लादेश का अपना स्वतंत्रता संग्राम था, जहाँ बांग्लादेश में रहने वाले बांग्लाभाषियों को चिह्नित करके मारा गया, तरह–तरह की ख़बरों से समाचार–पत्र भरे रहते बहुतेरे परिवारों ने आत्मीय जन खोये, फिर नए सिरे से जीवन शुरू भी किया, जिए भी।

लेकिन क्या जी पाये बिराजित सेन?

सलाहें तमाम मिलतीं–स्टेशन जाकर देखिये, रेडक्रास में नाम लिखाइए, फ़ोटो दिखाइये

बिराजित चुप–मौन! हिले–डुले नहीं। कहीं नहीं जाना उन्हें।

कोई है ही नहीं तो ढूँढ़ें किसे?

नो अंडरवियर

अभी कल ही तो संग्रहालय की तस्वीरें देखते हुए एक मोटे कपड़े की, हाथ की सिली ब्रेसियर दीखी, नीचे लिखा था–"इस ब्रेसियर को लीना बेर्सीएन ने फटे कपड़ों के टुकड़ों से जुलाई 1944 में स्टफ्फ़होग कैम्प में सिला और लगातार सात महीने पहनती रही। लीना बेर्सीएन 1910 में लिथुआनिया में जन्मी थी। 1941 में उसे यहूदी घेटो में उसकी 14 साल की बेटी के साथ रखा गया, 1944 में बेटी को आउशवित्ज़ ले जाकर मार डाला गया और घेटो को ख़त्म कर दिया गया। लीना बच गयी, लेकिन उसका पति दचाऊ के यातना शिविर में मारा गया। लीना ने पुराने कैनवास के टुकड़े और लीरें इकट्ठा कर यह ब्रेसियर बनाई। युद्ध समाप्ति के बाद वह मेक्सिको चली गयी।" आउशवित्ज़ के संग्रहालय में जहाँ क़ैदियों के कपड़े प्रदर्शित किए गए हैं, उनमें स्त्री–पुरुष के सभी तरह के कपड़े हैं–अन्तःवस्त्र यानि अंडरवियर छोड़कर। इस तरफ़ मेरा ध्यान नहीं जाता यदि लीना बेर्सीएन की सिली ब्रा की तस्वीर पर नज़र नहीं पड़ती। अंडरवियर को हम अक्सर शरीर की बाहरी संरचना से जोड़कर देखते हैं, लेकिन इसका मानवीय पक्ष तो आँखों से ओझल ही रहता है जब तक कि इस छोटे–से वस्त्र के टुकड़े से हम महरूम नहीं कर दिए जाते। आउशवित्ज़ और बिर्कानेयु में लाये जाने वाले क़ैदियों के वस्त्र छीन लिए जाते थे उन्हें गंजा और नंगा कर दिया जाता था, यानि कि एक ही झटके में उनकी निजी अस्मिता छिन्न–भिन्न कर पशु के समकक्ष खड़ा कर दिया जाना–मनुष्य की मर्यादा से हीन, वे प्राकृतिक आदिम अवस्था में पहुँचा दिए जाते थे। आउशवित्ज़ में रह चुकी एक दर्जिन शेरलाट डेल्बो ने लिखा था–"आउशवित्ज़ में उसकी अपनी पहचान छीन ली गयी–उसके लम्बे बाल और सभी कपड़े"

बन्दूक़ की नोक पर पूर्णतः नग्न कर दिया आदमी प्रतिरोध की क्षमता खो देता है। ट्रेन–लारी से उतार कर विभिन्न देशों के क़ैदी जिनकी ज़रूरत थी द्वितीय विश्वयुद्ध के दौरान भवन–निर्माण कार्य से लेकर रसायन बनाने के लिए सस्ते श्रमिक के तौर पर, उनके स्वास्थ्य, उम्र क़द–काठी, नस्ल, लिंग के आधार पर पंक्तिबद्ध करने में बहुत देरी लगती। वस्त्रहीन व्यक्ति अपनी लज्जा ढँकने के लिए अपनी बची ताक़त झोंक देगा, बड़ी ही आसानी से उससे वह करवाया जा सकता है जो वस्त्रावृत व्यक्ति से करवाना सहज सम्भव नहीं है। आदमी–औरतों को नग्न करने से तीन उद्देश्य एकबारगी ही सध जाते होंगे–सबसे पहला, सदमा–कि अब आप यातना शिविर में आ गए हैं, भूल जाइए कि अतीत में आपकी सामाजिक पहचान क्या थी। दूसरे, उन वस्त्रों को इकट्ठा करके बमबारी से तबाह हो रही जर्मनी की जनता में बतौर चैरिटी (दान) वितरण के लिए भेजना। तीसरा, उन कपड़ों की छुपी हुई जेबों से जवाहरात और करेंसी की लूट जो नात्सी संगठन को आर्थिक मदद देती। मुझे लगता है कि जिन लोगों को सेलेक्शन के दौरान गैस–चैम्बर के हवाले कर देने का फ़ैसला किया जाता होगा वहाँ भी नितान्त निर्वस्त्र मनुष्य की मृत देह को जलाना या गाड़ दिया जाना आसान होता होगा।

बहुत–सी तस्वीरें हैं भूखे–नंगे क़ैदियों की, एक के ऊपर एक पड़ी नग्न लाशों की। युद्धोपरांत जर्मन सरकार के एक दस्तावेज़ में दर्ज है कि अकेले आउशवित्ज़ शिविर से 89,000 स्त्री–अन्तःवस्त्र के जोड़े (सेट) जर्मनी को भेजे गए।

स्त्री की ज़रूरतों के बारे में हम कितना कम जानते हैं–कितना मुश्किल होता होगा बिना ब्रेसियर, बिना अंडरवियर के स्त्रियों का जीवन! तेज़ चलना, झुकना, दौड़ना मुश्किल होता है उन औरतों के लिए जिनके स्तन भारी होते हैं। कामकाज के दौरान ब्रेसियर स्त्री के शरीर को बाँधे रखने के लिए अनिवार्य होती है। जिन्हें क़ैदी बना कर निरन्तर श्रम करवाया जाता था उन्हें अंडरवियर मुहैया करवाना भी ज़रूरी था। ऐसा नहीं था कि तब तक ब्रेसियर प्रचलन में नहीं आयी थी। मनुष्य ने जबसे परिधानित होना शुरू किया, ब्रेसियर या कंचुकी तो तभी से अस्तित्व में रही है। 1914 में पहली ब्रेसियर के बनने के पहले क्रोचेट विक्टोरियन काल से ही पहने जाते थे, चूँकि क्रोचेट धातु के तारों से बनता था,

वह स्त्रियों की कमर और पीठ को पतला दिखाकर छाती को कसने के काम में आता था, जिसे लम्बे समय तक लगातार पहनने से रीढ़ की हड्डी में दर्द होता था, इसके पहनने से स्त्रियों का शरीर सुगठित और आकर्षक दीखता था। प्रथम विश्वयुद्ध के दौरान जब सैन्य–सामग्री के लिए लचीली धातुओं की कमी पड़ी तो क्रोचेट बनाने पर रोक लगा दी गयी। अमेरिका के 'वार इंडस्ट्री बोर्ड' ने औरतों से कहा कि वे क्रोचेट ख़रीदना बन्द कर दें। परिणामस्वरूप कपड़े और इलास्टिक से बनी ब्रेसियर का आविष्कार हुआ। जब कारेस्से क्रोसबाय ने कपड़े और रिबन से बनी ब्रेसियर का पेटेंट वॉर्नर ब्रदर को बेच दिया तब जाकर धातु के शिकंजे से स्त्री को मुक्ति मिली।

मैंने कहीं पढ़ा था कि द्वितीय विश्वयुद्ध में बड़े पैमाने पर कारख़ानों में काम करने वाली अमेरिकी स्त्रियों ने कहा था कि "हम कॉफ़ी बनाते–बनाते थक गयी हैं अब हमें पॉलिसी भी बनाने दी जाए।" –इन्हीं औरतों का ये भी कहना था कि कारख़ानों को स्त्रियों की ज़रूरत है और स्त्रियों को ब्रा की। इसी माँग का नतीजा था कि सूती, नायॅलान, रेशमी कपड़ों और लेस पर सरकार ने सब्सिडीयरी दी। सोचती हूँ उधर अमेरिका में औरतों की ज़रूरतों का इतना ध्यान रखा जा रहा था, कई चिकित्सक भी जुड़े हुए थे जिन्होंने औरतों की इस माँग को बेहद औचित्यपूर्ण बताया क्योंकि शरीर को आगे झूलने से रोकने, छाती और कन्धे के बीच सन्तुलन, रीढ़ को सीधा रखने के लिए ब्रेसियर ज़रूरी है। साथ ही स्त्रियाँ सही नाप की ब्रेसियर द्वारा अपने–आप को बेहतर महसूस कर सकती हैं। यह आत्मविश्वास के संचार का मसला भी है। पिछले सौ वर्षों में इस क्षेत्र में क्रान्ति आ गयी है, लेकिन उन औरतों पर क्या गुज़रती होगी, जिन्हें हल्के और भारी श्रम करने पड़ते होंगे ब्रेसियर के बग़ैर? शरीर से बाहर आने वाला ख़ून हर महीने पोंछने के लिए किसी तरह के सेनिटरी पैड की सुविधा उन्हें नहीं थी, नतीजतन वे पुराने कपड़ों की लीरों को ही इस्तेमाल करती थीं।

ऐसा नहीं था कि आउशवित्ज़ में वस्त्र–सिलाई का कारख़ाना नहीं था, जहाँ क़ैदियों के कपड़े इकट्ठे करके जाँच होती थी उसे 'कनाडा' कहते थे, इन कारख़ानों में सब तरह के कपड़े सिले जाते थे, जो सैनिकों और जर्मन जनता के इस्तेमाल के लिए होते थे। कैम्प के संगीत बैंड

की सदस्य रही फानिया फेलोन ने लिखा था–"ब्रा, तौलिया, टूथब्रश जैसी चीज़ें हम भूल चुके थे। एक यहूदी औरत ने मौत का ख़तरा उठाते हुए फटे बोरे से ब्रा जैसी कोई चीज़ सिली थी।"

शिविर की सभी औरतें ब्रेसियर से महरूम हों ऐसा भी नहीं था, कभी कभी जो बन्दी एस. एस. के अफ़सरों की नज़र पर चढ़ जातीं उनकी क़िस्मत में लेसदार ब्रेसियर भी होती, ये बात दूसरी थी कि उनके शरीर को कई तरह से अपमानित भी किया जाता और वे दूसरे अफ़सरों के कमरों में भी पहुँचाई जातीं। एस. एस. के सम्पर्क में आने के पहले उन्हें भली–भाँति कीटाणुमुक्त किया जाता। इन कारख़ानों के क़ैदियों का काम होता गार्ड्स के कपड़े भी धोना और कोयले की इस्तरी करना, बर्फ़ीली ठण्ड पड़ती थी जिससे बचने के लिए कुछ क़ैदियों ने मिल कर मोर्टार बैग के मज़बूत काग़ज़ से लम्बे जाँघिये सिले। कपड़े के अभाव में ये जांघिये उनके बड़े काम के थे। वे देर से गीले होते थे और कमर के हिस्से को ठण्ड से सुरक्षित भी रखते थे। लेकिन एस. एस. के अधिकारियों को क़ैदियों की यह अय्याशी बर्दाश्त नहीं हुई। ऐसी चीज़ें ज़ब्त करके क़ैदियों को बतौर सज़ा चाबुक से पीटा गया।

"अभिरूप! हालाँकि मुझे नहीं मालूम कि जो मेल मैं लिख रही हूँ और उन्हें ड्राफ़्ट फोल्डर में रखती जा रही हूँ, कभी इन्हें तुम्हारे पते पर भेज भी पाऊँगी कि नहीं। या ये सभी मेल हमेशा की तरह अन्सेंड ही रह जाएगे। कहा हुआ सुनने वाले के पास पहुँचेगा ही नहीं! शायद एक पुरुष कभी भी समझ नहीं सकता स्त्री की निर्वस्त्रता का दर्द एक लड़की का स्त्री में बदलना, उसके भीतर आने वाले भावात्मक और शारीरिक परिवर्तन इन अन्तःवस्त्रों से कैसे जुड़े होते हैं–कोई कह पाएगा क्या, साहित्य भरा पड़ा है स्त्री के हमेशा ढँके रहने वाले अंगों के सौन्दर्य के वर्णनों से, न जाने कितनी कविताएँ, कितना गद्य लिखा जा चुका है सृष्टि के आदिकाल से, या यों कहें कि मनुष्य ने सभ्य होना शुरू किया तो सबसे पहले पत्तियों से अपनी लज्जा ढँकी। तरह–तरह के वस्त्र–आभूषण बने इन अंगों को ढँकने और उनकी रहस्यात्मकता को बनाए रखने के लिए। शरीर में आते जैविक परिवर्तन के साथ लड़की सीख जाती है ख़ुद को ढँकना, अच्छी तरह लपेटना, उसे ढँकना है अपना आन्तरिक सौन्दर्य जिसकी खोज और प्राप्ति वही करेगा जो सुयोग्य होगा। अपने विकसित होते बदन को वह

ख़ुद भी देखने से सकुचाती है, उसके किशोर स्वप्न में होता है प्रेमी या पति जो उसे सम्मान दे, प्रेम में शरीर के उन रहस्यों को प्रदान करना चाहती है उपहार स्वरूप। बशर्ते आपमें ग्रहण करने की योग्यता हो। इसीलिए स्त्रियाँ पुरुषों की अपेक्षा कम हिंसक होती हैं। वे बड़ी तन्मयता से, बिना बोले उस नर्म और ताक़तवर हाथ के लिए आजीवन प्रतीक्षा करती हैं, जो इस आन्तरिक सौन्दर्य पर रीझ जाए। सभ्यता कितनी भी आधुनिक हो जाए स्त्री की अपनी मूल प्रकृति यही है–देश और काल कोई भी हो। कोई स्त्री पहला आन्तरिक स्पर्श भूल नहीं पाती, क्योंकि उस वसन्त के लिए कई तृषित ऋतुओं को पार करना होता है। जिस पुरुष के आगे खुलती है उस पर वह, उस क्षण पूरा विश्वास कर रही होती है। तुम कहोगे अभिरूप कि उनका क्या जो बहुतों की अंकशायिनी होती हैं? ब्रेसियर का हुक पहली बार खोलने जैसी बात को तुम कैसे लोगे जानती नहीं, क्योंकि वह स्मृति तो प्रत्येक स्त्री के अवचेतन की चिरस्थायी सम्पदा होती है, शरीर के गोपन अंग उसे माँ बनाते हैं, देखा है तुमने सन्तान को दूध चुँघाती स्त्री अपने अधखुलेपन में भी सबसे सुन्दर लगती है, आत्मविश्वास से प्रज्ज्वलित। पुरुष एक सीमा के बाद लजाना बन्द कर देता है, उसकी नग्नता में भी पौरुष है, जबकि स्त्री अपने इन कपड़ों को छुपा कर धोती–सुखाती है, ज्यों उसका सार्वजनिक प्रदर्शन उसे बाज़ार की चीज़ बना देता है। मेरा अनुमान है यातना पाकर मर चुके लोगों के सम्मान को बचाने के लिए ही म्यूज़ियम में इन वस्त्रों को प्रदर्शित नहीं किया गया है। ठीक ही तो है, जिनके शरीर को जीते जी मनुष्य के सम्मान से हीन कर दिया गया, उन्हें कम–से–कम मरने के बाद तो सम्मान मिले।

तुमि रबे नीरबे हृदये ममो[33]

Anger is seed for war, forgiveness is seed for peace
Forgive your worst enemy, it will heal your soul and will set you free.

Eva Mozes Kor

मैंने अभिरूप को ई–मेल लिखा, पर भेजा नहीं। क्या भेजूँ। वह अपनी गृहस्थी में सुखी–सन्तुष्ट होगा और मैं हूँ कि! मुझे आज भी कोई सूझता नहीं जिससे सब कुछ साझा कर सकूँ। मुझे याद है कुछ दिन पहले फेसबुक पर अभिरूप को एक पंक्ति लिखी–तुमि रबे नीरबे हृदये ममो। इससे पहले कि वह सुबह उस पंक्ति को पढ़ पाता फिर से, जाने क्या सोच कर पोस्ट हटा ली। कहीं वह यह न सोचे कि मैं अब भी उसे याद करती हूँ।

जानती हूँ अभिरूप ने कितना तो चाहा था मुझे, मेरी छोटी–छोटी खिलखिलाहटें, हँसी, प्यार गुस्सा सब अपने कलेजे में समो कर रख लिया करता। पर मैं ही चली गयी उसके जीवन से बिना कुछ कहे। क्या मैं कह नहीं सकती थी–तुम्हारे बिना नहीं रह पाऊँगी, अभिरूप दा! चलो ना चलकर रजिस्ट्री कर लें। इसी देश में, इसी कलकत्ते में कितने लोग हैं जो रजिस्ट्री शादी करते हैं रोज़। क्या होता? कभी–न–कभी माँ–बाबा मान ही जाते। लेकिन कहाँ गयी मैं वो कहने। सूनी आँखों से देख कर त्याग ही तो दिया, छोड़ दिया चुपचाप प्रेम का अधिकार। अभिरूप भी कहाँ कुछ कह पाया। उसे लगता था वह माँ, जेठी माँ की आँख का तारा है, कुलनामहीन शरणार्थी बांग्लादेशी से विवाह का सुन तो माँ विष ही खा लेगी। मैंने क्यों नहीं किया उससे इसरार? क्या मेरे भीतर पैठी अम्मा ने मुझे रोका।

---

33. हर कोलाहल और शान्ति में, तुम्हीं हो मेरे हृदय के भीतर।

अम्मा का स्वाभिमानी जीवन मेरे ऊपर क्या ऐसा असर डालेगा। बिराजित सेन से मुँह खोलकर अम्मा ने कभी नहीं कहा–"मुझे वापस ले चलो ना, रह ही नहीं पाऊँगी तुम्हारे बग़ैर, बच्चों के बग़ैर।"

मैंने भी तो नहीं कहा अभिरूप से।

इतिहास ने अपने–आप को फिर दोहराया।

कितने सालों बाद देखा था उसे उस शाम विक्टोरिया में, मैं कुछ चौंक–सी गयी थी, चश्मे के भीतर थीं उसकी वही चिरपरिचित आँखें–मुझसे शिकायत सी करती हुई। बीस साल पहले की बात होती तो फुचका खाने की, बग्घी पर घूमने की ज़िद करती, लेकिन कहाँ! मैं उसे देख अजीब–सी हो गयी थी। चुपचाप खड़ी रही बरसते पानी में ज्यों कोई क़ैदी अपनी सज़ा सुनाये जाने के इन्तज़ार में खड़ा हो। मैं रुकी ही कहाँ अभिरूप मुझे रिक्शे पर चढ़ता देखता रहा, मेरे बारे में ज़रूर सुना करता होगा, मेरी रिसर्च पर भी उसकी नज़र होगी, ये मालूम नहीं। आजकल तो गूगल सर्च ही सब बता देता है। क्या वह मुझे ढूँढता होगा क्या सोचता होगा मेरे बारे में कभी। उसे छोड़कर और किसी को चाहा नहीं, पर शादी तो कर सकती थी ना। अपना घर–बार होता तो क्या अभिरूप को ग्लानि से मुक्ति मिलती। ग्लानि, हाँ ग्लानि ही तो। अपना वायदा ना निभा पाने की ग्लानि, साहस से निर्णय न लेने की ग्लानि जिसे सिर्फ़ मैं जानती आई हूँ या वह।

आज रात से ही बदली–सी घिरी है, मौसम ज़्यादा ठण्डा नहीं। लेकिन पंछियों की चहचहाहट में कमी है, कैसी तो एक मुर्दनी–सी सुबह है। पिछले तीन दिन और चार रात आउशवित्ज़ में बिता लेने पर यह पूरा कैम्प ख़ूब परिचित लगने लगा है। आज नाश्ता मैंने नहीं किया, हालाँकि सबीना हैम सैंडविच के साथ शाकाहारी सैंडविच भी ले आई थी पर मैंने क्विनोवा चिप्स के कुछ टुकड़े कुतर लिए, पेट भरा–भरा–सा लग रहा है। वैसे भी फील्ड वर्क के प्रशिक्षण में कम–से–कम खाकर और चाकलेट ड्रिंक या कॉफ़ी पीकर कई दिनों तक काम करना तो सीखा ही है। बैरक का जो रास्ता मोनोविट्ज़ कैम्प की ओर जाता है वहाँ घास के ख़ूब मख़मली दीखने वाले फूल खिले हुए हैं, छूने पर फूलों की त्वचा के नन्हे काँटे खड़े हो जाते हैं जो हथेलियों को खुजली से भर देते हैं। मैंने अपना झोला और नोटबुक ले ली है, चश्मा भी, क्योंकि इधर कुछ सालों से मेरी आँख और दृश्य के बीच इस चश्मे की उपस्थिति अनिवार्य हो गयी है,

हालाँकि अब भी मुझे अपनी खुली आँखों से इस धरती, आकाश के सौन्दर्य को देखना अच्छा लगता है, क्या यह सच है कि हम जो कुछ देखते हैं उस देखने के बाद हम वो नहीं रहते जो देखने के पहले होते हैं। आज मैंने अकेले ही आउशवित्ज़ के इस भाग को देखने का फ़ैसला किया है। सबीना मुझे लंच के वक़्त मिलेगी।

कहते हैं यहाँ हिटलर के बहुत नज़दीकी रहे डॉक्टर मेंगले की प्रयोगशालाएँ थीं, ख़ूब सारे अस्पताली बेड, सफ़ेद चादरों और स्टील की कैंची–छुरियों, सीरिंज, दवा और फिनायल की गन्ध में रचा बसा यह परिवेश। यह वो जगह है जहाँ क़ैदियों के सेलेक्शन के बाद जुड़वाँ बच्चे ले आए जाते थे, उन्हें बैरकों में, अपने माँ–बाप से अलग रख विशेष सुविधाएँ दी जाती थीं। नन्हे–नन्हे आईडेंटिकल और नॉन–आईडेंटिकल ट्विन्स। ट्रेन से क़ैदियों के उतरते ही चिल्लाहट सुनाई तो देती थी Zwillinge!! (जुड़वाँ) मतलब था कि जो जुड़वाँ हैं वे दूसरी तरफ़ आ जाएँ, 15 वर्ष तक के जुड़वों को एस. एस. के लोग अलग कर लेते थे, उनकी माएँ चीखती–चिल्लाती रह जाती थीं, कलेजे के टुकड़ों को जब उनसे दूर किया जाता, वह चीख भी तो ज़्यादा देर नहीं गूँज़ती। रोने वालों की परिणति थी Zyclon-B गैस से भरा चैम्बर।

प्रिय अभिरूप,

तुम्हारे लिए किसी भूले हुए सम्बन्ध के तार से जुड़ी हुई 'प्रिय' सम्बोधन लिखने का साहस कर पायी हूँ। अच्छा लगेगा कि तुम अपने व्यस्त समय में से थोड़ा–सा ही सही, समय तो निकाल सको मेरे लिए। वरना स्त्री–पुरुष को कितना कुछ ही क्यों न दे दे, पुरुष उसका शतांश भी लौटा दे तो भला। शायद पुरुषों की वृत्ति में लेना ही लेना है, देना नहीं। 'एई जीबोन कि शुधु देबा–नेबा ब्यापार' (ये जीवन क्या सिर्फ़ लेने–देने का व्यापार है)–कहा करती थी अम्मा। ख़ैर, तुम तो उनका नाम भी सुनना नहीं चाहते थे, और अब तक तो सब भूल–भाल भी गए होगे। मैं भी कैसी थी न, तुमसे दिन भर की सारी बातें जब तलक न कह डालती मुझे चैन न मिलता। तुमने मुझे कभी अहसास ही होने नहीं दिया अपनी अरुचि का। जब तक मुझे यह पता चलता बहुत देर हो चुकी थी। लेकिन एक बात कहूँ, मैं अब भी तुम्हारे सामने बीस–बाईस साल पहले वाली लड़की महसूस करती हूँ ख़ुद को। भले तुम्हें न मिलूँ, हमारे रास्ते अलग हों लेकिन कोई तन्तु तो ऐसा है जिसने मुझे तुमसे जोड़ा हुआ है।

तुम्हारे कुछ रिसर्च पेपर जो मानव विज्ञान पर हैं, मैंने पढ़े थे। सब समझ पायी, इसमें मुझे ख़ुद ही सन्देह है। अकादेमिया की साइट पर तुम्हारा नाम देखा तो पढ़ने से ख़ुद को रोक नहीं पायी। तुमने बहुत अच्छे ढंग से बताया था कि मनुष्य पृथ्वी के अन्य प्राणियों से भिन्न कैसे है और मानव समाज, संस्कृति, इतिहास और समय के साथ उसमें आये बदलावों के विश्लेषण के लिए कौन–सी संरचनाओं का विश्लेषण किया जाना चाहिए। क्या तुम्हें लगता है कि संस्कृति और नस्ल के हिसाब से मानव–मस्तिष्क की क्षमताएँ निर्धारित होती हैं?

जो भी हो यहाँ बिर्कानेयु में मुझे डॉक्टर मेंगले–डॉक्टर जोसेफ़ मेंगेले के बारे में कुछ दस्तावेज़ देखने को मिले। डॉक्टर मेंगले को इन कैंपों में 'मृत्यु का देवदूत' कहा जाता था। यहाँ नहीं आती तो कैसे जान पाती कि, उसने नृविज्ञान पर शोध करने के लिए आउशवित्ज़ की पोस्टिंग ख़ुद माँगी थी। जहाँ बाक़ी अफ़सरों को सेलेक्शन की प्रक्रिया में तनाव होता था वहीं 1943 में यहाँ आया यह डॉक्टर जुड़वाँ बच्चों को देख कर ख़ुश होता था, मुस्कुराते हुए चेहरे के साथ क़ैदियों से अच्छी तरह पेश आता था। डॉक्टर मेंगले की नस्लवादी सोच उसे ईमानदार नात्सी बनाती थी। मानव शरीर पर हर तरह के प्रयोग करने की छूट उसे मिली हुई थी। जोसेफ़ मेंगले ने मई 1943 से फ़रवरी 1945 के बीच बहुत–से प्रयोग किये। मेंगले देखने में बहुत आकर्षक, स्वस्थ था जिसे जुड़वाँ बच्चों पर प्रयोग करने में एक ख़ास तरह की दिलचस्पी थी। उसकी टीम में कई आला दर्जे के डॉक्टर थे। नाजियों ने मेंगले को शोध के लिए धन, प्रयोगशाला, बच्चे और क़ैदी मुहैया करवाए, क्योंकि उन्हें लगता था कि यदि वंशानुगतता के रहस्यों को खोज लिया जाए तो जर्मनों की सुन्दर, शक्तिशाली पीढ़ी तैयार हो सकती है, जिसकी नस्ल सर्वश्रेष्ठ हो। निम्न या ख़राब नस्ल वाले समुदायों को मारकर ही श्रेष्ठ नस्ल सर्वस्वीकृत हो सकती है। मेंगले ने प्रोफ़ेसर ओत्मर फ्रेइहेरे नामक प्रसिद्ध जीव वैज्ञानिक के साथ काम किया जिसने जुड़वाँ बच्चे पैदा होने के कारणों, उनकी आनुवांशिकी और माइटोकॉन्ड्रियल डीएनए पर भी शोध करने की कोशिश की, हालाँकि वे इसमें सफल नहीं हो सके। ऐसे शोध के लिए आउशवित्ज़ से बेहतर जगह और कौन–सी हो सकती थी। प्रोफ़ेसर ओत्मर शुरू में डॉ. मेंगले का वास्तविक चेहरा नहीं पहचान सके, क्योंकि वह आत्मीय और सज्जन दीखता था।

उन्होंने रेल में भर कर लाये जाने वाले क़ैदियों की चयन प्रक्रिया के दौरान मेंगले को सबसे पहले देखा था जहाँ बायीं तरफ़ की पंक्ति में गैस चैम्बर में झोंकने के लिए लोग ले जाए जाते थे और दाहिनी ओर कड़ा परिश्रम कर सकने वाले क़ैदियों को पंक्तिबद्ध किया जाता था। डॉ मेंगले बहुत सावधानी से इन दोनों पंक्तियों में से जुड़वाँ बच्चों को खोज निकालता था और उन्हें उनके माता–पिता से अलग कर दिया जाता था। कई बार माँएँ अपने जुड़वाँ बच्चों को छिपा पाने में कामयाब भी होती थीं लेकिन अन्ततः उन्हें गैस चैम्बर में ही ले जाया जाता था। मानव शरीर पर प्रयोग करने का विचार ही मेंगले को आउशवित्ज़ लाया होगा। एक बार उसने दो रोमानियन जुड़वों को एक–दूसरे के साथ सिल दिया सिर्फ़ यह जानने के लिए कि जुड़े हुए बच्चे (Conjoined Twins) कैसा व्यवहार करते हैं। दोनों बच्चे बहुत कष्ट सहकर गैंग्रीन से मर गए। इतने पर ही मेंगले का शोध ख़त्म नहीं हुआ वह अलग–अलग रंग की आँखों वाले बच्चों पर रासायनिक प्रयोग करता और बच्चों के शरीर के कई अंग ग्राज की एस. एस. मेडिकल अकादेमी को फोर्माल्डीहाइड (Formaldihide) सोल्यूशंस में डालकर भेज देता।

कहते हैं, रोमानिया की औरतों के कैम्प में जब टाइफस फैलने लगा तो, मेंगले ने कैम्प की 600 जिप्सी औरतों को सीधे गैस–चैम्बर में भेज दिया था, और सारी बैरक को कीटाणुमुक्त करवा कर रोग पर नियन्त्रण पा लिया, उसकी सेवा के पुरस्कार के रूप में नात्सी–दल की ओर से "वार मेरिट क्रॉस" दिया गया। डॉ. बेरथोड एप्सतेन यहूदी क़ैदी था जो युद्ध छिड़ने के पहले प्राग में बालरोग विशेषज्ञ था। मेंगले ने उसको बतौर सहायक रखा था। उसी ने इस शवदाह गृह संख्या 4, 5 में बड़ी बारीकी से काम करने वाले बेहद क्रूर शोधकर्ता के बारे में प्रामाणिक जानकारियाँ दीं, वरना मेंगले तो युद्ध के बाद नाम बदल कर अपने महत्त्वपूर्ण सैम्पल दो बक्सों में भरकर भाग गया और तमाम सरकारों की खोज के बाद भी मृत्यु के बाद 1979 में ही उसका पता चल पाया। वह कभी ट्रायल के लिए लाया ही नहीं जा सका, जिसका अफ़सोस आउशवित्ज़ से बच निकले लोगों को आज भी है।

क्या अन्दाज़ा लगा सकते हो तुम कि मानव इतिहास में विज्ञान का ऐसा दुरुपयोग संस्थानिक रूप से और भी कहीं हुआ होगा?

अकेले आउशवित्ज़ में 3000 से अधिक जुड़वाँ बच्चे लाए गए, तरह–तरह के प्रयोगों के बाद इनमें से सिर्फ़ 200 जीवित बचे। जुड़वाँ बच्चे दुधमुँहे से लेकर 15 वर्ष की उम्र के होते थे, इन्हें अच्छी तरह खिलाया–पिलाया जाता था अन्य क़ैदियों की तरह इनके बाल नहीं काटे जाते थे।

समूह से अलग कर जुड़वाँ बच्चों को नहलाया जाता जो काम पुराने क़ैदी ही किया करते, उन बच्चों को अच्छा खाना और आराम दिया जाता लेकिन उनके बाएँ हाथ पर गोद दिया जाता एक नीला गोदना–उनका नम्बर–अब वे किसी के बच्चे नहीं नम्बर थे, जिन्हें डॉक्टर मेंगले के जैविक प्रयोगों के लिए गिनी–पिग बनना था रोमानियन, जिप्सी, पोलिश, यहूदी बच्चे अपने भोले सौन्दर्य के साथ वहाँ के वातावरण में रम जाते, या रमने के लिए विवश होते। दुधमुँहों के लिए नर्स का इन्तज़ाम हुआ करता। बड़े बच्चों को अपनी जानकारी एक फार्म में लिखनी होती थी जबकि छोटे बच्चे ख़ुद अपना फार्म नहीं भर सकते थे। zwillingsvater कहलाते थे वे लोग, जो छोटे जुड़वाँ बच्चों की देखभाल के लिए तैनात थे। प्रत्येक सुबह छह बजे बच्चों की परेड होती थी। डॉक्टर मेंगले बच्चों को चॉकलेट देता उनसे बातें करता। बच्चों को लगता कि मानों वे बोर्डिंग हाउस में रह रहे हैं जहाँ माँ–बाप के अलावा सब कुछ है। अंकल मेंगले छोटे बच्चों में लोकप्रिय था। समझदार जुड़वाँ बच्चों को भी परिसर में खेल खेलने दिए जाते थे, वे कहानी की किताबें भी पढ़ सकते थे। उनसे कभी–कभी हल्की मज़दूरी के काम करवाए जाते थे। रोज़ सुबह ट्रक आया करते जिसमें भरकर बच्चों को प्रयोगशाला में ले जाया जाता। बच्चों को पहले से इसका कोई अन्दाज़ा नहीं रहता कि आज उनकी बारी है। प्रयोगशाला में रक्त जाँच के नमूने लिए जाते। मेंगले ने कभी भी इन जाँचों के उद्देश्य और कारण किसी से भी साझा नहीं किये। बाद के दिनों में वह अपने सभी परीक्षण निष्कर्षों की फ़ाइलें अपने साथ लेकर गया। नात्सियों का एक बड़ा समूह मेंगले को जी–जान से बचाता रहा, उसकी मृत्यु के बाद ही उसकी पहचान ज़ाहिर हुई। उसने अपने दस्तावेज़ कहाँ छुपाये कोई नहीं जान पाया। जुड़वाँ बच्चों से सम्बन्धित परीक्षण हमारे लिए जितने अमानवीय हैं मेंगले के लिए वे प्रयोग मात्र रहे होंगे। जुड़वाँ बच्चों के प्रत्येक अंग का माप–जोख लेना, दोनों बच्चों में असमानता और समानता के बिन्दुओं का निर्धारण करना साथ ही किसी ख़ास रसायन

के शरीर में जाने से दोनों बच्चों के शरीर में होने वाली प्रतिक्रियाओं का अध्ययन करना मेंगले का शग़ल था। एक बच्चे का ख़ून दूसरे को चढ़ाना, अलग–अलग परिवेश और जलवायु में जुड़वाँ शरीर कैसी प्रतिक्रिया देते हैं, डॉक्टर मेंगले की प्रयोगशाला में इसका अध्ययन किया जाता था। जो ख़ुशक़िस्मत बच्चे ख़ूनी प्रयोगों से बच गए उन्होंने बाद में अपने बयानों में इन प्रयोगों के बारे में बताया।

मेंगले जर्मन नस्ल में नीली आँखें लाना चाहता था इसलिए आँखों का रंग नीला बनाने के प्रयोग बच्चों पर किये जाते थे। ऐसे प्रयोग सामान्य मनुष्य की कल्पना के बाहर थे क्योंकि आँखों में तरह–तरह के इंजेक्शन देने से बच्चों को भयंकर दर्द होता था, कई बार संक्रमण से उनकी दृष्टि चली भी जाती थी, ये अन्धत्व स्थायी और अस्थायी दोनों प्रकार का होता था। रीढ़ में दवाओं के इंजेक्शन देकर देखा जाता था कि महामारी के टीके बच्चों में क्या परिवर्तन ला सकते हैं। एनेस्थीसिया दिए बग़ैर बच्चों के ऑपरेशन किये जाते थे।

रक्तस्राव और संक्रमण से कई बच्चे तिल–तिल करके मर जाते थे, जिन्हें निर्ममता से खाइयों में डाल कर रसायनों से गला देने में मेंगले को महारत हासिल थी। एनेस्थीसिया के बिना उनके अंगों का प्रत्यारोपण राक्षसी मनोवृत्ति का परिचायक था। जुड़वाँ में से एक को जबरन मार कर दूसरे पर उसके अभाव का प्रभाव देखा जाता था, और अक्सर कुछ दिन बाद उसे भी मार दिया जाता था। शव परीक्षण की विशेषज्ञता डॉक्टर मिक्लोस न्यिस्ज्ली के पास थी। न्यिस्ज्ली ने शवों के मस्तिष्क, कोशिकाएँ, आँखें सुरक्षित रख लीं थीं आगे के प्रयोगों के लिए।

सन् 1987 में कुछ बचे लोगों ने कैम्प के अपने अनुभव साझा किए वो भी इसलिए इवा नामक स्त्री ने डॉक्टर मेंगले को ट्रायल कोर्ट के सामने पेश करने की खोज शुरू की। शुरुआत में तो ऐसे ट्विन्स मिले ही नहीं, बाद में जो मिले उनमें से कोई इज़रायल, कोई मैक्सिको और कोई पोलैंड में था, उन सभी ने मेंगले की तस्वीर की तस्दीक़ की।

क्यों, अभिरूप क्यों किया होगा मेंगले ने यह सब।

और लिखा नहीं जा रहा–

प्रतीति

कितना आसान है यह कहना कि शत्रु को क्षमा करने से अपनी ही आत्मा शान्त होती है। कितना मुश्किल है अपनों की जान लेने वालों को यह कहते हुए माफ़ करना कि जो हुआ, सो हुआ तुमने अपराध को स्वीकार कर लिया, इतना ही काफ़ी है। कल जब मैं प्रयोगशालाओं के खँडहरों की तरफ़ गयी थी, खँडहर देखना जैसे अतीत के गलियारों में घूमना, जहाँ के दरो–दीवारों में गूँजती हैं कभी यहाँ रह आए लोगों की आवाज़ें, बस सुनने के लिए कान चाहिए। ये आवाज़ें बहुत ही बेचैन करने वाली हैं, फिर भी अभिरूप को ई–मेल लिखकर मुझे थोड़ी तसल्ली सी है, जैसे मेरे साथ कोई है इन हवाओं के सन्नाटे को सुनता हुआ। वैसे कोलकाता से चलते वक़्त मुझे मालूम नहीं था कि मुझे बरसों पहले छूटे इस नाते की इतनी याद आएगी।

आज अभी–अभी अम्मा का मेल मिला है, रात में पढ़ूँगी, सोच कर रख दिया है वैसे का वैसा।

रोज़्बिएर्ज़ सीए-टेक योर क्लोथ्स ऑफ़[34]

आज सबीना कुछ ज़्यादा गम्भीर है, और अपने लैपटॉप पर लगातार व्यस्त है। कैसी तो माया हो आई है इस मित्र पर, मैंने लेटने की तैयारी की है नींद आएगी या नहीं मालूम नहीं। कुछ अच्छी बातें सोचना चाहती हूँ, जिससे माथा थोड़ा हल्का हो, लेकिन सबीना ने कनखी से मेरी तरफ़ देख कर कहा है–

–सो अर्लि?

–न तो, मैंने सोचा तुम काम कर रही हो तो मैं अब आराम ही कर लेती हूँ।

–क्या मैं आऊँ तुम्हारी तरफ़ दिखाना चाहती हूँ कुछ।

'ज़रूर' कहकर मैं सिमट गयी हूँ अपने बेड पर।

सबीना ने वर्ड फाइल खोली है, मैंने देखा उसने अँग्रेज़ी में लिखा है–

Rozbierz siz. Take your cloths off (कपड़े उतारो)

पिछले चार दिनों से सोते–जागते उठते–बैठते मुझे यह सुनाई पड़ता है।

कल मेडिटेशन सेशन में गयी तो ऐसा लगा मैं यहाँ क्या कर रही हूँ, क्या हो जाएगा प्रार्थना करने से।

इतना सब कुछ भूल पाना आसान है क्या। पूजा–प्रार्थना करना मनुष्य का स्वभाव है। जब वह किसी जगह ख़ुद को अकेला और असहाय पाता है वह ईश्वर को याद करता है, ईश्वर को, जिसे उसने कभी देखा नहीं। मैंने देखा रैम्प पर घुटनों के बल, रोते बिलखते हुए लोगों को। उनके द्वारा की जा रही पूजा–अर्चना ही वहाँ पर एक–दूसरे को आपस में जोड़ती है। आपस में एक–दूसरे से जुड़ाव प्रेम है। इसलिए हम एक–दूसरे को

34. कपड़े उतारो।

चोट नहीं पहुँचा सकते। हमें जितनी पीड़ा होती है क्या उतनी चोट दूसरे को पहुँचने से, हमें शान्ति मिलती है, हमारी पीड़ा में कमी आती है। यदि नहीं तो दूसरे को चोट पहुँचाने से पहले हमें हज़ार बार सोचना होगा। यदि सोचेंगे तो फिर चोट पहुँचाने का सवाल ही कहाँ पैदा होता है। इस अहसास के आते ही मैंने अपने आप को इस तरह देखा ज्यों फटने के बाद कोई ज्वालामुखी शान्त हो रहा है। तकलीफ़ और दर्द का ज्वालामुखी। जिसकी राख की कालिमा वह दृष्टि देती है कि हम दर्द से सीधे आँखों में आँखें डाल कर बात कर सकें। तब हम न्यायाधीश नहीं बनते, देखते हैं घटनाओं को, तथ्यों को अपनी खुली, नंगी आँख से।

आउशवित्ज़–बिर्कानेयु कोई कल्पना नहीं है, न थी।

यहाँ माँओं से बच्चे छीन लिए गए। प्यार करने वाले जोड़ों को अलग कर दिया गया। कुछ सोचा क्या कभी उनके बारे में, कि जिन्हें जानवर से भी बदतर हालात में घसीटते हुए भीतर लाया जा रहा है। एक बूढ़ी औरत अपने पति की झुर्री भरी दुबली कलाई को ज़ोर से पकड़े हुए है। जीवन भर का साथ है छोड़े क्यों वह। चिल्ला रही है–मुझे मेरे पति से अलग मत करो, हमें साथ रहने दो–Nie rozłączaj mnie od męża, pozwól nam być razem- – (Don't separate me from my husband, let me be together) कोई है सुनने वाला, ईश्वर बहरा है, क़ैदी चुप, सबको मौत का डर है। औरत अपने जूड़े में छिपी कपड़े की पोटली निकाल कर एस. एस. के अफ़सर को दिखाती है–चमकते हुए हीरे के आभूषण। अफ़सर झपट्टा मारता है, एक ही झटके में बूढ़ी औरत ढेर, पर मरा हुआ हाथ अब भी हवा में हिलता है–किसके साथ की प्रत्याशा में।

झोंक दिया होगा उन्होंने कई औरों के साथ उस बुजुर्ग दम्पति को भी गैस चैम्बर में। लेकिन 'प्रेम' को मार पाये होंगे क्या?

सबीना का लिखा पढ़ने के बाद हमारे बीच एक चुप्पी तारी हो गयी है बोझिल सी।

कहते हैं कि आउशवित्ज़ एक छोटा शहर ही था जिसमें एक समय में 4,000,000 लोग रहते थे। क़ैदियों की संख्या बढ़ते ही गैस चैम्बरों की संख्या में भी वृद्धि देखी गयी अनुमानतः प्रतिदिन 70,000 लोगों को गैस चैम्बर में घोंट दिया जाता था। आउशवित्ज़ में रहने–खाने वालों के बीच अनुपात बनाये रखना नात्सियों को बहुत ज़रूरी लगता था। बूढ़े, बीमार,

कमज़ोर और मासूम बच्चे, जो श्रम की संरचना के किसी पायदान पर उपयोगी नहीं थे। उन्हें गैस चैम्बर में भेज दिया जाता था। प्रजनन कर सकने वाले स्त्री–पुरुषों को गैस चैम्बर में ठूँस दिया जाता था, क्योंकि इससे यहूदी, रोमानी, जिप्सी जैसे समुदायों का ख़ात्मा जड़ से किया जा सकता था।

1945 में संयुक्त सेनाओं के आगमन की ख़बर जैसे ही नात्सियों को मिली, गैस चैम्बर और चिमनियों को डायनामाइट से उड़ा दिया गया ताकि क़ैदियों की हत्या का कोई प्रमाण न मिल सके। कादिश प्रार्थना और गैस चैम्बर के अवशेष–मैं यहाँ क्या कर रही हूँ। रोज़ नियम से ईश्वर सुन रहा होगा हज़ारों–हज़ार निरपराध मनुष्यों की चीत्कार, फिर कभी आया क्यों नहीं बचाने। गैस चैम्बर में जाने के पहले यहूदियों के हाथ में एक–एक साबुन दिया जाता था ज्यों वे सच में स्नानघर में जा रहे हों, साबुन की बट्टी पर लिखा रहता था jude Seife (यहूदी साबुन) क़ैदियों को लगता था, वे नहा–धो कर आयेंगें तो कपड़े वापस मिलेंगे, उन्हें काम पर लगा दिया जाएगा। पर ईश्वर की दी हुई देह पर साबुन मलने की नौबत आयी क्या? सबको निर्वस्त्र करके बड़े–बड़े सामूहिक स्नानागारों में धकेल दिया गया जहाँ नलों से जल नहीं ज़हरीली गैस बरसती थी। कुछ ही मिनटों में हर चीख़, हर चिल्लाहट शेष। आधे घण्टे में ही क़ैदियों की कामगार टीम शवों के जबड़ों को तोड़कर सोना बटोरने का काम कर रही होती। अभी एक घंटा पहले चलता–फिरता मनुष्य शरीर अपनी सारी सुन्दरता और कुरूपता लिए नग्न और असहाय पड़ा है–वह किसी का नहीं, उसका कोई नहीं। कोई जान पायेगा क्या कि उस शरीर से जुड़े मुख ने जीते जागते कितनी बार ईश्वर के गीत गाये, कोई जान पायेगा बच्चों के छिनने के बाद स्नान के लिए जबरन ले जायी जाती स्त्री के कलेजे के भीतर से फूटती रुलाई में ईश्वर का नाम कितनी बार आया था। चार दिन से भूखे उस बूढ़े आदमी को जब गैस चैम्बर में ले जाया गया तो क्या उसने ईश्वर से नहीं कहा था–वही करना ईश्वर जो मेरे लिए अच्छा हो? भगवान को किसने कितनी आवाज़ों में कितनी बार पुकारा होगा, इसका हिसाब है क्या किसी के पास। इतनी–सी करुणा उनमें नहीं बच पायी कि साँसों के लिए संघर्ष करते आदमी की आवाज़ अपने कानों में पड़ जाने देते। गैस से घुटकर मर जाने के बाद मनुष्य की गरिमा के

साथ दफ़न होना जिन्हें नसीब नहीं हुआ उनके दान–पुण्य का क्या जो सब व्यर्थ गए। मस्जिद, चर्च, सिनेगाग सब जगह जाकर मत्था टेकना, ईश्वर का पवित्र जल चखना–क्या सब व्यर्थ, नष्ट, रिक्त, अवमूल्यित। श्रम के गीत गाये जिन्होंने, प्रकृति की पूजा की, परमपिता परमेश्वर को हाज़िर–नाज़िर जानकर सब कार्य किये, न जाने कितने धार्मिक अनुष्ठान किये, पूजा अर्चना की–सब निरुद्देश्य, निष्फल।

ठीक ही तो कह रही है सबीना! पूजा–अर्चना हम क्यों करते हैं? क्या ईश्वर ने हमसे कभी आकर कहा है कि मेरी पूजा करो मैं तुम्हें अभयदान दूँगा, मेरे नाम पर व्रत–उपवास करो मैं कभी तुम्हें भूखा न सोने दूँगा, मेरा कीर्तन करो दुःख–सुख झेल जाओगे। नहीं न! ऐसा तो कभी नहीं कहा ईश्वर ने, उसने कभी आकर मेरा हाथ नहीं थामा। वह तो मेरी कल्पना में है मेरे भीतर जो प्रेम है उसी को मैंने ईश्वर का नाम दे दिया है। मेरा माधव! मेरा कृष्ण इसी से जुड़ाव तो मुझे मनुष्य बनाये हुए है, मेरे भीतर के प्रेम के सोते को जिन्दा बचाए हुए है। मेरा माधव नहीं होता तो जीवन के बीहड़ रास्ते पार करना आसान होता क्या। यहाँ के दृश्य मेरी कल्पना का स्थायी हिस्सा बने रहेंगे पर मेरा अपना रास्ता तो इसी ईश्वर का दिखाया हुआ रास्ता है। वह ईश्वर मेरे भीतर हमेशा विद्यमान है, जो मुझे दिनों–दिन मनुष्य बनाता चलता है, जिससे मैं किसी दूसरे मनुष्य को चोट न पहुँचा सकूँ, आहत न कर सकूँ। दरअसल हम जितना आहत होते हैं उतने ही संवेदनशील होते हैं दूसरों के प्रति। मैंने इस क्षण अपने को पा लिया है। खुद का चेहरा बिल्कुल साफ़, तल तक पारदर्शी दिखाई दे रहा है। ज्वालामुखी के फटने के बाद आसपास बिखरे लावे की प्रशान्ति मेरे अस्तित्व में छा गयी है। इस पल मैं प्रतीति सेन नहीं हूँ, मैं उस परमसत्ता का एक अंश हूँ जिसे किसी से कोई शिकायत नहीं। उसका कोई नहीं और उसके सब कोई हैं। क्यों और किससे करूँ शिकायत मेरे दुखों की कोई औक़ात है आउशवित्ज़ के यातना–गृह के सामने।

सपने वक़्त के साथ बँधे नहीं होते और देर कभी नहीं होती। चूँकि आप अलग होते हैं इसलिए अलग–अलग रहते हैं। कभी कुछ भी नहीं होता कहने को, मैं अपना लिखा सबीना को दिखा दूँ भी तो कैसे उसे हिन्दी या बंगला पढ़नी नहीं आती।

सोचती हूँ यदि अभिरूप को मैंने ई–मेल भेज दिया होता तो वह क्या जवाब लिखता–

वह पत्र जो कभी लिखा नहीं गया
न लिखा जाएगा
तुम्हें भेज रहा हूँ
इस पत्र को लिखने की कल्पना के पहले
मैं एक ऐसा पन्ना था
जिस पर दूसरों की लिखी–कटी–फटी इबारतें
ज्यादा थीं
अपनी लिखी साफ़–सुथरी कम
तुम मिले तो पन्ने पर
आल्हाद और सुख का (एक) निरभ्र आकाश
अवतरित हुआ–
पिछले को मिटाता, साफ़ स्लेट की तरह
अनलिखे को आमन्त्रित करता
उत्सुक और व्यग्र।
पत्र की आशा और प्रतीक्षा
जैसे कि हम और तुम
हमदम
हरदम!

कभी–कभी सोचती हूँ कि हम किसी से हमेशा के लिए नाराज़ नहीं रह सकते। बस नाराज़गी की याद ही हमें उससे अपने सम्बन्ध सामान्य करने से रोक देती है या आड़े आ जाता है हमारा अहम्। मेरे और अभिरूप के बीच अब कुछ ख़ास संवेदना का सम्बन्ध बचा हो तो, मालूम नहीं पर मैं जब भी दुखी होती हूँ एक छाँह के लिए उसी की याद आती है जिसने समय रहते कभी कन्धा छू कर 'ओ!' नहीं कहा। मैंने भी लिखा ही हो यह कहाँ कहा जा सकता है, काग़ज़ पर लिखना जिसे कहते हैं वैसा लिखना...लिखा ही नहीं, न जाने कितने सारे गिले–शिकवे करता रहा मन, पर उसे रहा होगा इन्तज़ार हमेशा उस कभी न आने वाले पत्र का। और मैं, कितना अन्याय किया मैंने ख़ुद के साथ, इतनी कठोर परतों से उसे ढँक दिया कि कोई जान ही न पाये कि प्रतीति सेन के नाम से जानी जाने वाली यह औरत मन के भीतर अभी भी वही सत्रह वर्षीया लड़की है, जो सीने से किताबें

चिपकाए रिक्शे से भीड़ भरे बाज़ार से गुज़रती है, पहुँचती है यूनिवर्सिटी! पूर्वी बंगाल में पली–बढ़ी लड़की के लिए सब नया नहीं तो कुछ अचरज में डालने वाला ज़रूर। ऐसा नहीं कि कलकत्ता आई ही नहीं आई तो ज़रूर, कई बार पर किसी–न–किसी के साथ, इस बार तो एकबारगी यहाँ पर आकर रह ही जाना हुआ। उत्साह था, नयी उम्र थी। क्या था कि हसनपुर की गलियों की यादें धुँधलाती गयीं।

यूनिवर्सिटी का माहौल अलग था। उस्तानियाँ ज़्यादा थीं, बड़े ठसके से आतीं, अच्छा पढ़ातीं और कार में बैठ चली जातीं, ज्यों किसी दूसरे ग्रह की प्राणी हों। मैं अपनी दो सहेलियों के साथ आती–जाती कि इतने में मुझे वो मिला जिसने मेरे सोचने की दिशा ही बदल डाली। मुझसे उम्र में तीन–चार साल बड़ा होने के बावजूद वह शर्मीला था, मैं बक्कू। फिर भी हम अच्छे दोस्त बन गए–मैं इतिहास में और वह एन्थ्रोपोलोजी में। वह सुन्दर और मैं साधारण, वह मेहनती और मैं औसत। मैं कविताएँ लिखती और उसे फ़िल्मी गाने तक याद न होते। उसके घर गई एक दिन जब पता चला कि उसे बुख़ार हुआ है। भवानीपुर के गली–मुहल्ले मेरे ज़्यादा जाने हुए नहीं थे। एक जूनियर को लेकर यूँ ही चल दी... ऐसा लगा वह पुकार रहा है मुझे... घर के सामने के हिस्से में बाग़ान, पानी का नल और रबर के पाइप से पौधों को पानी पटाती हुई एक सादा– सी स्त्री–

मूर्ति–

–काके चाई? (कौन चाहिए?)

–आमि! आमि (मैं, मैं)

–बोलेन कार शंगे देखा कोरबेन? काके खुजछेन (बोलिए किससे मिलना है किसे खोज रही हैं)

मेरी बोलती बन्द, ज़बान पर नाम ही नहीं आ रहा था कि बोलूँ कुछ।

–काले–सफ़ेद मिश्रित बालों वाली स्त्री लगभग साठ की तो ज़रूर रही होंगी, काले किनारे की महीन चाँदनी साड़ी पहने।

और मैं उनकी साड़ी देखकर सोचूँ कि इन्हें पहले भी कहीं देखा है।

–वे मेरा चेहरा नज़दीक से देखने की कोशिश में पाइप छोड़कर लोहे के गेट के पास आने लगीं, पता नहीं मुझे कैसा और

क्यों लगा कि दुपट्टा सँभालते हुए मैं वहाँ से वापस दौड़ पड़ी।

साथ की लड़की भी हाँफते–हाँफते मेरे पीछे।

–ओई बाड़ी टाई छीलो, तुमि जाबे ना भीतोरे? केनो पालिए एली (वही मकान तो था, अन्दर जाओगी नहीं? क्यूँ भाग आयीं)

क्या कहती उसे कि गेट खटखटाते ही पहले का आत्मविश्वास कब हाथ छोड़ कर भाग गया और भद्र महिला के प्रश्न का कोई जवाब मेरे मुँह से निकल ही नहीं रहा था।

–क्यों?

यह क्या मैं जानती हूँ?

वापस हॉस्टल और अभिरूप के ठीक होकर यूनिवर्सिटी लौटने का इन्तज़ार...लौटा था वह एक सप्ताह बाद, बैठ गए हम अपनी उसी पुरानी जगह पर।

–कैसे हो?

–ठीक ही, पढ़ाई का नुकसान बहुत हो गया, आज भी जेठी माँ आने के लिए मना कर रही थी। बड़ी मुश्किल से आया, जब बाबा ने कहा।

हम वहाँ, उसी जगह बैठे रहे, मुझे अपनी क्लास का ख़्याल तो आया ही नहीं। बता ही नहीं पायी अभिरूप को उसके घर तक की अपनी अधूरी यात्रा के बारे में। कुछ यात्राएँ अपने अधूरेपन में भी पूरी होती हैं, उसके घर न जा पायी लेकिन वह तो साथ था हमेशा...मेरे साथ।

बस यही लगता रहा कि वह मेरी हथेली को अपने हाथों में ले ले, महसूस कर सकूँ स्पर्श की नमी।

वैसे ऐसी इच्छा का पैदा होना ही ग़लत था, अभिरूप हमेशा इतना झिझका–सा रहता कि दिन के उजाले में उससे ऐसी अपेक्षा ही हास्यास्पद थी।

अभिरूप तो मेरी ओर सीधे ताका भी नहीं करता, कभी–कभी लगता कि मैं लड़का और वह लड़की होता तो कितना अच्छा होता।

''हवा तेज़ चल रही है शायद बारिश होगी'' आवाज़ सुनाई दी किसकी तो?

किसकी आवाज़? अभिरूप या सबीना! कौन बोला? किसने कहा कुछ!!!

अभिरूप की बातें, छोटी–छोटी बेवजह–सी याद हैं अब भी, उसके घर की बातें। उसकी तबीयत ठीक होने के बाद अचानक ही उसकी भतीजी को फ्रेंच सीखने की ज़रूरत आन पड़ी थी। आठवीं में एक विषय था फ्रेंच। लेने को वह हिन्दी, संस्कृत भी ले सकती थी लेकिन देशी भाषा पढ़ना भी कोई पढ़ना है! छोटी स्कर्ट पहने प्राइवेट स्कूल की लड़की ने तेरहवें में क़दम रखा था। परम्परागत बंगाली परिवार को गर्व मिश्रित भय था–दीन–दुनिया से, और गर्व का कारण थी उनकी 'फूचकी' जो और कुछ करे न करे गालियाँ ज़रूर अंग्रेज़ी में दे डालती थी। अभिरूप के घर उसी 'फूचकी' यानि निवर्णिता नामा लड़की की फ्रेंच ट्यूशन मुझे मिली। मैंने कहा था अभिरूप से कि मुझसे हो नहीं पाएगा। अभिरूप माना नहीं–तुमि पारबे (तुम कर सकोगी) कहकर यूनिवर्सिटी से घर ले गया।

फूचकी को पढ़ाने सप्ताह में दो दिन जाती मैं, वे दो दिन सबसे ख़ूबसूरत दिन होते, अभिरूप की आहट हर कहीं होती। शाम 4 बजे हम फ्रेंच का अभ्यास करते, अक्सर फूचकी के लिए उसी समय फ़ोन आता। वह आँख दबाकर भाग जाती फ़ोन सुनने। देर तक किसी सहेली से ख़ूब गप्प करती। अभिरूप और मैं उस दौरान बातें करते, इतिहास की, राजनीति की, बंगालियों के सांस्कृतिक पतन की, हिन्दी सिनेमा के प्रभाव की, सत्यजित रे और विभूति बाबू की और न जाने क्या–क्या। निवर्णिता का मन पढ़ाई में लगता नहीं उसे सिर्फ़ स्टाइल मारना होता, कभी–कभी उसकी सहेली शिल्पी भी अवतरित होती। शिल्पी को देख कर ही मालूम हो पाया कि फूचकी की आधुनिकता का प्रेरणास्रोत कहाँ है?

मुझे अभिरूप के घर जाना अच्छा लगता–बहुत अच्छा–उसके घर में एक खुलापन था। फूचकी भले पढ़ाकू न हो पर उसका भोलापन, उसका नखरीलापन और सहजता मुझे अच्छी लगती, तीन महीनों से कम के समय में ही फूचकी मुझसे दोस्ताना बात करने लगी। एक शाम जब धूप में चलकर मैं पहुँची ही थी कि वह आई और उदास होकर बैठ गयी।

–क्या हुआ निवर्णिता?

–कुछ नहीं, अबसे शिल्पी से बातचीत बन्द।"

–क्या हुआ?

–जानती हो ख़ूब ऊँचा फ्राक पहनकर बाज़ार जाती है।

–उससे तुम्हें क्या, वह उसका अपना स्टाइल है।

–ऊँह, खाक स्टाइल है, मुँह टेढ़ा–मेढ़ा नहीं रहता तो पता नहीं और क्या स्टाइल मारती।–फूचकी ने होंठ बिदोरकर कहा।

बतौर ट्यूशन टीचर मुझे इन सब बातों पर ध्यान नहीं देना था।

फ्रेंच–रीडर खोलकर फूचकी को पर्यायवाची समझाने लगी, लेकिन उसकी आँख किताब पर और मन कहीं और था।

दो सप्ताह बीते नहीं कि फूचकी को बातों का अपच हो गया और एक शाम मुझे छत पर ले जाकर बोली–

–तुमि जानो ओ कि कोरे? (तुम्हें मालूम है वो क्या करती है)

–कौन शिल्पी!

–और कौन, उसने सीडी की दुकान वाले से दोस्ती कर ली है, वही जो मोटा–काला–सा दुकानदार है ना, बस स्टैंड के पीछे वाली लाइन में जिसकी दुकान है।

फूचकी राज़ को कंठ में पकड़कर धीमे–धीमे कहने का भेद अभी सीख नहीं पायी थी। देखा बड़ी–बड़ी आँखें तत्पर हैं रहस्य कह देने को।

–उस दुकान में तो औरतों का सामान मिलता है ना

–हाँ, हाँ वही, माँ लायी थी वहीं से लेडीज गंजी मेरे लिए!

'लेडीज गंजी'–ब्रेसियर के लिए यह विशेषण सुनकर मेरे चेहरे पर मुस्कुराहट आ गयी।

–अरे, उसी दुकान पर मुझे ले गयी शिल्पी, बोली प्लीज दादा, गेट मी अ हॉट सीडी।

दुकान वाले ने उसे झट दो–तीन पैकेट पकड़ाये।

शिल्पी ने कहा–विल पे यू लेटर।

दुकान से बाहर आ गए हम, मुझे अजीब लगा तो मैंने पूछा शिल्पी से–ये हॉट सीडी क्या है, और तीन पैकेट। शिल्पी ने पैकेट खोलकर दिखाया ख़ूब लेसदार नीली नायलॉन की पारदर्शी चड्ढी, उसी के मैच की लेडीज गंजी–झकाझक, रुमाल, परफ्यूम था उन पैकेट्स में।

–तो तुम्हें क्या, तुम मत जाना उसके साथ, कुछ चाहिए तो घर में बोलो।

–अरे नहीं, बात यही नहीं है, शिल्पी से मैंने कहा कि ऐसे मुफ़्त में किसी से कुछ लेना ठीक नहीं तो वह बोली इस कलूटे को कौन पूछता है, मेरे जाने से इसकी दुकान में चमक आ जाती है। वैसे भी तू क्या सोचती है कोई चक्कर है मेरा इससे? अरे ये बेकार की बात है।

तू ही सोच शिल्पी को ब्वॉय फ्रेंड करना होगा तो यही जुटेगा क्या जो कपड़े पहने हुए ही इतना बेकार दीखता है, बिना कपड़े तो एकदम बनमानुस ही दीखेगा ना।

हँसी रोकना मेरे लिए अब मुश्किल था और फूचकी अपनी एकमात्र दोस्त शिल्पी के साथ भी चैन नहीं पा रही थी और उसके बिना भी नहीं। लेकिन ठठाकर हँसने का मतलब था बच्ची को आहत करना। एक उम्र में ये अस्थायी मित्रताएँ ही चिरकालिक दीखती हैं। जबकि जीवन में कुछ होता है क्या चिरकालिक...शायद कुछ भी नहीं।

कुछ ही दिनों में एक और घटना हो गयी।

अभिरूप से व्लादिमीर नोबोकोव समेत कई विश्वप्रसिद्ध उपन्यासकारों पर बात होती थी। अभिरूप का रुझान साहित्य के प्रति बिल्कुल ही न हो ऐसा नहीं था। हमने 'लोलिता' की चर्चा की। सन् 55 में छपी इस किताब का अनुवाद कई भाषाओं में हो चुका था जिसमें एक अधेड़ आदमी हंबर्ट द्वारा 12 वर्ष की किशोरी डोलोरेस पर आसक्ति के बारे में सविस्तार बताया गया है। शुरू में तो कई वर्ष यह पुस्तक प्रतिबन्धित रही लेकिन सन् साठ के बाद इसकी करोड़ों प्रतियाँ बिकीं। कहते हैं नोबोकोव था तो रूसी पर उसने अमेरिकी नागरिकता ले ली थी और 'लोलिता' के प्रकाशन ने उसे बहुत धनी बना दिया था। फिर भी नोबोकोव ने अपना घर कभी नहीं बनाया वह सपरिवार किराए में, या सस्ते होटलों में रहता रहा जीवन–पर्यन्त। अभिरूप इस उपन्यास को पढ़ना चाहता है, यह भाँपकर मैंने उसके ऊपर दैनिक अख़बार का कवर लगा दिया और पर्स में रख लिया। स्कूल में अदब की उस्तानी विश्व साहित्य की बेहद शौक़ीन होने के साथ जानकार भी थीं उन्हीं के मुख से पहली बार सुना था लोलिता का नाम। समझ तो क्या ख़ाक ही आया था इतना ज़रूर है कि प्रेम नामक व्यापार में प्रेमी की विवशता का अन्दाज़ा हो गया था। सच कहूँ तो मैट्रिक में पढ़ते मन में अधेड़ पुरुषों के प्रति एक वितृष्णा भी भर गयी थी। वैसे भी मेरे और अम्मा के बीच कोई पुरुष था भी कहाँ। अम्मा को पढ़ने का ख़ूब–ख़ूब शौक़ था, पर लोलिता पढ़ने और घर में रखने का साहस तब मुझमें था नहीं, अब भी नहीं है। अम्मा को सिनेमा से अरुचि थी इसलिए लोलिता के ऊपर उमरावजानअदा के पोस्टर वाला कवर लगा दिया था, अब लोलिता सुरक्षित थी। न! न करते हुए 'लोलिता' क्लास की सब

लड़कियों के पास घूम आयी थी, छीः, छीः के धिक्कार के बाद भी पढ़ी सबने। डोलोरेस की हरकतों, उसका हंबर्ट को रिझाना, उसकी उन्मुक्तता ने सबके मन में हलचल तो ज़रूर मचा दी, वैसे भी अनैतिक को अनैतिक जानते हुए भी उसके दुर्निवार आकर्षण को झुठलाया जा सकता है क्या? लोलिता से शारीरिक सम्बन्ध, उसके प्रति वासनामय प्रेम भले जुगुप्सा जगाता हो है तो एक मनोवैज्ञानिक सत्य जो प्रत्येक देश काल में रहता तो है ही भले अपवादस्वरूप।

—ले आयीं?

पूछा था अभिरूप ने।

मैंने अख़बार का कवर लगी किताब थमा दी थी उसे साथ ही ये आदेश भी—छुपा कर रखना इसे किसी को देना नहीं।

बहुत दिन बाद एक शाम अभिरूप के घर ही अप्रत्याशित जैसा कुछ हुआ। हर बार की तरह मैंने एक बार फिर अपने भोलेपन पर तरस खाया, लौटते समय ट्राम में मेरी हँसी थी कि रुक ही नहीं रही थी।

ट्यूशन के लिए पहुँचने और कमरे में सुयोग्य विद्यार्थिनी निवर्णिता देवी के अवतरित होने के बीच का अवकाश था। कमरे में पहुँचने पर और दिनों की ही तरह माशी चाय और नाश्ता ले आई, मई का महीना होने के बावजूद सुबह से ही मौसम सुहावना था, बादल ढँका और उमस की हल्की ठण्डक वाला, मैं खुली खिड़की के पार देखने लगी, आज बारिश होगी शायद। छाता नहीं लायी। थोड़ा—सा भीग भी गयी तो क्या हुआ, कल रविवार है, केश धोकर नहाऊँगी, बिस्तर पर लेटकर दिन भर किताब पढ़ूँगी। काश! कि अभिरूप कहे—चलोगी क्या कल स्टीमर से घूमने या दीघा या मंदारमणि? घने काले बादल उमड़े और फटे चले आ रहे थे, जाली का पर्दा मेरे आसपास लिपटा चला जा रहा था मानों। तभी आगे—आगे अभिरूप और पीछे—पीछे मेरी सुयोग्य शिष्या का आविर्भाव हुआ। देखा गया कि फूचकी यानि निवर्णिता देवी के आँसू थम नहीं रहे, गाल और मुँह सब लाल है और अंग्रेज़ी—बंगला की सभी गालियों से अपने ख़ास चचाजान को अभिषिक्त किया जा रहा है। और जिसको ये सब अपशब्द कहे जा रहे हैं वो अभिरूप! उसे तो पहचान ही नहीं पा रही हूँ, सदा गम्भीर नत मुख रखने वाले की हँसी थम ही नहीं रही वह हँसते—हँसते मानों गिरा ही जा रहा है, उसके दाँत, दाढ़ी, भौं, आँख, होंठ,

कान, हाथ, पेट, कमर, पैर सब हँस रहे हैं, हँस रहे हैं इतना कि आँख की कोरें गीली हो गयी हैं। कहीं से भी वह यूनिवर्सिटी वाला अभिरूप है ही नहीं। इधर देवीजी के रुदन का अन्त नहीं।

''हुआ क्या बताओ तो?''

अभिरूप हँसता जा रहा है—इसी से पूछो।

निवर्णिता ने रोते हुए बताया कि शिल्पी आई थी।

बिस्तर पर किताब पटककर बोली—

"तुम्हारा अभि काकू समझता क्या है, मुझे ऐसी किताब पढ़ने को दे दी, इतनी गन्दी किताब?"

अब अभिरूप की बारी थी—

"पूछो इससे कि जब ऐसी गन्दी किताब थी तो शिल्पी ने पढ़ी क्यों, थोड़ा पढ़ कर के भी तो छोड़ा जा सकता था।"

"तुमने दी गन्दी किताब"—मेरी आँखों में सारे जहान का आश्चर्य!

अभिरूप बोला—''ये माँगने आ जाती है मेरे कमरे में।''

काकू! ''शिल्पी कुछ नया नॉवेल चाहती है, मैंने कहा अलमारी भरी पड़ी है शरतचन्द्र से लेकर झुम्पा लाहिड़ी तक—ले लो कोई—सी भी बस मेरे टेबल वाली किताबें मत छूना।''

फूचकी सुबकते हुए बोली—''मुझे क्या मालूम ये उपन्यास—नॉवेल, मेरा तो सिलेबस ही ख़त्म नहीं होता, ऊपर से सप्ताह भर ट्यूशन।''

शिल्पी का दिल आया काकू की मेज़ पर रखी किताब पर, ले गयी, मैं और क्या जानूँ। आज आयी है एक सप्ताह बाद लौटाने और पक्की कट्टी करने।

अभि काकू ने सब बिगाड़ दिया—अब मेरा कोई नहीं, कोई सहेली नहीं!

बहती नाक को फ्रॉक की बाँह से रगड़ कर बोली।

आज के काण्ड में अब क्या ही तो फ्रेंच व्याकरण पढ़ाया जाएगा। उसे मुँह धोने भेज मैंने कुछ असमंजस के भाव से धीरे से अभिरूप से पूछा—कौन सी किताब थी?

अभिरूप ने मेरी असुविधा को न भाँपने का नाटक करते हुए ही! ही! हँसना शुरू किया। उसी हँसी के बीच एक शब्द सुनाई दिया—लोलिता।

आमार दिन पुराईया[35]

मेरी प्यारी अम्मा,

तुम ठीक तो हो? कोलकाता में थी तो तसल्ली रहती थी कि कुछ भी होगा तो तुम्हारी तरफ़ दौड़ पड़ूँगी। विदेश यात्रा करते हुए लगभग दस दिन होने को आये। अब घर का खाना खाने को जी चाहता है। तुम्हारे हाथ का मछली–चाप याद आता है।

यहाँ बहुत कुछ देख रही हूँ अम्मा। ये तो बताओ कि जो लोग कुछ कर गुज़रते हैं चेतस या क्षणिक भावावेग में, उन्हें पश्चात्ताप होता होगा? विश्वयुद्ध में जो लोग पीड़ित हुए, मार दिए गए, जला डाले गए, भूखे मरने के लिए छोड़ दिए गए–यह सब कुछ तो क्षणिक भावावेग का परिणाम निश्चित ही नहीं रहा होगा। इतनी तैयारी के साथ यातना–कैम्प बनाना, गैस चैम्बर बनाना, रासायनिक प्रयोग के लिए जिन्दा इन्सानों का इस्तेमाल करना–इतना कुछ अकथनीय। तो इन कृत्यों के कर्ताओं का क्या हुआ होगा मेरे आगे यह सवाल है। राष्ट्र नहीं नस्ल के आधार पर मनुष्य की मनुष्यता तय करने वाले क्या कभी खुद क्षमाप्रार्थी हुए होंगे।

तुमने मुझे हमेशा छोटी लड़की समझकर अपने बारे में ठीक–ठीक कुछ नहीं बताया। बताओ न तुम हसनपुर कैसे पहुँचीं अम्मा, और टिया? क्या अब भी नहीं बताओगी?

–तुम्हारी प्रतीति

मैंने अम्मा का मेल खोला है, बस वर्ड फाइल है एक। कोई सम्बोधन नहीं सिर्फ़ एक अटैचमेंट। लगता है अम्मा 'प्यारी खुकु' लिखना भूल गयी, जो हो मैंने संलग्न फ़ाइल खोली है।

35. मेरे दिन अब शेष हो चले हैं।

लिखा है रहमाना ख़ातून ने–"मेरे जीवन में प्रेम आया कभी! बिराजित सेन का प्रेम? हताश, पराजित व्यक्ति का प्रेम, जिसको चालीस की उम्र में भी साहस नहीं हुआ, सबके सामने अपनी धर्षिता पत्नी का हाथ थामने का। उस प्रेम को याद करने से अब क्या? अब तो बस ऐसा लगता है कि खोये–पाए का हिसाब कर लिया जाए। बहुत–सा बोझ रखा हो ज्यों छाती पर। कह दें किसी से सब कुछ। मौक़ा मिले तो उस मर चुके मौलवी के अहसानों का बदला भी चुका दें। इस देह के नाना नतीजे जिन्होंने किये, मिले तो पूछें कभी कि एक स्त्री का समूचा जीवन खण्डित करने का अधिकार उन्हें किसने दिया? मौक़ा मिले तो पूछें बिराजित सेन से कि सप्तपदी के वचन कौन भूला? पुरुष क्यों अपनी मान–मर्यादा को स्त्री शरीर से जोड़ता है? जानती हूँ वहाँ कलकत्ते में मुझे सब भुला चुके होंगे। बिराजित सेन ने तो किसी औरत से दूसरा विवाह भी कर लिया, ये ख़बर तो सन् छिहत्तर में ही मिल गयी थी। फिर भी मैं जीती चली आयी ऐसे जैसे बिराजित सेन मेरे ही हों, अपने अवचेतन में कभी दर्ज किया ही नहीं कि बिराजित का शरीर–मन अब उनकी दूसरी पत्नी की सम्पत्ति है। क्या होता है मन, कुहुकता रहा भीतर ही भीतर, प्राण रोते हुए तरसता–सिसकता ही रहा, किसी से कह पायी नहीं कि दखिन पवन के साथ मेरी आत्मा भी भटका की है, जिसे कभी कोई ठौर नहीं मिला? यहाँ शरीर बैठा रहा बरसते आकाश के नीचे और मन...उस पर कोई वश चला ही नहीं। दरवाज़े की चौकठ पर बैठा ही रहा भिखारी–सा...इन्तज़ार कभी न ख़त्म होने वाला इन्तज़ार। कभी तो कर्ता दया करेंगे। दिन बीत जाया करता, गाँव के लोग आत्मीयता और ईर्ष्या–द्वेष सब कुछ देते पर साँझ ढलते ही मन छटपटाने लगता। कोई था जिसका इन्तज़ार किया करतीं ओरी से टपकती बून्दों के साथ–साथ।

पूछोगी कि बिराजित ने फिर कभी बुलाया नहीं, क्या बिल्कुल ही भुला दिया?

अन्तिम बार कब देखा था? हावड़ा स्टेशन की बड़ी दीवार घड़ी के नीचे मिलना तय हुआ था। बिराजित आये थे वहाँ, झुक गए थे थोड़ा, चाल में पहले वाली मस्ती नहीं, हाथ में एक चमड़े की अटैची। झुक ही तो गयीं चरणों में–बिंराजित ने सर पर हाथ भी नहीं रखा अपनी गिन्नी रह आयी स्त्री के। हाँ...हाँ करके हट गए। मैं टिया को लिए उनके पीछे।

सवाल बहुत सारे पर सब उमड़–घुमड़ कर मन के भीतर ही। हम चले स्टीमर घाट की ओर। घाट पर आज की तरह बहुत से स्टीमर नहीं हुआ करते थे। पैडल–स्टीमर हुआ करता था जो आज के डीजल स्टीमर की अपेक्षा धीमे चलता था। लोग टिकट कटवा रहे थे, हुगली नदी की छाती पर सवार होकर सबको पार उतरना था। यह नदी औरों से बिल्कुल अलग गंगा से निकली एक धारा लेकिन ख़ूब ज्वारी नदी कभी अपने भीतर के ज्वार का ठीक–ठीक पता नहीं देती। आज का कलकत्ता इसी हुगली की गाद पर बसा लगभग 600 साल पहले। पानी और मिट्टी के खेल भी अजीब होते हैं पता नहीं कब से गंगा की बड़ी धारा यहीं से बहकर बंगाल की खाड़ी तक पहुँचा करती थी, संगम होता था गंगा और बंगाल की खाड़ी का। चरम मिलन। नदी तेज़–तेज़ बहकर अपने प्रियतम में विलीन हो जाती। लेकिन यहाँ तो छोटी–बड़ी कई नदियाँ हिमालय की मिट्टी लाकर जमा करती रहीं, ये मिलन–स्थल है हिमालय पर्वत और समन्दर का। ये गाद ही जीवनदायिनी है, जिसने ज़मीन को ऊँचा बना दिया जिस पर बस सके शहर और गाँव वर्ना तो समन्दर कब का इन नदियों के रास्ते बंगाल की खाड़ी से भीतर तक आ जाता। कहते हैं इसी नदी के पूरबी तट पर बसे तीन गाँवों में से एक था कालिकाता और बाक़ी दो थे–सूतानुती और गोबिन्दपुर। ईस्ट इंडिया कम्पनी के जलपोत 1690 में सूतानुती गाँव के किनारे लगे थे। कुछ साल के भीतर ही यहाँ पर कम्पनी ने क़ब्ज़ा कर लिया और ज़मींदार से यहाँ की ज़मीन का पट्टा भी ले लिया। ईस्ट इंडिया कम्पनी ने कालिकाता को ही क़िला बनाने योग्य समझा और आगे चलकर यही कहलाया कलकत्ता शहर। किसका शहर? कभी था मेरा अब नहीं है। मैं तो एक दिन की मेहमान हूँ, हसनपुर लौट जाना है मुझे। बहुत मन है कि एक बार जाऊँ राजाबाज़ार, देख आऊँ चुपचाप उन गलियों को, कच्चे–पक्के मकानों को, झाँक आऊँगी अपनी ससुराल के आँगन में, एक बार जाकर दोनों बच्चों के सर ही सहला दूँ। स्मृतियाँ! कितनी स्मृतियाँ आँख के आगे नाचती हैं पर कह तो नहीं पाती कुछ भी...भीतर ही भीतर सारा संवाद चलता है।

आकाश बिल्कुल स्थिर...बड़ी खलबली के पहले का शान्त–नारंगी आसमान, तीसरे पहर की निस्तब्धता, उड़ती कुछ चीलें, घनघोर वृष्टि को पुकारने के ठीक पहले की समाधिस्थ नदी। बिराजित मेरी तरफ़ सीधे देख

भी कहाँ रहे हैं, मैं भी अपने में सिकुड़ी–सिमटी "धर्म पालटानोर पर एई खाने थाका मुश्किल" (धर्म बदलने के बाद यहाँ रहना तो मुश्किल है) पता नहीं उन्होंने किसे सम्बोधित करके कहा है, कहा है भी कि नहीं कि मैंने ही अपने भीतर का आलोड़न–विलोड़न सुन लिया है। धर्म किसका–पैदा हुई तो हिन्दू थी, किसी ने जानना तो चाहा नहीं मेरा चुनाव, रहमाना ख़ातून बनाने के पहले किसी ने मुझसे पूछा क्या? मेरा माँ होना ग़लत था क्या, टिया के लिए जी–जान एक कर देना गलत था? क्यों नहीं समझते बिराजित? रेस्टोरेंट में कुर्सी पर बैठे बिराजित टिया से हल्की–फुल्की बातें करते रहे, और टिया तो शुरू की मन्दबुद्धि।

–'बाड़ी जाबो, बाड़ी जाबो! (घर जाऊँगी, घर जाऊँगी) कहकर बाप के गले से लटक गयी। मैंने बिराजित को इशारों में टिया के बारे में बताना चाहा, पर बिराजित ने सुनना ही कहाँ चाहा बस बोले "जेने किच्छू लाभ नेईं" (जानने से कोई फ़ायदा नहीं) वो कौन से बिराजित थे जिन्हें मैं पहचानती थी। ये आदमी इतना अनजाना–अनपहचाना क्यूँ लग रहा है। जो कभी कहता था कि मुझसे एक दिन के लिए भी दूर होते उसे अपने बदन से मेरी गन्ध आने लगती है, जो मेरे खुले केशों में उँगलियाँ फिराते नहीं थकता था उसके सामने मैं यहाँ सादा साड़ी में, कंगन–विहीन हाथ और रूखे सर को ढँके बैठी हूँ और वह मेरी ओर देख भी नहीं पा रहा। तो...तो क्या पुरुष को पराया होते देर नहीं लगती। मुझे भूल गए बिराजित? मेरे गीत, मेरी हँसी, मेरा राग–प्रेम सब कुछ? तुम्हारी आँखों में परायापन है बिराजित...मैंने तो सोचा था तुम मेरा हाथ थाम कर कहोगे–"शब किछू भूले बाड़ी चलो" (सब कुछ भूल कर घर वापस चलो), शुरू करें फिर से एक नया जीवन। मैं सद्यस्नाता–सी धुले केश, माँग में सिन्दूर लगाये फिर से तुम्हारे नेह–मोह की पात्री बन जाती। शिकायतें करती तुमसे बहुत सारी–क्यूँ नहीं आये वापस हमें ढूँढ़ने, वायदा तो यही किया था न! मुझे अकेला कभी नहीं छोड़ोगे, इतनी बड़ी दुनिया में तुम्हारी प्रिया, अकेली कैसे जियेगी, सोचा नहीं क्यों? अब भी मेरी पीठ पर तुम्हारी छुवन का स्पर्श टँका हुआ है। तुम ही तो हो मेरे केश में बस रहे मोगरे की सुगन्ध में, मेरे हाथ के शाखा–पोला और सोने के कंगन में, मेरे माथे की बिन्दी में तुम्हारा राग ही तो बँधा हुआ है, तुम्हारी पसन्द की साड़ी ने ही तो मुझे लपेटा हुआ है चारों ओर। हो तुम्हीं तो सब ओर...चारों ओर। तुम्हारे बिना मैं कुछ नहीं।"

–''भालो थेको'' (ठीक से रहना) कान में पड़ती आवाज़। मैं खुली आँखों सपने में हूँ, जो देखा वो सपना था कि अब जो हो रहा है वह सपना है?

बिराजित ने कुछ इंडियन करेंसी मेरी ओर सरका दी है, अपमान से काला हुआ अपना ही चेहरा देख पा रही हूँ। बोल नहीं पा रही हूँ। समझ में सब आ रहा है पर ज़ुबान साथ नहीं दे रही, जिस आदमी के जीवन के लिए मैंने अपनी परवाह नहीं की वही...बिराजित क्या बोले थे ठीक–ठीक याद नहीं। शायद उनका अपना पक्ष था कि वे मुझे अब घर नहीं ले जा सकते। बच्चे, माँ–बाप सब ठीक हैं और मुझे मेरे जीवनयापन के लिए वे रुपया दे सकते हैं। यह भी कि घर में फ़ोन लगने वाला है, व्यापार अच्छा चल रहा है। सियालदह या चन्दन नगर में मैं किराये के मकान में रह सकती हूँ लेकिन ससुराल में और बसना सम्भव नहीं है। मैंने सिर्फ़ इतना ही कहा था, "आमार चिन्ता कोरो ना, टिया के ठीक मतन राखबे" (मेरी चिन्ता मत करो, टिया को अच्छी तरह रखना।)

इस बात की बड़ी तसल्ली है मुझे कि बिराजित ने पिता का कर्तव्य बख़ूबी निभाया कम–से–कम टिया के लिए। उसी रात दार्जिलिंग लेते गए उसे। टिया को दार्जिलिंग वाले रिश्तेदारों ने नया जीवन ही तो दिया। कभी– कभी थोड़ा मन्दबुद्धि होना ही बड़े काम का हो जाता है। बिराजित ने अपनी कमाई का बड़ा हिस्सा उसकी शादी करने में लगा दिया। मुझे नहीं बुलाया गया शादी में। दार्जिलिंग की ठण्डी वादियों में चुप्पी भरी शादी। कोई अतीत नहीं टिया का, कोई वर्तमान नहीं, सिर्फ़ था भविष्य। इंजिनीयरिंग पढ़ते लड़के के माँ–बाप, गोरी चिट्टी मासूम लड़की के साथ मोटे बैंक बैलेंस के आगे कुछ नहीं चाहते थे। बिराजित ने बेटी दामाद को टोरंटो भिजवा दिया था छह महीने के भीतर ही। मेरा मन कहता है टिया सुखी होगी बालबच्चों के साथ। सुना वह कभी इंडिया नहीं आती। शादी भी कितनी भली बात है, जिसके बन्धन के बिना टिया जैसी लड़कियों का क्या होता?"

इतना ही लिखा है अम्मा ने, इस मेल में। मेरी आँखों पर से जाले की एक परत ज्यों खुरच दी गयी है। तो टिया की शादी अम्मा ने करवा दी। तो बिराजित सेन ने पिता होने का कर्तव्य बख़ूबी निभाया। तो मैं, मेरी वल्दियत क्या?

इन्हीं सोचों में गुम हूँ कि सबीना युद्ध के बाद के ट्रायल के बारे में बताने के लिए मेरा कन्धा हिला देती है। उसका कहना है कि नरेम्बेर्ग ट्रायल में द्वितीय विश्वयुद्ध के दौरान युद्ध अपराधों में लिप्त पाये जाने वाले एस.एस. के सैनिकों और अधिकारियों की लम्बी फ़ेहरिस्त थी। जिनमें से बहुत–से पकड़ कर जेल में भी डाले गए। जिन लोगों ने बतौर नात्सी काम किया उनका अपना पक्ष था। राष्ट्रवादी समाजवाद को उन्होंने अन्तर्राष्ट्रीय स्तर पर प्रसिद्ध समाजवादी मार्क्सवाद और मुक्त बाज़ारी पूँजीवाद–दोनों से अपने को अलगाते हुए नेशनल सोशलिज़्म यानी नाज़ीवाद की पक्षधरता की। नेशनल सोशलिज़्म ने वर्ग–संघर्ष की अवधारणा तथा वैश्विक समतावाद को सिरे से नकार दिया और जर्मनी के नए उभरे वर्ग के बौद्धिकों को अपने पक्ष में खड़ा कर लिया।

जर्मनी की अर्थव्यवस्था को नात्सियों ने अपने हाथ में ले लिया और राष्ट्रवाद के उग्रतम रूप से यूरोप की जनता का सामना हुआ। नस्ल और विचारधारा के आधार पर प्रत्येक वह देश और समुदाय जो नात्सीवाद के कट्टर सिद्धान्तों के प्रतिकूल था, उसका समूल नाश करना एस. एस. का कर्तव्य था। हज़ारों बेहतरीन वैज्ञानिक, डॉक्टर, सैनिक, व्यवस्थापक, कूटनीतिज्ञ राष्ट्रवाद की इस विचारधारा से सहमत थे, इस तरह उनके नेता हिटलर को बेहद ईमानदार और विश्वस्त सैनिक और अधिकारी अपने पक्ष में खड़े मिले। उधर कहते हैं कि गाँधी जी ने भी हिटलर को यह पत्र लिखा था–[36]

मोहनदास करमचन्द गाँधी
स्थायी पता
वर्धा, मध्यप्रान्त, भारत
23 जुलाई, 1939

प्रिय मित्र,

मित्रों का यह आग्रह रहा है कि मानवता की ख़ातिर मैं आपको कुछ लिखूँ। लेकिन मैं उनके अनुरोध को अस्वीकार करता रहा हूँ, क्योंकि मैं यह महसूस करता हूँ कि मेरा आपको पत्र लिखना धृष्टता होगी।

36. अंग्रेजी की फोटो नक़ल (जी.एन. 1510) से गाँधी का पत्र हिटलर को, गाँधी वांग्मय खण्ड 70, पृ. 23

लेकिन मुझे कुछ ऐसा लगता है कि इस मामले में मुझे हिसाब–किताब करके नहीं चलना चाहिए और मुझे आपसे अपील करनी ही चाहिए, चाहे वह जिस लायक हो। यह बात बिल्कुल स्पष्ट है कि आज संसार में आप ही ऐसे व्यक्ति हैं जो उस युद्ध को रोक सकते हैं, जो मानव–जाति को बर्बर अवस्था में पहुँचा सकता है। क्या आपको किसी उद्देश्य के लिए इतना बड़ा मूल्य चुकाना चाहिए, फिर चाहे वह उद्देश्य आपकी दृष्टि में कितना ही महान क्यों न हो? क्या आप किसी ऐसे व्यक्ति की अपील पर ध्यान देंगें, जिसने सोच–विचारकर युद्ध के तरीक़े का त्याग कर दिया है और इसमें उसे काफ़ी सफलता भी मिली है? जो भी हो, मैं यह मान लेता हूँ कि यदि मैंने आपको पत्र लिखकर कोई भूल की है तो उसके लिए आप मुझे क्षमा कर देंगे?

मैं हूँ आपका सच्चा मित्र
हर हिटलर
बर्लिन
जर्मनी

कहते हैं यह पत्र हिटलर के पास पहुँचा ही नहीं। पहुँचता भी तो वह इसका उत्तर देता क्या? हिटलर और दूसरे नात्सियों को कभी पछतावा हुआ होगा?

–उन्हें पश्चात्ताप जैसा कुछ हुआ हो ऐसा गुस्ताव गिल्बर्ट तो नहीं बताते।

–मैंने सुना नहीं उनका नाम!

–"प्रतीति! ये एक अमेरिकी अनुवादक था जिसे अन्तर्राष्ट्रीय मिलिट्री ट्रिब्यूनल ने नात्सी वार क्राइम की सुनवाई के दौरान जेल में तैनात किया जिससे सुनवाई से पहले और बाद में वह क़ैदियों को शान्त और तटस्थ रख सके। जेल में बतौर मनोवैज्ञानिक काम करने से क़ैदियों के बारे में उनकी सोच, मनोविज्ञान, स्मृतियों के चुनाव से ट्रायल के मनोवैज्ञानिक पहलुओं पर सोचने में मदद मिली थी तो वह आस्ट्रियन यहूदी था जिसने अनुभूति के साथ स्मृति के सम्बन्धों पर पीएच.डी. की थी। जानती हो, वह क़ैदियों के साथ भोजन में शामिल होता रोज़ उनसे बातें करता और उनसे हुई बातचीत को डायरी में लिख लिया करता। बर्बरता और हिंसा के कार्य–कारणों की पड़ताल में उसकी डायरी बहुत मददगार साबित हुई।

—वह 'नरेम्बर्ग डायरी' के नाम से प्रकाशित हुई थी। मशहूर नात्सी एडोल्फ हिचमैन के ट्रायल के वक़्त भी गुस्ताव मौजूद था।

—हाँ, उसे इज़रायल बुलाया गया था।

—ट्रायल के दौरान शायद ही किसी नात्सी ने अपने अपराधों को स्वीकारा हो या पश्चात्ताप किया हो। पता नहीं धर्म और नस्ल की उच्चताबोध का नशा कैसा होता है जो मौत के भय से भी उतरता नहीं। वैसे ये सब गोएबल्स की डायरियों में भी दर्ज है जो रूस के संग्रहालय में सुरक्षित हैं, जिसने अमेरिकी क़ैद में आत्महत्या कर ली थी। वह हिटलर के बहुत क़रीब था और बेहद महत्वाकांक्षी भी।

मैं लगातार 'नरेम्बर्ग ट्रायल' के बारे में सोच रही हूँ। हिटलर के आदेशानुसार काम करने वाले सभी लोग उसी की तरह सनकी हों यह ज़रूरी तो नहीं था। क्या वजह रही होगी कि उनकी आस्था नात्सी सत्ता के प्रति अडिग रह गयी होगी। गुस्ताव गिल्बर्ट ट्रायल के दौरान इस निष्कर्ष पर पहुँचा था कि जब हमें बचपन से सत्ता का आदेश पालन सर झुकाकर करना सिखाया जाता है, तब हम सत्तासीन व्यक्ति पर प्रश्न ही नहीं करते। जर्मन लोगों को संस्कार में अपने से बड़े या बलशाली के अनुकरण की शिक्षा मिली होती है, इसलिए हिटलर के आदेशों का पालन भी उन्होंने धर्म–पालन की तर्ज़ पर किया। मनुष्य से हीन प्राणी होते हैं यहूदी–यह सीख उनमें संस्कार की तरह पुख़्ता हो चुकी थी, जब हिटलर ने यहूदी समस्या का 'अन्तिम समाधान' ढूँढ़ा तो उस पर नात्सियों ने कोई प्रश्न नहीं उठाया। सिर्फ़ एक कमांडर ने हिटलर से युद्ध–विराम की गुज़ारिश की थी, जो कि अनसुनी रह गयी। ट्रायल के दौरान उस कमांडर ने स्वीकार किया–"मुझे लगा युद्ध समाप्त करने का एकमात्र रास्ता है हिटलर का अन्त, इसके लिए मैंने उसके घर के वेंटिलेटर में विषैली गैस भर देने की योजना बनायी। योजना पूरी नहीं हुई क्योंकि अगली बार तक वेंटिलेटर के सामने एक बड़ी चिमनी का निर्माण हो चुका था जिसकी रक्षा के लिए बहुत से एस.एस. के सैनिक मुस्तैद थे।"

—हरमन विल्हेम गोरिंग का नाम सुना है तुमने?

—क्या वही जिसके नाम पर म्यूज़ियम है?

—हाँ वही हरमन विल्हेम गोरिंग जो दक्षिणी जर्मनी का बाशिन्दा था, प्रथम विश्वयुद्ध में जिसने ख़ासी वीरता का परिचय दिया था, बतौर

सेकंड लेफ्टिनेंट उसने 22 हवाई जहाज़ों को गिरा दिया था। सन् 1922 में हिटलर की नेशनलिस्ट सोशलिस्ट जर्मन पार्टी की सदस्यता लेकर हिटलर से नज़दीकियाँ बढ़ा लीं। 1923 में गम्भीर रूप से घायल होने के बावजूद उसने मुसोलिनी से पार्टी फंड के लिए चन्दा माँगने की पुरज़ोर कोशिश की, लेकिन वह मुसोलिनी का दिल जीतने में असफल रहा। जो उसे जानते थे उनकी दृष्टि में वह अभिमानी, नशेड़ी और दृढ़–निश्चयी था। उसका सबसे बड़ा गुण था यहूदियों के प्रति घृणा–जिसके कारण वह हिटलर का नज़दीकी हो सका। 1927 में जर्मनी लौटने पर हिटलर ने उसे बर्लिन में अपना प्रतिनिधि नियुक्त किया। ऊँचे सम्पर्क, सम्पत्ति और औरतों के शौक़ीन गोएरिंग के वारे–न्यारे तब हुए जब 1932 में हिटलर की पार्टी सबसे मज़बूत पार्टी के रूप में स्थापित हो गयी। नागरिकों के मौलिक अधिकार स्थगित कर दिए गए। अब किसी को भी कभी भी दण्डित किया जा सकता था, सत्ता विरोधियों पर अंकुश लगाने के लिए हत्या, अपहरण, झूठे मुक़द्दमों का सहारा लेना आम हो गया। जर्मनी की अर्थव्यवस्था में यहूदियों के महत्त्वपूर्ण योगदान को नज़रन्दाज़ करके उनकी धर–पकड़ की जाने लगी, यही वह समय था जब बर्बरता और हिंसा को अंजाम देने के लिए तमाम यातना–गृहों के निर्माण की ज़रूरत आन पड़ी। बदले हुए समय में जर्मन और यहूदियों की मित्रता, वैवाहिक सम्बन्ध अतीत की घटनाओं में तब्दील हो गए। यह वही समय था जब गोएरिंग जैसे बर्बर लोग हाथ उठा कर कहते थे–हिटलर मेरी आत्मा है–फिर भी वह द्वितीय विश्वयुद्ध के ख़िलाफ़ था वह बृहत्तर जर्मनी में अन्य देशों मसलन चेकोस्लोवाकिया और ब्रिटेन को कूटनीति के रास्ते शामिल करने का पक्षधर था। जो भी हो हिटलर ने गोएरिंग की सलाह पर कान नहीं दिया और 6.6.1939 को विश्वयुद्ध की घोषणा कर दी। वह गोएरिंग ही था जिसने 1.9.1939 को जर्मनी से सभी पोलिश यहूदियों को निकाल बाहर करने का आदेश दिया था।

इतना सब कुछ करने पर भी गोएरिंग ने इस बात का ध्यान रखा कि युद्ध अपराधों में उसका नाम न आये। उसके नाम से संग्रहालय भी बनाया गया, जिसमें उसके द्वारा इकट्ठी की गयी कलाकृतियाँ हैं। उसने ब्रिटेन पर हमले का नेतृत्व किया जिसमें जर्मनी को मुँह की खानी पड़ी। उसने हिटलर के 'अन्तिम समाधान' को व्यवहार में लाने के लिए सैकड़ों

सोवियत सैनिकों को क़ैद में रखा। गोएरिंग बहुत महत्वाकांक्षी था उसे इस बात का इल्म था कि वह हिटलर का सुयोग्य उत्तराधिकारी है। हिटलर के मरने के बाद (हत्या/या आत्महत्या) उसे अमेरिकी सेना से विशेष सम्मान की अपेक्षा थी। मुक्ति सेनाओं द्वारा पकड़ लिए जाने पर अपना नाम युद्ध अपराधियों की सूची में देख उसे अपार आश्चर्य हुआ। 'नरेम्बर्ग ट्रायल' में एक डाक्यूमेंट्री का प्रदर्शन हुआ जिसमें यातना शिविरों की सच्चाई सबको दिखाई गयी। लेकिन गोएरिंग को अपने किये पर कोई पश्चात्ताप नहीं था, उसने यातना शिविरों और होलोकास्ट की किसी जानकारी से इनकार किया और हिरासत में आत्महत्या कर ली।

देखो! यह येदिश कवि हेर्स्चेल ज्नोबेर्ग (Herschel Zynoberg) की कविता है, जिसने घेटो में रहने के दौरान यह लिखी थी, जो आशा और निराशा के बीच झूलती है। हेर्स्चेल प्रशिक्षित दर्ज़ी था, उसे घेटो से आउशवित्ज़ ले जाया गया, वह अपनी कविता में मर्यादित प्रतिरोध की बात करता है। दुर्भाग्यवश येदिश भाषा का बहुत कम साहित्य बचा है–साथ ही इसके जानकार लोग भी। जनवरी 1943 में उसने यहूदी घेटो के आसमान को देखकर लिखा था–

आसपास चारों ओर अँधेरा है
उदास आसमान घेटो के ऊपर पसरा हुआ है

आउशवित्ज़ के मुख्यद्वार पर "Arbeit Macht Frei" पढ़ कर उसने लिखा था–

मुझ जैसे बहुतों ने ये पेड़ देखे होंगे
इन पर चढ़े होंगे और उड़ गए होंगे
सारे निशान धुल–पुंछ गए–पोंछ दिया गया उन्हें
सब कुछ
पेड़ों ने देखा और सुना होगा
बीज, अंकुरण और पत्तेदार होना, हमेशा चुप
यही उनकी रीत है।

आउशवित्ज़ के पिछले चार दिन बोझिल दिन थे, ऐसा लगता जैसे ये सब कोई दुःस्वप्न हो, काश घटा ही न होता सब जिसके घटने के निशान चारों ओर बिखरे हुए थे।

मेरे अवचेतन में क़ैदियों की कहानियाँ गूँजती हैं। ज्यों उनके साथ न घटकर यह सब मेरे साथ ही घटा हो। तो क्या यातना और पीड़ा भी मनुष्य को एक करती है। आउशवित्ज़ कैम्प से बचे वे जिन्हें सोवियत रूस की सेनाओं ने आकर मुक्ति दी, जिनकी कुल संख्या लगभग छह हज़ार थी। उनमें से कुछ की दास्तानें मेरे पास हैं, जिनके लिखे–कहे शब्द पीछा करते हैं। सोवियत सैनिक दिमित्री को काम मिला था क्रेमेटोरियम बिल्डिंग बनाने का जब वह 18 साल की उम्र में आउशवित्ज़ लाया गया। वह लिखता है–"मैं बचा रह गया तो इसलिए क्योंकि मैंने बचने की कोशिश की, कभी भी चोटों को, दर्द को अपने मन पर हावी नहीं होने दिया। मिस्त्री का काम करते हुए मुझ जैसे राजनीतिक क़ैदियों को दो वक़्त का खाना मिलता। हर बार मैं अपने ईश्वर से प्रार्थना करता कि वो इन जर्मनों को नरक में जगह दे। हम सबको बिल्डिंग प्रोग्राम के इंचार्ज की आज्ञाओं का पालन करना पड़ता। धातु की बड़ी–बड़ी बाल्टियों में क़ैदियों का खाना आता, उन बाल्टियों की खनखनाहट से प्रिय और कोई आवाज़ नहीं लगती थी। सोवियत क़ैदियों की वर्दियाँ छीन ली जाती थीं जिन्हें क़ैदियों में बाँट दिया जाता था। हमारे साथ एस. एस. के लोग बहुत बुरा बर्ताव करते लेकिन उन्हें काम भी हमीं से करवाना रहता, इतना तो हमें पता चल गया था कि उन्हें आर्किटेक्ट नहीं आता। मैं देखा करता ट्रक के ट्रक आते नंगे–भूखे क़ैदियों से भरे हुए। ज़्यादातर यहूदी क़ैदियों को सीधे गैस चैम्बर के हवाले कर दिया जाता। बस एक बार सुना कि गैस ख़त्म हो जाने के कारण छोटे बच्चों को सीधे आग के हवाले कर दिया गया, पूरा वातावरण चीख, धुएँ और बदबू से भर गया।

...चिमनी बहुत बड़ी और कालिख से भरी थी, मेरा दोस्त सखारोव 17 नम्बर ब्लॉक में मेंटेनेंस इंजीनियर था, वह चम्मच, चाकू, काँटे, छोटे औजार चिमनी के भीतरी ताखों में छिपा दिया करता, हमारी योजना थी बिजली वाली काँटेदार बाड़ को काटकर आउशवित्ज़ से निकल भागने की। रूसी कैम्प में ज़ब टाईफ़स फैला तो दो सप्ताह से अधिक दिनों से बीमार रह आया हर क़ैदी गैस चैम्बर में भेज दिया जाता, ट्रक में जब बीमारों को घसीट–घसीट कर चढ़ाया जा रहा था तब मैं वहीं था और अपने दोस्त को बचा नहीं पाया, सखारोव की उदास, मरियल आँखें अभी तक मुझे याद हैं, कितनी बार हमने अपना खाना आपस में बाँटकर खाया था,

लेकिन जब चैम्बर जाने की बारी आई तो मैंने उसे अकेला छोड़ दिया, मैं क्या करता। उसके बाद कई रात मैं सो नहीं पाया लगता कि सखारोव की कोटर में धँसी आँखें मुझसे सवाल कर रही हैं। सखारोव का इकट्ठा किया सामान इस चिमनी में ही रह गया। दिमित्री सच ही तो बोल रहा था, हालाँकि सन् 1988 में उसकी मौत हो गयी अपने परिवार के बीच रूस के गाँव में। लेकिन आशवित्ज़ में क़ैदियों की मुक्ति के 75 वर्ष पूरे होने के उपलक्ष्य में ढहते हुए साक्ष्यों को आनेवाली पीढ़ियों के लिए सुरक्षित रखने का काम जब ज़ोरों पर था तब ब्लॉक संख्या 17 की चिमनी की मरम्मत के दौरान टूटे हुए जूते, फटी बोरी के टुकड़ों के साथ काँटे–चम्मच और छोटे औज़ार भी ताखों में रखे मिले जिनके बारे में ब्रसेल्स टाइम्स ने लिखा था कि 'ये सामान क़ैदियों द्वारा आउशवित्ज़ से बच निकालने की योजना का हिस्सा रहे होंगे।' क्या विवशता रही होगी वहाँ क़ैद लोगों की, कोई नस्ल के कारण कोई सोवियत या पोलिश सैनिक होने के कारण क़ैद होगा, रोज़ देख रहा होगा अपने सामने सताये जाते मरते लोगों को, फिर भी बच रही होगी उसमें जीवन की चाह। कील–काँटा, चाकू जैसे औज़ार इकट्ठा करना और मुक्ति के स्वप्न देखना क्या यही उनकी जीवनेच्छा का प्रमाण नहीं है?

आउशवित्ज़ की कहानी को याद रखा जाना ज़रूरी है, हर उस आदमी के लिए जो लोकतान्त्रिक मूल्यों समता, बराबरी, न्याय में विश्वास रखना चाहता है, भले ही उसे अतीत के नाम पर रूबरू होना पड़े होलोकास्ट के शिकार मासूम लोगों के कटे हुए बालों, उखाड़े हुए दाँतों, इस्तेमाल किए हुए सामान के जखीरे से, जिन्हें झेलनी पड़े जले हुए मांस की गन्ध से लदी बोझिल हवा, जो बार–बार याद दिला सके उन क्रूर नात्सियों की, जिन्हें अपनी करनी पर कोई खेद, कोई विक्षोभ नहीं था। जिनमें शामिल हेर्मन गोएरिंग ने 'नरेम्बर्ग ट्रायल' का सामना पूरे आत्मविश्वास के साथ करते हुए, बिना किसी पश्चात्ताप के कहा था–"यह सच है कि जर्मनी को आर्थिक तौर पर सुदृढ़ करने का ज़िम्मा मुझे मिला था। बतौर राष्ट्रवादी जर्मनी के पक्ष में ही मुझे हर फ़ैसला करना होता था। हिटलर ने मुझसे यहूदी समस्या का 'अन्तिम समाधान' ढूँढ़ने को कहा था, लेकिन मुझे यह मालूम नहीं था कि श्रमिक कैम्पों के भीतर क्या घटा। ट्रायल के अन्त–अन्त तक हेर्मन गोएरिंग ने हिटलर के प्रति अपनी

स्वामिभक्ति नहीं भुलाई, हालाँकि उसकी पत्नी को इस बात की सूचना थी कि हिटलर ने आत्महत्या के पहले अपने साथ काम करने वाले सभी ओहदेदारों की हत्या का आदेश दे दिया था। नरेम्बर्ग ट्रायल में सिर्फ़ 80 लोग ही दोषी पाये गए, इससे पहले कि गोएरिंग को फाँसी दी जाती, उसने हिरासत में ही साइनाइड निगल लिया।

इसी ट्रायल के दौरान नात्सी अधिकारियों से श्रमिक कैम्पों की आड़ में यातना शिविर बनाये जाने के बारे में दरयाफ़्त की गयी। अधिकांश ने तो क़ैदियों को यातना दिए जाने को आरोप मात्र बताया, कुछ के उत्तर हास्यास्पद थे–"हमने यहूदियों, कम्युनिस्टों और राजनैतिक क़ैदियों को प्रोटेक्टिव कस्टडी प्रदान करने के लिए ये कैम्प बनाए। ताकि भविष्य में होने वाले सम्भावित अपराधों को रोका जा सके।"

–"आपको अपने किए का पछतावा है?"

"नहीं, कोई पछतावा नहीं"–ऐसा जवाब कइयों ने दिया

–"आप वहाँ सुरक्षाकर्मी के तौर पर तैनात थे, आपने 60 लाख यहूदी मार दिए। यातना के कौन से तरीक़ों का इस्तेमाल आप करते थे?"

–" कमाँडर की आज्ञानुसार हम काम करते थे। क़ैदियों को बर्फ़ीले, कभी खौलते पानी में डालना, गोली मारना, गैस से मारना से लेकर जलाने तक के तरीक़े हम अपनाते थे। बाद में देखा गया कि ज्याइक्लोन–बी नामक गैस के ग्लोब्यूल्स पाइप में डालने से 3 से 15 मिनट के बीच क़ैदी घुट जाते हैं, इसलिए हम लोग यह गैस इस्तेमाल करते थे, ताकि उन्हें कम–से–कम कष्ट हो। पाइप में गैस–ग्लोब्यूल्स डालने वाला व्यक्ति मास्क पहने रहता था।"

अधिकांश का कहना था कि उन्होंने हाई कमांड की आज्ञा का पालन किया और स्वयं को ज़ंजीर में बँधा स्वामिभक्त कुत्ता बताया जो अपने मालिक की हर बात का अनुसरण करता है।

"क़ैदियों को इतनी यातना देने के बाद या सामूहिक नरसंहार के दौरान आपको अपना सामान्य जीवन जीने में कोई समस्या हुई?" अगला प्रश्न था।

"बिल्कुल नहीं, अपनी ड्यूटी समझकर काम करता था और आराम से सोता था। मुझे हमेशा से अकेला रहना पसन्द है, अपने किए का मुझे कोई अफ़सोस नहीं है।"

हर्मन गोएरिंग समेत इन सबका कहना था कि "हम आशा करते हैं कि एक दिन जर्मनी राष्ट्र निर्माण में हमारे योगदान को पहचानेगा और हमें अपना नायक समझेगा।"

अम्मा का मेल आया है और मैं सब कुछ छोड़कर मेल पढ़ने बैठ गयी हूँ।

प्यारी खुकु,

हसनपुर

तुम्हारा मेल जिस दिन आता है उस दिन मुझे बहुत अच्छा–सा महसूस होता है। इस उम्र में जब हम ज़्यादा स्मृतिजीवी हो जाते हैं, ठीक उसी समय स्मृतियाँ हमारा साथ छोड़ने लगती हैं। मुझे मालूम है कि तुम्हारे भीतर बहुत सारे सवाल हैं, क्योंकि तुमने परिपक्वता का एक स्तर अर्जित कर लिया है, शिक्षा और अनुभव से। वैसे भी जीवन बहुत कुछ सिखाये कहाँ मानता है।

मनुष्य को समझना आसान नहीं है प्रतीति। लेकिन हम सबकी ज़िन्दगी इसी मनुष्य को समझने में ही गुज़र जाती है। मित्रहीन व्यक्ति से अभागा कोई और है नहीं। शास्त्रों में कहा गया कि पति ही सबसे बड़ा मित्र होता है, चाणक्य नीति में कहा गया है कि पत्नी की मान–मर्यादा की रक्षा का भार पति पर होता है। मेरी मान–मर्यादा की रक्षा का भार वहन करने वाला कौन था? दरअसल कोई भी स्त्री जो स्वाभिमान की शर्तों पर जीना चुनती है उसकी रक्षा, उसकी ज़िम्मेदारी कोई नहीं ले सकता। जैसे ही उसकी ज़िम्मेदारी कोई लेता है शोषण की प्रक्रिया वहीं से शुरू हो जाती है। आज भी औरतों की बहुत बड़ी आबादी बतौर अनुत्पादक श्रमिक काम कर रही है। उसकी लड़ाई बहुस्तरीय और कठिन है, इसे मैंने अपने जीवन से ही समझा है। उसे बहुत सावधान होकर हर तरह के शोषण और यौन–शोषण से बचना होता है साथ समाज में यौन उत्पीड़न की मानसिकता को बदलने के लिए ज़रूरी क़दम उठाने होते हैं। साहित्य और कलाओं में स्त्री देह की उपभोक्तावादी मानसिकता को बदलने की भी ज़रूरत है। जब भी टीवी खोलो शोषण की कोई–न–कोई दास्तान सुनाई–दिखाई पड़ जाती है। लेकिन मुझे लगता है स्त्री–देह का शोषण बन्द हो वह दिन अभी दूर है। जब तक वर्गीय मानसिकता बनी रहेगी यौन शोषण होता रहेगा परिवार के भीतर और परिवार के बाहर। एक बात और कि स्त्रियाँ आज

कामकाजी हैं, वे बाहर जाती हैं आर्थिक स्वावलम्बन की तलाश में लेकिन दिनों–दिन यौन शोषण की घटनाएँ बढ़ती जा रही हैं। स्त्री–उत्पीड़न का नंगा रूप हमारे सामने दीख रहा है। पड़ोसी–रिश्तेदार–कुटुम्ब कोई भी स्त्री का विश्वास अर्जित करने योग्य नहीं रह गया है और स्त्री शोषण के बहुत सारे नए कायदे ईजाद कर लिए गए हैं। पढ़ाई–लिखाई के बावजूद भारत–पाकिस्तान–बांग्लादेश की आम औरतें पुरुष समाज से बिल्कुल अलग हैं, उन्हें नेतृत्वकारी भूमिका कभी मिलती ही नहीं और कभी मिल भी गयी तो वे समझ नहीं पातीं कि इस भूमिका का निर्वहन उन्हें करना कैसे है? स्त्रियों की बड़ी आबादी कभी शरीर, कभी संवेदना, कभी आर्थिक स्तर पर शोषण से मुब्तिला है। जानती हो इस शोषण का मुक़ाबला सबको निजी स्तर पर ही करना पड़ता है क्योंकि आन्दोलन करने के लिए जो शक्ति और एकता चाहिए होती है इन बेचारियों के पास न उतना समय होता है न ही क्षमता। और कभी यह जुटा भी ली जाए तो इंडिया के जघन्य निर्भया काण्ड के जैसे यौन–शोषण और हत्या को साबित करने में आठ लम्बे वर्ष लग जाते हैं। अधिकांश लड़कियाँ तो शोषण के बाद बता भी नहीं पातीं कि उनके साथ क्या हुआ है। आन्दोलन की आवाज़ें उन तक नहीं पहुँचती और उनमें से कई तो पुरुषों की तरह ही स्त्री–शोषण के आयामों की जानकारी से पूरी तरह महरूम रह जाती हैं और स्त्री विरोधी मानसिकता को पुख्ता करने में जाने–अनजाने साथ देती हैं। आज के मनोरंजन उद्योग में स्त्री पहले से कहीं अधिक 'उपभोग किये जाने वाले माल' में तब्दील हो गयी है इसे समझना मुश्किल नहीं है।

हाँ एक बात और, ज़िन्दगी में तुमने जो भी रास्ता चुना है उस पर साहस और धैर्य के साथ चलना होगा। जानती हूँ कि अब तक तुम्हारे अनुभवों ने तुम्हें बहुत परिपक्व कर दिया है। फिर भी यूँ ही ख़याल आया कि लिख दूँ।

प्यार

अम्मा

प्यारी अम्मा,

आउशवित्ज़–बिर्कानेयु, पोलैंड

कैसी हो। तुमने बिल्कुल ठीक कहा जिस राह को मैंने चुना है उसके पठार और खाइयाँ मेरे ही हैं, सच पूछो तो चुनौतियाँ न हों तो जीवन कैसा।

मैं दुनिया की नई जगहें देखती हूँ और सोचती हूँ जानकारियाँ मन को कैसा भरा–भरा और परिपक्व बना देती हैं। जहाँ तक रही सुरक्षा की बात तो मेरा भी मानना है कि परिवार हमें मानसिक सुरक्षा तो देता है। हमारे अपने जीवन की संरचना में प्रेम एक केन्द्रीय भूमिका निभाता है–उसका धन–सम्पत्ति, वंश उत्तराधिकार से कोई लेना देना नहीं होना चाहिए। ये होना चाहिए–वाली बात समस्या पैदा करती है। अम्मा तुमको तो अन्दाजा होगा ही कि अभिरूप से मेरा लगभग पांच सालों के मित्रतापूर्ण सम्बन्ध के बाद अलगाव हुआ। लेकिन उसके प्रति प्रेम को मैं भुला नहीं पाती हूँ। मैं अब उसकी ज़िन्दगी का जीवन्त, रोज़मर्रा का हिस्सा नहीं हूँ, हो सकती नहीं लेकिन किसी और सम्बन्ध में जाने का साहस जुटा पाना जैसे मैं भूल चुकी हूँ। तुमने कहा था ना कि कोई मिले तो जीवनसाथी के हिसाब से उसे देखूँ? लेकिन ज्यों–ज्यों अपना रिसर्च का काम करती जाती हूँ, वैसे–वैसे ये बातें पीछे छूटती जाती हैं। दिन के उजाले में मुझे यह याद ही नहीं रहता कि मैं एक सूना जीवन जीने वाली एकाकिनी हूँ। शाम ढले किसी संग साथ की ज़रूरत महसूस होती है तब अपने मन को कड़ाई और ढिठाई से समझाना पड़ता है कि किसी के काँधे पर सिर रख कर मन की बात कह देने का रोमांटिक बोध एक औरत को बहुत महँगा पड़ सकता है। आत्मसम्मान के साथ जीना मैंने तुम्हीं से सीखा है। फिर भी सोचती हूँ तुमने उस उदास सोये हुए हसनपुर में कैसे ज़िन्दगी के इतने साल निकाले होंगे?

और हाँ क्या बताओगी नहीं कभी कि टिया कैसे मिली तुम्हें?

अपना ध्यान रखना

तुम्हारी ही खुकु

गोभीर रजनी नामलो हृदये[37]

रहमाना ख़ातून रात को नहीं सोतीं। दिन में ख़ूब झपकी आती है, ज्यों–ज्यों उम्र पक रही है दिन–रात का फ़र्क़ कम होता जाता है। पढ़ना–तरह तरह की किताबें और अख़बार उन्हें ख़ूब पसन्द है–ये तो सब जानते हैं कोई कहीं जाए उपहार में उनके लिए किताबें ज़रूर लाता है। किताबों के सहारे ही तो ज़िन्दगी कट गयी वर्ना तो...इस वर्ना का जवाब कभी उन्हें नहीं मिला। पहले की तरह अतीत अब नहीं चुभता, आस भी नहीं, नातिन को पढ़ने भेज दिया कलकत्ता सो अब निश्चिन्त हुईं। मेटिरिया मेडिका देख कर कई रोगियों को ठीक किया है, लेकिन रात में नींद न आने की बीमारी, लगता है कभी ठीक नहीं होगी। ताँत की सादा साड़ी तन के साथ मन को लपेट रखे ये तो ज़रूरी नहीं। बारिश होती है इधर मूसलाधार, उधर आधी सदी का समय सिकुड़ कर घंटों में सिमट जाता है।

बजता है राग यमन, अकेला जीवन जैसे, आँख में जल तिर आता है, बारिश भीगी आधी रात, बिस्तर वैसा का वैसा बिछा रह जाता है, उसी पर बालिश (तकिया)। वे साड़ी को कस कर लपेट लेती हैं बदन के आसपास, कैसा तो सिर–सिर करता है बदन। सारे आरोह–अवरोह मन में। लगता है जैसे संगीत सीखने वाली वही छोटी लड़की हो गयी हैं। संगीत की कॉपी खोलकर याद करने बैठी हैं आरोह में नि रे ग, म, प, ध नि सां। और फिर ज्यों नींद में प्रतीति को सिखाती हों–अवरोह में सां नि ध प, म, ग रे सा। रात हुई नहीं कि राग की सुबह हो जाती है–

–आवो आवो बलमा दरस बिना मोरा जिया घबराए

जब भी रात का ये प्रहर होता है मन के भीतर बजने लगता है 'राग काफ़ी'। गुरुजी कहते थे इसके आरोह में गाँन्धार मत लगाना,

37. हृदय में उतर आई है गहन रात्रि।

इससे राग कम सजता है माँ के घर संगीत–शिक्षा हुई थी, बिराजित सेन के घर भी तो नन्दन गुरुजी आते ही थे। ख़ूब पकड़ थी सुर पर। भूले सुर बिना गाये भी बजते हैं क्या? आज खेलो श्याम संग होरी रे...गुरुजी की आवाज़ के साथ बजते चलते हैं सुर के टुकड़े, मन के भीतर कोई है जो निरन्तर आलाप लेता रहता है। भैरवी कब मेरा प्रिय राग हो उठा मालूम नहीं और संगीत शिक्षा तो कब की शेष हो चुकी, अब बच्चों को सिखाती हूँ तो लगता है कोई खेल है...

हो तो चला समूचा जीवन ही निःशेष! कभी लगता था ज़िन्दगी इतनी लम्बी है कटेगी कैसे? धोखे, छल–छद्म की यह दुनिया! धनबाद से चली तेरह साल की लड़की कब सयानी औरत हुई, कब पत्नी और कब बूढ़ी हो गयी...इसका लेखा–जोखा कोई पूछे तो क्या है ही उनके पास कहने को। क्या सच है अपने अभिमान के साथ ही तो जीती रहीं, वर्ना मौलवी साहब के जाने के बाद तो मुक्त ही थीं वे, जा सकती थीं अपने बिल्कुल अपने कलकत्ते–कुछ नहीं तो धनबाद ही सही। पर धनबाद में उनके लिए था ही कौन? तीस–पैंतीस साल की उम्र तक उन्होंने ज़िन्दगी का वह रूप देख लिया जिसके बाद कुछ और देखना बाकी न था। कोई कैसे जान पायेगा कि अब भी बीच रात में उनके कलेजे में ज़ोर की धड़धड़ाहट होती है, लगता है कई लोग पीछा कर रहे हैं–धोरे फेलो, देखो देखो पालिए जाच्छे (पकड़ लो इसे, देखो देखो भागती जा रही है) वे भागती हैं भागती ही जाती हैं, रास्ता, घाट, नदी–नाले रेगिस्तान, कुआँ, कलकत्ते का बाज़ार, धनबाद का गर्ल्स स्कूल। दौड़ है कि ख़त्म ही नहीं होती। सामने मिलते हैं बिराजित सेन–खड़े हैं मूक, वे उनकी ओर हाथ बढ़ाती हैं–" आमाय छेड़ो ना गो, आमि की कोरेछी?'' ''(मुझे छोड़ो मत, मैंने क्या किया है)'' आमि तोमाय छाड़ा बाँचते पारबो ना। ओ गो शुनते पारछो ना? ''(तुम्हें छोड़कर जी नहीं पाऊँगी, तुम सुन नहीं पा रहे हो।)"

यही सपना बार–बार, हर बार दौड़ते–दौड़ते हाँफ जाती हैं, बीच रात में हिचकी बँध जाती है, बिराजित–बिराजित कह कर ख़ूब सुबकती हैं, पता नहीं ये सिलसिला कब से चल रहा है, कब तक चलेगा। कुछ सपने पीछा नहीं छोड़ते जीवन भर। टूट जाता ये सपना अगर थोड़ा–सा समझौता कर लेतीं। टिया के मिलने के बाद उन्होंने बिराजित को दुकान पर तार भेजा था, घर के पते पर चिट्ठी भेजने का हक तो वे कबका खो चुकी थीं।

बिराजित सेन ने कहा था न!

"इन्तज़ाम कर देंगे सियालदह में रहने का किसी को कानों–कान ख़बर नहीं होगी। महीने के महीने ख़र्च भी देंगे। सिर्फ़ इतना होगा कि घर में अब उनका रहना दुबारा नहीं हो पायेगा। धर्म परिवर्तन मामूली बात है क्या?"

अक्सर नींद में बिराजित को देखतीं–उनकी ओर बढ़ा हाथ–''एशो आमार काछे एशो'' (आओ मेरे पास आओ)...उनके कन्धे पर सिर रखे, छाती में नाक गड़ाए जो गृहस्थिन दीखती वे ख़ुद वही थीं, इतराती हुई, ''आमाय भय लागे गो''–कहती सोलह–साला दुल्हन। बिराजित उसे ज़ोर से भींच लेते ''भय किशेर...आमी तो आछी...'' (किसका डर मैं तो हूँ)

कभी सपना देखतीं उचटी नींद में, सीढ़ीघर के नीचे वे मैली–सी सादा साड़ी पहने बड़े–बड़े परात और हंडे माँज रही हैं, बिराजित उनकी तरफ़ ताकते नहीं रेशमी धोती की चूनदार लहर दूर तक बेधती चली जाती है।

''तुमि आमाय छेड़े देबे ना तो?'' (तुम मुझे छोड़ तो नहीं दोगे?)

''पागोल ना की?'' (पागल हो क्या?)

उधर से लाड़ और मनुहार का हाथ आगे बढ़ता।

वो रात और इस रात बीच के इतने साल...हाथ आयी अन्ततः यही निस्तब्धता, मुर्गियाँ और ख़रगोश अपने दड़बों में हैं, दरवाज़े तक जाकर आसमान की ओर ताकने की कोशिश करती हैं, चेहरा, शरीर सब बौछार से भीग गए हैं, तपता–सा चेहरा कोमल हो गया है। वही चेहरा जो दिन के उजाले में सख़्त और सख़्त होता गया है।

तुमि आमार साधेर साधना[38]

अब आउशवित्ज़ से लौट चलने का समय आ चला है, वीज़ा भी ख़त्म होने वाला है। पाँच दिन देखा जाए तो कम भी थे और बहुत ज्यादा भी। यहाँ की उपलब्धि रही सबीना से नज़दीकी और वह सब कुछ जानना जिसे शरीर और मन की आँखों से देखा मैंने। आउशवित्ज में मिलना हम दोनों को बहुत क़रीब कर गया। मुझे लगता है कि सबीना मुझे अच्छी तरह समझती है, उससे मैं बहुत कुछ साझा कर सकती हूँ। लेकिन यहाँ से हम दोनों के रास्ते अलग हो चले हैं।

''अब कब आओगी इंडिया''–मैंने पूछा है उससे।

सबीना मेरी आँखों में गहरे झाँककर देखती है–"अकेलापन लगता है?

''नहीं वैसा कुछ नहीं...पर उस अकेलेपन को दुकेलेपन में बदलने का साहस नहीं, ना ही रिस्क लेने की इच्छा।''

''कुछ अच्छे मित्र बनाओ प्रतीति जो ईमानदार और संवेदनशील हों।''

वह मेरा कन्धा थपथपा दे रही है।

मैंने उसकी सलाह सुन ली है, पर सलाह को कार्यरूप में परिणत करना इतना आसान है क्या? ज़िन्दगी के तपते पठार पार करते–करते चेहरे से संवेदना की मुलायमियत न जाने कब ग़ायब हो जाती है, साथ ही विश्वास करने की सलाहियत भी। और भारत में तो और भी ज़्यादा जहाँ अकेली स्त्री हमेशा रह जाती है मित्रहीन–ख़ासकर यदि वह समझौते करने को तैयार न हो तो।

"इंडिया आने पर मिलना मुझसे ज़रूर। हो सके तो ठहरना मेरे पास"–मैंने मन की बात को दबाकर कहा है।

---

38. तुम ही हो मेरी साधना का साध्य।

"अरे अभी कहाँ? इंडिया आना तो अंटोनी के बड़े होने पर ही सम्भव होगा, ये दो–चार दिन बेबी सिटर के भरोसे उसे छोड़ देना आसान था लेकिन कई महीनों के लिए बच्चा नहीं छोड़ूँगी। तुमसे मेरी दोस्ती हुई, हम साथ में रहे, ढेर–सी बातें की, यही मेरे लिए काफ़ी है। इससे ज़्यादा क्या चाहिए।''

तुमसे कहना चाहूँगी प्रतीति कि अपना अतीत भूल कर आगे बढ़ना ज़रूर, ज़िन्दगी जैसी मिले उसे जीने की कोशिश करनी चाहिए। ज़िन्दगी की रौनकें, सुख–दुःख सब ज़िन्दगी के चित्र को मुक्म्मल करते हैं।"

रौनकें–कहा है सबीना ने और मैं सोच रही हूँ जब तक मुझे टिया का पता नहीं चलता, कैसे ज़िन्दगी की रौनकें देखूँ। ज़िन्दगी के अथाह समन्दर में अपने आपको छोड़ देना चाहती हूँ, कई बार लेकिन फिर वही सवाल–मैं कौन हूँ, टिया अपनी दुधमुँही बच्ची को छोड़कर क्यों गयी? अम्मा ने ही भेज दिया उसे मुझसे दूर? क्यों? शादी कर दी उसकी? तो मैं? कौन देगा इन सवालों के जवाब। प्रतीति ने नहीं जाना कि माँ–बाप क्या होते हैं उसने जाना अम्मा को। दिन–रात, सुबह–शाम बस अम्मा, अम्मा जिसमें खाती उसी पत्थर के थाले में उसे कौर लिए चैन न था। अम्मा काठ की जाली बँधी अलमारी में घी–दूध, दही, शहद रखती, मिट्टी लिपे फ़र्श के रसोईघर की महक, मोटे लाल चावल का भात, केले के पत्ते पर अम्मा का राँधा अरबी के पत्ते का रिकवंछ सब उसे ख़ूब–ख़ूब अच्छे लगते। आँगन में सहजन का कच्ची डालियों वाला बड़ा पेड़, अम्मा गरम और ठण्डे मसाले में सहजन का सालन बना देती तो प्रतीति को लगता इससे अच्छा खाना क्या कोई बनाएगा। प्रतीति की कल्पना में अम्मा से अच्छा कुछ भी नहीं, या अम्मा के अलावा वह किसी को जानती ही नहीं, जानना चाहती ही नहीं। अम्मा ही पुरानी साड़ी की कोर से गुड़िया बना देती, प्रतीति ने अम्मा को हमेशा गुनगुनाते सुना, टीवी तो बहुत बाद में आया, उससे पहले घर में था मर्फी का एक बड़ा–सा रेडियो–इंडिया से ही आया था। अम्मा के काले घने बाल देख वह सोचा करती काश अम्मा भी सज–सँवर कर रहती। तीसरी क्लास में थी तो पूछा था–

"माँ कोय गेसे?'' (माँ कहाँ गयी?)

रहमाना ख़ातून ने कड़ी नज़र से देखा पिद्दी–सी खुकु को–"मोयिरा गेसे" (मर गयी)

फिर ठहर कर बोली–"केनो? हठात माँ के पोयिलो कैन" (क्यों अचानक माँ की याद)

"ना, आमार इस्कूले शब्बायी मार कोथा कोय तो ताई मोने होइलो तोमाये जिज्ञासा कोरी" (नहीं, मेरे स्कूल में सब माँ की बातें किया करते हैं, इसीलिए सोचा तुमसे पूछूँ)

"आमी तोर माँ, तोमाय भालो कोइरा लेखा–पढ़ा कोरते हबे, डॉक्टर हबे तुमि मोने राइखो" (मैं ही हूँ तुम्हारी माँ, तुम्हें अच्छी तरह लिखना–पढ़ना होगा, याद रखना डॉक्टर बनना है तुम्हें)

वैसे बचपन में कभी किसी चीज़ की कमी लगी ही नहीं, तबियत ख़राब होने पर सिरहाने होती अम्मा, किसी–न–किसी होमियोपैथी दवा के साथ, वही थी माँ–डॉक्टर सब कुछ। कभी–कभी कुछ लोग आते थे जिन्हें वह बण्डल में बाँध कर टका दे दिया करती थी, उस दिन रहमाना ख़ातून का मिज़ाज उखड़ा हुआ–सा रहता था, प्रतीति को समझ नहीं आता था कि ये चारख़ाने की लुंगी पहने, सुरमेदार आँखों से प्रतीति को घूरने वाले दो आदमी क्यों आते हैं, अम्मा उन्हें इतने रुपए क्यों दे देती है। प्रतीति के पूछने पर भी कुछ नहीं बताती लेकिन उस दिन उदास रहती और किसी बात में अम्मा का जी नहीं रमता।

उनको क्या पता अभाव का, जिन्हें कभी किसी चीज़ का अभाव नहीं हुआ। एक साधारण–सा पोस्टकार्ड भी कभी असाधारण हो उठता है जब उसे पाना असम्भव होता है। रहमाना ख़ातून होना किसी के लिए भी आसान नहीं होता, हुआ होगा नहीं अम्मा हो उठना भी। टिया कब अम्मा की गोद में मुझे डाल गयी, मालूम चलना आसान नहीं था। क्या रही होगी मेरी उम्र शायद एक साल, अम्मा कहती माँ ने एक साल पालकर अपनी बेटी को माँ को सौंप दिया था। नानी ही माँ होती है यही जानकर बड़ी हुई। स्कूल में नाम लिखाया गया प्रतीति सेन, अभिभावक के नाम पर रहमाना ख़ातून। छठी क्लास में थी तब पता चला कि मैं हिन्दू हूँ और अम्मा मुसलमान। लेकिन उससे मेरे खेल में क्या ही तो फ़र्क़ पड़ना था। मैंने हमेशा अम्मा को अकेला ही देखा था। हमारे घर आने वालों में खेत मजूर, हलवाहे, मछली पालन का काम देखने वाला मुंशी, घर के भीतर काम करने वाली माशी, घर के दालान पर साड़ियों के गट्ठर लिए पसीने से नहाये कारीगरनुमा, मज़दूर लोग, उन्हें मूढ़ी–भात देती अम्मा, मेरी

सहेलियाँ–इन्हीं से बनती थी मेरी दुनिया। इस दुनिया ने मुझे सिखाया जो, वह किसी स्कूल में सिखाया जाना नामुमकिन था। बचपन की कितनी बातें याद हैं मुझे। दूध अन्तिम बार कब पिया था याद नहीं। जबसे होश सँभाला वयस्कों का भोजन ही याद है। पोखर से मछलियाँ आतीं और गर्म भात के साथ थाली सज जाती। अम्मा मुझे काँटेदार मछली खाना सिखाती। काँटा गले में फँस जाता–

"माँच खाईबा मासेर काँटा खाईबा ना सोलबे ना, माँच खाइले मासेर काँटाओ खाईते होबे। काँटा गला लाइगा गेले जल खायियो ना, एकटू खानी भात गोल कोइरा मुखे दिया दीबा ओ काँटा धीरा धीरा नाइमा जाबे" (मछली खाओगी लेकिन काँटा नहीं यह कैसे होगा, मछली खानी है तो काँटा भी खाना होगा, गले में काँटा लगने पर पानी नहीं, भात का एक गोला निगल लो, काँटा धीरे–धीरे नीचे खिसक जाएगा)

वह अनजाने में ही मुझे जीवन की एक बहुत बड़ी सीख दे रही थी। कोई भाव हो या कोई सम्बन्ध यदि काँटे सा गले में अटक ही जाए तो उसे खँखारकर निकालने की कोशिश में अपना ही गला खुरच जाता है, उससे अच्छा है उस काँटे को भात के मुलायम गोले के सहारे निगल लिया जाए, आँतों के अँधियारे मोड़ पार करते–करते उसकी नोक भोंथरी हो जाती है और धीमे–से नामालूम तरीक़े से उसे ज़िन्दगी से निकाल देना सहज हो जाता है।

कुछ मान–अपमान ऐसे होते हैं जो काँटे की तरह चुभते रहते हैं जीवन भर, भात का कोई मुलायम गोला उन्हें गले से नीचे उतारने में सहायक नहीं होता, हम जीना सीख जाते हैं उसी चुभते–गड़ते काँटे के साथ। रहमाना ख़ातून ने कितने अपमान सहे, मन को कितना मारा पर उन्हें अपने मन का मरना छोटा लगा, जब मौलवी साहब की आठवीं बीवी फ़तिमा ने अपनी कहानी बतायी थी। ताड़ के पेड़ों से घिरा बड़ा–सा कच्चा घर, बीचों–बीच आँगन, एक कतार में लकड़ी के दरवाज़े वाली कोठरियाँ, जिनके पल्लों में घुन लगा हुआ था, थोड़ा आगे ही एक पोखर–मौलवी साहब रहते शहर में थे पर यहाँ गाँव में उनकी ज़मीन और पोखर था। यहीं मिली थीं वे फ़ातमा से, लगभग एक सप्ताह से पेट में कुछ भी नहीं गया था। जो गुज़री थी उन पर उसे अब तक ठीक–ठीक याद कर पाने

का कलेजा उनका नहीं है। पूरा शरीर चोट और खरोचों से भरा हुआ, लम्बे घने बालों में भरी थी गाद–तालाब की गाद और मिट्टी। पूरी तरह नग्न–कुछ छुपाने को था ही क्या अब, जिस शरीर की साज–सहेज के लिए साबुन–तेल–फुलेल आता था वह शरीर ही अपमान की जड़ बन गया था। उन्हें अपने मेज़बान के घर का लपटों में घिरना याद है, याद है पति का हाथ पकड़े अपनी किशोरी बेटी टिया का चेहरा–माँ, ओ माँ! कहकर उसका पुकारना, नयी फ्रॉक पहनकर लहराते हुए गले से लिपट जाना भी याद है, ढाका आते हुए स्टीमर में उसका गुनगुनाना भी याद है। पति ने कहा था–"मेये बड़ो होए गेलो गो" (लड़की बड़ी हो गयी जी।)

लेकिन माँ का दिल–"बड़ी कहाँ हुई है, बाल नहीं बाँधे न इसीलिए बड़ी लग रही है, अभी तो चौदहवें में लगी है, टिया पाखी आमार!"

बेटी के लिए लाड़ का ये आलम था कि उन्होंने पति को भी नहीं बताया अभी तक, कि बेटी रजस्वला हो गयी है। बड़े परिवार में ऐसी घटनाओं को छुपा लेना सम्भव नहीं होता लेकिन धर्मभीरु सास और बूढ़े ससुर के अलावा अपने तीन बच्चे ही तो थे। चित्रलिखित परिवार, छोटे– छोटे सुख–दुःख उसमें किसी को टिया पाखी कहलाने वाली माँ की दुलारी के लिए क्यों चिन्तित होना था। महीने के दिनों में माँ रखती अपनी टिया को आँखों के नीचे, महीने के चार दिन तो स्कूल ही नहीं जाती, खेलती और माँ के हाथ की सेवा पाती। माँ ने ख़ूब चुपके से कान में कह दिया था किसी को न बताने के लिए। टिया ने मन से इस आदेश का पालन किया था। माँ को उसकी तारीख़ें, ज़रूरतें याद रहतीं। माँ चाहती थी वह हमेशा नन्ही–मुन्नी रहे, थी भी तो टिया सीधी और भोली। स्कूल और गुड़िया का खेल सब दिन चलता रहता। माँ का कहना था कि उसे रान्ना घर (रसोईघर) के अन्दर नहीं जाना है, ख़ूब पढ़–लिख कर दिदीमोनी बनना है। क्यों याद आती है अब भी टिया की वह कढ़ाई वाली सफ़ेद फ्राक, उसने वही तो पहनी थी जब...

टिया के स्कूल के समारोह की फ़ोटो बिराजित सेन से कहकर वे ख़ुद मँगवातीं, जो वे न कर सकीं उसकी कमी बेटी से पूरी करतीं। छोटी लड़की और लड़का अपनी दादी से हिले–मिले थे, दोनों टिया से ज़्यादा समझदार हैं यह अभी ही अन्दाज़ा हो चला था। पर टिया का क्या होगा माँ के बिना। वह स्कूल से आकर सीधे माँ के पास जाती,

शिकवे शिकायत, हँसी–ख़ुशी सब माँ से बताती। पहली सन्तान की सिधाई माँ–बाप के मन में और प्यार बोती। उसके फ्रॉक, खिलौने, चड्ढी बनियान सबकी खोज ख़बर रखती माँ, सबसे छोटी बेटी अभी आठ साल की थी पर ज़्यादा समझदार थी। लेकिन यह टिया तो...वे मुलायम घिसी सूती साड़ी को फाड़कर धो–सुखा उसके लिए पैड बनातीं, टिया को ख़ूब चुस्त शमीज़ पहना देतीं कि उसके नन्हे उभारों पर किसी की नज़र न पड़े। लाड़ के साथ एक सतत चिन्ता मन में उसी दिन से रहती जिस दिन टिया ने शरीर ख़राब होने के पहले दिन अपनी माँ से छोटे भाई की शिकायत की थी कि वह टिया के सर पर मारता रहता है इसलिए टिया के पेट से रक्त आ रहा है। वे बहुत सावधान थीं टिया को लेकर। संगीत सिखाने के लिए घर पर ही उस्ताद जी आते थे, उस समय भी वे टिया को नज़रों से ओझल न करतीं। आज सोचती हैं काश वे दिन आज के दिन होते, टीवी, मोबाइल का ज़माना, वे टिया को ख़ूब स्मार्ट बनातीं। टिया नाच सीखती जिसका उसे ख़ूब शौक़ था, टिया को गीत गाते हुए सुनतीं तो न जाने किस लोक में खो जातीं। स्कूल से सीख आई थी एक सामूहिक गीत टिया–

हईया हो हईया
पद्मा नदी पारे बांधिश न भाई घर
अनेक जायेगा आछे पोड़े जाश न बालूचर
भरा गाने भरा नदी उथल पथल कोरे
ओई नदी पोड़े गेले मिले ना तार तर
पद्मा नदी पारे बांधिश न भाई घर[39]

छुटकी भी ताल बाँध कर उसके साथ गाती।

बुलबुलें मेरी! आँचल से आँख पोंछती हैं रहमाना ख़ातून।

फ़ातमा की बात याद है जो पहले हिन्दू थी। स्कूल में पढ़ने वाली लड़की का देवतल्ला में घर था। उसके पिता और भाई को मारा जब लोगों ने, वह आँगन के पेड़ पर चढ़ गयी अँधेरे में किसी की नज़र उस

39. हईया हो हईया, पद्मा नदी के पार कभी घर न बनाना, बहुत सी जगहें पड़ी हुई हैं कभी बालूचर न जाना, नदी में अथाह जल है, जिसमें डूबने पर कुछ पता लगना कठिन है/पद्मा नदी के पार कभी घर न बनाना।

पर नहीं पड़ी। माँ तो पहले से ही नहीं थी। सब शान्त होने के दो दिन बाद शाम को पेड़ से उतरी। लाल चींटियों ने सारे शरीर को खुजली और जलन से भर दिया था, भूख प्यास और डर इनमें से किसका वज़न ज़्यादा था कहना मुश्किल। घर का सारा क़ीमती सामान ग़ायब, टूटे बर्तन, जले हुए दरवाज़े, भग्न चूल्हा। अकेले घर से ग़रीब लड़की निकलने का साहस न पाती, कितने–कितने दिन पेट में भात का एक कौर नहीं। जले–बुझे घर में ऐसे रहती ज्यों कोई छिपकली...कोई आवाज़ नहीं। लेकिन कितने दिन तक? पड़ोसी ने देख ही लिया लेकिन उस बुजुर्गवार ने मदद बहुत की। बकरियों को बिकवा कर उसके हाथ में टका दे दिया, बुख़ार हुआ तो हकीम से पुड़िया ला दी, कभी अपने घर से सब्ज़ी–मछली ला देते। लड़की उसको अभिभावक जैसा मानने लगी। स्थानीय बंगालियों और मुस्लिम लीग के लोगों में उसकी अच्छी पैठ थी। लीगी उसे अच्छी तरह जानते थे, लब्बोलुबाब यह कि जल्द ही वह कइयों के साथ लड़की के बरामदे में बैठकी करने लगा, उससे सबको चाय देने को कहा जाता। देवतल्ला में भी मुक्तिवाहिनी और लीगियों में झड़पें शुरू होने में देर नहीं लगी। बुजुर्ग लड़की को अपने घर ले गया और मौक़ा मिलते ही करने लगा उसका बलात्कार। फ़ातमा क्या करती क्या कहती? आश्चर्य और भय से वह हक्की–बक्की रह गयी थी, रात में सोना मुश्किल था वह अपनी बदबूदार साँसे लिए फ़ातमा से आ चिपकता, बड़ी कड़ियल हड्डियों वाला बूढ़ा था, मेहँदी रंगी दाढ़ी के भीतर छिपा था चालाक मौक़ापरस्त मर्द। रखवाला समझा था जिसे, वही दैत्य निकला। ऊपर से मददगार की खाल ओढ़े हुए आदमी के भीतर हिंस्र पशु था, वह उसे नोचता–खसोटता, ज़बरदस्ती करता, अपने साथ और लोगों को भी लाने लगा, सौदा करने लगा। फ़ातमा की तो बोली ग़ायब, दिमाग़ सन्न। लेकिन एक दिन मौक़ा पाया और भाग चली। जिन्होंने पकड़ा बदहवास लड़की को वे मौलवी के पास ले आये इस तरह उसका नया नामकरण हुआ फ़ातमा बीबी और बनी बुजुर्गवार की आठवीं बेगम। मर्द का भी क्या जी होता है। फ़ातमा अपनी बात बताते–बताते हँस पड़ी है, वो कौन सा दयार होता है जहाँ दर्द ही दवा बन जाता है। रहमाना को उसी ने मंतर दिया था–"भय पेयो ना, ओ किच्छू कोरते पारे ना।" (डरना नहीं, वह कुछ कर–धर नहीं पाता)

मौलवी की बीबी बनने के बाद भी फ़ातमा ने अपने रिश्तेदारों को सम्पर्क करने की बहुत कोशिश की, चचेरे भाई के घर भी गयी वहाँ रही भी कुछ दिन, पर एक गैर पाकीज़ा औरत की समाई परिवार में न थी। परिवार के लोग उससे छुआछूत बरतते, बरामदे के कोने में उसकी चटाई बिछी थी, पुराने टूटे बर्तनों में दाना–पानी, रसोईघर में घुसने की इजाज़त न थी। बोउदी (भाभी) गालियाँ देती सो अलग। अपना कहे जाने वालों की लोगों की सच्चाई ने और अधिक आहत किया। मान–मर्यादा बची कहाँ जिसकी रक्षा करनी थी। झड़प और संघर्ष पुरुषों ने शुरू किये और उसका खमियाज़ा भुगता औरतों ने। औरतें हिन्दू बंगाली घरों की हों या बांग्लादेशी, देह उघड़ी उनकी, पहचानें बदल दी गयीं, शारीरिक शोषण हर जगह–बस तरीक़े अलग–अलग, लौट आयी फ़ातमा बूढ़े मौलवी की पहली सात बीवियों की खिदमत में। यहाँ अपना कमरा तो था कम–से–कम, और थोड़ी–बहुत खटनी औरत करेगी नहीं तो जाएगी कहाँ। जांगर उसे हर जगह लगाना है चाहे मायके रहे या ससुराल। मौलवी की बड़ी बेगम फ़ातमा की दादी की उम्र की होगी, फ़ातमा के कोमल हाथों को देह पर फिसलवाये बिना उन्हें नींद न आती थी। ज़िन्दगी के धक्के खायी हुई फ़ातमा के लिए यह काम नहीं खेल था। वह बेगम की झुर्रीदार त्वचा की सलवटें यों निकालती ज्यों बिस्तर की चादर ठीक करती हो, फिर ज़ैतून और नारियल के तेल से एड़ियाँ रगड़ती, एड़ियों से सरकते हाथ धीमे–धीमे पिंडली और फिर जाँघ तक पहुँचते, बेगम तब तक समाधिस्थ हो जातीं, कमर तक आते–आते सत्तरसाला पुरानी नाक के छेदों से सीटी की तरह की आवाज़ निकलने लगती। फ़ातमा की ड्यूटी शेष, अफ़ीम की टुकड़ी लेकर सोयी बेगम अगले दिन ही उठतीं। उसी फ़ातमा ने द्रौपदी देवी को जीने का तरीक़ा समझा दिया था और उन्होंने धर्मभीरु बंगालिन गृहस्थिन से रहमाना ख़ातून बनने को नियति की तरह स्वीकार कर लिया, वह समझ गयी कि शरीर के साथ जो घटना था वो घट गया, अब उन्हें वापस कौन लेगा, क्या धूल–धूसरित काग़ज़ी मुकुट को झाड़–पोंछकर फिर माथे पर सजाना हो सकेगा, शायद नहीं।

क्या हुआ था उस दिन–फ़ातमा ने जब भी पूछा रहमाना ख़ातून की आंख से झर–झर आँसू के अलावा कुछ नहीं। कैसे बतातीं कि जब लीग

के सात–आठ लोग आँगन में फरसा–गँड़ासा, लाठी लेकर खड़े हो गए, मेज़बान मौसी–मौसा की घिग्गी बँध गयी। आसपास के ही लोगों ने उन्हें ख़बर दे दी थी कि कलकतिया मुक्तियोद्धाओं की मेहमाननवाज़ी लाल बंगले पर हो रही है। इससे पहले तो सब कुछ ठीक था, अगले दिन ही तो बिराजित सेन कलकत्ता के लिए स्टीमर पकड़ने वाले थे, साड़ियों के एक–से–एक डिज़ायन का ऑर्डर देकर ख़ूब ख़ुश थे, टिया के लिए यह प्रवास अनोखा था, ख़ूब झूला झूली, खाया–पिया, रिश्तेदारियों में ख़ूब ख़ातिरदारी हुई, पर बार–बार अपने छोटे भाई–बहन को याद करके उदास हो जाती। मौसी ने और दो–चार दिन रुकने का आग्रह नहीं किया होता तो वे लोग सब अब तक कलकत्ते पहुँच गए होते। टिया तानपुरा बजा रही होती, बिराजित सेन गद्दी पर जा रहे होते और वे...पर अब सोचने से क्या? आँगन में बाहरी आ गए, सभी को घेर लिया, वे मुक्तियोद्धाओं को खोज रहे थे, एकदम से काटने को तैयार, मेज़बान ने कहा ये भांजा है कलकत्ते में दुकान है, इसका मुक्ति से क्या लेना देना, एक ज़ोरदार थप्पड़ ने मेशो मोशाय (मौसाजी) को चुप कर दिया। बिराजित सेन से लिपट गयी बेटी, उसे बहुत डर लग रहा था। बिराजित को लाठी से मारकर ज़मीन पर गिरा कर फरसे का प्रहार करने के लिए दल तैयार था, बिराजित को होश ही कहाँ, प्रतिरोध करने की शक्ति ही कहाँ। सब दिन गद्दी पर बैठने का काम किया, कभी बचपन में फुटबाल खेली थी, उम्र के बढ़ने और आराम की ज़िन्दगी से शरीर भी मांसल हो गया था, कसरत नहीं, शारीरिक श्रम नहीं ऐसे में लाठी–फरसे का मुक़ाबला तो क्या ही करते। पति को अवश लेटा देख पत्नी ने आव देखा न ताव दौड़कर बिराजित को अंकवार में कस लिया। चिल्लाई–"आमाय मेरे दाओ, बर के छेड़े दाओ" (मुझे मार दो, मेरे पति को छोड़ दो) लाल पाड़ की साड़ी पहने, आभूषण लदी सुन्दर स्त्री को देख कर उनका ध्यान भटक गया, सबकी जान बचने वाली थी एक जान के बदले, एक– एक करके लुंगियाँ खुलने लगीं, बिराजित के सामने पत्नी की देह, रिश्तेदारों के सामने साड़ी ढँकी देह सार्वजनिक़ हो गयी, बिराजित धोती सँभालते उठे तो उन्हें निर्देश मिला–एखुनी पालिए–जा (अभी भाग जा यहाँ से)...एक ज़ोर की लात से फुटबाल की तरह बिराजित अहाते के बाहर। खुले आँगन के बीच हँसुए

से कटती ज़िन्दा रोहू मछली की आँख ही याद है। दर्द और अपमान से कराहती पत्नी की तरफ़ पलटकर देखने का साहस भी नहीं जुटा पाए दौड़ ही तो गए बिना रास्ता जाने। लुढ़कते–पुढ़कते स्टीमर के पास तक कैसे पहुँचे, मालूम नहीं। टिया का क्या हुआ होगा जानते हुए भी नहीं जानना चाहा बिराजित सेन ने। खुद के भीतर से आवाज़ आती–कापुरुष! कापुरुष!

चोखेर प्राणेर कथा शेई कि भूला जाय[40]

ये सन् इकहत्तर का समय था, इंडिया और ढाका के अख़बार और सूचना तन्त्र सब औरतों के हालातों के बारे में चुप रहे। सब ओर मुक्तिवाहिनी, राजनीतिज्ञ और शान्तिवार्ताओं की कोशिशों की सूचनाएँ थीं। ख़बरों की इस भीड़ में एक अदद स्त्री–जो कुछ ही दिन पहले बिराजित सेन की पत्नी थी उसे ढूँढ़ना असम्भव ही था। वे कई बार अजानते ही रेलवे स्टेशन पर जाकर खड़े हो जाते कहीं पत्नी दीख जाए शरणार्थियों की भीड़ में, बेटी टिया का हाथ थामे ट्रेन से उतरती हुई। कई बार लाल पाड़ की साड़ी पहने हुए किसी अन्य को देख कर भ्रम भी हुआ। लेकिन वे अपनी बात किसी से साझा नहीं कर सकते थे। प्रश्न–प्रतिप्रश्न अपने भीतर ही चलते रहते–

–तुम वहाँ रुके क्यों नहीं?

–कहाँ रुकता, देखा नहीं तुमने वे मुझ पर फरसा चलाने को तैयार थे?

–तुम पुलिस के पास जा सकते थे?

–चारों ओर मारो–काटो के शोर में मुझे कुछ सूझा ही कहाँ, हाथ में पैसे भी नहीं थे कि कहीं ठहर कर कुछ सोच सकूँ।

–तुम्हारे सामने तुम्हारी पत्नी के साथ...और तुम्हें अपनी जान की पड़ी थी, बेटी के बारे में भी नहीं सोचा?

–पर मैं अकेला था, बलात्कार से पत्नी को कैसे बचाता, वे छह–सात थे, दरिन्दगी उनकी आँखों से टपक रही थी।

–तुमने पत्नी की रक्षा करने का वचन दिया था!

---

40. क्या भूली जा सकती है आँखों–प्राणों की वह बात।

–अब शायद ही जीवित हो वह, पर बेटी याद आती है।

कुछ दिन बाद ढाका के रिश्तेदारों से पत्नी–बेटी के बारे में पूछा था, वे इस अराजक माहौल में क्या जानकारी देते बल्कि वे तो आश्चर्य में पड़ गए कि बिराजित की पत्नी–बेटी खो कैसे गयीं। कई लोगों से इशारों में पूछा, डाक और संचार व्यवस्था लचर थी, किसी से कोई जानकारी नहीं मिली, मेज़बानों ने भी उस रात के बाद माँ–बेटी को कहीं नहीं देखा, वैसे भी वे लोग लाल बँगला और जमा–जथा छोड़कर कृष्ण नगर की तरफ़ आ गए थे और अब थे शरणार्थी।

–सच कहूँ तो मैं विवश था विवश हूँ। यहाँ कलकत्ते में पत्नी बेटी के बारे में सब कुछ सच–सच किसी को बता नहीं सकता, लोग क्या कहेंगें? पीढ़ियाँ दागदार हो जाएँगी। अगर कभी वह लौट भी आये तो उसके साथ पहले–सी गृहस्थी करना सम्भव होगा क्या? भगवान राम ने भी तो रावण के पास से लौट आयी सीता को आश्रय नहीं दिया था।

–पर...फिर भी तुमने उसके साथ जीवन के इतने साल बिताए हैं... उसका प्रेम याद नहीं आता?

–आता है बहुत याद आता है पर व्यावहारिक जीवन कुछ और होता है।

भूलुंठित पुष्प को देवता को तो चढ़ाया नहीं जाता।

इसी तरह के तर्क–वितर्क बिराजित सेन ख़ुद से किया करते, अक्सर उन्हें ख़ुद से बात करते हुए सुना जाता। आढ़त का काम ढीला पड़ता गया।

उधर प्रतीति के कलकत्ते पढ़ने चले जाने के बहुत बाद के दिनों की बात है ये, हसनपुर में रहमाना ख़ातून की सस्ती होमियोपैथी दवाएँ लेने ढेर लोग आया करते। मध्याह्न का सूरज अपना ताप दिखाकर ढल चुका था, कुछ लोग बाँस की डोली–सी बनाकर बीमार को रहमाना ख़ातून के बरामदे में ले आये थे टाइफाइड का रोगी ज्वर में तप रहा था।

–"एक बार देखे दाओ, ठण्डा लाईगा जर आइता शे किच्छु खायिते पारते से ना" (एक बार देखिये तो, कितने दिन हो गए जाड़ा लग कर ख़ूब ज्वर आ रहा है, कुछ खाता नहीं)

नब्ज़ धीमी थी, लम्बे बुख़ार ने शरीर में एक बीमार गन्ध को स्थायी रूप से बसा दिया था। रहमाना पानी की ठण्डी पट्टी और हर आधे घण्टे

में जुबान पर नील के पौधे की जड़ से निकाले बप्तिसिया (Baptisia) की बूँदें पानी मिलाकर देने लगीं। अगली शाम तक ताप उतर गया। उन्होंने चैन की साँस ली। मूढ़ी, हरीमिर्च और प्याज़ दिया रोगी लाने वालों को। कनखी से उन्हें खाते हुए देखती रही। भूखा आदमी शुरू के कौर कैसे झटपट लील लेता है, पेट की आग से बड़ी आग कुछ भी नहीं। अपनी ओर ताक़ते देख वह गँवई थोड़ा लजा गया–"आशोले अनेक दूर थेके आइता सी किच्छू खायनी" (दरअसल बहुत दूर से आ रहे हैं न कुछ खाया)

अगले कौर सधे हुए थे उनमें नमक–प्याज़ मिलाकर अपेक्षाकृत भद्र तरीक़े से खाया गया, बीच–बीच में हरी मिर्च को दाँतों के किनारे से काटना भी हुआ। पेट भरने के बाद ही स्वाद का नम्बर आता है। वही खा कर उन लोगों ने चापाकल से ओक लगाकर भरपेट पानी पिया और सुस्ताने लगे।

ख़ूब धन्यवाद!

अगले दिन दवा की शीशी के साथ रोगी को वापस ले गए।

वो दिन और आज का दिन रहमाना को अपने बगीचे का मौसमी फल–सब्ज़ी, नारियल देने वही मुकुल ज़रूर आता, अब तो उसने मोटर साइकिल ले ली थी, आता देश–दुनिया की ख़बर बताने। बरामदे में बैठ जाता तो घण्टे भर से पहले उठने का नाम नहीं लेता।

–''दिदिमोनी! आमारे बसाई सेन'' (दीदी! आपने मुझे बचाया है)

रहमाना ख़ातून को उसने दुःस्वप्न आने की शिकायत की। जब भी आता कहता–''राइते घुमोइते पारी ना, बाजे बाजे शोपोन देखी।'' (रात को सो नहीं पाता ख़राब सपने देखता हूँ)

–"केन? मन टाके शान्त राखो, भालो कोरे हाथ–पा धुइया शुइता जाबा" (क्यों? मन को शान्त रखो। हाथ–पाँव अच्छी तरह धो कर सोया करो)

–''जानेन तो आमार मन भालो थाके ना। आमि एकटा ख़ूब खराब काज कोइरा फेलसी। ओटा आमार मन थेके जाय ना। कोतो बसर होईया गेलो'' (जानती हैं मेरा मन अच्छा नहीं रहता, मैंने बहुत ख़राब काम किये हैं, जो मेरे मन से नहीं जाते। कितने साल बीत गए)

मुकुल ने जो कहा वह रहमाना ख़ातून के लिए नया था। मुक्तिवाहिनी और बंगालियों के संगठित दल का सदस्य रह आया था मुकुल। अपना अतीत ख़ुद ही खोल गया–

"तीन अप्रैल 1971 को पाकिस्तान आर्मी के आने पर उन्हें घेरने की योजना बनायी हम पाँच मुक्ति बन्धुओं ने। आर्मी के आगे हमारी कोई बिसात नहीं थी। फिर भी हमने तय किया कि उन्हें मज़ा चखाएँगे। हम अपने बिहारी मुसलमान पड़ोसी के घर घुस गए, मैं उसे चाचा बुलाता था और उसकी बेटी मेरी बहन की सहेली थी। वह मुझे भाई बुलाती थी। क्या हो गया था मुझे खुद मालूम नहीं। पहले कभी उस नज़र से मैंने उसे देखा नहीं था। एक साधारण–सी किशोरी...कभी–कभी कॉपी किताब के लिए मेरे घर भी आया करती पर... उस दिन। उस दिन मनुष्यता के सभी सम्बन्ध तार–तार हो गए। हम सभी ज़बरदस्ती उसके घर में घुस गए, एक अजीब–सा राक्षसी उन्माद हम पर तारी हो गया था। बबलू–मेरे दोस्त ने कहा भी था–क्या सच ही तुम लोग यह करना चाहते हो...सोच लो। लेकिन अवकाश ही कहाँ था चेतना की कोई भी आवाज़ सुनने का। बबलू को धकियाते हुए हम चारों ने उस घर में तबाही मचा दी ज़बरदस्ती की, लड़की के कपड़े खींच दिए। उसके घने–घुँघराले बाल मुट्ठी में पकड़ लिए, उसकी सलवार उतार दी, उसका दुबला शरीर काँप रहा था, नंगी लड़की डर और शर्म से स्तम्भित थी वह माँगुर माछ की तरह हमारे हाथ से फिसल कर गली के कच्चे रास्ते पर दौड़ गयी। वह भागी नहीं कि हम सब उसके पीछे...मेरे दिमाग़ में उस समय सिर्फ़ यही एक सोच थी–लड़की को बर्बाद कर देना चाहता हूँ, सारे बिहारियों को मज़ा चखाना चाहता हूँ...वे दुश्मन हैं हमारे। निर्वस्त्र लड़की जंगली ख़रगोश की तरह भाग रही थी और हम सब उसके पीछे शिकारी कुत्तों की तरह...दाँत, नाखून से चींथने को तैयार। इतने में, उस नुरुल हसन ने हमें लड़की के पीछे भागते देख लिया, घर से निकल कर लड़की पर एक शाल फेंकी और अपने घर के भीतर ले गया। फिर ख़ुद बाहर आकर बोला–'इस लड़की को ले जाने से पहले तुम्हें मेरी लाश पर से गुज़रना होगा'–

नुरुल के ऊँचे राजनैतिक क़द के आगे हमारी क्या बिसात। लेकिन वही पल था...उसी पल मैंने अपने आपको एक अपराधी के रूप में पाया। मुक्तिवाहिनी ने मुझे जो बन्दूक़ दी थी वह थी सिर्फ़ दूसरों को मारने के लिए। हत्या करते–करते मुझ जैसे लोग साँप की तरह ठण्डे पड़ गए थे, सोचता हूँ मैं क्या से क्या हो गया? क्या राष्ट्र की चिन्ता ने मुझे मनुष्य से क़ातिल में तब्दील कर दिया, मुझे बर्बाद कर दिया, इसे आज समझ पाया हूँ, लेकिन अपने किये की ग्लानि मन से जाती नहीं।"

रहमाना ख़ातून कुछ बोलीं नहीं, कहतीं भी तो क्या, चुपचाप उठकर कोठरी के भीतर आ गयीं। खटिया की पाटी पर बैठी सोचने लगीं—ये युद्ध भी क्या चीज़ है, जो सबसे निरीह है, बेचारा है, असहाय है उस पर गाज़ बनकर गिरता है। ख़ातून के अपने नासूर फिर सिर उठाने लगे, इस युद्ध ने उन्हें स्त्री रहने ही कहाँ दिया, मनुष्य कहाँ रहने दिया। क्या सुनें वह मुकुल जैसों की कहानी—उसे तो क़त्ल करने का ग्लानि—बोध है। इसका इलाज होमियोपैथी तो क्या किसी भी पैथी में नहीं है। जिन लड़कियों—औरतों पर यह सब गुज़ार दिया गया उन्हें तो मालूम भी नहीं था कि उन्हें किस गुनाह की सज़ा मिल रही है। सहेली का भाई सलवार फाड़ने पर अचानक क्यों आमादा है, जो रोज़ सलाम—दुआ करते थे उनके लिए अचानक उसकी पहचान बिहारी मुसलमान लड़की के रूप में... ये हुआ कैसे। सहानुभूति का पात्र कौन? जिसे अपने किये का पश्चात्ताप है, जो ग्लानि में रात—रात भर सो नहीं पा रहा या वह जिसने ये ज़्यादतियाँ झेलीं? मैं अपने पक्ष में रहूँ या रोगी के पक्ष में? ये कहूँ मुकुल जैसों को कि यदि उन्होंने अपराध किया है तो और कोई उन्हें दण्डित करे न करे उनका अन्तःकरण उन्हें चैन जो नहीं लेने दे रहा है वह नितान्त तार्किक है, उसे शेष जीवन इसी अपराध बोध के साथ ही जीना चाहिए। जिसे पीड़ित किया गया, बेवजह जिसके सम्मान और मर्यादा को तार—तार कर दिया गया, जिसे धर्म बदलने पर विवश होना पड़ा, जिसका हँसता—खेलता संसार उजाड़ दिया गया। परिवार जनों ने ऐसी औरतों—लड़कियों को फिर अपनाया ही नहीं। कहीं पढ़ा था कि गाँधीजी ने 7 दिसम्बर सन् 1947 को अपनी प्रार्थना सभा में कहा था—"ऐसा सुनने में आ रहा है कि अपहृत की गयी औरतों को उनके परिवार वापस स्वीकार नहीं कर रहे हैं। जो पति या पिता ऐसा करता है वह बर्बर है। मुझे नहीं लगता कि उसमें अपहृत हो जाने वाली स्त्री की कुछ ग़लती है—वे हिंसा का शिकार हुईं। उन्हें वापस न लेना अन्याय है।" ये सन् सैंतालिस की बात थी, मालूम नहीं कितने गाँधी भक्तों ने उनकी इस अपील पर कान दिया होगा। अच्छा ही हुआ चले गए बापू, होते तो उनकी आँखें देश का हाल देखकर क्या समय से पहले हमेशा के लिए मुँद न जातीं। उच्छिष्ट भोजन को कोई वापस थाली में लेता है क्या, देह और मन को तार—तार करने वालों के मन में करुणा उपजना तो दूर की बात है, उससे पहले अपना कहे जाने वालों के मन में

करुणा उपजती है क्या। अपनों का साथ–स्नेह ही ढाढस बँधा सकता है, लेकिन जब वे ही आपको त्यक्त समझ लें तो कहाँ जाया जाय। किसके मिलन की आस, किसका चेहरा आँख के सामने झलमलाये, किसके आने की प्रतीक्षा में जीवन की साँझ काटी जाए।

पूर्वी पाकिस्तान में रहकर पश्चिमी पाकिस्तान का साथ देने वालों में बिहारी मुसलमानों की संख्या अच्छी–ख़ासी थी, वे चाहते थे एक संगठित पाकिस्तान, इसके लिए उन्होंने पाकिस्तानी आर्मी का साथ दिया। कुछ बंगाली, मुस्लिम लीग के सदस्य एवं कई राजनीतिक संस्थाएँ संगठित पाकिस्तान के पक्ष में थीं। यहाँ के राष्ट्रवादी (नेशनलिस्ट) लोग बंगालियों के साथ थे–चाहे वे बंगाली हों या हिन्दू। इन लोगों को भारतीय सेना की मदद मिली और बंगालियों की मुक्तिवाहिनी सेना का गठन हुआ। भारतीय सेना और मुक्तिवाहिनी ने मिलकर पश्चिमी पाकिस्तान को हरा दिया, बांग्लादेश अपनी स्वतन्त्र इयत्ता के साथ दक्षिण एशिया में अब सर उठाकर खड़ा हो गया। लेकिन इस इयत्ता की क़ीमत किसने चुकाई, लगभग तीन लाख लोग मारे गए और दो लाख स्त्रियाँ यौन हिंसा का शिकार हुईं। जिनका कोई भविष्य नहीं था। अपने जैसियों से मिलीं तो... कलकत्ते में थीं तो इतना सब कहाँ मालूम था। इस हसनपुर में रहकर उन्होंने अपना बौद्धिक विकास किया, अख़बार, रेडियो ने उन्हें देश, समाज के बारे में जानकारियाँ दीं। बेटी टिया को ढूँढ़ने में उन्होंने जी–जान लगा दी। वे क्या भूल सकती हैं 25 मार्च 1971 का दिन जब सेना और पुलिस ने मिलकर व्यापक नरसंहार किया। निहत्थे, मासूम बंगालियों को ढूँढ़–ढूँढ़ कर मारा गया। मुक्तिवाहिनी जब तक हरकत में आती गाँव–गाँव में नफ़रत की आग फैल चुकी थी। इस आग में सभी जले चाहे वे पाकिस्तानी आर्मी के लोग हों या मुक्तिवाहिनी के–ख़ून का बदला ख़ून, अप्रैल 1971 में इंडिया की प्रधानमन्त्री इन्दिरा गाँधी ने मुक्ति वाहिनी को समर्थन दिया, अब बांग्लादेश स्वतन्त्र था। इस दौरान पूर्वी पाकिस्तान की स्त्रियों के साथ क्या नहीं गुज़रा–बलात्कार, क़ैद मानसिक–दैहिक अत्याचार के कौन–से प्रयोग छोड़े गए कहना मुश्किल है। एक अनुमान के मुताबिक़ ऐसी क़रीब हज़ारों स्त्रियाँ थीं जिनके साथ ऐसी ज़्यादतियाँ की गयीं जिनमें उनके साथ बलात् यौन सम्बन्धों को बनाना सामान्य सी बात थी। सेना के कैम्पों में स्त्रियों को जापान के सैनिकों द्वारा कोरियाई

स्त्रियों को 'कम्फर्ट वूमेंन' की तरह रखा गया था न, ठीक उसी तर्ज़ पर यहाँ भी औरतों को कैम्पों में रखा गया।

लड़ाई के पहले ही दिन से 563 बंगाली महिलाओं को ढाका के डिंगी मिलिट्री कैंट में क़ैद कर दिया गया था। ये उनके लिए 'कम्फर्ट वूमेन' थीं, वे कैम्प में उनके लिए खाना बनातीं, उनके शारीरिक अत्याचार सहतीं। सेना और स्थानीय लोगों के अत्याचारों से परेशान होकर भय से 10 से 12 लाख शरणार्थियों ने भारत में आश्रय लिया। पश्चिम बंगाल से लेकर देश के कई भागों में भूख और रोग से मरते हुए लोग, जीने की जद्दोजहद लिए फैल गए। पश्चिम बंगाल में इन्हें 'बांगाल' कहा गया, सम्मान से जीना इन शरणार्थियों की प्राथमिकता नहीं थी, रह भी नहीं सकती थी, जीना ही प्राथमिकता थी। देश के कई भागों में शरणार्थी कैम्प बनाये गए लेकिन वहाँ भी व्यवस्था और संसाधनों की कमी थी। बड़े पैमाने पर इन कैम्पों से लड़कियाँ एक समय के भोजन के बदले देह–व्यापार करने को विवश थीं। लेकिन यह सब बाद की बात है। ग़ौरतलब यह है कि पूर्वी पाकिस्तान में झड़पों के दौरान होने वाली घटनाओं में स्त्रियों का ज़िक्र एक सिरे से नदारद था, अख़बार, मीडिया सब चुप थे, औरतें ज्यों कभी इस देश की नागरिक रहीं ही नहीं। वे न खोयीं, न सताई गयीं, न जान बचा कर भागीं, उन्हें ज्यों ढूँढ़ने वाला कोई नहीं। बाद के दिनों में बांग्लादेश की सरकार ने उन्हें 'बीरांगना' की उपाधि दी पर इस उपाधि से क्या ही होना था। अपने घर, अपने मुहल्ले,अपने जाने–पहचाने इलाक़ों में कई तरह की हिंसा की शिकार इन औरतों की बात कहने–सुनने वाला कोई नहीं था। परिवार अपनी खोयी बेटियों, बहनों के बारे में चुप थे, मर्यादा का सवाल था। कोई औरत यदि परिवार वालों को मिल भी गयी तो परिवार ने उसे अपनाने से इनकार कर दिया अब वह अपांक्तेय थी, अस्पृश्य। अनगिन औरतें नस्लवाद की भेंट चढ़ चुकी थीं उन्हें कैम्पों में ज़बरन गर्भधारण करना पड़ा, दिसम्बर में, पाकिस्तानी सेना के आत्मसमर्पण करने तक कई स्त्रियाँ कई महीने की गर्भवती थीं, और कइयों की गोद में शत्रु पक्ष का वीर्य बच्चे के रूप में दिन–रात यातना की स्मृति दिलाने के लिए मौजूद था। इनका इतिहास लिखा गया क्या? क्या हुआ होगा इन औरतों का जब पति, परिवार ने वापस लेने से मना कर दिया होगा, दो मुट्ठी भात और भूखे बच्चे का पेट भरने के लिए इन्होंने क्या नहीं किया होगा।

कितनी डूब मरीं, इसका हिसाब–किताब किसने रखा होगा। इतिहास ने तो मुक्ति सेनाओं और पाकिस्तान की टकराहटों, उनकी आन्तरिक संरचनाओं की, युद्ध छिड़ने के कारणों में पाकिस्तान की दूरदर्शिता की कमी की बात की, जाँच समितियों ने मिलिटेंसी के तनावों की बात की, बंगाली–बिहारी, पश्चिमी–पूर्वी बंगालियों की टकराहट के कारणों की पड़ताल की, लेकिन इस सबमें समुदाय के रूप में स्त्री का पक्ष–विपक्ष क्या था–इस पर सब ओर चुप्पी। युद्ध में और उसके बाद स्त्रियों के अनुभव क्या रहे, उनकी स्मृतियों में दर्ज अनुभव की बात जब तक न की जाएगी तब तक इतिहास अधूरा ही रहेगा। यौन–हिंसा, बन्दी– जीवन, भूख, परित्यक्त जीवन जीने के लिए विवश स्त्रियों में से ऐसी बहुत कम स्त्रियाँ थीं जिनके बयान दर्ज होकर दुनिया के सामने आये, अधिकांश तो वो रहीं जिनसे कुछ पूछने वाला ही कोई नहीं था, पूछ भी लें तो उन्हें इतिहास के पन्नों पर दर्ज करने वाला कोई नहीं था, किसी अभिलेखागार, शोध और पुस्तकालय में इन स्त्रियों की जीवन्त स्मृतियों के अनुभव दर्ज नहीं किये गए। इस युद्ध में पुरुष तो हो गया 'मुक्ति योद्धा'–जिसकी वीरता और शहादत के गुण गाये गए लेकिन उसी के समानान्तर अपनी कोमल देह पर युद्ध के घाव महीने–दर–महीने झेलती औरत का नाम कहीं दर्ज नहीं हुआ, समूचे राष्ट्रवादी स्मृति आख्यान में स्त्रियाँ सिरे से नदारद थीं। राजनीतिज्ञों, कूटनीतिज्ञों और राष्ट्रीय आख्यान में श्वेत–श्याम पक्ष– अच्छे बांग्लादेशी, बुरे पाकिस्तानी की चर्चा तो ख़ूब थी–इनके मध्य स्त्री की चर्चा कहीं भी नहीं थी। प्रेस, अखबार, मीडिया ने औरतों की आवाज़ों, उनके पुनर्वास की ज़रूरतों, उनके अनुभवों को भरसक दबाने की कोशिश की। ऐसे किसी भी असुविधाजनक प्रश्न से बचा गया जो युद्ध का भयावह इतिहास हमारे सामने ला सकता था। इसका कारण क्या था? शायद यह कि स्त्रियों के ख़िलाफ़ बर्बरता में सिर्फ़ पाकिस्तानी सैनिक और बिहारी मुसलमान शामिल नहीं थे, मुक्तियोद्धा कहे जाने वालों ने भी कोई कमी नहीं छोड़ी थी। स्त्रियों के प्रति होने वाले अत्याचारों के मसले पर चुप्पी बहुपक्षीय थी। स्त्रियाँ कहतीं भी तो किससे और क्या क्योंकि वे सिर्फ़ देह थीं, सिर्फ़ कोख जिन्हें केवल इस्तेमाल किया गया था। अख़बारों में स्त्रियों से सम्बद्ध कहानियों की कोई जगह नहीं। मुक्तिसंग्राम में जीत के बाद निकला मिट्टी से ताजा–ताजा अंखुआया हुआ राष्ट्र और तत्कालीन

प्रधानमन्त्री शेख मुजीबुर्रहमान ने मुक्तियुद्ध में काम आई स्त्रियों, लड़ने वालियों को पुकारा 'बीरांगना', अपनी देह–आत्मा कुर्बान कर दी उन्हें कहा 'बीरांगना'। लेकिन क्या सच में ही इस बीरांगना स्त्री की कोई इज्ज़त इस नवनिर्मित राष्ट्र ने की? शेख नहीं जान पाए कि यह धुर एशियाई समाज है, बंगाली जड़ समाज! जहाँ पुरुष ही हो सकते हैं केवल 'वीर'–स्त्रियाँ कभी गिनती में आती हैं क्या?नौ साल से लेकर पैंतीस–चालीस साल की लड़कियाँ–औरतें नागरिक होती हैं क्या, विशेषकर वह जो अपनी मान–मर्यादा शत्रु पक्ष के कैम्पों में, उनके लिए यौन–खिलौने बनकर गँवा चुकी हों। शेख मुजीबुर्रहमान को क्या मालूम कि जिन्हें वे 'बीरांगना' कह रहे हैं वह अपने घर–परिवार में सामाजिक कलंक का कारण है। सब पीछा छुड़ा लेना चाहते हैं उससे, वह रही तो अड़ोसी–पड़ोसी क्या कहेंगें, कभी किसी का का विवाह सम्बन्ध नहीं बन पायेगा, जात बाहर कर दिए जाएगे। उपाय क्या हो, रातों–रात गर्भवती लड़की को पोखर में डुबो दो, या उसे इतना प्रताड़ित करो कि वह ख़ुद ही अपनी जान ले ले। यही वजह रही होगी कि सेना कैम्पों से छुड़वाई गयी अधिकांश लड़कियाँ भारत, पाकिस्तान और दूसरे देशों की ओर भाग गयीं, जीने के लिए यही रास्ता था। अपना देश, अपना गाँव, अपना परिवार–सब झूठ, सब मिथ्या। औरत का कोई देश नहीं होता, नहीं होती उसकी कोई जाति। जो बच रहीं उनके जीवट की दाद देनी ही होगी क्योंकि नितान्त अकेली पड़ गयी औरत को तो कोई चौका–बासन के लिए भी नहीं रखता था, ये बासी–जुठाई औरतें थीं–परित्यक्त, अभिशप्त! पर सीख गयीं होना सबसे निरासक्त, इसलिए तो फ़ातमा और रहमाना ख़ातून बनकर जीने के हुनर पाल लिए। जिन्हें नहीं थी इनकी ज़रूरत उनकी पहचान को इन्होंने भी भुला दिया। लेकिन इस भुलाने में उनकी कितनी ऊर्जा लगी, कितने अपूर्ण स्वप्न बलि चढ़ गए–किसे मालूम?

मेये जान जियोल माछेर जान[41]

फ़ातमा ने ठीक कहा था–'मेये जान जियोल माछेर जान तो।' सच ही तो जियोल मछली जैसी ही सख्त जान होती है लड़कियों की, मर कर भी जी जाती हैं।

फूलसज्जा–फूलशैय्या की रात! नयी–नयी रहमाना बनी का जी क्या चाह रहा था वह कह सकी किसी से? पायरिया से गन्धाते मुख की उबास ने भाग जाने के लिए नहीं उकसाया क्या? देख पायी घूँघट से कि मौलवी अमान ने समृद्धि के हिसाब से आयोजन तो किये थे, पर ज़बरदस्ती करना उनकी फ़ितरत नहीं थी। नयी शरीके–हयात को 'बहिश्ती ज़ेवर' (किताब) का बांगला उल्था दिया। साथ ही नसीहत भी कि इसके हिसाब से रहोगी तो कभी दु:ख नहीं पाओगी।

फूलशैय्या–कैसा तो शब्द!

कुचली–तड़पती औरत के लिए इस शैय्या का क्या तो अर्थ। शरीर पर थे तमाम खरोंचों के निशान, घाव अभी खुरंड भी नहीं बने थे, जाँघों के पास की चमड़ी उधड़ी हुई थी, ज़रा भी पसीना आता तो त्वचा चिरचिराने लगती, फिटकरी से धोये थे उसके घाव मौलवी साहब की दाई ने, पर लगता कि कोई लोहे का सरिया भीतर घुसा दिया गया है, कितनी तो जलन और दर्द। मालूम नहीं कितने दिन ज़ंगली पत्तों को पीसकर उसे वहाँ लगाने दिया गया पर दाह कम न होनी थी सो न हुई। बाँह और चेहरे पर पड़े नील अब काले चकत्तों में बदल कर अपने होने की पूरी कहानी बयान करते थे, कान में इतना पानी घुस गया था कि बाईं ओर

41. लड़की की जान जियोल मछली (गरई) की जान होती है (गरई मछली में बहुत जिजीविषा होती है)।

से कुछ सुनाई ही नहीं देता। उन दिनों क्या खाती–पीती थीं याद नहीं, फ़ातमा ही ज़बरन मूढ़ी सान कर दे देती।

खपरैल वाले मिट्टी के मकान की छत के नीचे बैठी टिया याद आ रही है, काश ऐसा हुआ हो कि बिराजित सेन टिया को लिए दिए कलकत्ते चले गए हों।

कैसी असम्भव बात सोच रही हैं वे...उन्हीं के सामने तो ले गए उसे वे लोग...

"ओई जे नोतून बोउ एइखाने एशो" (ओ नयी बहू, इधर आओ)

मौलवी साहब की पुकार पर खाट के पास जाकर खड़ी हो जाती हैं मूर्तिवत।

पीठ खुजलाने का हुक्म है!

बूढ़े, झुलझुल पुरुष की कमान हुई पीठ पर कैसे तो लाल–लाल चकत्ते हैं–शायद दाद है।

मन नहीं करता हाथ से छुएँ, लेकिन ताड़ का हथपंखा सहारा बनता है, वे खुरचने लगती हैं उस पीठ को जिसने उन्हें बचा लिया है इस पराये देस में मरने से।

"इधर नहीं, थोड़ा नीचे, हाँ थोड़ा बीच में... आहिस्ते–आहिस्ते!"

ऐसे ही निर्देश बीच–बीच में मिल रहे हैं। मौलवी साहब असल बात पर आना चाहते हैं, वे बच जाना चाहती हैं। जबकि उन्हें मालूम है बच पाना मुमकिन नहीं होगा। मौलवी साहब ने बताया है कि उनका मिस्यारी निकाह हुआ है, यानी परम्परागत निकाह से अलग। उसे इस मज़हब के बारे में कुछ मालूम नहीं होगा, बुढ़ऊ मौलवी जानते होंगे। ऐसे समझाया ज्यों किसी शागिर्द को बताते हों कि मिस्यार निकाह और निकाहों से अलग होता है, जब आम निकाह में निकाह के वक़्त अपनी मर्ज़ी से किसी ज़रूरी शर्त को वापस ले ले (जैसे शौहर पर मेहर की शर्त न रखे) तो इसे मिस्यार निकाह कहते हैं। आम तौर पर जो निकाह होते हैं, यानि जिनमें शर्त होती है इसमें औरत की सहमति के साथ उसके भाई–बाप या अभिभावक (वली, सरपरस्त), दो गवाह और मेहर हो तो वह सहीह निकाह है, और औरत चाहे तो अपने अधिकार छोड़ भी सकती है बिना

वली (अभिभावक) के निकाह हो नहीं सकता था इसलिए मौलवी के चेलों में से एक ने वली की जगह दस्तख़त कर दिए। नबी सल्लल्लाहु अलैहि व सल्लम का फरमान है : ''वली के बिना निकाह नहीं है।'' इसे अबू दाऊद (हदीस संख्याः 2085), तिर्मिजी (हदीस संख्याः 1101) और इब्ने माजा (हदीस संख्याः 1881) ने अबू मूसा अल अश्अरी की हदीसे से रिवायत किया है, और अल्बानी ने सहीह तिर्मिजी में इसे सहीह कहा है। मौलवी बोलते गए ज्यों मदरसे में तकरीर करते हों–यही नबी सल्लल्लाहु अलैहि व सल्लम का फरमान हैः ''वली और दो न्यायपूर्ण गवाहों के बिना निकाह नहीं है।'' इसे बैहकी ने इम्रान और आइशा रजियल्लाहु अन्हुमा की हदीस से रिवायत किया है, और अल्बानी ने 'सहीहुल जामे' में हदीस संख्या (7557) के अन्तर्गत 'सहीह' (सही) बताया है।

उन्हें क्या तो समझ आना था, निकाह के प्रकार और हदीस के बारे में जानकारी लेकर क्या करना था उन्हें। उनसे तो जो–जो पूछा गया वे मूंड हिलाती गयीं। नहीं मालूम था कि औरत ज़ात ही ना–हक़ होती है। हक़ किस पर, अधिकार जिस पर समझा वही जब कापुरुष निकला तो ये बेचारा मौलवी क्या देगा और क्यों देगा। नदी की बहती धारा में ख़ुद छोड़ देना ही नियति थी। इतनी सूचना ज़रूर उनके काम की थी कि वे अपने ख़र्च के लिए मौलवी पर कोई दावा नहीं कर सकतीं। ज़िन्दगी पर ही दावा नहीं तो इस जान बचाने वाले पर दावा क्यों करेंगी। इतना ज़रूर उन्हें लगा मौलवी नेक इन्सान है। इसलिए कह बैठीं कि अपनी बेटी को ढूँढ़ना चाहती हैं फिर कलकत्ता लौट जाएँगी।

''ओखाने तोमाये फिरोत नेबे के? ओई शब् भूले जाओ बोऊ! बासी बोउ के नेबे ओरा? तोमार मेये के खूंज्बार जन्ये लोग पाठाई दिमू" (वहाँ तुम्हें वापस कौन लेगा। भूल जाओ वह सब, बासी बहू को लेंगे वापस? तुम्हारी लड़की को ढूँढ़ने के लिए आदमी भेजूँगा)

–यह आश्वासन ही काफ़ी था, शायद मिल जाए टिया!

इस आश्वासन के बदले वे कुछ भी करने को तैयार थीं। मौलवी को मोरपंखी से हौले–हौले सहलाने से लेकर उसकी पीठ खुजलाने और तेल मलने तक।

रात गए मौलवी ने पुरातन खेल खेलने का फिर उत्साह दिखाया, वे नियति मानकर लेट गयीं। मौलवी साहब को नई औरत का शौक़ बहुत था।

रहमाना अपने तन से बेपरवाह हो चुकी थीं। मौलवी ने जो–जो कहा चुपचाप करती गयीं। साड़ी खोल दी, मौलवी पेटीकोट के भीतर अपने काम की चीज़ ढूँढ़ते रहे। कुछ दिनों पहले ही बेतरह रौंदी गयी देह पर मौलवी के स्पर्श का कोई असर ही नहीं था, उन्होंने रहमाना को उल्टा–पलटा, फिर यूँ ही रगड़ते हुए गीले–ढीले हो चले। शायद मौलवी साहब के बस में खेल की नयी पारी अब न थी। बस उसका आँचल पकड़कर कहते रहे–

''बोऊ काउके बोलबा ना'' (किसी को बताना मत बहू)

रिहाई हुई रहमाना की, उसे फ़ातमा की बात याद आई। मौलवी साहब का मन...बेचारा... पर तरह–तरह के काढ़े और चूरन, तेल कोई पराक्रम दिखाने में असमर्थ रहते। रहमाना पर उनका ध्यान ज़्यादा न था, बाल–बच्चेदार औरत में जीने का उत्साह कब का मन्द हो चुका था। चुकी हुई औरत मर्द के किस काम की। फ़ातमा की उम्र कम थी अभी,वह मौलवी साहब की जेब से टका चुराती, उनका मज़ाक़ बनाती, कभी–कभी ऐसा लगता दादा–पोती खेल रहे हों। सच था कि उसने बहुत कम उम्र में जीने का हुनर सीख लिया था, उसकी उदासी भी उस तक ही थी, दूसरों तक उसका पहुँचना मुमकिन न था जबकि रहमाना ख़ातून इन दो–ढाई महीनों में ही कमज़ोर और बीमार नज़र आने लगी थी, चिन्ता और उदासी उनका स्थायी भाव बन गए थे। व्यक्ति जब स्वयं में प्रसन्न न हो तो वह दूसरे तक दुःख की किरणें ही पहुँचा सकता है। रहमाना ख़ातून को खाने–पीने, पहनने–ओढ़ने में कोई दिलचस्पी न थी। अक्सर घर–भर के बर्तन पोखर किनारे बैठकर घण्टों माँजा करतीं, ऐसे जैसे यह दुनिया का सबसे महत्त्वपूर्ण काम हो। न अख़बार न रेडियो...रहमाना पोखर के गँदले पानी में अपनी परछाईं ताका करती। सुबह और शाम के कम–से–कम पाँच घण्टे उनके पोखर पर बीतते। जेठ की तपती दोपहरी में पोखर में उतरकर डुबकी लगा आतीं, बैठी रहतीं गीले कपड़ों में।

चित्तगोंग से लेकर ढाका और मेमनसिंह तक फैला था मौलवी अमानसाहब का व्यापार, कारीगरों से साड़ियाँ बनवाकर उन्हें थोक विक्रेताओं को बेचने के अलावा वे सूमापुर के मदरसे से भी जुड़े हुए थे। उन्हें सूरह और आयतें ख़ूब याद थीं पाँचों वक़्त की नमाज़ के पाबन्द, हसनपुर के इस

गाँव में ही नहीं जैसोर और खुलना में भी उनकी ज़मीनें थीं और बाईस सन्तानें। बड़ी बेगम के बाद वाली दो अन्य बीवियाँ ढाका में रहती थीं, जो ढाका शहर को छोड़कर गाँव की ओर झाँकना गुनाह समझती थीं। बाक़ी अलग–अलग गाँवों में–कोई ग़रीब तो कोई अमीर। कोई दूसरे मर्द से...कोई अपने बाल–बच्चों में ग़ाफ़िल, फ़ातमा को पता नहीं इतने सारे मालूमात कैसे हो गए थे, वह कहती कि जैसोर वाले घर में जाकर रहेगी। मौलवी ने फ़ातमा, रहमाना और दाइयों के साथ जिस दिन जैसोर जाना तय किया, उस दिन रहमाना पोखर के पास जाकर ख़ूब रोई, भला हो फ़ातमा का! क्या सब तो कह कर मौलवी को मना लिया कि हसनपुर के घर और पोखर को देखभाल की ज़रूरत है और रहमाना को यहीं रहने दिया जा सकता है।

–''बोउ कि तुमि एइखाने थाकते पारबे एका?'' (बहू क्या तुम यहाँ अकेली रह पाओगी)

रहमाना ने 'हाँ' में सर हिला दिया था।

तय हुआ कि मौलवी रहमाना को कुछ ख़र्च–वर्च नहीं देंगे, रहमाना रहना चाहती है तो अपना खटे और ख़र्चा चलाये। बीच–बीच में मौलवी आते रहेंगे–ऐसा कहा उन्होंने। पर मौलवी का और आना ही नहीं हुआ, हसनपुर से जाने के बाद ही मौलवी मस्जिद की सीढ़ियों पर लड़खड़ा गए बिस्तर से उठ पाने में नाक़ाबिल...अब क्या तो हसनपुर आ पाते। आये उनके बेटे, दो साल के बाद यहाँ के कच्चे मकान और पोखर पर हक़ तय करने। ये बताने कि इस्लाम में चार निकाह के आगे के निकाह अवैध हैं। रहमाना ने उनका सामना किया, गोद में नन्ही नातिन प्रतीति को लिए टूटे खपरैल की ओर इशारा कर बोली–

–"तोमरा आमारे एई खाने थाइकते दाओ, एई पुकुर थाइके आमि टाका रोज़गार कोरुम। आमि तोमाके बछर बछर टाका दिउम" (तुम लोग मुझे यहीं रहने दो, इसी पोखर से रुपए कमाऊँगी और तुमको हर साल रुपए दूँगी)

एक मिट्टी–खपरैल का ढहता मकान और सड़ियल पोखर, टाका अर्जन का माध्यम बन सकता है ये बात नए मालिकों को आकर्षक लगी, वैसे भी वे सिर्फ़ धमकाना चाहते थे कि अकेली औरत रहे तो उनकी ताबेदारी में रहे। उन्हें न रहमाना की परवाह थी न मौलवी साहब की वे

तो रंगदारी करने वाले थे। तो तय रहा कि रहमाना हर साल इस घर और गन्दे पोखर का किराया देगी। जब तक देती रहेगी रह सकती है यहाँ।

रहमाना ने होमियोपैथी सीखी थी अपने ससुर से, कलकत्ते में ससुर हमेशा 'मेटेरिया मेडिका' में डूबे रहते थे। उस पढ़े–लिखे बूढ़े को ख़ूब याद करती रहमाना, लेकिन उनके प्रति रोष भी कम न था। कम–से–कम वो तो कह सकते थे बेटे को यहाँ आकर मुझे ले जाने को! सोचतीं कि कैसा हो चिड़िया बनकर एक दिन कलकत्ता पहुँच जाऊँ, सबको देख आऊँ एक बार, क्या करते होंगे बिराजित सेन, सास कैसे रखती होगी बच्चों को, लड़का–लड़की के लिए सीने में कैसी तो हूक उठने लगती। पर...पर बिराजित तो छोड़कर चले गए मुझे, बिल्कुल चिन्ता नहीं की मेरी, पीछे मुड़कर देखा भी नहीं कि मेरी बहू के साथ क्या गुज़र रही है। पूरा जीवन जैसे एक सज़ा बन गया। क्या सच में ही वे इस सज़ा के काबिल थीं? अभिमान से गला रुँध गया, आँखें भर आयीं, क्या यही सम्बन्ध है पति–पत्नी का, बस इतना–सा। एक बार तो खोजते बिराजित सेन मुझको, पुकारते तो सही। जब अपना आदमी ही अपना नहीं रहा तो रिश्तेदार क्या होते। मौसी के पते पर कई पोस्टकार्ड लिखे, हसनपुर का पता भी लिखा पर कोई जवाब नहीं, कोई नहीं मेरा कोई नहीं...नींद में सुबकती हैं रहमाना।

इस तरफ़ अक्सर टीबी के मरीज़ आते, नम–गीला मौसम, कुपोषण, गन्दगी और आनुवांशिक रोग–इनकी वजहें थीं, पर रहमाना ने देखा अधिकतर लोग साक्षर थे, राजनैतिक दृष्टि से जागरूक। ग़रीबी थी सो महँगा इलाज बस में नहीं, दवा लेकर कोई पचास पैसे का सिक्का देता तो कोई पच्चीस पैसे का। यही रेजगारी उनके भोजन–भात का इन्तज़ाम करती। सूखे पत्तों का जलावन। सुबह एक बार शेद्धो (उबला) माड़–भात खातीं, बचे भात से अगली सुबह तक के नाश्ते का इन्तज़ाम हो जाया करता। मालूम नहीं पर अकेले हसनपुर के किनारे पड़े रहने से उन्हें लगने लगा था कि ज़िन्दगी में उनकी ज़रूरतें बहुत कम हैं, रात को बचे भात में पानी मिलाकर रख देतीं सुबह वही 'पाँता भात'–मिर्च–प्याज़ मसल कर नमक के साथ–पेट ही तो भरना था। खेत मज़दूर और सुबह–सुबह काम पर जाने वालों के लिए यही था मुख्य भोजन। वे अब भूल रही थीं अच्छे खाने का स्वाद, बच्ची छोटी थी दूध से काम चल जाया करता, लेकिन ख़ुद उनका–कहीं आना–जाना नहीं। एक दिन किसी रोगी के

दिए पच्चीस पैसे के सिक्के को यूँ ही हाथ में लिए सोच रही थीं–इस सप्ताह ख़ूब बारिश थी सो यही एक रोगी आया और फ़ीस मिली थी पच्चीस पैसा। चमकते सिक्के की पीठ पर एक मछली ख़ुदी थी लिखा था–पच्चीस पैसा–मछली देख कर कितना कुछ याद हो आया उन्हें। नयी बहू होकर आयी थीं तो पानी भरे बर्तन में छिलबिल–छिलबिल करती पोई मछली को हाथ में पकड़ने को कहा गया। मायके में उन्होंने ज़िन्दा माछ को कभी हाथ भी न लगाया था। धनबाद में तो अच्छी तरह साफ़ की हुई, आंश (चोयीटा) छुड़ाई हुई, टुकड़ों में कटी हुई मछली आती थी बाज़ार से। इसलिए ज़िन्दा जीव को काटना, सँभालना क्या होता है पता ही नहीं चला। कलकत्ते में भी सास या घर के सहायक लोग ही मछली काटने–कूटने का काम कर देते थे। रोहू, कतला, चिंगड़ी, कोइ, सिंघी, पोई। क्राकर, सोल, मेकेरल, मुल्ले और हिल्सा समेत कई मछलियों के बारे में तो विस्तार से जानने का मौक़ा तो यहीं आकर मिला। किसे पता था वे व्यापार करेंगी वो भी मछलियों का। क्या विडम्बना थी जाल में फँसी चाँदी के रंग की मछली वे ख़ुद थीं और पोखर में पाल रही थीं मछलियाँ! और मौलवी का पोखर साफ़ कराना आसान था क्या? गाँव के एक किनारे होने पर भी बाशिन्दों को इतना कुछ लेना–देना उस पोखर से होगा ये अन्दाज़ा उन्हें पहले नहीं था। होमियोपैथी की जानकारी से अपना पेट भरना तो हो पा रहा था लेकिन ये छोटी–सी बच्ची प्रतीति–जिसका जिम्मा उन्होंने अपने–आप ही लिया था, उसके लिए तो अर्जन का और उपाय ढूँढ़ना ज़रूरी था। हालाँकि पोखर उपेक्षित–सा ही था लेकिन जब मछली पालन के लिए रहमाना ख़ातून ने पोखर को साफ़ करवाने का निर्णय लिया तो माध्यमिक स्कूल की बड़ी उस्तानी जी के अलावा पूरे गाँव ने इसका विरोध किया। भला हो स्कूल वालों का, वे ख़ातून के साथ रहे और गाँव वालों के बेबुनियाद तर्क ध्वस्त हो गए। बाद में जब वे पंचायत प्रधान और गाँव के कुछ घरों को माछ का उपहार भिजवाने लगीं तब उनका विरोध शान्त हुआ फिर भी अचानक पोखर में कोई विषैला पदार्थ डलवा देता, कोई अपने पशु ही नहलाने उतार देता। शुरू में तो मछली का जीरा मँगवाने में ही कठिनाई थी लेकिन साड़ी बुनने वाले कारीगर ही पद्मा नदी की तरफ़ से जीरा लाने लगे। बरस–दर–बरस सीख ही लिया रहमाना ने मछलियों को पालना, उनके स्वभाव, चरित्र, खानपान की आदतों को भी पहचानने लगीं, कब ये मछलियाँ उनकी अपनी हो गयीं मालूम चला क्या।

अब वे पोखर को ठेके पर दे दिया करतीं साल–साल भर के लिए। जीरा और देखभाल ठेकेदार किया करता–फ़सल में आधे–आधे के बँटवारे का नियम था। थोकदार आकर ख़ुद ही मछलियाँ उठवा लिया करते। रहमाना ख़ातून को फिर प्रतीति के ख़र्च–वर्च के लिए ज़्यादा सोचना नहीं पड़ा।

उस साल बहुत बारिश हुई थी, जल–थल एक। पोखर में मछलियाँ डेढ़–डेढ़ किलो की हो रही थीं, उनको निकाल कर बेचने का वक़्त सामने था तब तक तेज़ और लगातार होने वाली बारिश में मछलियाँ पोखर से निकलकर खेतों के रास्ते बूढ़ी गंगा में समा गयीं, याद है उन्हें! अपनी आँख के सामने पोखर से मछलियों का जाना वे देखती रहीं, लबालब भरे बरसाती पोखर की जद से तन्दुरुस्त मछलियाँ किलबिलाते हुए नदी की धारा में मिल जातीं। लिया रहमाना ने एक ठण्डा निःश्वास "चलो मुझे न सही, तुम्हें तो मुक्ति का रास्ता मिला"। उन्होंने ज़िन्दगी में रोका किसी को नहीं न बिराजित सेन को न नदी में समाती मछलियों को...जाने दो जिस–जिसको जहाँ–जहाँ जाना हो।

औरत की ज़िन्दगी भी क्या होती है। रहमाना ख़ातून ने असमय ही बुढ़ापा ओढ़ लिया था। ये ओढ़ना उनके जीने के लिए ज़रूरी था। अब सोचती हैं तो लगता है वह उम्र भी क्या ही थी, जिसमें उन्होंने होमियोपैथी, मछली और साड़ी में अपने को डुबो दिया था तन और मन के सारे अरमानों पर ताले लगाकर। क्षत–विक्षत तन–मन सँभले बेटी को ढूँढ़ लेने के बाद। फिर भी चिन्ता का अन्त नहीं, बेटी का सर गोद में रखकर सहलातीं तो उँगलियाँ उन उलझे मैले बालों में फँस जातीं जहाँ जुओं और खुजली ने खुरंड बना रखे थे, जी भर आता। यही टिया थी कि जिसके लम्बे रेशमी बालों के लिए वे क्या–क्या सार–सँभाल न करतीं। कभी नारियल तेल में अड़हुल के फूल और प्याज़ पका कर लगातीं कभी रीठा–आँवला। सबसे प्यारी होती है पहलौठी की सन्तान–गोद में ज्यों रुई से भी नर्म मुलायम स्पर्श, जो हर साँस के लिए, हर प्यास के लिए हो निर्भर...यह नयी अनुभूति टिया ने ही तो दी थी, माँ पुकारा था अपनी तोतली जुबान में पहली बार। वही टिया...

टिया को हावड़ा जाकर सौंपा था अपने हाथों बिराजित सेन को। टिया का शादी–ब्याह अच्छे परिवार में हो जाए। बचपन का हादसा लील

न जाए उसकी ज़िन्दगी को। जिन्हें आप बहुत प्यार करते हैं कई बार उन्हें मुक्त कर देने में ही ख़ुद की ही मुक्ति भी होती है। फिर टिया तो सामान्य ही कहाँ रह पायी थी। बहुत जल्दी–जल्दी बातें भूल जाती, बेवजह हँसती–रोती। उसे सामान्य करने के लिए स्थान–परिवर्तन की ज़रूरत थी। वह एक नन्ही बच्ची की माँ बन गयी है–इसका अहसास उसे था ही कहाँ। वह तो गुस्से में तीन महीने की बच्ची के मुँह में भात का कौर ठूँस देती। रहमाना ख़ातून ने दूधपिलाई की बोतल पर उसको पाला, टिया इतनी सामान्य ही कहाँ हो पायी कि जान पाती कि इस नन्ही–सी जान का उससे क्या रिश्ता है।

टिया की खोज में रहमाना ने लीगियों से भी बात की, मुक्तिवाहिनी से भी। सबका कहना था किसी पाकिस्तानी कैम्प में होगी। दिसम्बर 71 तक सभी कैम्पों को ख़ाली करवा लिया गया था, लड़कियाँ और औरतें बरामद हुईं बड़े पैमाने पर। रेडक्रास से भी कोई मदद नहीं। वही टिया मिली तो सही, पर...! टिया के मिलने पर बिराजित सेन को पत्र लिखा था–

श्री चरणों में प्रणाम

आशा करती हूँ कि वहाँ घर में सभी अच्छी तरह होंगे। आप और माँ बच्चों की देखभाल अच्छी तरह से कर ही रहे होंगे। इससे पहले भी आपको कई पत्र लिखे थे लेकिन कोई जवाब मुझे मिला नहीं।

टिया के मिलने की ख़बर आपको देना चाहती थी, क्योंकि वह आपकी ज़िम्मेदारी है। यहाँ उसका रहना ठीक नहीं है। आप कुछ ऐसी व्यवस्था करें कि उसे अपने पास ले जाएँ और उसका विवाह किसी सुपात्र को देखकर कर दें। यदि कलकत्ता में सम्भव नहीं तो उसे दार्जिलिंग वाली बोउदी के घर रख दें वे टिया से बहुत प्रेम करती हैं।

टिया के मिलने की लम्बी कहानी है, अभी बस इतना ही कि उसका स्वास्थ्य ठीक नहीं है।

आशा है आप इस पत्र का उत्तर अवश्य देंगे।

आपकी ही...

उत्तर आने में भी देर नहीं हुई–

तुम दोनों ठीक से हो यह अच्छी बात है। टिया मिल गयी है...लेकिन यहाँ तो सबको मालूम है कि तुम दोनों तो...मैं टिया के लिए कुछ सोचूँगा। लेकिन भविष्य में दुकान के पते पर कोई पत्र नहीं देना।

पत्र की इन्हीं दो पंक्तियों को रहमाना ने कितनी बार पढ़ा कि याद नहीं। तकिये के खोल में रख छोड़ा इंडिया की स्टाम्प लगा पत्र उनकी ज़िन्दगी बन गया। तरह–तरह की बातें दिमाग़ में आतीं कि काश बिराजित सेन कहते कि अब भी नागरिकता बदलवाई जा सकती है, शरणार्थी के स्टेटस से भी तो कलकत्ते रहना सम्भव है...चलो अपनी गृहस्थी में वापस चलो। सँभालो अपने बच्चों को। हम मिलकर टिया का इलाज करायेंगें। जो हुआ सो हुआ इसमें ग़लती तो किसी की नहीं।

और भी न जाने क्या क्या...पर बिराजित सेन की तरफ़ से और कोई समाचार नहीं आया। घर और दुकान दोनों पतों पर वह पत्र नहीं भेज सकती थी। धीरे–धीरे आशा धूमिल होने लगी। जब टिया की तरफ़ देखतीं तो मन को फिर से जुटाकर काम में लग जातीं। फिर अचानक एक दिन पोस्टकार्ड से ख़बर मिली कि हावड़ा जाकर टिया को पहुँचा आना है।

मेरे जीवन में प्रेम आया कभी! बिराजित सेन का प्रेम? हताश, पराजित व्यक्ति का प्रेम, जिसको चालीस की उम्र में भी साहस नहीं हुआ, सबके सामने अपनी धर्षिता पत्नी का हाथ थामने का। उस प्रेम को याद करने से अब क्या? अब तो बस ऐसा लगता है कि खोये पाए का हिसाब कर लिया जाए। बहुत–सा बोझ रखा हो ज्यों छाती पर। कह दें किसी से सब कुछ। मौक़ा मिले तो उस मर चुके मौलवी के अहसानों का बदला भी चुका दें। इस देह के नाना नतीजे जिन्होंने किये, मिले तो पूछें कभी कि एक स्त्री का समूचा जीवन खंडित करने का अधिकार उन्हें किसने दिया। मौक़ा मिले तो पूछें बिराजित सेन से कि सप्तपदी के वचन कौन भूला? पुरुष क्यों अपनी मान–मर्यादा को स्त्री शरीर से जोड़ता चला आया है। जानती हैं वहाँ कलकत्ते में उन्हें सब भुला चुके होंगे। बिराजित सेन ने किसी औरत से दूसरा विवाह भी कर लिया, फिर भी वे जीती चली आयीं ऐसे जैसे बिराजित सेन उन्हीं के हों, अपने अवचेतन में कभी दर्ज किया ही नहीं कि बिराजित का शरीर, मन अब उनकी दूसरी पत्नी की सम्पत्ति है। क्या होता है मन, कुहुकता रहा भीतर ही भीतर, प्राण रोते हुए तरसता–सिसकता ही रहा, किसी से कह पायीं नहीं कि दखिन पवन के साथ उनकी आत्मा भी भटका की है, जिसे कभी कोई ठौर नहीं मिला। यहाँ शरीर बैठा रहा बरसते आकाश के नीचे और मन...उस पर कोई वश चला ही नहीं। दरवाज़े की चौकठ

पर बैठा ही रहा भिखारी– सा...इन्तज़ार कभी न ख़त्म होने वाला इन्तज़ार। कभी तो कर्ता दया करेंगे। दिन बीत जाया करता, गाँव के लोग आत्मीयता और ईर्ष्या–द्वेष सब कुछ देते पर साँझ ढलते ही मन छटपटाने लगता। शून्य अकेले घर में टहलते हुए वे संगविहीन राग भैरवी–सी लगतीं...कोई था जिसका इन्तज़ार किया करतीं ओरी से टपकती बूँदों के साथ–साथ।

निशिदिन आलोक-शिखा जोलुक गाने ए जीबोन पुन्न कोरो दहन दाने[42]

बस चलती जा रही है, रास्ता थोड़ा घुमावदार और टेढ़ा–मेढ़ा, तय हुआ है क्राकोव तक हम साथ चलेंगे यानी सबीना और मैं। मेरे फ़ोन में इंटरनेट आना बन्द हो गया है, इंटरनेशनल रोमिंग का कोई फ़ायदा ही नहीं। इंडिया लौटने के लिए मन थोड़ा बेचैन भी है। सबीना ने इयर फ़ोन लगा लिया है, इन चक्करदार रास्तों पर वैसे ही जी कच्चा सा होने लगता है, इसलिए मैंने खिड़की की सीट चुनी है। शाम ढल रही है, आसमान में हल्की लाली, जो धीरे–धीरे साँवलेपन की ओर बढ़ रही है। दो पंछी संग–संग परवाज़ भर रहे हैं एक आ जाता है बिल्कुल धरती पर और वहाँ से एकदम फर्राटे के साथ ऊँचाई पर ठीक राग पंचम की तर्ज़ पर और चक्कर काटते हुए फिर मध्य 'सा' पर। पंछी की यह कलाकारी बचपन की पद्मा नदी की धार के पास ले आई है मुझे, अम्मा बता रही है नदी में पानी की लहर की उछाल देखो बिल्कुल मियाँ मल्हार राग की तरह। बस चलती जा रही है सूखे–निचाट रास्ते पर, वो उड़ते पंछी कहीं पीछे छूट गए हैं और मेरा मन पद्मा नदी की धार संग तैर रहा है। कितने रिश्ते टूटे–जुड़े, गिनती नहीं। पर क्यों बार बार वही सब कुछ याद आता है किसी को एक बार प्रेम करने का मतलब है मन के किसी कोने में उसे हमेशा के लिए रख देना। आकाश छूऊँ तो वही बाताश छूऊँ तो वही, जिसे देखे बरसों बीत गए वही तो मन में।

42. हे अग्नि! दिन–रात मेरे गीतों में आलोक की शिखा जले, ये जीवन अपने दहन के दान से पूर्ण करो।

गीत गाया जाता है तब स्वर सुन पाता है पर उससे भी पहले न जाने कितनी सतहें पार करता है मन!

बस की खिड़की खोल कर मैंने अपना चेहरा हवा के हवाले कर दिया है, केश यूँ ही फहराने दिए हैं यूँ जैसे कोई चेहरे को सहला रहा हो, कोई भूला–सा गीत याद आता है

क्या याद है किसने गाया था–मेरे लिए : मलरे मौनमा (कोमल पुष्प सी स्त्री) ''विराल्गल थोडवा विरुन्धायी पेरावा मार्बूदु'' (क्या मैं तुम्हारा हाथ थाम सकता हूँ। क्या तुम्हें लगा सकता हूँ अपने सीने से) गाने वाला याद है अच्छी तरह मुझे। यूनिवर्सिटी के अन्तरराज्यीय सांस्कृतिक–सम्मिलन में कोलकाता आकर गाने वाला याद है क्या। तमिल में गाया यह गीत बेतरह तालियाँ बटोर ले गया था, लेकिन गायक की बड़ी गहरी काली आँखें ज्यों मेरे भीतर खुब गयी थीं, जादवपुर यूनिवर्सिटी की टीम के साथ बतौर अध्यापक गयी थी मैं। छात्रों के समूह के साथ मिल–जुल जाने वाली। श्रीनिवासन ने मुझे अचम्भे की तरह ताका था, ज्यों पहली बार किसी स्त्री को देखता हो। मेरे छात्रों में से भी कुछ ने ज़रूर उसकी दृष्टि का अनुकरण किया था।

जीवन में प्रेम कभी एक बार नहीं आता, आता है कई बार, बार–बार बस उसकी दस्तक को हम अनसुना कर देते हैं, सही समय पर दी गयी दस्तक सुन भी ली जाती है। सबीना ने सच ही कहा अपने आप को बन्द करके, अतीतजीवी होकर जिया कैसे जा सकता है? आउशवित्ज़ ने यही तो सिखाया है–कोई भविष्य नहीं होता, जो होता है वर्तमान होता है। मैं खुद से पूछती हूँ, सच ही क्या मैंने कोई दस्तक सुनी ही नहीं या सुन कर अनसुना किया। वैसे तो बंगाल में आजीवन एकाकी रह जाने वाली स्त्रियाँ बहुत हैं, अक्सर लोग ज़्यादा पूछताछ भी नहीं करते पर अपने मन का आवरण उठा कर देखूँ तो अकेलेपन ने मुझे व्यथित नहीं किया, यह कहना मिथ्या होगा। लेकिन साथ ही अकेलेपन ने मुझे वो रोशनी दी जिसमें बुझ चुकी आँखों के सपने पढ़ पायी। मुझे याद है अम्मा हसनपुर में जिस डॉक्टर के पास ले जाती थीं मुझे वे कहते–''तुमि एका थाकते पारबे तो'' तब समझ नहीं पायी थी अब समझती हूँ ''सत्ती एका थाका ख़ूब कठिन'' (सच है अकेले रहना बहुत कठिन है)...तो क्या और कोई रास्ता नहीं था मेरे पास। किसी के संग–साथ के लायक नहीं थी ऐसा तो था नहीं।

पर मुझे ही न जाने क्यूँ लगने लगा कि जैसे अभिरूप की कहानी ही सब जगह दोहराई जाएगी। सांस्कृतिक कार्यक्रम ख़त्म होने के बाद क्या श्रीनिवासन ने मुझसे मिलने की कोशिश नहीं की थी। ख़ूब की थी बार–बार की थी, पर मेरे भीतर ही कुछ मर गया था, किसी से नया सम्बन्ध शुरू करने में जिस साहस, वक़्त और संवेदना की दरकार होती है, मेरे पास वह चुक गया था। मेरी आँखें बरसों रोई थीं, जिन्हें पोंछने वाला कोई नहीं था, मेरी पीठ पर सान्त्वना का हाथ रखने वाला कोई नहीं था, दिन के उजाले में मुझे तटस्थ, व्यावहारिक और सन्तुलित दीखना था, रात के अँधेरे में खुद से साक्षात्कार के पल रोज़–बरोज़ चले आते थे, जिन्हें चाह कर भी ठेलना मुमकिन नहीं था। क्या कर रही हो प्रतीति! अपनी ज़िन्दगी का। कम–से–कम अम्मा की ज़िन्दगी से तो कुछ सीख लो। अम्मा अपने आप में अकेली थीं, मेरे बड़े होने तक भी उन्हें यही लगता रहा कि मैं उनके अपने अतीत के बारे में कुछ जानती नहीं। मैंने भी उन्हें जानने नहीं दिया कि इतनी उम्र तक तो मुझे बहुत कुछ तो पता है ही। लेकिन उसे बताकर दुखी ही क्यों करूँ, अम्मा का संगीत और किताबों में गुम रहना और रह–रह कर नितान्त उचाट हो जाना सब मुझे अम्मा के मन के बारे में बताने के लिए काफ़ी थे।

पहले–पहल मेरे सपने छोटे–छोटे थे, और थीं नन्ही यात्राएँ, ज्यों–ज्यों मेरे भीतर का सफ़र बढ़ता गया यात्राएँ जटिल, बीहड़ और दुर्गम होती गयीं। प्रेम के सपनों की किरचें धरती पर आकर बिखरती गयीं और जिनके प्रकाश में मैंने प्रेम को एक नए, बिल्कुल अलग तरीक़े से पहचानने की शुरुआत की। सच है मनुष्य प्रेम के बिना रह ही नहीं सकता, उसके बिना जीवन का कोई अर्थ नहीं, और कुछ हो न हो निरर्थक जीवन जीने का माद्दा मुझमें कभी नहीं रहा। मेरी आनुवांशिकी में ही नहीं रहा तो मैं खुद से ऐसी उम्मीद ही कैसे कर सकती थी। अब तो याद ही नहीं कि प्रेम की तलाश में मैं कबसे जुटी थी, शायद जन्म से या तोतली ज़ुबान से पहला शब्द बोलने के साथ। लेकिन सच कहूँ तो विश्वासघातों ने बड़ा उपकार किया, और बदल सकी मैं अपने गन्तव्य और यात्राएँ...पुरुष–प्रेमी की खोज और एक हँसती–सुखी गृहस्थी का सपना मेरा गन्तव्य नहीं रहा अब। इसके लिए मेरी लड़ाई लम्बी और दुरूह थी। सोचा पहले युद्ध कर लूँ–खुद से, खुद के लिए। ये लड़ाई लड़नी ज़रूरी थी। यह लड़ाई मेरी अम्मा ने भी लड़ी थी उसे आगे बढ़ाना जैसे मेरा उत्तरदायित्व था।

प्रेम के साथ घलुए में ही मिल जाता है अधिकार भाव–और इसी भ्रम में हम जैसी न जाने कितनी अपना पूरा जीवन काट दिया करती हैं। लेकिन प्रेम क्या सिर्फ़ एक बार आता है जीवन में शायद नहीं। जब भी आता है उसका रूप अलग होता है, मुझे याद है उस अनदेखे छात्रनुमा दर्शक के पत्र की एक–एक पंक्ति, जिसने शायद किसी सभा–सेमिनार में मुझे देखा होगा। उस अज्ञातनाम, अनचीन्हे रहे प्रेम का उत्तर मैंने नहीं दिया था, शायद वह पत्र अनुत्तरित रहने के लिए ही भेजा भी गया था, आज सोचती हूँ क्यों उसका उत्तर नहीं लिख पायी–क्या मर्यादा या संकोच या फिर...जो भी हो इतना ज़रूर है कि पत्र किसी ऐसे क्षण में मिला था जब मुझे किसी आन्तरिक सकारात्मकता की सख़्त ज़रूरत थी, जब खुद पर से ही विश्वास उठ रहा था, ऐसे में उस अनाम पत्र ने कहा–

डियर प्रतीति मैम,

जिस जगह और स्थिति में मैं खड़ा हूँ, उसके बारे में आपको कुछ मालूम नहीं, चलेगा भी कैसे आप मुझे जानती ही कहाँ हैं? लेकिन मैं आपको जानता हूँ इतना कि खुद को रोकते–रोकते भी आपको पत्र लिखने का दुस्साहस कर पा रहा रहा हूँ। आपको एक सेमिनार में सुना था, तब से सोचता था किसी दिन आपसे मुलाक़ात हो जाए, कह सकूँ कि आपके बारे में सोचना मेरा सबसे प्यारा शग़ल है। पर जानता हूँ कि यह कभी होगा नहीं। आपकी सादगी और प्रतिभा के कायल बहुत से लोग होंगे। पर मैं...

जो कहना लिखना चाहता हूँ उसे ख़ूब व्यवस्था से कह पाना सम्भव नहीं हो पा रहा है। इस समय मैं रेड सी (लाल सागर) के पास किसी पानी के जहाज़ में हूँ, डेक पर ढलता सूरज है और रात की कालिमा में डूब कर मिल जाने वाला अथाह समुद्र, शान्त, जिसमें जहाज़ की बत्तियों का अक्स पड़ता है और प्रकाश के कई वृत्त बनकर पानी को आलोकित कर देते हैं सिर्फ़ थोड़ी–सी देर के लिए। जहाज़ के आगे बढ़ते ही पानी को काटते वृत्त पर पड़ी प्रकाश किरणें अपना रास्ता बदल लेती हैं हर किरण का अपना वृत्त, एक–दूसरे को काटती झलमलाती प्रकाश किरणें।

ठीक वैसे ही जैसे आपके व्यक्तित्व का प्रकाश कहीं जल के एक वृत्त को यूँ ही प्रकाशित कर गया हो और आप आगे बढ़ गयी हों...बेपरवाह सी। हवा में उड़ते आपके अस्तव्यस्त केश जैसे समझा देते हों इस क्षणभंगुर से जीवन का सच। जानता हूँ जीवन में कुछ भी स्थायी नहीं।

फिर भी मैं अपने अन्तिम समय में आपकी छवि की स्मृति को अपनी थाती के रूप में साथ ले जाना चाहूँगा।

आप शोषित–वंचितों को अपनी क़लम की आवाज़ देती हैं, यह उतना महत्त्वपूर्ण नहीं है जितनी आपकी आँखों की ईमानदारी, जो मुझ समेत न जाने कितनों को तमाम बिछोह, तमाम वेदना को चुपचाप स्वीकार करना सिखा देती है। आप अपने बारे में कुछ बोलती नहीं लेकिन आपके भीतर जीवन का मोह झलकता है यह मेरे लिए बीच समन्दर में दीखते लाइट हाउस की तरह है जिसका मन्द प्रकाश यह बताता है कि जीवन एक अन्तहीन विरह है। जहाज़ चलता जाता है लाइट हाउस का प्रकाश स्तम्भ दूर और दूर होता जाता है। उस तक पहुँचा नहीं जा सकता उससे दूर रहना ही नियति है और उसका विरह ही जीवन। दरअसल आत्यन्तिक प्रेम करना भी जीवन में विरह को हमेशा के लिए स्वीकार कर लेना है।

मैंने इसी विरह को स्वीकार किया है और इसके लिए मुझे अफ़सोस नहीं है। मेरी बाँसुरी की धुनें तब बदल गयीं जब मैंने जाना कि आप और आप जैसे कई, दुनिया के उस कोने की सच्चाइयों को लिखते–बताते हैं, संवेदित होते हैं, जिन्हें इतिहास अपनी गोद में जगह देना भूल जाता है। मैं एक बहुत साधारण–सा छात्र हूँ, आप अनाम भी कह सकती हैं।

चाहता हूँ बहुत कि बताऊँ कि आपकी आँखें देखता हूँ तो मुझे सपनीले विस्तार–सी दीखती हैं जिसमें आकाश भी समा जाए। तपते हुए दिन के अन्त में निःश्वास लेती सुरमई सन्ध्या की कल्पना करता हूँ, जब भी आपके बारे में सोचता हूँ। मैं दरअसल कभी कह नहीं पाऊँगा कि आपकी उंगलियाँ, मुझे क्यों किसी सधे संगीतकार की तरह लगती हैं जो अपनी सुर–साधना में जुटा रहता है–मन्त्र विद्ध आवेष्ठित–सा। लेकिन जिस समय आपकी आँखें मेरे लिखे हुए को पढ़ रही होंगी मैं भारत की सीमा से बहुत दूर, बहुत आगे शायद कभी न लौटने के लिए जा चुकूँगा। काश कि ये जान पाता कि मेरा पत्र पढ़ लिया गया है, या कि कभी यूँ ही रास्ता चलते आपसे मुलाक़ात हो जाती देख पाता आपकी आँखों का आश्चर्य, चेहरे की मुस्कान...लेकिन फिर कभी

क़ासिद के आते–आते ख़त इक और लिख रखूँ।
मैं जानता हूँ जो वे लिखेंगे जवाब में।

–आपका एक ईमानदार दर्शक

जेहि घट बिरह न संचरै

इस जीवन में अम्मा को अब देखना नहीं हो पायेगा, यह महसूसते ही हृदय के भीतर एक मरोड़–सी उठने लगती है। ऐसा लगता है ज्यों मैं एक ऐसा पौधा हूँ जिसकी जड़ें काट डाली गयी हैं। अब उससे अँखुये तो क्या ही फूटेंगे, सूख जाएगा यूँ ही धीरे–धीरे। अम्मा के बारे में सोचते ही मन बेहद उदास हो जाता है। उसके अन्तिम संस्कार में मैं नहीं थी, अम्मा को देख नहीं पायी एक बार। हसनपुर में पास–पड़ोसियों ने ही उनकी अंतिम क्रिया कर दी। क्या मुझे आने में देर हो गयी अम्मा? कितनी बातें अनकही रह गयीं। अम्मा का हृदय खोखला हो चुका था, बताया मुझे डॉक्टर ने, लेकिन अम्मा ने किसी की सेवा ही कहाँ ली? जिस रात मैं हवाई यात्रा में थी उसी रात किसी समय उसने शरीर छोड़ दिया। डॉक्टर के पास जाने का अवसर ही नहीं आया। इस बात से बिल्कुल नावाकिफ कि अम्मा का यही ई–मेल अन्तिम है जिसमें उन्होंने मुझे बिराजित सेन से मिलकर टिया का कनाडा का पता ले लेने को कहा था। मुझे मेल देखने में दो दिनों की देरी हो गयी। मेरे कलेजे पर पत्थर रख कर चली गयी अम्मा। हसनपुर में मेरे लिए अब बच ही क्या गया? कुछ नहीं। जी करता है ज़ार–ज़ार रोऊँ शायद अम्मा मुझे बुला ले, कहीं से लौट आये एक बार बस एक बार...गया में उसका पिंडदान करना चाहती हूँ, चाहती हूँ कि उसकी आत्मा को तो द्रौपदी देवी की पहचान मिले! मुझे बनाकर वह जा चुकी है कभी न लौटने के लिए। उसका अन्तिम पत्र ही मेरे लिए सम्बल है, उसने अपना कोई काम अधूरा नहीं छोड़ा, वही है मेरे भीतर। मुझे जाना ही होगा बिराजित सेन के पास।

लेकिन मिले क्या बिराजित सेन कलकत्ते में? उनके नौकर ने बताया कि अपने बेटे के पास जलपाईगुड़ी हैं। अस्पताल में भर्ती हैं।

रात के तीन बजे हैं, सब ओर सन्नाटा, विषण्ण मन से जलपाईगुड़ी आई हूँ, अम्मा को गए महीना भर हो गया और मेरी हालत मेले में खोये बच्चे–सी है। बिराजित सेन से मिलने आने के लिए मुझे अपनी सहेली पारमिता का सहारा लेना पड़ा है। पारमिता ने बड़े इसरार से गेस्ट हाउस से मेरा सामान लाकर अपने यहाँ जमा दिया है। एक कमरा सिर्फ़ मेरे लिए–छोटा सा। दीवार पर दुनिया के मानचित्र के अलावा कोई सजावट नहीं, परदे शायद उसकी माँ के हाथ के सिले हुए–कांथा के, काठ की चौकी पर बाँस की एक बड़ी चटाई बिछी हुई है, उस पर बिना खोल के एक तकिया रखा हुआ है, चटाई की सोंधी बंसई गन्ध मुझे अपनी ओर खींच रही है। बल्ब की मद्धम रोशनी में देख पा रही हूँ सभी चीज़ों पर धूल की हल्की परत है। वैसे अक्सर अकेली रहने वाली स्त्री के घर बड़े साफ़–शफ़्फ़ाक होते हैं, वे धूल जमने ही कहाँ देती हैं, न घर में न ही स्मृतियों पर। पारमिता बहुत दिनों से अकेली रहती है, उसने भी जीवन किताबों के सहारे ही काट दिया, और अब तो...अब तो कीमोथेरेपी करवा कर वह मौत के आगे चुनौती–सी खड़ी है। विवाह उसने किया नहीं। उसकी कापियों, आर्ट हिस्ट्री की किताबों सब पर धूल की महीन परत पड़ी हुई है, दरवाज़े की दरार और खिड़की के सींखचों पर धूल ही धूल... निन्दासा–सा माहौल है चटाई पर लेटने से हलकी सी चुरमुराहट हुई है, लेटी हूँ पर लगता है धूल झाड़ रही हूँ, जितना झाड़ती हूँ, धूल का बगूला उठता चला जा रहा है। दीवार का नक़्शा पास आ गया है, उठूँ झाड़ ही डालूँ सारी धूल, मकड़ी के जाले, पुस्तक–कृमियों के उच्छिष्ट, जितने झाड़ती जाती हूँ जाले बढ़ते जाते हैं, पारमिता की खिड़की के पास के कदम्ब वृक्ष से लिपटी लतायें मुझे बाँहें फैलाये अपने पास बुला रही हैं, शान्त तारों भरे आकाश के नीचे धूल ही धूल...कहाँ झाड़ूँ कितना झाड़ूँ। लगता है एक ट्रेन चल रही है, चलती ट्रेन से उतर रही हूँ, कौन–सा स्टेशन है, प्यास लगी है, नल ढूँढ़ रही हूँ। पानी पी रही हूँ ओक लगा कर, लोहे की बेंच के नीचे कम्बल में लिपटा भिखारी गुनगुना रहा है, पानी पी कर उस गुनगुन को सुनने की कोशिश की है।

चिर सखा हे! मोरे छेड़ो ना मोरे छेड़ो ना।

अनाथेरो नाथ अबलेरो बल चिरसखा हे मोरे छेड़ो ना।

(ओ चिरसखा मुझे छोड़ कर मत जाओ, तुम अनाथों के नाथ हो निर्बलों के बल हो, मुझे छोड़ो मत)

ट्रेन सरक रही है, मैं चाहकर भी चढ़ नहीं पा रही। मेरी आँखों के सामने से ट्रेन का एक–एक डिब्बा गुज़रता जा रहा है, दौड़ रही हूँ, ट्रेन की गति तेज़ हो गयी है, मैं हाँफ रही हूँ, मेरे पाँव नंगे हैं, भिखारी कम्बल फेंक खड़ा हो गया है–आमाय छेड़े जाओ ना...मैं दौड़ रही हूँ इतना कि मेरी साँसें फूल गयी हैं, अब और नहीं। और नहीं दौड़ सकूँगी। ट्रेन मेरी ज़द से निकलती चली जा रही है कि एक नन्हे हाथ ने मुझे अपनी ओर ट्रेन में खींच लिया है। बहुत हँफनी, कलेजा ऊपर–नीचे, मेरे हाथों में किसी ने चने का जूठा दोना थमा दिया है, मैं वहीं फ़र्श पर बैठी हूँ, लोग आते–जाते अजीब नज़रों से घूर कर देखते हैं मुझे। कहाँ से भिखारी का कम्बल मेरे ऊपर लिपट गया है। मेरे गुड़ीमुड़ी से शरीर की उपेक्षा करते हुए लोग चले जा रहे हैं, ट्रेन रुकी है बाहर बर्फ़ के फाहे गिर रहे हैं, मेरा कोई नहीं, कोई मुझे पहचानता नहीं, ख़ूब ठण्ड लग रही है, मुझे। कान में बस एक ही गीत की गुनगुन–'चिर सखा हे छेड़ो ना मोरे छेड़ो ना'...पारमिता के जगाने तक सपने में ही हूँ, किताब के सुफ़ों जैसा साफ़ सपना। इबारत दिल दिमाग़ पर है। दुनिया का नक़्शा देखती हूँ तो दुनिया के महायुद्धों के बाद बदले देशों की सीमायें, पुरानी पहचान का मिटकर नयी पहचान में विलीन होना और स्पष्ट हो जाता है। मैं कहाँ हूँ, अपनी दोस्त पारमिता के घर या आउशवित्ज़ में सबीना के पास। मुझे सपने देखने की आदत पड़ गयी है क्या, वह भिखारी कौन था, उसके मैले–कुचैले कम्बल को अपने ऊपर महसूस कर रही हूँ अब भी, इस समय भी। न तो कहाँ है पारमिता का कमरा, यह कौन–सी जगह है, तो कहाँ हूँ मैं? जलपाईगुड़ी और आउशवित्ज़ का फ़र्क़ बहुत महीन है, और अनुभव ही मेरे क्या हैं, इधर–उधर घूम–घाम लेने से अनुभव की आंच मन को तपा देती हो, ऐसा लगता नहीं मुझे। करवट लेकर सोने की कोशिश भी ज्यों अधूरी, दीख रहा है आँखों को आउशवित्ज़ कैम्प का गेट।

मेरे मोबाइल में अम्मा का अन्तिम पत्र है, जिसे कम–से–कम सौ बार पढ़ चुकी हूँ। मेरी ज़िन्दगी को प्रश्नहीन बना दिया है अम्मा के इस पत्र ने।

प्यारी खुकु,

मैं ठीक ही हूँ, थोड़ा दर्द हो गया था पीठ में, वो भी इसलिए कि मुझे लगता है कि समय कम है और कम्प्यूटर पर पढ़ना–लिखना सीखने में मैंने पर्याप्त देरी कर दी। उसी नुकसान की भरपायी के लिए कई घण्टे लगातार कुर्सी पर बैठने का नतीजा है यह दर्द। दर्द कहाँ नहीं है मेरी बच्ची! तुम अकेली रहते हुए यह जान गयी होगी कि सब कुछ का बोझ अपने कन्धों पर लेना शुरूआत में रोमांचक भले लगता हो पर बाद में अपना ही बोझ उठाना मुश्किल लगने लगता है। पर फिर भी साहस और धैर्य से हमें आगे बढ़ते जाना है। उन सभी तरीक़ों और जालों से अपने को बचाते हुए, जिनमें फँस कर और बाहर निकलना सम्भव नहीं हो पाता। औरत का शोषण होता है उसकी कोख के कारण। नवजीवन का निर्माण करने वाली कोख ही उसकी सबसे बड़ी ताक़त और कमज़ोरी है। क्या सोचती हो टिया यदि लड़की न होती तो उसके साथ वह सब कुछ होता जो हुआ!

जो कुछ टूटा–फूटा उसे याद था हसनपुर आने के बाद, वह बताया करती कि कैम्प में फल–मिठाई का लालच देकर लोग अपने पास बुलाते थे, नज़दीक जाने पर हाथ में खाने की कोई चीज़ लेकर उसे ललचाते–भूखी लड़की कुतिया की तरह दुम हिलाकर उस भोजन के टुकड़े की तरफ़ आँखों में संसार भर का लालच लिए ताक़ती। एक मुट्ठी मूढ़ी, बिस्कुट के एक टुकड़े के लिए उनके पास जाकर खड़ी रहती, वे उसकी नन्ही अविकसित छातियों को लकड़ी से कोंचते, पेन से उस पर स्केच बनाते, उसकी चड्ढी उतरवाते। टिया की भूख प्रबल थी–बचपन से ही उससे भूख बर्दाश्त नहीं होती। पाकिस्तानी कैम्प वालों के यह रोज़मर्रा के खेल थे–टिया जैसी कितनी लड़कियाँ भूख से बिलबिलातीं। उन बच्चियों के साथ ज़बरदस्ती की नौबत ही नहीं आती। जूठे भात के एक कौर के लिए, बिस्कुट और लेमनचूस के क्षुद्र टुकड़ों के बदले वे यूँ ही सुलभ थीं। लड़की को नज़दीक बुलाकर तरह–तरह से दैहिक शोषण किये जाते।

क्या सुन पाओगी कि जब टिया का इलाज शुरू हुआ तो वह अक्सर डॉक्टर के बेड पर चौपाये जैसी खड़ी हो जाती उसे डाँटकर नीचे उतारना पड़ता, वह चड्ढी नहीं पहनना चाहती। बाद में टिया ने ही बताया था

कि एक उम्रदराज़ व्यक्ति ने नज़दीक बुलाकर नाम–पता पूछा और उसे भरोसा दिलाया कि माँ के पास लेकर जाएगा यदि टिया उसकी बात माने तो।

वे कैम्प में मूढ़ी–बताशा ज़मीन पर बिखेरकर लड़कियों को खाने को कहते। बेचारी भूखी–लाचार एक–दूसरी के ऊपर गिरती–पड़तीं। मूढ़ी के दाने दोनों हाथों से बटोरकर भकोसने लगतीं जिसकी जितनी क्षमता। एक तनावभरे युद्ध के माहौल में यह एक सायंकालीन मनोरंजन हुआ करता। वह आदमी प्लेट में पानी डालकर ज़मीन पर रख देता और टिया को बकरी की तरह पानी पीने को कहता। कैंपवासियों के अट्टहास का ठिकाना नहीं रहता जब एक पन्द्रह वर्षीया मानवी चौपाया बन झुक जाती और पीछे से सैनिक उसमें लिंग घुसाता। भूखी–प्यासी लड़की पानी चाटते थक जाती। चोटिल हो जाती। टिया का रुदन उन सबके लिए हँसी की वज़ह था।

कैसे बताऊँ किस हालत में मिली थी टिया मुझे!

पुनश्च : टिया कनाडा में है पर पता मैंने अपने पास नहीं रखा। बिराजित सेन से मिल जाएगा तुम्हें। जानती हूँ तुम्हारे मन में बहुत–से सवाल रहे आये हैं। सबका जवाब तुम्हारी यह अम्मा क्या दे पायेगी। तुम पढ़ी–लिखी खुद मुख्तार हो। मुझे गर्व है तुम पर यह मत भूलना। वही करना जो तुम्हारा दिल और दिमाग़ कहता हो। कब तक लौटोगी हसनपुर? जल्दी आना।

तुम्हारी अम्मा

मेरी शिकायतें एक–एक कर के तिरोहित हो रही हैं। बचपन की कमी, टूटन सब मन पर निशान छोड़े हुए थी, तमाम प्रसंग मसलन अम्मा ने मुझे तब क्यों नहीं बताया कि वह मेरी माँ नहीं नानी है। स्कूल में मेरे नाम को लेकर कितने लोग मज़ाक़ बनाते थे–रहमाना ख़ातून की बेटी प्रतीति सेन...डरती थी अम्मा से कुछ कहने से। और जब पता चला सच, तब्र फ़र्क़ पड़ने की उम्र जा चुकी थी। मुझमें आया कोई फ़र्क़? आना चाहिए था क्या? जीवन भर कितने ही शिकवे–शिकायतें चले आते हैं, पर उसका कोई अर्थ है घुटने मोड़ कर अपने पूर्वजों के अकथ–अनन्त दुखों की स्मृति में प्रार्थना करते आउशवित्ज़ के सैकड़ों लोगों के सामने? दर्द की राख से ही हमें वह दृष्टि मिलती है जब हम ख़ुद को दर्द के सामने

खड़ा कर डालते हैं–कभी न्यायाधीश नहीं बनते। उस अमरपक्षी की तरह जो जलकर अपनी ही राख से पुनर्जीवित हो उठता है। हम पूरा जीवन व्यर्थ नष्ट कर डालते हैं, शिकायतों में, दुखों की जुगाली में। सुख तो कहीं दूर चहलक़दमी करता हुआ हमारे पहुँचने की बाट जोहता रहता है। हम ख़ुद से भी प्रेम नहीं करते वर्ना ख़ुद को ही सताते क्यों? दरअसल हम सुख की तलाश में, प्रेम की तलाश में सारा जीवन दुखों के रास्ते पर चलते जाते हैं। बहुत शिकायत थी अम्मा से...वे कलकत्ते लौटी क्यों नहीं। आज यहाँ बिना उसके दिए भी, जवाब मुझे मिल गया है। आत्मा नायक न्यायधीश की अदालत में किसी साक्षी की जरूरत नहीं होती अम्मा ने सबको मुक्त करने में सुख की तलाश की। कलकत्ते का ख़ानदान अपनाता कभी रहमाना ख़ातून को? जूठी औरत किसी काम की नहीं...वह जानती थी। उसने टिया को मुक्ति दी, अपने वात्सल्य पर विजय पाकर उसने टिया का जीवन देखा। उसने मुझे मेरी माँ का धर्म दिया, नागरिकता दी ताकि मैं अपनी वंशावली से जुड़ सकूँ...और भी न जाने क्या–क्या आ रहा है दिमाग़ में लेकिन भादों के महीने के बादलों के जाने के बाद जैसा धूप निखरा आकाश दीखता है न वैसा ही हो गया है मेरा मन।

अब जान पायी हूँ कि अभिरूप की सीमा को न समझ पाना दरअसल मेरी अपनी सीमा थी। जब हम किसी के साथ हँसते और रोते हैं, उसके साथ दिन–रात रहना चाहते हैं, समझते हैं कि यही प्रेम है और यहीं से अधिकार भाव शुरू हो जाता है। प्रेम वह नहीं कि दूसरे के साथ हम नम्र और मधुर रहें। किसी के जाने के बाद भी जो बच रहता है वह प्रेम है, उसी का विस्तार सब ओर है बस देखने की आँख की ज़रूरत है। प्रेम और घृणा का उत्स एक ही है घृणा प्रेम को बरजती है, प्रेम घृणा पर हावी होने की कोशिश करता है। प्रेम हमें वह ऊर्जा देता है जिससे हम जीवन–सत्य का सामना कर सकते हैं। प्रेम व्यक्ति को स्वछन्द उड़ान देता है, उसके पंख कतरता नहीं। प्रेम की ऊर्जा हमें दूसरों के दुःख में दुखी और सुख में सुखी होने की नीयत प्रदान करती है। हम सपने भी प्रेम में ही देख पाते हैं। दरअसल हम अपना दुःख किसके साथ बाँटते हैं यह तय करता है कि हम कौन हैं। ज़िन्दगी में सुखी होना ही एकमात्र तरीक़ा नहीं है, बन्धन से मुक्त कर देना भी ज़िन्दगी की ओर बढ़ता एक क़दम है। मैं हसनपुर की रहमाना ख़ातून की इच्छा पूरी करने के लिए यहाँ आयी हूँ।

क्या–ठीक–ठीक ऐसा ही है? क्या मुझे देखने का मन नहीं था उस व्यक्ति को एक बार भी जिसे खुले गले से नाना कहकर कभी पुकार ही नहीं सकी। ऐसा नहीं कि बिराजित सेन से मेरा यह मिलना पहली बार है। पहले भी तो उनके घर गयी, वही 'गुलाबी दोतल्ला बाड़ी जिसका रंग सिर्फ़ अम्मा की स्मृति का हिस्सा था। मालूम नहीं क्यों पर अम्मा चाहती थीं मैं अपनी जड़ों से जुड़ जाऊँ, बिराजित सेन को पहचानूँ। तो क्या बिराजित सेन मुझे चीन्हते थे? थे तो ज़रूर जाने किस संकोच से हमारे बीच अपरिचय की दीवार सी थी। उनका परिवार भरा–पूरा था और अम्मा की ये तमन्ना कि मैं उस परिवार का हिस्सा बनूँ। उनको मन–ही–मन दादूभाई कहकर प्रणाम कर लेती और लाइब्रेरी में घुस जाती। लाइब्रेरी की हर किताब में द्रौपदी देवी की उँगलियों के निशान ढूँढ़ा करती। जाने पर कुछ चाय–नाश्ता, वे पढ़ते रहते कुछ–न–कुछ आरामकुर्सी पर बैठे हुए। वे हमेशा पूछते कि मेरा काम–काज कैसा चल रहा है। लेकिन मुझे लगा करता कुछ और पूछना चाहते हैं–पूछ पाते नहीं, हमारे बीच झिझक और औपचारिकता बनी ही रही। जब मैं मिली तब तक वे पचहत्तर के आसपास हो चुके थे अक्सर छड़ी के बल पर ही अपनी आराम कुर्सी से उठा करते। घर समृद्ध था, सेवक–सेविकाएँ भी थीं लेकिन वे अपनी पत्नी से कुछ भयभीत से रहते ऐसा मुझे लगा। मेरे जाते ही वे अन्दर से बाहर ज़रूर आतीं उलटे पल्ले की साड़ी, सोने के मोटे कंगन और काले सफ़ेद बालों के बीच लगी सिन्दूर की मोटी रेखा वाली स्त्री के भीतर मेरे लिए आत्मीयता का कोई कण था– ऐसा लगा नहीं मुझे।

सोचा था क्या कि वही जाना–पहचाना जन अस्पताल के बिस्तर पर लेटा खरखराती आवाज़ में मुझसे पूछेगा–'तुमि के?' (कौन हो तुम)

मुझे बिराजित सेन के घर से किसी ने ख़बर नहीं की, करता भी कौन? टिया की आत्मजा के रूप में मेरा परिचय ही किसे था। टिया का भाई तो कब का ग्रीन कार्ड होल्डर हो देश से नाता काट–कूट चुका था। छोटी बेटी ख़ूब सद्गृहस्थन थी, मेरी देखादेखी कभी हुई नहीं उससे। लेकिन बिराजित सेन के घर में उसका स्वागत था ख़ूब, ऐसा लगा नहीं। उसके बारे में पूछने पर बिराजित सेन ने बहुत संक्षेप में 'दिल्ली' कहकर निपटा दिया था। अम्मा की जगह लेने वाली पत्नी अधेड़ थीं पर कुछ दबंग लगीं मुझे, बस कल्पना ही कर सकती हूँ कि बिराजित के पास

युवती पत्नी की ताबेदारी के अलावा रास्ता ही क्या बचा होगा, ऊपर से तीन–तीन पुत्र रत्न पैदा कर उन्होंने सुमंगली का ख़िताब तो वैसे ही ग्रहण कर लिया था। ख़ैर, मैं भी तो तब पहुँची थी जब बिराजित सेन को अल्जाइमर की शुरुआत हो रही थी, भयंकर श्वास कष्ट तो पहले से था ही। उम्र के पैंतीस साल तक की यात्रा अतिरिक्त जिज्ञासा और उत्साह की जगह जो तटस्थता देती है मैं उसी तटस्थता के साथ बिराजित सेन के घर पहुँची थी। उन्हें बताया था कि मैं किस नाते से आयी हूँ। सुन लिया बोले कुछ नहीं। अपनी लाइब्रेरी दिखाई, बैठक से आगे कुछ नहीं, मोटा पर्दा हटाकर ख़ूब स्वस्थ, चश्मे के भीतर से सामने वाले को तौलती आँखों की स्वामिनी दीखीं, प्रणाम किया मैंने, परिचय पाकर उनमें मेरे बारे में कोई उत्साह–सा उमगा हो, लगा नहीं, कुछ बोली नहीं और चाय के लिए नौकर से कह दिया। बिराजित सेन से उनके घर पर मेरी बस वही दो–चार बार की मुलाक़ात है। मैं पूछना चाहती थी बहुत कुछ, पर वे बातों का रुख बदल दिया करते कभी बंगाल का मौसम, कभी श्वास कष्ट या कभी किसी पुस्तक के बारे में।

अस्पताल के बिस्तर पर लेटी है कभी की लहीम–शहीम काया। अब सिकुड़ कर छोटी हुई सी। बिराजित सेन किसी को पहचानते नहीं अब। लकवे का अटैक था और दिमाग़ को तो पहले से ही ठीक ढंग से आक्सीजन मिल नहीं पा रही थी। सो मुँह में बाईपैप का मास्क लगा हुआ है। नलियों में शरीर बँधा हुआ है, उनके बेटे ने कहा है–

"एई बार बाँचा ख़ूब मुश्किल" (इस बार बचना ख़ूब मुश्किल है)

क्या कहूँ इस आँख बन्द कर लेटे हुए मनुष्य से? क्या बता सकूँगी कि द्रौपदी देवी अब इस संसार में नहीं रहीं? क्या टिया का पता–ठिकाना देंगे मुझे? नहीं शायद नहीं। मुझे टिया का पता–ठिकाना नहीं चाहिए। एक बार जननी को भर आँख देख लेने की इच्छा को भी रौंद दिया है। टिया की ज़िन्दगी–भरपूर ख़ुशहाल ज़िन्दगी को मैं अपनी उपस्थिति से नष्ट–विनष्ट करने का उपक्रम क्यों करूँ? मैं उसकी बेटी हूँ, यह मालूम है मुझे, पर वह मेरी माँ होने को तो बाध्य नहीं। जबरन लाद दिए गर्भ को विस्मृत न करना ही अस्वाभाविक होता। आगे बढ़ना ही जीवन है यही कहा था सबीना ने। वह भी तो आगे बढ़ी। रहमाना ख़ातून नहीं बढ़ पायीं क्योंकि उनके पैरों में बेड़ी की तरह पड़ी थी मैं।

वह अपने अतीत को विस्मृत नहीं कर पायी और अम्मा ने अपनी ख़राब होती सेहत के बारे में मुझे भी कहाँ बताया, क्या छोड़ देती मैं उसे यूँ ही? मेरी माँ तो वही थी...चली गयी वह अपने आत्मसम्मान को धारे हुए। गले के भीतर मेरी हिचकी रुकी हुई है।

निरुपायता...निरुपायता भी तो एक उद्देश्य है प्रेम में। कथा ख़त्म कहाँ होती है कोई? चलती जाती है, बिराजित और किशोरी पत्नी की प्रेम कथा, सबीना और आन्द्रेई की अधूरी कथा, प्रतीति और अभिरुप की कथा...वह रूकती कहाँ है, नित नूतन होकर सृष्टि के आदिकाल से चली ही आती है मनुष्य की विकल्पहीनता के गहरे अहसास के साथ। रंग, बहुरंगी छवियाँ जन्म–मरण की सीमा से आबद्ध छवियाँ, दुःख–यातना भोगते लोग, प्रकृति देखी थी न आउशवित्ज़ की, दी उसने सीख जीवन की। घास, पत्ते, फूल से भरा आउशवित्ज़। उन्होंने कितना कुछ देखा होगा न, जो दब गए ज़मीन में, स्मृतियाँ उनकी जड़ों में छिपी बैठी होंगी, कहते हैं वहाँ पर होने वाले रासायनिक प्रयोगों और कीड़े मारने वाली दवाओं के चलते हरे–भरे वृक्ष असमय ही ठूँठ हो जाया करते थे। कैम्पों में रहने वाले लोगों ने उन वृक्षों से कितना कुछ साझा किया होगा, कितने दिन गुज़ारे होंगे पत्तियाँ खाकर, उनके तने से लिपटकर रोयी होंगी न जाने कितनी आत्माएँ, उनका रोना–बिलखना सब कुछ सोख लिया होगा उन वृक्षों ने चुपचाप, जिनके निशान धुल–पुँछ गए, खा लिया जड़ों को रसायनों ने... फिर कैसे उग पाये होंगे दोबारा, किसी सूखी शाख पर वर्षा का जल बरसों पड़ा होगा, पड़ता ही रहा होगा–टप–टप। फिर एक अँखुआ फूटा होगा, जिसने चौंक कर धरती की स्थिति का जायज़ा लिया होगा। सिर उठाने लायक मौसम है भी या नहीं, बर्फ़ में दबी सूखी घास फुसफुसाई होगी। चलो दोस्त! इस बार फिर उग कर देखते हैं, हो सकता है इस बार मनुष्य कहे जाने वाले जीव हमारी क़द्र करना सीख ही लें। धूप में जलते–तपते छालों भरे पाँव को कहीं नरमीली छुवन की दरकार हो। बहुत देर से आकाश में उड़ते चले जाते पंछी को किसी शाख पर उतरकर सुस्ताने की ज़रूरत हो। फिर करवट ली होगी घास ने, झुलसी धरती की परत फोड़ कर उग गयी होगी सीधी–सतर, और पेड़...बरसों पहले के पड़े बीज ने ऊपरी परत से की होगी जद्दोजहद, फूटे होंगे दो नन्हे पत्ते, बीज का खोल चिपका रह गया होगा नन्हे पत्ते के सिरे से जिससे फूटी होगी बेल।

किसी को दिखाई नहीं दिए होंगे धरती के ये खेल, घास–पात–पौधों की आपसी साज़िशें सुनी न गयी होंगी... और एक दिन छोटी बेल पौधों के सहारे मीलों फैले सन्नाटे को बेधती गाने लगी होगी जीवन के गीत, अपने कलेजे में समेटे हुए लाखों निहत्थे लोगों की फटी–मर चुकी आँख में टँगा अन्तिम दृश्य, यातना का अन्तिम साक्षी उनके शरीर से चिपका अन्तिम उदास तिनका जो दफ़न था बरसों से भूख, यातना और अपमान भोगे लाखों लोगों की स्मृतियों में। ये स्मृतियाँ, ये छवियाँ जीवन का सत्य बताती हैं, एक छवि आकर दूसरी को ढँक लेती है, पर जीवन चलता रहता है, रुकता कहाँ है।

बिराजित सेन कुछ कह रहे हैं, अस्पष्ट है आवाज़, मास्क है मुँह पर– गीतबितान–गीतबितान! उनका बेटा चिढ़ा–सा है, कह रहा है–"पता नहीं क्या हो गया है हर समय टैगोर का 'गीतवितान' पढ़ने को माँगते रहते हैं, पढ़–वढ़ पाते नहीं और बुदबुदाते रहते हैं।" उसके स्वर की अवहेलना मुझ तक नहीं पहुँचती 'गीतवितान' उनकी स्मृति का अभिन्न हिस्सा है यह मालूम है मुझे। तो वे नहीं भूले अपने प्रथम प्रेम को! भीतर आनन्द और सन्तोष की एक लहर दौड़ गयी है। अब मैं कौन होती हूँ उन्हें प्रिया के वियोग की सूचना देने वाली। तो वही अन्तिम छवि हो उनकी स्मृति में। बिराजित के राल टपकते मुख के लटपटाये उच्चारण को और कोई न समझ पाये, पर मैं सुन सकती हूँ–

जानि तोमार अजाना नाहि गो, कि आछे मने
आमि गोपन करिते चाहि गो धरा पड़े दूनयने[43]

अस्पताल में मिलने का समय शेष हो चला है।

□□

43. मैं जानता हूँ कि तुम मेरे मन के भीतर की बात से अनजान नहीं हो, मैं छुपाना चाहता हूँ पर मेरी आँखें सब भेद खोल देती हैं (गीतवितान, गीत संख्या, 74)।

आउशवित्ज़

बांग्लादेश

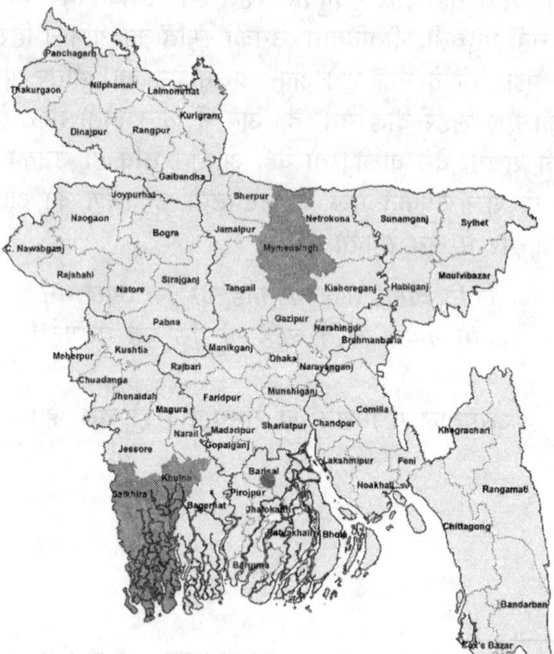